世界经典文库

图文珍藏版

世界二十大名著

超越国界的伟大文学作品 震动心弦的世界经典名著

钢铁是怎样炼成的

第十五册

[苏]奥斯特洛夫斯基◎著
马博◎主编 湛本军◎译

世界名著

线装书局

图书在版编目（ＣＩＰ）数据

钢铁是怎样炼成的 /（苏）奥斯特洛夫斯基著；马
博主编. -- 北京：线装书局，2016.1（2021.6）
　（世界二十大名著）
　ISBN 978-7-5120-2006-1

Ⅰ.①钢… Ⅱ.①奥… ②马… Ⅲ.①长篇小说－苏
联 Ⅳ.①I512.45

中国版本图书馆CIP数据核字(2015)第258806号

钢铁是怎样炼成的

作　　者：［苏］奥斯特洛夫斯基

主　　编：马　博

责任编辑：高晓彬

出版发行：线装書局

　　地　址：北京市丰台区方庄日月天地大厦B座17层（100078）

　　电　话：010-58077126（发行部）010-58076938（总编室）

　　网　址：www.zgxzsj.com

经　　销：新华书店

印　　制：北京彩虹伟业印刷有限公司

开　　本：710mm×1040mm　1/16

印　　张：21

字　　数：255千字

版　　次：2021年6月第1版第2次印刷

印　　数：3001－9000套

定　　价：4980.00元（全二十册）

线装书局官方微信

目　　录

世界经典文库

世界二十大名著

目　录

图文珍藏版

目 录

导　读

　　《钢铁是怎样炼成的》是苏联著名作家奥斯特洛夫斯基(1904～1936)的代表作,是苏联文学中最具代表性的名著之一,也是世界文学中最激动人心的作品之一。《钢铁是怎样炼成的》所描述的事件发生于1915年直到30年代初那一段历史时期。保尔·柯察金是作者着力塑造的中心人物,也是书中塑造得最为成功的共产主义战士的形象。

　　保尔从小在苦水中长大,早年丧父,母亲替人洗衣、做饭,哥哥是工人。保尔12岁时,母亲把他送到车站食堂当杂役,他在食堂里干了两年,受尽了凌辱。

　　十月革命爆发后,保尔的家乡乌克兰谢别托夫卡镇也和苏联其他地方一样,遭到了外国武装干涉者和国内反动派的践踏。红军解放了谢别托夫卡镇,但很快就撤走了,只留下老布尔什维克朱赫来在镇上做地下工作。朱赫来在保尔家里住了几天,给保尔讲了关于革命、工人阶级和阶级斗争的许多道理:"现在全世界都着火了,奴隶们起义了,他们要把旧世界推翻,但是,为了这个,需要的是一伙勇敢的、能够坚决斗争的弟兄。"朱赫来的启发和教育对保尔的思想成长起着决定性的作用。

　　突然,朱赫来被匪徒抓去了。保尔急着四处打听。一天,在匪兵押送朱赫来的时候,保尔出其不意地猛扑过去,把匪兵打到壕沟里,与朱赫来一起逃跑了,但是由于波兰贵族李斯真斯基的儿子维克多的告密,保尔被投进了监牢,从监狱出来后,保尔拼命地跑,他怕重新落入魔掌,不敢回家,便不自觉地来到冬妮亚的花园门前,他纵身一跳,进了花园,冬妮亚喜欢保尔的"热情和倔强"的性格,保尔也觉得冬妮亚"跟别的富家女孩不一样"。后来他们又有几次见面,慢慢地产生了爱情,保尔为了避难,便答应了冬妮亚的请求,住了下来,几天后冬妮亚找到保尔的哥哥阿尔青,他把弟弟送到喀查丁参加了红军。

　　在一次激战中,保尔头部受了重伤,但他以惊人的顽强毅力战胜了死亡。出院后,他已不宜于重返前线,便参加恢复和建设国家的工作,在这里他同样以工人阶级主人翁的姿态,紧张地投入各项艰苦的工作,他做团的工作、肃反工作,并直接参加艰苦的体力劳动,在兴建窄轨铁路中,保尔表现了高度的政治热忱和忘我的劳动精神。

　　保尔自从在冬妮亚家里与她告别后,只见过她两次面。第一次是他伤愈出院后,最后一次是在铁路工地上,保尔发现,随着革命的深入,他们之间的思想差距越来越大了,他们已经完全没有共同语言了,最终分道扬镳。

　　在筑路工程快要结束时,保尔得了伤寒。病愈后他又回到了工作岗位。他参加了工业建设和边防战线的斗争，并且入了党。但是，由于保尔在战争中受过多次重伤和暗伤，后来又生过几次重病，加之他忘我的工作和劳动，平时不爱惜自己的身体，体质越来越坏了，1927年，他几乎完全瘫痪，接着又双目失明。严重的疾病终于把这个满怀革命热情的年轻人束缚在病榻上。但保尔在肉体和精神上都忍受着难以想象的痛苦的情况下，重新找到了"归队"的力量，他给自己提出了两项任务：一方面决心帮助自己的妻子达雅进步；另一方面决定开始文学创作工作。这样，"保尔又拿起了新的武器，开始了新的生活。"

第一部

1

"过节以前曾到我家补过考的人,全部都给我站起来!"

神父凶狠狠地盯着班上所有的学生。他身穿一件法衣,脖颈上挂着个分量不轻的十字架,身子肥胖。

他两只小眼睛恶狠狠地盯着从座位上站起来的六个孩子——其中四个是男孩,另两个是女孩。这几个孩子都不知所措地望着神父。

"你俩先坐下,"神父对两个女孩子摆了摆手说。

两个女孩悄悄松了口气,赶紧坐下。

瓦西里神父的小眼睛紧紧地注视着四个男孩子。

"你们几个小坏蛋到这边来!"

瓦西里神父站了起来,挪走椅子,走到缩成一团的四个孩子面前。

世界经典文库

世界二十大名著

钢铁是怎样炼成的

图文珍藏版

"你们几个小混蛋,谁会吸烟?"

四个人都用蚊子一样的声音答道:

"神父,我们全都不吸烟。"

神父被气得面色发青。

"王八蛋,假如你们全不吸烟,那么到底是谁向面团里撒了烟末呢?你们不是都不吸烟吗?那好,现在就查一查!所有人都把口袋翻过来!听见了没?马上翻过来!"

有三个孩子开始往桌子上掏口袋里的所有东西。

神父仔仔细细地搜查他们口袋里的每个缝隙,希望能翻出一丝烟末,可他没有斩获。他转过身来搜查最后那个孩子,那孩子的眼珠黑黑的,灰色的衬衣十分破旧,蓝裤子的膝盖上钉着几块补丁。

"你怎么还在那儿傻站着?"

那黑眼睛的小孩看着他憎恶的神父,轻声回答说:

"我连一个口袋也没有。"他一面回答一面用手摸着已缝上了的口袋。

"哼,真的没有口袋吗?你认为我真不知道是谁做出这么让人憎恨的事情——毁掉了复活节的面团吗?哼,你这个小坏蛋,此次一定不会饶恕你。上次是你妈替你求情才叫你呆在这里,这次你逃不过去了。你给我滚开!"他用力捏着那孩子的一只耳朵,把他拽到走廊,很快关上了门。

教室里悄无声息,孩子们都缩着脖子。所有人都不知道保尔·柯察金如何会如此被撵出学校。唯有保尔的好朋友谢廖沙·勃鲁扎克清楚他为什么会被撵走。节日前,他们六个考试不过关的孩子到神父家的厨房等着补考的那天,他见到保尔在神父厨房里准备做复活节糕的面团上撒了一小把烟末。

保尔被神父赶出来以后,坐在学校门口的台阶上,他琢磨着回家后该怎样交代。他的妈妈在税务官家里烧火做饭,每天都从早到晚地忙着,并且对所有的事都认认真真。他如何跟妈妈说自己的事情呢?

想到这儿,他的泪水忍不住涌了上来:

"我现在应该如何做呢?都怪那讨厌的神父。为何我要在他的面团上撒烟末呢?都怨谢廖沙这小子。他说:'来,我们给这个烦人的老家伙来点儿烟末。'我们俩就在面团上撒了烟末。他现在什么事儿都没有,而我看起来肯定会被学校开除。"

保尔和瓦西里神父以前就发生过不愉快。有次,保尔和米什卡·列夫丘科夫打架,老师不许他回家吃饭。为了防止他一个人在无人的教室里撒野,就叫他跟高年级的学生们在一块儿,坐在教室后边的凳子上。

那天给高年级讲课的老师是一个瘦子,身着黑色上衣,碰巧那天给学生讲的是地球和天体。保尔听到他说好像地球已有好几百万年的生命了,什么星星也和地球所差无几,他嘴张得很大,感到十分惊讶。他认为老师讲得匪夷所思,他几乎想站起来说:"老师,这和圣经里所讲的根本完全不一样呀。"可是他又怕老师罚他,没敢问。

神父不出意外总是给保尔的圣经课打满分。祈祷文和新旧约他都倒背如流,上帝在何时造了什么东西他全部知道。保尔下定决心向瓦西里神父询问有关那天高年级教师讲的事。在接着那次上圣经课的那天,神父刚坐到椅子上,保尔举手提问,神父对他点点头,他马上站起来说:

"神父,高年级的老师为什么说地球已有好几百万年的生命了,而不是圣经里说的五千年……"突然,他的提问被瓦西里神父尖锐的声音打断了:

"你这个小混蛋,胡说什么!你是从圣经上学到的这些吗?"

不等保尔回答,神父就抓住他的两个耳朵,往墙上撞他的脑袋。过了一段时间,神父又把碰坏了头而又举手无措地他赶到走廊里。

当保尔放学回家后,他妈妈再次把他大骂了一通。

第二天,他妈妈亲自来到学校,恳求神父让保尔接着上学。从那时起,保尔相当憎恨瓦西里神父。保尔对神父又恨又怕。任何时候他从不会放过欺负过他的人;他当然不会忘记神父不分青红皂白地打了他一顿,但他从未表现出来,暗暗怀恨在心。

瓦西里神父不止一次地让他难堪:常常是因为一点鸡毛蒜皮的小事,他就被神父从教室里撵走,甚至一连几个星期每天让他站墙角,并且从不辅导他功课,因此他只能和另一些没有通过考试的孩子在复活节前一块到神父家厨房里补考。他们几个人在厨房里等神父的那会儿,复活节蒸糕用的面团被他撒了点烟末。

即便没有人见到他撒烟末,可是神父马上就想到是哪个孩子放的。

……下课后孩子们都跑到院子里,保尔被他们团团围住。保尔快快不乐地坐着,默不作声。谢廖沙呆在屋里子没出来,他以为是自己害了保尔,可又无法弥补。

校长叶弗列姆·瓦西里耶维奇从教员室的窗口伸出头,他厚实的声音,让保尔一惊。他叫道:

"马上叫柯察金到我这里来一趟!"

保尔惴惴不安地向教员室走了过去。

车站食堂的老板已经上了年纪，面色苍白，双目无神，他看了看站在旁边的保尔。

"他今年几岁了？"

"十二。"保尔的妈妈说。

"行，就让他在这里吧。要求是：每月薪水是八卢布，值班时管饭，上一天一夜的班后，可以休息一天一夜，但是不允许偷这里的东西。"

保尔的母亲连忙说："嗯，不会的，先生，肯定不会的！我确信他什么也不会偷。"

"那好吧，今天就让他上班。"老板说，转头对柜台后的女服务员说："齐娜，把这个小孩送到洗刷间，让佛罗霞安排他替格里什加的位子。"

女服务员跟保尔点了一下头，放下切火腿的刀，穿过食堂，向连着洗刷间的旁门走去。保尔走在她后面。他的母亲一面跟住他们，一面小声对他说：

"亲爱的保尔，你干活要手脚麻利点儿，不能让自己出丑呀。"

她不放心地目送着儿子，直到看不见才向门口走去。

洗刷间里的活儿十分繁重：一张桌子上放着一大堆刀叉和盘子碟子，几个女人在那里忙碌着，她们用搭在肩膀上的毛巾擦着餐具。

一个男孩子正烧着两个大茶炉，他看上去比保尔大一点，长着满脑袋毫无条理的红头发。

洗餐具的大锅里的开水呼呼冒气，让整个洗刷间雾气昭昭的。开始，保尔看不清楚女工们的脸。他呆呆地站着，不知道怎么去做，也不知道去哪里才好。

一个女人在不远处洗盘子，齐娜走过去拍了拍她的肩膀，说：

"佛罗霞，这孩子是刚到你们这里来的，准备去做格里什加的活。你给他安排活吧。"

她转身给保尔介绍叫作佛罗霞的女人：

"这位是这儿管事的，让她安排你的工作。"说完，她重返食堂去了。

"是。"保尔轻声答道，他看着眼前的这位管事的，等着她安排工作。佛罗霞抹了一把头上的汗，全身仔细打量了下保尔，好像是在考虑他能否完成工作，接着她卷了卷从胳膊肘上掉下来的袖子，用一种相当优美、厚重的声音说：

"小伙子，你的工作很简单：就是说，你每天早晨准时烧好大铜壶里的水，水要一直开着,当然,你必须自己劈木柴。此外,你的活还包括烧那两个大茶炉。还有,在活忙时,你还要帮着擦刀叉,倒脏水。小伙子,这些活也够你忙乎的了。"她说话时把重音放在字母"a"上,用的是科斯特罗马的方言。她说话的口音、翘鼻子和红润的脸,让保尔感觉上好了一些。

"看起来,这个大婶人还不错。"保尔这么想,接着鼓起勇气问佛罗霞:

"我现该做些什么呢,大婶?"

保尔话音未落,洗刷间里的女工们就哄堂大笑起来,把他后面的话淹没了。

"哈哈哈! ……佛罗霞有了个侄子……"

"哈哈! ……"佛罗霞笑得眼泪都快出来了。

洗刷间里水汽蒙蒙的,保尔看不清楚她的脸,事实上佛罗霞只有十八岁。

保尔觉得很不好意思,他转头问一个男孩子:

"现在我该做些什么?"

那个男孩子却嬉皮笑脸地说:

"还是问你的大婶吧,她会跟你说的,我不过是个临时工。"说罢,他就扭头跑到厨房去了。

这时,一个年纪稍大的洗餐具的女工对保尔说:"你先到我这儿来吧,帮我擦叉子。你们为什么这么开心? 他到底说了什么好笑的?"她递给他一条毛巾,说:"你拿着,用牙咬着一头,用手拉紧另一头,在上面来回地擦叉子齿儿,要擦得锃亮的,一丁点儿脏东西也不能有。这里对这活要求十分严。那些大人们都翻来覆去地看叉子,一旦发现一点点脏东西,那就完蛋了。老板娘会立刻解雇你。"

"什么? 老板娘?"保尔不明白。"刚才把我留下来的男人不就是老板吗?"

那个女工笑着说:

"孩子,你还不清楚,这里的事情都是老板娘做主,今天她不在家。这儿的老板没用,只是个傀儡,再过一段时间你就清楚了。"

洗刷间的门开了,三个跑堂的一人端着一大摞脏盘子走了进来。

其中一个宽肩膀、斜着眼、四方大脸的人说:

"要赶快洗呀。班车十二点就到了,但你们还是磨磨蹭蹭的。"

他看到了保尔,跟旁边的人说:

"这个孩子哪里的?"

"他是刚来的。"佛罗霞说。

"噢,是刚来的,"他说,"那你可要注意点,"说着他就用手按着保尔的肩膀,把他向两个大茶炉那边儿推去。"你一定随时确保这两个大茶炉开着,可你看,一个茶炉现在已经灭火了,另一个也只剩下一点火了。今天就放过你,如果明天还是如此,你就要被打了,明白吗?"

保尔一声不吭,就去烧茶炉去了。

保尔就这样开始了他的新生活。他第一天上班时使出了浑身的气力。他清楚:这和在家不一样,在家可以不理会妈妈的话。那个斜着眼睛的跑堂说得十分明白,假使不听从命令,只能被扇大嘴巴。

保尔把脱下的一只靴子套在炉筒上,接着用力向两个大茶炉的火吹风,火星立刻从两个能装四桶水的大肚子茶炉冒了出来。尔后他又把一桶污水倒进下水道,往大锅边上放了一些湿木头,又在已经开了的茶炉上放了一块湿抹布,好让它烘干。一句话,让他干什么,他就干什么,随叫随到。就这样一直干到深夜,保尔才向厨房走去,此刻他已有气无力了。那个年纪大的洗餐具的阿尼西娅等他走出去带上门之后说:

"唉,这孩子不同于其他人,他干起活来真卖力。一定是走投无路才上这儿干活的。"

"是呀,这小家伙真挺好的,"佛罗霞说,"他这种人肯定不会偷懒。"

"做一段时间就学会偷懒了,"鲁莎反对说,"一开始每个人人都会努力干……"

第二天上午七点,保尔已经被整晚不停地活儿累得浑身没劲了,他把两个烧开了的茶炉交给了来接班的圆脸男孩,那孩子的眼睛常常透着一种满不在意的目光。

那个孩子看到全部的活都做得很好,茶炉也烧好了,就把手放进口袋儿,白了保尔几眼,然后用斩钉截铁的语气说:

"嗨,记住了小子,明天早上六点钟到这儿来换我。"

"为什么是六点?"保尔说,"明明是七点钟嘛。"

"哪个愿在七点换班我不管,但你明天必须要六点来。你要是还想说没用的话,我就把你打得鼻青脸肿。你这个小坏蛋,刚来这儿就假装正经。"

那些交接好班的洗餐具的女工们,兴致勃勃地听着两个孩子对话。那孩子装腔作势的声音和鸡蛋挑骨头的态度惹恼了保尔。他朝着那孩子走近一步,很想重重地打他一个耳光,但又害怕才上一天班就被辞退,因此忍住了没有打。他面色发青地说:

"小子,说话别这么横,别骗我,要不然,你会自食其果!明天我就七点接班。

要比试的话,我随时奉陪;假如你现在想打我的话,那就来!"

那孩子往大锅那儿退了一步,吃惊地望着怒气冲冲的保尔。他怎么也没想到会遭受如此蛮横的反抗,颇有些尴尬。

"你有种,咱们骑驴看唱本走着瞧吧。"他嘟囔着。

第一天就这样有惊无险地过去了。当保尔急匆匆地往家走时,他想自己赢得了本就应该得到的休息。他现在已经是有工作的人了,再也不会有人说他无所事事了。

清晨的日头从高大的锯木厂后面冉冉升起。没多久就能见到保尔家的小房子了,看,这就是了,就在列辛斯基的庄园后面。

"妈妈肯定是才起来,我却已是收工归来了,"他一面想着,一面加紧步伐,嘴里还哼哼着小调儿,"不去上学也没关系。那个可恶的神父不会再惩罚我了。我还真想吐他满脸口水,"保尔正琢磨着,已走到了门口,在要进门的时候,又想起一件事:"我有机会必须要打他那臭黄毛的脸,对,必须要给他点颜色瞧瞧。"

母亲此刻在院子里烧茶炊,看到儿子下班了,急忙问他:

"今天过得如何?"

"一切顺利。"保尔回答。

母亲好像是要和他说点儿什么事儿。可他已经知道了。他从打开的窗户看见了哥哥阿尔焦姆,他正背对着窗子。

"哥哥怎么回家了?"他惴惴不安地问。

"嗯,他昨天晚上刚回来,往后他就不走了。他要去调车场工作。"

保尔犹犹豫豫地推开房门,走了进去。

那个坐在桌子旁边的人身材魁梧,正背对着保尔,这时扭头看着保尔,两道目光十分严厉。

"啊,往面团里撒烟末的英雄回来了?瞅瞅你干了什么事儿!"

保尔清楚,和突然出现的哥哥冲突是不理智的。

"我的事儿他都了解得明明白白,"保尔对自己说,"这次哥哥可不会轻而易举放过我。"

保尔对哥哥有些畏惧。

但是哥哥阿尔焦姆一丝也没有揍他的念头。他用一种嘲讽、蔑视的眼神瞪着他,把两个胳膊支着桌子,坐在凳子上。

"或许,你已念完大学,每门课都过关了,可是现在却要到食堂里去洗餐具,是不是?"阿尔焦姆怪声怪气地说。

保尔没敢抬头,看着地板毁坏的地方,专心致志地看一个突起来的钉头。阿尔焦姆没再搭理他,站起来到厨房去了。

"今天可能逃过去了。"保尔长舒一口气。

在喝茶的时候,阿尔焦姆让保尔实实在在地把他在学校里发生的事儿说一遍。

保尔把自己被开除的事儿一五一十地说了一遍。

"你现在就这么不听话,往后可怎么办呢?"他妈妈懊恼地说。"唉,我们到底怎么管教他呢?他这脾气到底是如何养成的?老天呀,为了能让他出人头地,我花费了多少的心血!"她埋怨说。

阿尔焦姆喝完茶,拿走杯子,对保尔说:"老弟,你听听妈的话。过去的事就过去吧,往后你一定要思虑再三,工作时绝不能偷懒,实实在在地干自己本分的事儿。假如你被这个地方炒你鱿鱼,我肯定会狠狠地收拾你一顿了。你要牢记,不能再让妈为你提心吊胆了。你这个小混蛋,无论在哪儿都不本分,总是到处惹事。现在必须好好想想了,一辈子在食堂洗餐具是没有未来的,你先在那儿干完一年,到时候我会想办法让你到调车场学点手艺。你现在太小,过一年再说吧,到时候我帮你找找人,也许调车场就能雇你。我已经调回来了,以后就在调车场上班。我们俩不能再让妈妈给别人干活了。她在那些大老爷跟前低三下四的,总是看人家的脸色行事,保尔,你给我听明白,往后要踏踏实实地做人呵!"

他站了起来,伸了伸懒腰,把放在椅背上的衣服拿起来穿上,突然对妈妈说:

"我要办些事儿,出去一个小时。"说着他低头过了门槛,向外边走去。

他到了院子里,在路过窗子时对保尔说:

"我给你买了一双靴子和一把小刀,等会儿让妈给你拿出来试一试。"

车站食堂全天营业。

谢佩托夫卡中转站有六条铁路线交轨。车站上全是熙熙攘攘的人,只有个把小时能稍显安静一些,那是夜里两班车之间的那段儿时间。车站每天都有上百列火车进进出出,从前线的一边儿换防到另一边儿。从前线下来的伤兵数也数不清,而刚入伍的人都披着灰色的军大衣,像潮水一样涌向前线。

保尔在车站食堂整整干了两年,两年里他接触的除了厨房就是洗刷间。地下大厨房里的劳动非常繁重。总共有二十几个人在那干活。十个跑堂不停地在食堂和厨房里进进出出。

这两年里,保尔的薪水增加了二卢布,现在每月挣十卢布,身材变得高大强壮起来。在食堂干活的日子里,他饱经甘苦:他在这里当过大师傅的下手,烟熏火燎了半年,后来因为那个权力挺大的厨师长看不惯他的倔强,他又被弄到洗刷间,厨师长害怕有一天激怒了保尔而遭到报复。如果不是保尔非常勤快的话,他可能早已被解雇了。保尔从不偷懒耍滑头,他比任何人都能干。

在食堂营业的高峰,他总是忙得不亦乐乎,一会儿端着盘子飞快地下着楼梯,从食堂奔向下面的厨房,一会儿又从厨房窜上去。

每天夜深了,食堂的两个餐厅里就渐渐地安静下来了,这时伙计们就在下面厨房的仓库里聚众赌博。有好多回,保尔看到赌桌上放着花花绿绿的纸币。伙计们有这么多的钱,保尔毫不奇怪,他知道他们每个班能得到客人们三四十个卢布的小费。客人一般会给他们半个或一个卢布。他们拿到小费后就大肆挥霍。保尔痛恨这些家伙们。

"这些短命鬼!"他心里想,"像我哥哥那样的技术出众的钳工,一个月才挣四十八卢布,我更惨,只有十个卢布;可这些人却在一天一夜就弄了这么多钱——怎样挣的呢? 进进出出地端盘子。一转眼就把钱糟蹋光了。"

保尔觉得他们是另外一类人,和那些老板差不多,是他的敌人。"这些混账东西,虽然他们在这里低三下四的,可是他们的家属却和有钱人差不多在城里趾高气扬。"

他们偶尔把身着中学生校服的儿子和吃得营养过剩的媳妇带来。"他们可能比那些吃饭的绅士还有钱,"保尔这样想。他已经习惯了这些伙计每天夜里在厨房的黑屋子里或是食堂的仓库里进行赌博。他十分明白,每个洗餐具的女工和女招待,如果不想用几个卢布的价钱,向食堂里有地位的人出卖自己的身体,那她们决不会被雇用很久。

保尔已经接触到了生活中最黑暗的一面。那里弥漫着变质的臭味,泥坑里的潮气正向他这个有着强烈的求知欲的孩子袭来。

阿尔焦姆想让保尔去调车场学手艺,但没去成,因为不要未满十五岁的童工。但是保尔总是幻想能离开食堂,他对调车场那黑黑的大石头房子很向往。

他一有空儿就去哥哥那儿,和他一块儿检查车辆,打打下手。

佛罗霞离开了食堂,这使他特别闷闷不乐。

这个女孩总是微笑着,令人十分高兴,可她已经走了,这时保尔才发现他们之间有着特别深厚的交情。现在倒好,早晨到洗刷间上班,就只听到这些没法回家的女工们叽叽喳喳地吵个不停,他感到一种难以言表的孤独和空虚。

在夜里歇着的时候,保尔把大锅下面加上木头,蹲在炉门口,眯成一条缝儿的眼睛盯着跳动的火焰——他觉得十分舒坦。这时只有他一个人在洗刷间。

他不知不觉地想起了前几天的事儿,想起了佛罗霞。那时的情景又清晰地浮现在他眼前。

那是一个星期六夜里休息的时间,保尔往厨房那儿走。在拐角儿,他爬上柴垛,想看看仓库里有没有人玩,因为赌钱的人一般全在那儿。

他们正赌得热火朝天,是扎利瓦诺夫坐庄,脸上泛着兴奋的红晕。

保尔听到楼梯上传来了脚步声,扭脸一瞥:普罗霍尔从上面下来了。保尔赶紧藏到楼梯下边,让普罗霍尔走到厨房去。楼梯下面很黑,普罗霍尔没有发现他躲在那儿。

当普罗霍尔在拐角往下走时,他那颗大脑袋和宽肩膀进入了保尔的视线里。接着又有一个人悄悄地急匆匆地跑下来,保尔的耳朵里响起了一个熟悉的声音:

"等等我,普罗霍尔。"

普罗霍尔停住脚步,转过身,仰头向上看去。

上面的人走了下来,保尔看清了,那是佛罗霞。

她拽住普罗霍尔的胳膊,用一种细小的哭泣声说:

"普罗霍尔,那中尉让你转交的钱呢?"

普罗霍尔突然抽出胳膊,凶巴巴地说:

"钱?什么钱?我不是都给你了吗?"

"可是,那个人让你拿了三百卢布。"保尔可以听出来佛罗霞的声音里带着强忍的哭声。

"你说多少?三百卢布?"普罗霍尔嘲讽她说。"难道你想全归你吗?太太,一个刷盘子的女工不值几个钱,我想,给你五十个卢布已经不错了。你想想,你的命还挺不错的!就是那些比你有知识的、整洁的贵妇人,也不值这么多钱呢?你的钱已经不少了,真应该谢谢我,陪别人睡了一次,就得五十个卢布。哪有这么多的神经病。好吧,我再给你十个,不,再加十个,可你不能再向我要钱了。你要想开点儿,以后还有机会,我帮你找客人。"说完了,他转身进了厨房。

"你这个地痞,无赖!"佛罗霞撵着他骂,随后她就倚在柴垛上,小声地哭了起来。

保尔站在楼梯下的黑影里,听见了他们的对话,又眼看着佛罗霞悲伤地呜咽,还用头往柴垛上碰,这时他的心情难以言表异常复杂。可是他没有露面,只是默默地,颤抖地抓着楼梯的铁栏杆,一个可怕的想法跳了出来:

"这些不要脸的家伙把佛罗霞也害了。唉,苦命的佛罗霞!……"

普罗霍尔丑恶的嘴脸引起了保尔强烈的反感,他对身边所有的人都越来越反感和敌视起来。"呵,如果我够壮的话,我肯定会打死这个混蛋!我怎么不像哥哥那么威猛强壮呢?"

火在炉灶里跃动着,小火苗落下去,又抖动着烧起来,形成一条长长的、翻转的火舌,冒着蓝光;保尔觉得,它像一个人对他吐着舌头,讥讽他的无能。

屋子里静悄悄的,只有炉子不时发出噼啪声和水龙头嘀嗒嘀嗒的声音。

克利姆咔嚓完最后一只平底锅,把它们放到架子上,擦了擦手。当班的厨子和打下手的女工们都睡在衣帽间。厨房里只有他一个人了。夜里厨房里的人有三个钟头休息的时间。这时克利姆卡通常是走上来和保尔一块打发时间,这个厨房里的学徒工和保尔非常要好。他一上来,就看见在炉门口前蹲着的保尔。保尔已经在墙上看见了熟悉的、头发乱糟糟的影子,他一动没动,小声说:

"你坐,克利姆卡。"

克利姆卡就在柴垛上躺下了,看着一言不发地坐在那儿的保尔,笑着说:

"你在那发什么呆?是对炉子使魔法吗?"

保尔把目光从火苗那儿挪开。他那双炯炯有神的眼睛盯着克利姆卡。克利姆卡从他的目光里看到了一种说不清楚的哀伤,他还是头一回见到保尔这副苦恼的样子。过了一会儿,他又问:

"嗨,今天你和平时不太一样……是不是心里有什么事?"

保尔站起来,在他的旁边坐下。

"没什么,"他用沉闷的声音回答。"克利姆卡,在这里我很不开心。"他使劲地握着放在膝上的双手。

克利姆卡用手臂支起身子,问:"今天你为什么不开心?"

"你问我今天为什么不开心吗?不,自打我来到这儿,就没有开心过。你瞧瞧这儿的一切!咱们像畜生一样工作,到头来不仅没有人感谢,而且还免不了挨打!哪个人心情不好,他就拿你出气,还不能反抗。老板雇我们给他干活,可是谁都可以任意欺负你。就算是你分身有术,也不能同时把每个人都照顾好,稍有差错,就会挨打受骂。不论你怎么卖命地干,分内的事全做好,让别人无可挑剔,总难免有点错儿,你还是难逃别人的打骂……"

克利姆卡吓了一跳,打断他说:

"别大吵大嚷的,小心有人进来听见。"

保尔噌地站了起来。

"随他们的便吧,我也不想在这干下去了。就是到马路上扫雪也比这儿强多了……这儿是什么……是埋死人的地方,这里的人全是臭无赖。你看他们每人都拿着大把钞票!他们根本不把咱们当人,对姑娘们为所欲为;如果有谁模样好看一些,又不想卖身的话,他们立刻就会把她赶走。她们能投奔谁呢?他们雇的全是一无所有的女人。她们只是想吃饱饭,这里至少还能糊口。为了有口饭吃,只好任他们欺负了。"

他满腔怒火地说着,克利姆卡担心谁会听到,赶紧爬起来关紧通着厨房的门。保尔还在不停地把满腹心事往外倒。

"就拿你做例子吧,克利姆卡,别人打你时,你为什么默默忍受?难道你甘心受他们的欺压吗?"

保尔坐到桌边的凳子上,疲惫地用手支着下巴。克利姆卡往炉子里加了几块木柴,也坐在了桌边。

"我们今天不学习了吗?"他问保尔。

"没书可念了,"保尔回答,"书亭不营业了。"

克利姆卡感到很意外。

"为什么不营业了?"

"卖书的被宪兵抓走了。还搜出了一些东西。"保尔回答。

"到底是怎么回事儿?"

"听说是什么政治。"

克利姆卡难以理解地看了保尔一眼。

"'政治'是什么意思?"

保尔耸了耸肩。

"天知道!听说,如果谁不服从沙皇,就叫犯了'政治'。"

克利姆卡害怕得抖了一下。

"真有人敢反抗沙皇吗?"

"不清楚。"保尔回答。

门开了,格拉莎迷迷糊糊地走了进来。

"你们俩怎么不睡会儿呢？趁着火车没到站，还能睡一个小时。你们去睡吧，保尔，我帮你看着水锅。"

保尔很快就被解雇了，比他自己想的还要早。而且他也没想到会这样离开那儿。

正月里一个寒冷的早晨，保尔上完了班，但是，没人来接班。他找到老板娘，说他要回家去，可是老板娘不让他走。所以，虽然他又累又困，但还要坚持一天一夜。到了晚上，他确实撑不住了。可是在别人睡觉的时候，他还要在几个大锅里倒满水，再烧好，等到三点钟的那班火车到站。

他拧开水龙头，但一滴水也没有，肯定是水塔里空了。他没关水龙头，自己躺在柴垛上睡了。他实在是熬不住了。

几分钟后，水龙头猛地哗哗流出水来，不一会水槽就满了，随后就溢出来了，淌到洗刷间的瓷砖地上，夜里洗刷间从来没有人。水淌得越来越多，水淹过了砖地，就顺着门底下淌进了食堂。

一股股水流，在沉睡的客人们的包袱和箱子下淌过，可是没有人发现。直到一个躺在地板上的客人被水弄湿了，他蹿了起来，大声叫唤，客人们都手忙脚乱地把自己的东西拿起来。食堂里乱成了一锅粥。

水依然淌着。

在旁边房子里收拾桌子的听到客人们乱哄哄的，赶紧过来看发生了什么事儿。他蹦过地上的水，越到门那儿，用力推开门。门一开水就更朝食堂里淌。

吵嚷更厉害了。几个值班的伙计一块奔进洗刷间。普罗霍尔冲着熟睡的保尔冲去。

拳头噼里啪啦地打在保尔的脑袋上，他被打蒙了。

他刚被打起来时，不知道发生了什么事，他眼里直冒金星，浑身疼得厉害。

他全身上下都给打伤了，艰难地、一拐一拐地走回家。

第二天早晨，哥哥眉头紧锁，脸色很难看，让保尔把事情的来龙去脉跟他说一遍。

保尔把夜里的事儿告诉了他。

"是哪个打你的？"

"普罗霍尔。"

"好，你先歇着吧。"

阿尔焦姆穿上他的皮上衣,一言不发地走了。

"你能帮我叫一下普罗霍尔吗?"一个以前没见过的工人问格拉莎。

"他很快就来了,你先在这儿等一会儿。"格拉莎回答。

身材魁伟的陌生人靠着门框。

"行,我在这儿等他。"

普罗霍尔拿着不少盘子,用脚踢开门走了进来。

"这就是你要找的人。"格拉莎指着他说。

阿尔焦姆冲上前去,一只有力的手狠狠地拍在那伙计的肩膀上,眼睛盯着他,说:

"你干吗欺负我弟弟保尔?"

普罗霍尔企图抽出肩头,但是阿尔焦姆的一记重拳已把他打翻在地;他企图站起来,可更有力的第二拳又打了过来,打得他晕头转向,怎么也起不来了。

洗餐具的女人们全傻了眼,藏了起来。

阿尔焦姆扭头就走了。

普罗霍尔血流满面地在地上扭曲着身子。

当晚,下班后阿尔焦姆没有回家。

他母亲打听清楚:他让宪兵抓起来了。

过了六天,他被放了出来,那已是晚上,母亲都上床休息了。保尔坐在床上,哥哥跑过去,在他旁边坐下,关心地问他:

"弟弟,你的伤好了吗?这次还算命好。"停了一会儿,他又接着说:

"没关系,你去发电厂上班吧,我已帮你办妥了。在那儿你能学点有用的东西。"

保尔抓住哥哥的大手,用力地握着。

2

一个石破天惊的消息如长了翅膀似的传遍了小镇的大街小巷:"沙皇被赶下台了!"

小镇里的每个人对此都难以置信。

有一天,在大雪纷飞、寒风呼啸中,一列火车徐徐开进了站台。车上走出了两个穿着军大衣、背着步枪的大学生和一群戴着红袖标的革命士兵。车站上的宪兵、上了岁数的陆军上校和当地驻军的指挥官统统都被他们抓了起来。这一行动让镇上的人们真正体会到:沙皇的的确确是被赶下台了。居民倾巢而出,他们踩着厚厚的白雪,穿过条条马路,全聚集到了广场上。

人们全神贯注地听着那些陌生的名词——自由、平等、博爱。

让人高兴和愉快的热火朝天的日子过去了。镇上又重现以往的安静,一面鲜红的旗帜在市行政公署上空迎风飘动,孟什维克和崩得分子成为这里的发号施令者。人们觉得这里没有什么太大的改变,只是多了一面红旗。

临近冬末,城里来了一个由贵族组成的近卫骑兵团。每天一大早儿,他们成群结队地骑马去车站抓从西南前线开小差的逃兵。

那些近卫骑兵整天吃吃喝喝,全都肥头大耳,脸色红润,身材高大。大部分军官都是伯爵和公爵,胳膊上挂着金色徽章,裤子上缀着银色的花纹边,这身打扮和沙皇时代毫无区别,好像根本没有革命过一样。

1917年很快过去了。保尔、克利姆卡和谢廖沙的生活还和以前一样,他们各自的主人都没有变。但在秋雨连绵的十一月,发生了些奇怪的事。车站上许多陌生人来来往往,不停地忙碌。由前线回来的士兵不断地在增加,他们都有一个奇怪的名称:"布尔什维克"。

这个称号听起来很有气势,但城里没有人知道这名称到底是因何而得。

近卫骑兵要想将进站的"逃兵"捉拿归案就更加不易了。车站上的窗户玻璃被子弹打得千疮百孔。从前线回来的士兵都是成帮结伙的。要是谁想挡住他们道路,谁就要做好挨刺刀的准备。等到十二月初的时候,运前线士兵的火车一列列地开进小镇来。

近卫骑兵派人封闭了车站,试图禁止军列的通过。那些同死神握过手的人用机枪向近卫骑兵射击,像浪潮般地冲下火车。

身着灰军服的前线将士将近卫骑兵赶回了城里,随后又返回到车站,这样装满了前方将士的车辆一列一列地开过去了。

1918年春季的一天,三个好伙伴在谢廖沙家里玩了一会儿"六十六点"扑克后,就跑出来沿路来到了柯察金家的园子里,在草地上躺着休息。他们都感觉到没什么意思,平常的游戏都已经玩得够多了。于是他们冥思苦想,想找出用什么好办法来使这一天过得更带劲些。就在这时,他们听到从后面传来的马蹄声,一个骑马的人跑过来了。那马纵身一跃便跨越了公路和篱笆间的那条小沟,马背上的人向躺在地上的保尔和克利姆卡晃了晃马鞭,说道:

"喂,小伙子们,过来一下!"

保尔和克利姆卡赶忙站起身,朝篱笆跑过去。那骑马的人灰尘满身,那顶斜戴在脑后的军帽和草绿色制服上都被厚厚的尘土弄得灰蒙蒙的。束腰的皮带上别着一支转轮手枪和两颗德国制造的手榴弹。

"小朋友们,麻烦你们给我弄点儿水喝!"他恳求道。保尔快步跑回家去拿水,骑马的人又对正在望着他的谢廖沙说:"小伙子,告诉我,如今这小镇上是谁的天下?"

谢廖沙急不可待地把镇上的各种相关的信息一五一十地说给这个人听:

"没人掌权的日子已经有两个礼拜了。只有当地的自卫队在这儿。每天晚上老百姓换班值勤防卫。您是哪个分部的?"他反过来提问。

骑马的人笑容可掬地回答说:"呵,小孩子不要了解那么多的事,要不然很容易老的哟。"

保尔捧着一大杯水从家中一路跑过来。

那骑马的人一大口就把水给喝没了并把杯子还给了保尔。然后他抖了一下马缰绳,向松树林飞奔而去。

"他是干什么的呀?"保尔困惑不解地问克利姆卡。

"我也不知道哇?"克利姆卡晃了晃肩,回答说。

但谢廖沙却以毋庸置疑的态度对这个"政治"问题做了合理的解释。他说:"也许,镇上又要有新的政府组成了,因此列辛斯基带着他的家人昨天都跑掉了。

有钱人一逃跑,就意味着游击队要来了。"

他的推论理由既充分又合理,保尔和克利姆卡马上就同意了他的观点。

这个话题,小伙子们还没有讨论完毕,公路上又传来了一阵马蹄声。随着响声,他们三人都朝篱笆跑去。

在孩子们视力范围的边缘上也即林管局主任的房子后面的树林里,许多人和车子出现在那里。在近处的公路上,大约有十五六个手里拿着枪的士兵,他们的枪都横着放在了马鞍上。带队的俩人其中一个是中年人,穿着保护色的军服,佩戴着军人的武装带,一个望远镜挂在胸前;另一个和他肩并肩同行的,就是孩子们刚刚看到的那个骑马的人。那中年人的军服上戴着一个红花结。

"看看,我刚才说的话准吧?"谢廖沙用胳膊肘碰了碰保尔说,"瞧见红花结了吗,他们是游击队,没错,一准是游击队,如果我看错了,那就叫我瞎了眼……"他兴高采烈地嚷了起来,像只快乐的小鸟一样地跃过篱笆向外面跑去。

两个好友也跟随在后面跑了出去。三个人一起站在公路边,看着这些来到镇上的人。

没多久,那些骑马的人已经来到了他们的近前,那骑马人,就是他们刚刚见过的那一个,向他们点头致意,并用马鞭指着列辛斯基的房子问道:

"这房子是谁家的?"

保尔迈着大步努力地跟着那骑兵,边走边说:

"是列辛斯基律师的房子。昨天他就逃走了。看情形他很害怕你们……"

"那么你如何能猜得出我们是哪一派的呢?"那中年人很和气地说。

保尔指着那个红花结,说道:

"这是什么?看一眼就明白了……"

全镇的居民都拥到了街上,饶有兴趣地望着这一支刚到镇上来的部队。保尔他们三人也同样站在路边,注视着那些风尘仆仆,面容疲惫的红军战士。

红军队伍中唯一的一门大炮和架着机枪的马车在石子路上轱辘辘地通过,他们三人也跟着游击队一起走,一直到队伍在小城的中心停下,散开到各家各户寄宿时,保尔他们才各自回到自己的家。

那天晚上,游击队把列辛斯基家当作临时指挥部所在地,在那儿的大厅里,四个人围坐在桌腿饰有花纹的大桌旁:满头白发的队长布尔加科夫和其他三名指挥部成员。

布尔加科夫在桌子上展开一张本省的地图,对坐在他对面、颧骨高、牙齿坚固的人,用指甲在地图上面划着印说:

"叶尔马钦科同志,你认为我们应该在这里给敌人一个痛击,但我的意见却是要在明天早上撤离。可能的话今晚就走,但是大家非常疲倦了。我们的任务是要抢在德国人前面到达卡扎亭。我们现有兵力是:一门炮,三十发炮弹、二百名步兵和六十名骑兵,就凭这点兵力想要打德国人,那无异于是拿鸡蛋碰石头……德国人像铁流般一路狂奔而来。只有联合其他撤离的红军,我们才能有实力和德国人打仗。叶尔马钦科同志,我们还应提高警觉的是,在沿途上除了德军,还有很多反革命匪帮。我的意见是:明天一早就撤离,然后炸掉车站对面的那座小桥。德国人要再修好它,也需要用两三天的时间。这样一来,就可以把他们在沿线铁路行进的时间拖延几天。同志们,你们的意见呢?让我们商量商量,做个决定吧。"他对坐在桌旁的人说。

和布尔加科夫斜对面坐着的斯特鲁日科夫,咬着唇在分析着地图,随后抬起头看了一眼布尔加科夫,好不容易才将憋在嘴里的话说了出来:

"我……我……同……同意布尔加科夫的意见。"

那个年纪最小、身着工人服的人也赞成说:"布尔加科夫分析得有道理。"

唯独叶尔马钦科,那个白天同保尔他们说过话的人,还是摇头不同意。他说:

"那费劲组建这支队伍是为什么呢?难道说就是要在德国人面前枪都不响就撤离?照我的看法,在这里我们应该和他们打一仗。我不愿意不战而退……如果我能做主的话,那我毫不迟疑地和他们在这儿打……"他一下子推开了椅子,站起身来在屋子里来回踱步。

布尔加科夫不同意地望了望他。

"打仗要冷静、有理智,叶尔马钦科。已经知道肯定会被打败,却非得让战士们做不必要的死亡,这样的事我们决不能做。不然的话,会贻笑大方。我们所面临的敌人将是整整一个师团,并配有重炮和装甲车。……叶尔马钦科同志,这可不是闹着玩的……"接下来,他转过来对其余俩人,果断地说:"就这么定下了——明天早上撤离……下一个问题是关于联络问题,"布尔加科夫接着说,"我们是收尾撤退的部队,因而就担负着在敌后有组织地进行工作的任务。一个小镇上就有两个车站,说明这儿是一个至关重要的铁路中心站。为此,我们要挑选一个值得信赖的同志在站上工作。现在做个表决吧,看看谁留在这儿比较合适。大家提名吧。"

叶尔马钦科靠近了桌子,说:"我提议应该将水手朱赫来留下来。首先,他是本地人;其次,他是一个钳工,又会电工,很容易在车站找到活儿;再次,他并没有在我们的队伍中,镇上没人见过他,今天晚上他才能到这儿。他这个人聪明机敏,身手利落,这儿的工作他一定能出色地完成,我认为他是最恰当不过的人选。"

布尔加科夫点头表示赞许。他说:

"很对,叶尔马钦科,我同意你的提议。"然后他转过身问另两位,"你们还有什么其他意见吗?如果没有?那这个问题就算定下来了。我们给他留一笔钱和工作委任状……同志们,现在来研究最后一个问题。"布尔加科夫接着说,"这个问题是关于如何处理镇里的武器。镇上有一个沙俄战争时期留下的,装有两万只步枪的武器库。如今这些枪都被藏在了一个农民的棚子里,人们对这件事已经淡化得一点印象都没有了。那棚子的主人跟我说了这个消息,他想把这些枪弄到其他地方……自然,这个武器库绝对不能留给德国人,这是明摆着的了。我的建议是将这些枪烧毁。而且要在天亮之前都办好。但这样做非常危险,因为这个在镇边棚子的周围都是些穷人的住所,担心火势蔓延,可能会烧毁老百姓的房子。"

斯特鲁日科夫身体强壮,脸上的胡子已经很长时间没刮了,他身子轻轻地动了动,说道:

"为……为什么……要烧毁?我想……我们应该把……把这些武器分给百……姓。"

布尔加科夫马上将身体转过来,问道:"你的意思是,把这些枪分给老百姓?"

"好。说得不错!"叶尔马钦科由衷地叫好。"把这些枪都分给工人们和其他的居民,谁要都行。这样,当乡亲们被德国人逼得忍无可忍的时候,就可以利用这些枪来狠狠地教训他们。德国人一来,肯定会很残忍地折磨乡亲们的。到了无路可退的地步,青年们就会拿起武器奋起还击的。斯特鲁日科夫的建议很好:把武器分发出去。假如能把武器带一些给附近的村子里去,那就更好了。农民们会把它们藏得非常隐蔽,等到德国人肆意抢掠、敲诈人民血汗的时候,这些有用的枪支会发挥多么大的作用啊!"

布尔加科夫笑了:

"是啊,但是如果德国人强迫下令交枪的话,他们就会交出来的。"

叶尔马钦科不赞成地说:

"不会的,不会全部交出的。有的交,也有不交的。"

布尔加拉夫带着询问目光看了看在座的每个人。

那年轻工人也认为叶马尔钦科和斯特鲁日科夫的意见可行:"我们就把枪发下

去吧,分发了好。"

"好,那我们就把枪分下去。"布尔加科夫也点头了。"一切问题都已经分析研究过了。"他从桌旁站起来说,"从现在直到明天一早,我们都可以好好地休息休息了。朱赫来来了,立刻请他到我这里来。我想同他谈谈。叶马尔钦科,请你去检查一下岗哨去吧。"

大厅里只有布尔加科夫一个人了,在客厅旁边有一间卧室,他走了进去,在褥子上铺好了军大衣,就躺下了。

保尔从电厂下了班向家走的时候,天已经亮了。他作为锅炉工的小工,在厂里工作已经满一年了。

保尔一下子就感觉到今天镇上和平时有些不同,格外的热闹。回家的路上,保尔看见很多人的手上都有步枪,有一支的,有的甚至还拿着两支、三支。他搞不懂这到底是怎么回事,于是赶忙跑回家。在列辛斯基院子的旁边,昨天看见的那几个人正跨上战马,就要出发了。

保尔跑回家里匆匆忙忙洗了把脸,他听到母亲念叨着阿尔焦姆还没回家,就马上跑出门外,去找住在小镇那头的谢廖沙。

谢廖沙,保尔的这位朋友是火车副司机之子。他的父亲自己拥有一所小房子,家里的产业也不算大。谢廖沙没在家。他那位长得又白又胖的母亲,非常不满地看着保尔,说道:

"鬼才知道他在哪儿!天刚透亮,他如同发了疯似的跑得无影无踪。他好像说有一个地方在分枪,十有八九他是在那里。你们这些鼻涕将军,每一个都该用藤条狠狠地打一顿。简直是太不像话了,真是拿你们没辙。个子跟尿壶差不了多少,就要去摆弄枪!去跟我家那个小混蛋说,如果他敢拿回家里一粒子弹,我就把他的头拧下来。什么破烂东西都往家拿,以后还要替他担惊受怕。你干什么,也想到那里?"

但是保尔根本不愿意听谢廖沙的母亲唠叨,早就跑出门外了。

在路上,他遇见一个每只肩上都背着一支枪的人。他快速地跑过去,问道:

"大叔,发枪的地方在哪里?"

"在维尔霍维纳大街,那儿还在分发着呢。"

保尔撒腿使劲向那人所说的方向跑去。跑过两条街后,他看见了一男孩,那男孩手里费力地拽着一支很沉的、带着刺刀的步枪。保尔截住他问:

"从哪儿拿到枪?"

"游击队在学校的前面分的,已经发了整整一夜了,现在枪是一支也没剩,只有些空箱子还放在那儿。那些枪都让大伙给拿光了,我这是第二支了。"那小孩子洋洋自得地说道。

这个消息让保尔十分沮丧。

"真是的,要是早点知道,就不回家直接向那里去了!"他有些懊悔地想道。"这样的一个好机会我竟然没赶上?"

忽然,保尔计上心来:他麻利地转过身,快步赶上了走开了的小男孩,从他手里一下子抢过步枪,他用一种近乎霸道的语气说:

"你一支就行了,这一支给我。"

这样明目张胆地进行抢夺,小男孩气愤至极,向保尔扑了过去。保尔往后退让了一步,拿着带有刺刀的枪,严厉地大声喊道:

"走开,再不走小心戳着你!"

那小孩伤心得哇哇大哭起来,一转身跑掉了,由于没办法抢回枪,他气得破口大骂。保尔心满意足地回家了,他跨过篱笆,直接朝板棚跑去。枪被藏到了棚顶下面的木梁上,他高兴地打着口哨进了家门。

乌克兰夏天的夜晚妙不可言,尤其像谢佩托夫卡这样的小城镇,中心是城区,四周是农村。

宁静的夏日夜晚,那些少男少女们全都来到室外。他们成帮结对的,有的在台阶上坐着;有的在花园散步;有的在大街上,坐在盖房子用的木垛上。他们的欢笑声、唱歌声缕缕不绝。

温暖的空气飘散着浓浓的花香;星星就犹如夜空中飞动着的无数萤火虫,在遥远的天际一眨一眨地闪亮着;热闹的人声传了好远好远……

保尔拉得一手好风琴,他从来都是把那架音质纯美的、维也纳生产的双排键手风琴小心翼翼地搁在膝盖上,那灵敏的手指在琴键上不时地轻轻按着;悠扬的琴声一会儿高一会儿低,不时发出一串串的滑音。琴声有时是沉沉地长叹,有时是欢快悦耳地拨动人们的心弦……

欢快的手风琴在演奏,如何叫人不随琴声起舞呢?人们的两只脚自然而然地跟着琴声跳起来了。手风琴的音乐声强烈而欢乐地响着,多么叫人痴迷的美好生活呀!

今天晚上的气氛尤其令人高兴。在保尔家外面的柴堆上坐着一大群喜欢说笑的年轻人,他们在开心地聊着、笑着,其中嗓门最大的是保尔的邻居嘉莉娜。这个石匠家的姑娘,愿意和男孩子们在一起又唱又跳。她的嗓音是女中音,声音既响亮又圆润。

嘉莉娜一副伶牙俐齿,向来保尔对她就有点畏惧。今晚她在柴堆上坐着,亲密地紧搂着保尔,身子也在向他靠,声音很大的又说又笑:

"你呀,长得英俊潇洒,又拉得一手好风琴,只不过还太小了点,不然的话做我的小丈夫可真是称心如意啊!我最喜欢拉手风琴的,只要听见琴声,我的心都快陶醉了。"

保尔被弄得面红耳赤,好在是黑天没人看得清,他想同这个调皮的女孩分开点距离,但是嘉莉娜用力地抱住他,让他欲离不能。

"啊,宝贝儿,想去哪儿?你要跑吗!啊,多可爱的小心肝啊!"嘉莉娜逗乐地说。

保尔感觉到自己的肩膀碰到了她那丰满的胸脯,这更让他局促不安,心神不稳了。四周伙伴们笑声却不时地在安静的街道上回响着。

保尔推开她的肩膀,说:

"你耽误我拉手风琴,离远一点儿吧。"

这又引来一片的欢笑声、打趣声和玩笑声。

玛鲁霞插话说:

"保尔,给我们拉一支牵动人心又有些伤感的曲子吧。"

琴箱一点点地变长了,键盘上保尔的手指在灵活地弹奏着。那是一首大家会唱的乌克兰民歌。嘉莉娜随着琴声领先唱了起来,玛鲁霞和其他人也在轻声地哼唱:

纤夫们离开了船,
一同回到了家乡;
家里有亲人,
家里有眷恋,
让我们唱出了心中的想念……

青年们的响亮的歌声越过大片的森林,传到了遥远的地方。

"保尔!"

传来了阿尔焦姆的声音。

保尔赶紧收拾好手风琴,扣好琴带。

"在喊我呢,我要走了。"

"别,再等一会儿,再跟我们玩会儿吧,天还不晚呢。"玛鲁霞试图挽留他。

"不行,"保尔赶忙说道,"明天再说吧,现在我得回家了。我哥在喊我。"说罢,他就越过马路向家里跑去。

打开房门,他瞧见罗曼——阿尔焦姆的同事,在桌子旁边坐着,屋子里还有一个不认识的人。

"你喊我?"保尔问。

阿尔焦姆向保尔点了下头,对那不认识的人说:

"他是我的弟弟。"

那陌生人向保尔伸出了一只粗壮有力的手。

"是这样的,保尔,"阿尔焦姆对他说,"你说你们厂有个电工有病了,对吗?明天你探听探听一下消息,看看是不是真的要请一个懂技术的人来顶替他。如果要请人的话,你回来通知我一声。"

那陌生人接话说:

"啊,不用,我和他一起去工厂,我自己和电厂的老板讲一下。"

"要请人是没错的了。今天由于斯坦科维奇病了,电厂的机器都无法正常运行。老板今天两次想找个人来顶替他,但都没有合适的人选,老板还不敢担这么大的风险,就指着我这个锅炉工来发电。我们的电工得的病是伤寒。"

"如果是这样的话,事情就容易多了,"那陌生人说,"明天我过来找你,咱们一起去。"他对保尔说。

"行。"保尔答应道。

陌生人那灰色而平和的眼睛在细心地打量着保尔,这眼神恰好和保尔的目光碰到了一起。这坚决、注视的目光让保尔觉得有些难为情。陌生人身着一件灰外套,每一个纽扣都很好地扣着,衣服绷住他那宽宽的、有力的肩膀,外套被衬得又小又窄了。他的脖子短而粗,他整个人就如同一棵粗壮的老橡树一样结实。

陌生人要离开的时候,阿尔焦姆对他说:

"好吧,再见朱赫来!明天你和我弟弟一起去,事情肯定会没问题的。"

游击队离开三天后,德军就开到镇上来了。沉寂了三天的车站上,火车的汽笛又响起来了,这无异于告诉人们:德军来了。消息立即散布到全镇的每一个角落。

"德国人来了。"

镇上的人就像被捅了窝的蚂蚁一样骚动不安。德国人早晚会来的消息对大家来说早已不是什么新闻,但对于这件事的可信度总是打折扣。然而,如今那些令人恐惧的德国人不是远在海角天涯,而是已在眼前,已经到镇上来了。

镇上的百姓们都倚着篱笆或院墙门向外看着,没有人敢到街上去。

德国人在马路两边排成一队行进,中间的石头路上没有人走。他们身着深绿色的军服,沉沉的钢盔戴在头上,带有宽边刺刀的步枪在他们手里平端着,后背上背着一个大行军袋。他们像一条没有尽头的长带,由车站蜿蜒到镇上。即使镇上没人想要去和他们斗争,但每一个德国人的行动仍是很小心谨慎,以备随时可能发生的突变。

走在队伍前头是两个手拿盒子枪的军官;其中的一个是充当翻译盖特曼军官,他上身穿着蓝色的乌克兰短外套,头戴着高高的乌克兰羊皮帽,在马路的中间走着。

德国部队列成方阵排在镇中心的广场上,随着鼓手们敲打,号鼓声响了起来,一小群胆大的人被他们叫到了一起。穿着蓝色短外套的盖特曼军官,来到了一家药房的较高的台阶上,高声念着发自本镇司令科尔夫少校的命令。

命令内容如下:

第一条 本镇任何居民,应于二十四小时内,交出一切火器及其他武器,违者枪决。

第二条 本镇宣布戒严,晚八时起禁止通行。

本镇城防司令 科尔夫少校

那座以前的镇公署,革命后的工人代表苏维埃办公楼的房子,现在成了德军司令部所在地。门口台阶上站着一个哨兵,他现在戴在头上的是带有帝国徽章的军帽而不是钢盔。司令部的院子留出了一个地方,准备用来存放收上来的武器。

一整天,那些怕挨枪子的人们不停地来交武器,大人们没敢出面,交枪的人多数是年轻人或小孩子。德国人谁都没扣押。

一些不想被人瞧见的交枪人,就在夜里偷偷地把枪随意丢掉,第二天早上,德国巡逻兵就把这些被丢的枪支拾起来,用军用马车装着运到司令部去。

中午十二点过后,交枪的最后时限到了,德国士兵点了点他们的收获物,总计收缴数量是一万四千支步枪,这也意味着,仍然有六千支没交的枪,接着他们对全镇的居民逐一清查,却没起到多大的效果。

第二天清晨,镇外犹太人的古墓旁边枪杀了两个铁路工人,原因是在他们屋子里查出了隐藏的步枪。

阿尔焦姆一听到了交枪的命令,就匆匆忙忙跑回家。他在院子里碰见了保尔,一下子握住了他的肩膀,声音很低、但很坚决地问:

"你有没有从仓库里拿过什么东西回家?"

开始,保尔原本不想说出步枪的事,但他不愿意欺骗自己的哥哥,就完完整整地将事情的经过都说了出来。

他们俩一起朝栅栏跑去。阿尔焦姆拿出了藏在木梁上的枪,抽出枪机,拨下刺刀,举起枪身,用尽所有的力气,向篱笆柱子使劲地砸着,枪托被砸得七零八落,没碎的部分枪身被远远地扔到了花园外面荒地里,接下来阿尔焦姆又把刺刀和枪机投入了粪坑中。

阿尔焦姆麻利地干完这一切之后,对保尔说:

"保尔,你已经不再是个小孩子了,要清楚武器不是什么好玩的。我郑重告诫你——今后任何这类东西都不准拿回家来。你要晓得,如今因为这个会没命的。千万要记着,以后不能对我隐瞒什么,如果你把这些东西拿回来,给搜了出来,我就得第一个被抓去枪决。你可能没什么事,你现在仍是毛孩子。但现在是无理可讲的时候,知道吗?"

保尔保证再也不把这类东西带回家来。

在他们经过院子走向家里时有一辆四轮马车,停在了列辛斯基家的大门口。律师和他的妻子带着两个孩子——妮莉和维克多——正在下车。阿尔焦姆气愤地说:

"看哪,飞走的候鸟又回家了。又要有好戏上演了,他妈的!"说完,他就进了屋。

一整天保尔都为那支步枪的失去而伤痛不已。与此同时,他的好朋友谢廖沙在一座被人遗弃的棚子里,拿着铁锹用劲地挖着墙根,一个大坑好不容易被挖好了。在分枪的时候,他设法搞到了三支新枪,现在他用破布把这些枪包好藏到地底。他怎么都不愿把枪白白地交到德国人那儿。昨天夜里,他整整干了一夜,就是不想失去这些费了好大力气才搞到的心爱之物。

他把坑用土填平,再使劲将上面压平整,接着又拿了些破烂东西遮住。他仔仔细细地又检查了一遍,感觉再没有破绽了,这才摘下帽子擦了擦头上的汗水。

"可以了,现在随他们怎么搜也没问题了,假使真的被查出来了,谁又会知道它是谁家的破棚呢!"

朱赫来已经在电厂工作一个月了。随着接触,保尔不自觉地跟这个不苟言笑的电工接近了。

电工朱赫来常给保尔——这个锅炉工小工讲解发电机的构造,向他传授有关发电的知识。

水手朱赫来非常喜欢这个头脑聪明、灵活的小伙子,有时间他常去阿尔焦姆家。这个明白事理、冷静严肃的水手,对于保尔家的人所说的种种日常生活中的琐事,他总是很细心地听着,当保尔的母亲抱怨保尔顽皮的时候,他更是聚精会神地倾听。每当保尔的母亲心酸地倾诉着家里所遭受到的不幸时,他总是有办法安慰她,让她安静下来,让她把那些不愉快的事忘记,心情变得好一些。

一天,保尔经过发电厂院子柴堆中间,朱赫来笑着拦住他说:

"你母亲跟我说你经常打架。他说你如一只争强好胜的公鸡一样总是打架。"朱赫来笑了笑,仿佛是很欣赏似的。随后他又说:

"打架其实也不见得是件坏事,但是要清楚为什么而打和对象是谁。"

保尔弄不明白朱赫来说的是正经的还是在拿他开心,他答道:

"我从不无缘无故地打架,只有在我有理时才会打。"

朱赫来出人意外地问道:

"如果我将正规的打法教给你,你喜欢学吗?"

保尔惊讶地看着他:

"正规的打法是什么呢?"

"好,你看着。"

朱赫来简要地讲了一下英国拳法,让保尔开始了第一堂课的学习。

这套本领学着不是那么容易,为了练好它保尔费了不少力气。但他的苦练也颇有成效。朱赫来的拳头让他一次次像倒栽葱似的摔在地上,但这个徒弟却仍很执着,坚持学着。

一次，很热的一天，保尔从克利姆卡家回来，在屋里四处走来走去，却不知道该做些什么，最后他决定到他最愿意去的地方——攀到房后面园子角的小木板棚上面。他走过后院，来到了小园子的木板棚跟前，顺着墙壁突起之处爬上棚顶。他从遮在板棚上面的茂盛樱桃树枝中穿过，径直地钻到棚顶中间，在温暖的阳光照耀下，很惬意地躺着。

列辛斯基家的花园就在木板棚一边的对面，如果爬到棚顶的边上，还可以瞧得见花园的全貌和他们家房子的一面。保尔从棚上伸出了头，望见院子的一角和一辆停在那里的四轮马车。住在列辛斯基家的那个德军中尉的勤务兵正整理着他长官的衣物，用刷子扫掉上面的灰尘。列辛斯基家的大门口，保尔经常能瞧见那个德军中尉。

那位中尉是个矮子，脸上发出健康的红晕，留着剪得很短的小胡子，戴着夹鼻眼镜和漆皮帽舌的军帽。保尔晓得这个中尉的住处是在厢房里。通过那扇向着花园开着的厢房的窗子，房间里的所有活动都能从棚顶上看得清清楚楚。

这一刻，中尉在桌边坐着，正写着什么，接着拿了已写好的东西出了屋子。把那封写好的信给了他的勤务兵之后，他就在花园的小径上朝着临街的栅栏门方向走着。到了凉亭时，他停了下来——很明显是在和什么人谈话。列辛斯基的女儿妮莉从亭子中出来，中尉挽着她的胳膊，两人就一起出了栅栏门上街去了。

这些保尔都尽收眼底，本来他想要小睡一会儿，这时他望见那勤务兵进了中尉的房间，将主人脱下的军服在衣架上挂好，并打开向花园的窗户，将屋子打扫干净之后就走了，门被信手关上。不久，保尔就看见勤务兵已到了拴马匹的马厩里。

从打开的窗户看去，整个房间都被保尔瞧得一清二楚，一副武装带和一件闪闪发光的东西在窗边的桌子上摆着。

保尔受不了好奇心的诱惑，悄无声息地攀住樱桃树，从棚顶溜下来，蹦到列辛斯基家的花园里。他弯着身子，没用几步就来到了敞开的窗前，向窗里面张望着。他看见桌上放着的是武装带，它带有刀鞘和枪套。枪套的里边是一只精致的"曼利赫尔"自动手枪，这只手枪能装十二颗子弹。

保尔激动不已，控制不住自己了。在他的内心深处进行着猛烈的斗争，但最终他还是鼓足了气，不顾生死的胆大妄为，将身子伸进房里，抓住枪套，拿出了那只锃亮的黑色手枪，赶紧又返回花园。保尔向四周望了望，小心谨慎地把手枪放到了口袋，接着又越过花园，猴子般顺着樱桃树爬上了棚顶。他又转过头瞧了瞧，那勤务兵还在和马夫悠闲地说着话。花园里仍旧是静悄悄的……保尔滑下板棚，一溜烟跑回了家。

保尔的母亲在厨房里忙着准备饭菜,一点未曾留意到他。

保尔随手将箱子后面的一块破布塞进口袋,不声不响地溜出房门,走过园子,跨过篱笆,在通往森林的大路上猛跑着。他的一只手死死地握住那个很沉的不时碰着他大腿的手枪,用尽全力朝一孔快要塌架的破砖窑飞快地跑着。

他几乎是脚下生风,腾云驾雾般地飞奔,一阵阵风在他耳边呼啸着。

破砖窑那儿静得很。有几处木头的窑顶已经倒了下来,堆得跟小山似的碎砖和被毁的砖窑让人感受到一种无比的凄凉。这儿是杂草丛生。也只是他们三个好朋友时而聚到一起到这儿来玩玩。保尔明白,在这儿有好多既保险又隐藏之处,可以用来秘密地藏好他偷来的宝贝。

保尔从一个破窑口钻到了砖窑里,接着又探出脑袋来,很警惕地环顾着周围,大路上空无一人。只有松树飒飒地在低声诉说着,一阵轻风吹起了路边的尘土。空气中弥漫着强烈的松脂气味儿。

那只用破布包好的手枪被保尔放到了窑底的一个角落里,然后用一堆碎砖块把它盖得严严实实。钻出窑后,他又用砖将灶门封住,并设了个标记,才重新回到大路上,慢慢地向家的方向走着。

一路上他的膝盖一直在颤抖着。

"这件事会有什么样的结果呢?"保尔心里暗暗地想着,一念及于此,他的内心就因预感而感到不那么轻松。

为了能早点儿走出家,还没到上班的时间保尔就去了厂里。从看门人那里取了钥匙,打开大门,进入机器房。不论是在擦风箱还是向锅炉里加水、在点火的时候,一个念头始终萦绕在脑际:

"不知这个时候列辛斯基家里会怎么闹呢?"

夜已经很深了。大约有将近半夜十一点的时候,朱赫来跑到这儿找保尔,叫他到院子里去,低声地问道。

"那些人今天干吗要到你家里去搜查?"

保尔吓得打了个冷战:

"查什么?"

朱赫来想了一会儿,接着说:

"嗯,也没什么事。你确实不知他们在搜什么吗?"

对于德国人想要找的东西,保尔自然清楚得很。但他没胆子把偷枪的事对朱

赫来讲。他因为害怕而全身抖个不停,问道:

"阿尔焦姆被抓了吗?"

"人倒是没抓,但你们家却被翻了个底朝天!"

听到没有人被抓,保尔心里略感安慰,但仍是忧心忡忡。一时间他们两人都在考虑着各自的心事。一个是明白为何搜查,害怕事情的后果;另一个却是因不了解搜查的原因,而心惊胆战。

"活见鬼,难道说他们在暗中已察觉到了我的蛛丝马迹了?可是,就连阿尔焦姆也是一点儿不知情、不了解我的底细啊,但是到他家搜查是为了什么呢?以后行动要多多留意。"朱赫来心里想着。

他们俩都是心事重重,默默地各自干活去了。

但是今天的列辛斯基家里却是"热闹"非凡。

那位德军中尉回来发觉手枪没了,于是喊来了勤务兵,问他原因。待到弄清手枪真的是丢了后,这位平日里看起来教养很好的德军中尉抬手便给了勤务兵一个大耳光。勤务兵的身子摇晃了几下,随后又笔直地站在那儿,眼神中带着有罪的神情,毕恭毕敬地等候处理。

律师列辛斯基被叫来,他向中尉表示深深歉意。认为在自己家里竟然出现这样丢人现眼的事,他内心万分地难过。

此时维克多也在场,他跟父亲说,或许是邻居偷走了手枪,特别是小无赖保尔可能性最大。他父亲赶紧把儿子的想法向中尉做了汇报,因而中尉马上下令去搜。

但搜查的结果却是一无所获。通过这次德国军官丢失手枪的事,让保尔更加确信:即使是如此有性命之忧的事,也没什么大不了的。

3

冬妮亚在打开的窗子旁边站着,神情悲伤地注视着她熟悉的、喜爱的花园,注视着花园四周那在轻风吹拂下微微飘动着的、伟岸的白杨。她无法确信她已经和眷恋的故居分别正好一个年头了。她好像才离开这从小就不陌生的地方一天,今天又坐着早班火车到这儿一样。

她的家还是老样子:一列列马林果树丛修整得齐刷刷的,跟几何图形似的,两边种着妈妈心爱的蝴蝶花的小路还和从前一样。花园里干净、赏心悦目,一切都显露出一个园艺家呕心沥血的成就,但是这些齐刷刷的、图形一样的花间小路却让冬妮亚觉得闷闷不乐。

冬妮亚捧着一本没看完的小说，推开了连着凉台的门，顺着台阶踱进花园。她又打开了花园里刷着油漆的栅栏门，朝车站水塔边上的池塘慢慢走去。

她走过小桥，悠然自得地来到路上。这条路和公园里的林荫道差不多，右边是池塘，池塘周围长着白杨和不少茁壮的垂柳；左边是一片生机勃勃的树林。

她正打算到池旁边被人遗弃的采石场上去，可她瞧见波光荡漾的水面上立着一根钓竿，于是她就站住了。

冬妮亚把身子趴在弯弯曲曲的柳树上，用手撩开柳树枝，发现一个长得黑黑的年轻人。他没穿鞋，裤管挽到膝盖上，他身边有一个长着红锈的铁盒子，里边放着蚯蚓。那个年轻人正全神贯注地钓鱼，没有发现冬妮亚在盯着他。

"难道在这儿也会有鱼上钩吗？"冬妮亚问道。

保尔恼火地扭头瞪了她一眼。

保尔发现一个不认识的女孩子抓着树枝，身子差不多贴到水面上了，她上身穿着领口带着蓝条的白色水手装，下边套着淡灰色的迷你裙，脚上穿着一对棕色的皮鞋。两只花边短袜绷在她那晒黑了的细长腿上。栗色的头发梳成了一条粗大的辫子。

抓着钓竿的手稍稍抖了一下，鹅毛做的漂儿在波澜不惊的水面上动了几下，漾出一道道波纹。

他背后传来了低低的、难以自禁的声音：

"上钩了，看，鱼上钩了……"

保尔感到非常烦躁，他立刻拿起鱼竿，把挂着蚯蚓的鱼钩拉上来，激起一片水珠。

"真要命，这根本没法钓鱼！从哪来了个烦人的家伙。"保尔心里很不高兴，为了不让她看出自己的难堪，他用力把鱼钩甩得远一些，但却甩到了两棵水草当中，这正好是鱼钩的禁区，因为鱼钩会钩住水草的根部。

保尔心里清楚鱼钩甩错了地方，就一动不动地朝坐在后面的女孩子嘀咕说：

"吵什么？把鱼全弄走了。"

话音未尽，他就听见上边响起了一种挖苦、指责的声音：

"嗬，鱼儿瞧到您那副德行早就没影了！话又说回来了，有谁还在晌午钓鱼？看，多聪明的渔夫呀！"

保尔竭力克制自己的冲动，但这个丫头也太不给台阶下了！他站了起来，往前额拉了一下帽子——这是他平时不高兴的动作——可还是用最礼貌的词儿说：

"小姐，请您还是离我远一些，好吗？"

冬妮亚眯起眼睛，闪过一丝微笑，两眼露出高兴的神情。

"我确实让您分心了吗？"

冬妮亚的声音里已经没有了挖苦的意思，并且还有一种毫无敌意、真诚的语气。保尔原打算朝这位不知从哪里跑来的"小姐"骂一些难听的话，听到女孩子语气变了，自己反觉得不好意思了。

"如果您乐意看，那就请看吧，我不是讨厌您在这里坐着。"说完，他又坐下，盯着鱼钩的漂子。但是漂子紧靠在水草上，显而易见，鱼钩是挂在了水草的根上了，保尔不敢拿起鱼竿。

"钩如果刮住了，就难以把它拽下来，那姑娘肯定会讽刺我的。她如果离开这儿就太棒了！"保尔心里盘算。

冬妮亚不仅没离开，而且在轻轻摆动的弯曲垂柳上坐得更舒坦了，把书搁在腿上，开始盯着这个眼睛黑亮、皮肤发黑、行为粗鲁的男孩。他刚才对她的出现十分粗鲁，这会儿又成心不和她说话。

保尔呢，他能从那清澈如镜的水中清楚地看见女孩子坐着的倒影。她正在读书，保尔借这功夫开始悄悄地拉了拉那刮住了的鱼线。漂子在朝水里钻，鱼线好像发脾气一样绷得很紧。

"确实刮住了，娘的！"保尔心里跳出这个念头，一瞥眼就看到水中的一张调皮的笑脸。

就在这个节骨眼儿，两个年纪还小的人从水塔旁的小桥上走了过来。他们在八年制学校里读书，现在上七年级。其中一个是机务段主任、工程师苏哈里科的孩子。他是个标准的笨蛋，不务正业的公子哥，今年十七岁，浅黄头发，一脸雀斑，在学校里大伙全叫他"麻子舒拉"。这个家伙手里拎着一副不错的钓竿，嘴上吊儿郎当地叼着一根烟。和他一块来的是维克多·列辛斯基，一个身材高挑、没吃过什么苦的家伙。

小苏哈里科冲维克多使了使眼色，趴在他耳边说：

"你看，这个姑娘长得特别漂亮，咱们这儿谁也不如她。我跟你说，她是个特别浪漫的女孩子。她在基辅读书，上六年级，现在是到父亲这儿来过暑假的。她爸爸是这儿的林务官。我妹妹莉莎跟她是好朋友。我过去给她写了一封信，你明白，信里情深似海、辞藻华丽。我在信里写：'我疯狂地爱着您，我心情忐忑地盼望着您的回信。'我甚至还把纳德森的情诗也写了一点。"

"哦,她回信说了些什么?"维克多兴致勃勃地问。

小苏哈里科有些尴尬。他说:"嗨,能说什么,就是装模作样,故作正经罢了。她说什么:'不用浪费信纸啦!'可是这种事开始总难免被拒绝。干这种事我可不是个'新手'。我才懒得跟她谈情说爱呢,如果打算追她得磨破几双鞋底!还不如晚上去修理工棚,只要拿三卢布,就能得到一个让你垂涎三尺的漂亮妞,而且不会和你装模作样。我总跟瓦里亚·古洪诺夫一块儿去,你知道那个铁路工头吗?"

维克多·列辛斯基厌恶地皱着眉头,说道:

"苏哈里科,你这个家伙还干这种见不得人的事?"

小苏哈里科抽了两口烟,喷了出来,挖苦地说:"哈哈,你还想假装纯情。你做的那些坏事,我们可都知道。"

维克多打断他的话,说:"行了,你能让我认识一下这个美女吗?"

"那还用说。我们赶紧过去,别叫她跑了。昨天早上,她也到这儿钓鱼呢。"

这两个狼狈为奸的家伙来到冬妮亚面前。小苏哈里科扔掉嘴里叼的烟,大模大样地躬身施礼,说道:

"您好,杜曼诺娃小姐,怎么,您在这儿?"

"不,我在看别人钓鱼。"冬妮亚回答道。

接着,小苏哈里科拽着维克多·列辛斯基的手赶忙说道:"你们两个人还没见过面吧?这位是我的朋友维克多·列辛斯基。"

列辛斯基假装不好意思的样子,把手伸向冬妮亚。

"今天您为什么没钓鱼呢?"小苏哈里科打算跟冬妮亚说上话,就明知故问道。

"我忘了拿钓竿。"冬妮亚回答。

"我马上再去取一副。"小苏哈里科赶紧说,"请您先拿我的鱼竿钓吧,我立刻就去取。"

他实现了向维克多·列辛斯基许下的保证,让他认识了冬妮亚,他打算找个理由离开,好叫他们俩单独在一块。

"用不着了,我们会妨碍他人的,有人在这儿钓鱼了。"冬妮亚说道。

"妨碍谁?"小苏哈里科问道,"啊,是这个家伙呀?"他这时才发现保尔正坐在树丛边上。"我立刻就让这家伙滚开。"

冬妮亚还没来得及拦住,小苏哈里科已经蹦到池塘边,来到正在钓鱼的保尔面前。

"喂,立刻收拾家伙,马上消失!"小苏哈里科对着保尔喊道,他看到保尔没有反应,还坐在那儿接着钓鱼,就又叫道:"你聋了吗?马上消失!马上!"

这时保尔才仰起脑袋,用一种虎视眈眈的目光瞥着小苏哈里科。

"小点声行不行?扯着脖子叫唤什么?"

"什——什么!"小苏哈里科怒火中烧,"你这个讨厌的狗崽子,还敢嘴硬!老子让你给我滚——!"说着,他就用皮鞋头冲放着蚯蚓的铁盒子使劲一踢。铁盒子飞了起来,在空中翻着跟头,扑通一声落到水中,激起了一片水花,溅了冬妮亚满脸。

"苏哈里科,你真不脸红啊!"冬妮亚叫道。

保尔蹦了起来。他清楚小苏哈里科就是哥哥上班的调车场场长的孩子,如果他现在动手打这张胖嘟嘟,红得像猴屁股的脸,小苏哈里科肯定会冲他爸爸告状,这件事就会影响到哥哥。这是保尔强忍怒火,没有立刻和他动手的唯一原因。

但是小苏哈里科却认为保尔要打他,就抢先冲了过去,双手用力推了一下池塘边的保尔。保尔两手一张,身子晃了晃,可是又站住了,没有摔到水里。

小苏哈里科大保尔两岁,又是一个有名的打架斗殴、寻衅滋事的家伙。

他这一推可把保尔气得够呛,他真的忍不住了。

"干什么?想动手?好,注意了!"说着他就举起拳头,冲着小苏哈里科的脸上狠击了一拳,还没等小苏哈里科回过神来,保尔就使劲拽住他的制服,用力一拖,把小苏哈里科拉到了水中。

小苏哈里科站在深及膝盖的水里,油光闪亮的皮鞋和熨平的裤子全泡湿了。他打算尽可能挣脱保尔那紧抓不放、好像铁钳似的手。保尔向水中用力地推了他一下,自己迅速跳到岸上。

气得暴跳如雷的小苏哈里科朝保尔猛冲过来,好像要把保尔碎尸万段才肯罢休一样。

保尔跳上岸后,就马上转过来面对猛冲过来的小苏哈里科,他记起了跟朱赫来学的散打功夫:

"左腿支撑,右腿绷弓;全身用力,自上而下,对准下巴,出拳猛击。"

"咳——咳!"保尔用这个招式使劲击出一拳。

小苏哈里科牙齿咯咯作响,舌头也硌出了血,下颌骨遭到了重重的一拳,疼得嗷嗷乱叫。他双手滑稽地乱抓,整个身体沉甸甸地扑通一声摔在水中。

站在河边的冬妮亚禁不住开怀大笑。

"好，教训得好！"她鼓掌叫道，"揍得大快人心！"

保尔拿起鱼竿，扯断了刮在水草上的鱼线，向大路跑去了。

刚要跑走的时候，他听见维克多·列辛斯基告诉冬妮亚说：

"这小子是远近有名的流氓，名字叫保尔·柯察金。"

车站上再次骚动起来，铁路线上传说工人要准备停工抗议，不远的一个火车站机务段的工人已经行动起来了。德国人逮捕了两名司机，因为他们有转运停工抗议倡议书的可能性。德军大肆搜刮民脂民膏，地主陆续回到庄园，这也让那些和农村有关系的工人怒气冲天。

乌克兰盖特曼伪政府的武装卫队用皮鞭抽打农民的后背。全省游击活动到处都有。布尔什维克发展的游击队已经有了十个左右。

在这些日子里，朱赫来忙得脚打后脑勺。他到城里来的这些天已经干了不少工作，他结交了不少铁路工人，常常参加青年人的聚会，成立了一个由机务段工人和锯木厂工人参加的坚强的组织。他曾考验过阿尔焦姆。当他问阿尔姆对布尔什维克和对党的事业有何想法时，这个身体结实的铁路工人回答说：

"哦，费奥多尔，你清楚，我弄不懂什么党派。如果你需要我做什么事，我时时准备竭尽全力。你就信任我吧。"

这回答让朱赫来十分称心，他清楚阿尔焦姆这个小伙子能靠得住，他是言出必行的人。关于参加布尔什维克党一事，他认为阿尔焦姆还不成熟。"不要紧，现在这种环境下人是用不了多长时间就会成熟起来的。"朱赫来心中想到。

这时候，朱赫来已不在电厂了，他调到了机务段。这样开展工作更顺手：在电厂时和铁路上没有什么交往。

现在，车站上运输特别忙碌，德国人从乌克兰抢劫的物资：黑麦、小麦和牲口……成车皮地拉往德国，已经拉走了数以万计的车皮了。

有一天，乌克兰盖特曼警备队忽然抓住了车站上的报务员波诺马连科。他们把他带到警备队指挥部，进行刑讯逼供。显而易见，他说出了罗曼进行宣传工作的事。罗曼是阿尔焦姆在机务段的工友。

两个德国兵和一个盖特曼军官——车站警卫队副官，在上班时来逮捕罗曼，那副官来到他的工作台前，什么也不说就抡起皮鞭打他的脸。

"狗东西，和我们走！有话要问你。"那副官接着又面目狰狞地笑了笑，突然抓住罗曼的胳膊，"走，上我们那儿宣传宣传吧。"

这时阿尔焦姆正在旁边的钳台上工作，看到这种情况，他就放下锉刀，魁梧的身体靠近副官。他尽量忍住心中的愤怒，用低沉的声音说：

"你为什么动手打人，你这个不讲理的家伙？"

那个副官向后退了一步，赶紧伸手打开枪套。一个不高的、短腿的德国兵，马上从肩上拿下那支上着宽边刺刀的沉甸甸的步枪，打开枪机，高声喝道：

"不许动！"他大叫一声，只要阿尔焦姆动一下就要射击。

这个魁梧的铁路工人无可奈何地站在这长得难看的小兵面前，露出一副没有办法的表情。

两个人全被逮走了。一个钟头后，阿尔焦姆被放了出来，而罗曼却被囚禁在放包裹的地下室里。

过了十分钟，机务段的所有工人进行停工抗议。大伙集中在车站的公园里，扳道工和仓库的工人们也全赶来加入。工人们十分愤慨，当场就起草了要求释放罗曼和波诺马连科的呼吁书。

当盖特曼军官领着一小队卫兵来到公园后，大家更加怒不可遏了。那军官举起手枪大声喊道：

"立刻去干活，不然的话，我就统统把你们逮起来！有的马上枪决！"

可是工人们激昂的吼声把他吓得缩回了车站。这功夫车站警卫队长调来的德国兵坐着几辆大卡车打城里一溜烟地赶来。

工人们这才朝各个方向逃开。所有工人全参加了罢工，甚至车站值班站长也不见了。朱赫来的宣传发挥了作用。这是车站上头一回群众性的抗议行动。

德国兵在站台上架了重机枪，它站在那儿就像一只什么时候都能出发的猎狗。一个德军班长在它边上蹲着，手指扣着扳机。

车站上马上一个人都没有了。

等到夜里，开始抓人了。阿尔焦姆也被逮了起来。朱赫来那天晚上不在家，德国人扑了个空。

被抓起来的人都给囚禁在车站大货仓里，德军对他们下了最后通牒：要么重新上班，要么接受战地军事法庭审讯。

差不多全线的铁路工人都举行了抗议活动。这一整天铁路运输瘫痪了。与此同时，在距车站一百二十公里处发生了战斗：一支强大的游击队破坏了铁路线，还炸掉了几座铁路桥。

当晚有一列德国军列驶进车站,可车一停下,司机、副司机和司炉就没影了。除了这一列军车之外,还有两列火车没人开车。

货仓沉甸甸的铁门开了,车站警卫队长德军中尉、他的副官以及一群德国兵一块挤了进来。

那副官叫道:

"柯察金、波利托夫斯基、勃鲁扎克,你们三个组成一个乘务组立刻去开车。要是不答应——立刻枪毙!你们意下如何?"

三个人无奈地同意了。他们被押上了车头。随后那副官又说了驾驶另一列火车的司机、副司机和司炉的名字。

车头发动起来了,怒气冲天地喷出红红的火星。它不堪重负地喘息着,划过夜间的黑暗,顺着铁路线急驶而去。阿尔焦姆朝炉子里添完煤之后,用脚关上了炉门,拿起工具箱上边那翘嘴茶壶,喝了一口,转过来朝老司机波利托夫斯基说:

"老爷子,我们就这么顺从地为他们开车吗?"

老司机浓眉下的两只眼睛生气地眨了一下,说道:

"是啊,刺刀在后面逼着!有什么招儿呢?"

"跳下车头,逃跑吧?"勃鲁扎克瞥着在煤水车上坐着的德国兵,建议说:

"我也这么考虑,"阿尔焦姆小声说,"就是这个混蛋在咱们后面看着,难以脱身。"

"是——啊。"勃鲁扎克也拿不准主意地拉长声音说道。他伸出脑袋向外看。

老波利托夫斯基附在阿尔焦姆耳边,小声说:

"我们无论如何也不能为他们运东西,你知道吗?那边在战斗,造反的同伴们破坏铁路,我们却拉着这帮恶棍,他们到了那儿,就能轻松地杀死我们的同伴。你清楚吗,小伙子,即使沙皇在位的时候,我也没在罢工时开过车,眼下就更不用说了。拉敌人去打自己人是一生也逃脱不掉的罪恶。这列火车上原先的开车人也全不干了。他们不顾死亡的威胁,不给他们开车了。我们也决不会把这列火车开到终点。你说是不是?"

"你说得在理,老爷子,我们怎么收拾那个坏蛋?"阿尔焦姆朝后边那个德国兵使了个眼色。

老司机锁着眉头,用棉纱布擦了一下头上的汗水。他那两只通红的眼睛盯着气压表,好像想从那里找到解决这棘手的难题的方法一样。随后他又带着愤怒、茫然无措的神情凶巴巴地骂了起来。

阿尔焦姆喝了点水。两个人都思考着这件事,可谁也没想出好主意。忽然,阿尔焦姆记起了朱赫来的问话:

"老弟,你怎么看待布尔什维克党和共产主义思想?"

他也记起了自己当时的回答:

"我时刻准备竭尽全力。你就信任我吧。……"

"多么可笑的竭尽全力——拉着敌人打自己人!……"

波利托夫斯基俯身靠近阿尔焦姆身边的工具箱,鼓足勇气对他说:

"我们得杀死这个人。知道吗?"

阿尔焦姆吓了一跳,可波利托夫斯基咬得牙齿咯咯直响,又接着说道:

"没有其他办法了。先杀了他,再把调速器和操纵杆丢到炉子里,火车慢下来后,就跳下去逃跑。"

阿尔焦姆觉得好像心里压着的大石头卸了下来一样,赶紧说道:

"好。"

阿尔焦姆附在勃鲁扎克耳朵旁把这个办法跟他说了。

勃鲁扎克并没有立刻答应。他们这么做弄不好后果不堪设想。他们全都是有家室的人。特别是波利托夫斯基,他家里的人挺多,九口人都得要他养活,但是他们又全明白,他们怎么也不会把这列火车开到终点。勃鲁扎克终于开口了:

"好,我没意见,可谁去……"他说了半截,阿尔焦姆已经明白了他的意思。

阿尔焦姆转了过去,冲正在操纵调速器的波利托夫斯基点了一下头,告诉他勃鲁扎克也不反对他们的主意。可他又被另一个还没解决的难题困扰了,他俯身靠近波利托夫斯基,和他说道:

"那我们怎么干呢?"

他瞧了瞧阿尔焦姆,接着说:

"你去杀他,你最结实。用铁棍子使劲打一下——他就会死去。"这老司机说话时情绪十分冲动。

阿尔焦姆眉头紧锁。

"这可使不得,我下不了手。要明白,他是个小兵,他没有犯错,他同样是被人逼不得已才来的!"

"你说他没有犯错?"波利托夫斯基睁大眼睛盯着他,"我们也没有犯错,我们也是逼于无奈才来开车的。你可清楚,我们是拉着敌人。就是这些没有犯错的混蛋要去毫不留情地消灭游击队员,难道游击队员犯了错?……哎,你这个蠢货,结实得像头熊,但思想就是转不过来弯!……"

"好,我去。"阿尔焦姆一边声音沙哑地说着,一边去拿铁钎。波利托夫斯基小声说:

"我去吧,我更稳妥些。你拎着铁铲爬到煤水车上去铲煤到时他还没死的话,你再用铁铲打他。我马上假装去用铁钎挑选煤块。"

"你说得有理,老爷子。"勃鲁扎克点了一下头,就走到调速器边上。

那个德国兵头上扣着一顶红边的无檐呢帽,枪放在腿中间,坐在煤水车边上,正吸着雪茄烟。他只是不时地仰起头来,看一看车头里操作的工人。

当阿尔焦姆爬上煤水车顶铲煤时,那个士兵并没有一丝怀疑。而当波利托夫斯基又假装把煤水车边上的一些大块的煤弄下来,打着手势叫他让开一点时,那德国兵也毫无戒心地下来了,来到了车头的门口。

突然,简短而沉重的铁棍子一下子打在德国兵脑袋上的声音让阿尔焦姆和勃鲁扎克像被火烧了似的抖了一下。那德国兵的尸首像死狗一样趴在了过道上。

无檐呢帽马上渗出了鲜血。步枪掉在铁板上,哐当一声。

"死了。"波利托夫斯基小声说并把铁棍子扔到一边。他的脸神经质地抖了一下。他接着说:"现在,这家伙已经死了,我们别无选择了!"

他的声音忽然顿住,可马上他又打破了令人窒息的沉闷,叫道:

"拽掉调速器,快!"

过了十分钟,什么都干完了,没人开的列车逐渐地慢下来。

火车头上的灯像光圈照亮了铁路两边一闪而逝的树木,接着又把它们丢在无尽的黑暗中。车头的灯光想刺破夜幕,可夜幕是厚重的,灯光仅能照到前边十米左右的地方。现在火车好像已经毫无力气了一样,喘息声越来越小。

"跳下去,小伙子!"阿尔焦姆听到背后波利托夫斯基的声音,于是他的手松开了使劲握住的把手。他那魁梧的身子随着惯性朝前冲去,两只脚站到了飞快向后退的地面。他歪歪扭扭地走了两步,就摔倒了,翻了一个跟头。

随后另外两个人也从车头两边的踏板上蹦了下来。

勃鲁扎克家的人都十分担忧。安东尼娜·瓦西里耶夫娜——谢廖沙的妈妈——已经四天没有好好休息了。丈夫一点消息也没有,她只清楚她丈夫和阿尔焦姆、波利托夫斯基一同被德国人逼着开一列军车。昨天,三个盖特曼警备队员到她家里，野蛮地、嘴上骂骂咧咧地审问了她一次。

她在审问中不太清楚地感觉到，肯定是发生了什么不祥的事情。因此，在警备队的人离开后，这个十分担心的女人就围起头巾，打算到阿尔焦姆的妈妈那儿问问丈夫的信儿。

她的大女儿瓦莉亚正在厨房里整理东西，一看到妈妈要到外边去，就问道：

"妈妈，你要出远门吗？"

安东妮娜含着眼泪看着女儿，说道：

"我去阿尔焦姆家，可能在他们那儿能有一些你爸爸的信儿。如果谢廖沙回来，叫他去车站波利托夫斯基家打听一下。"

瓦莉亚关心地抱着妈妈的肩膀，把她送到门口，尽量安慰她说：

"妈妈，你不要过于着急。"

保尔的妈妈像平时一样亲热地接待了安东妮娜。这两个女人都想从对方那儿问到一些消息，可一开始说话，她们都不清楚到底发生了什么事。

保尔家昨天晚上也被检查过。警备队是来逮捕阿尔焦姆的，在走之前警告保尔的妈妈说，她儿子阿尔焦姆一到家，要立刻去警备队队部送信儿。

警备队晚上的检查让保尔的妈妈特别担心，因为只她自己在家，保尔晚上总是去电厂上班。

保尔早晨才到家。当他听完妈妈讲警备队昨天晚上曾到家里检查和抓阿尔焦姆之后，他的心忐忑不安，替他哥哥的命运发愁。尽管他们脾气各异，阿尔焦姆的外表看样子十分严肃，兄弟俩相互的感情却十分深厚。这是一种真挚而严肃的感情，这是一种用不着成天挂在嘴边的感情。保尔头脑特别清楚，他哥哥要他帮忙时，他什么都能放到一边，而且一点也不含糊。

保尔来不及休息，马上出发去车站机务段找朱赫来，可没有发现。从熟悉的那些工人里，他没问到一点关于哥哥几个人的情况。波利托夫斯基家的人也是什么也不清楚。在院子里保尔遇到了波利托夫斯基的小儿子包里斯。保尔从他那儿听到，警备队昨天晚上也去他们家检查过，想逮捕他爸爸。

保尔并没有为妈妈打听到什么信儿。他疲倦地躺在床上，立刻就进入了心神不安的噩梦之中。

瓦莉亚听见了叫门声就扭过头来。

"什么人?"她问了一下,就去开门。

站在门口的是头发棕黄而乱糟糟的克利姆卡。他肯定是飞奔而来的:满脸通红,呼吸急促。

"你妈在家吗?"他问瓦莉亚。

"不在,她出门了。"

"她到哪儿去了?"

"可能去柯察金家了。你找她什么事?"克利姆卡刚想往外跑,瓦莉亚一下子抓住了他的胳膊。

"到底是什么事?"瓦莉亚拽住克利姆卡,请求说。"喂,快告诉我,你这个棕毛小熊,你倒是说呀!把人都要急坏了。"她用命令的口吻说。

克利姆卡忘了所有提醒,忘了朱赫来让他只能把纸条送到安东妮娜自己手上的严格命令。他在口袋里拿出了一张皱皱巴巴的脏纸条交给了瓦莉亚。他无法不答应这个头发浅黄的谢廖沙的姐姐,因为头发棕黄的克利姆卡对这个可爱的姑娘一直百依百顺。当然,这个十分憨厚的小厨工自己也不能确信自己喜欢她。他把纸条交给瓦莉亚。瓦莉亚赶紧看着:

> 亲爱的!不用挂念,我现在很好。我们几个都平安脱险。详细情况以后再告诉你。请给另外两家捎信儿,他们也都没事儿,叫他们放心。看后烧掉。
>
> 勃鲁扎克

瓦莉亚一看完纸条,就跳到克利姆卡面前:

"棕毛小熊,亲爱的,你是在哪儿得到这张纸条的?跟我说,你到底是在哪儿得到的?快点告诉我呀,你这个小笨熊!"她刨根问底地问着不知所措的克利姆卡,于是他不明不白地又犯了第二个错误。

"是朱赫来在车站让我送的。"话一出口,他就记起了他犯了错误,就又补充说,"但是他跟我说,绝对不能把纸条送给第二个人。"

"呵,好的,好的!"瓦莉亚高兴地说,"我肯不会再说出去。喂,亲爱的棕毛小熊,赶紧到保尔家去吧,你能在那儿遇到我妈妈。"说着她就略微推了一下克利姆卡的后背。

克利姆卡那棕黄色的脑袋马上在栅栏门外不见了。

阿尔焦姆他们三个谁都没回家。当天夜里,朱赫来去了保尔家,把火车上发生的情形完完全全地跟保尔的妈妈说了一遍。他竭力安慰害怕得要命的老太太，说他们三个都很安全，现在住在偏僻的乡下勃鲁扎克的叔叔家里，只是现在还不适合回来。但是德国人的日子也很难过，事态也许马上就会出现变化。

因为出现了这件事，三家的关系更加密切了。他们三家特别兴奋地看着那突然捎来的纸条，可是各家却更加孤独、更加空荡荡的了。

有一天，朱赫来假装路过的样子探望波利托夫斯基的媳妇，送给她一点钱，说道：

"大娘，这是你丈夫让人带来的生活费，你要小心，绝对不能向别人提这件事。"

老太太十分激动地抓住他的手。

"呵，多谢你，我们连一个卢布都没有了，家里都揭不开锅了。"

这钱是在布尔加科夫留下的经费中拿出来的。

"唉，唉，以后会是什么样子，我们走着瞧吧。虽然停工抗议活动失败了，工人们在死亡的逼迫下不得不重新上班了，可是火已经点着了，这火是谁都无法熄灭了。他们三个是好样的，是名副其实的无产阶级。"当朱赫来从老太太家走向铁路机务段时，心里激动地这么思考着。

在沃罗比约夫·巴尔加村外边的大路边上有一个破烂的、就要倒下的、墙上熏得黑乎乎的铁匠铺。波利托夫斯基站在火炉边，朝着烧得正旺的炉火，稍稍地眯着眼睛，用一把很长的铁钳夹着一块烧得红通通的铁。

阿尔焦姆俯下身子使劲不断地压着绑在横梁上的皮风箱杠杆，往炉子里吹风。

长着胡子的火车司机微笑着，慈祥地朝阿尔焦姆说：

"现在在农村手艺人肯定不会没活干，就是趴在家里，活儿都能找到家里。只要干完一两个礼拜，我们就能给家里带去一些腌肉和面粉。小伙子，种地的人从来都尊敬铁匠。这样一来，我们在这里却要像资产阶级似的吃得白白胖胖的，哈——哈——哈。至于勃鲁扎克呢，他的处境和我们不同，他是在农村长大的，和他叔叔一起种庄稼更适合他。当然啦，这也没什么大惊小怪的。阿尔焦姆，我们俩可是没有房子，没有地，全凭着自己的肩膀和两只手，可以说，我们是真正的无产阶级。勃鲁扎克能两条腿走路，他一方面可以开火车，另一方面也可以种地。"他把那块铁翻了过来，接着非常严肃地、若有所思地说道："但是，小伙子，我们的情况也不容乐观。如果不能马上打败德国人，那我们就还得到叶卡特林诺斯拉夫或者罗斯托夫避一避，否则，他们肯定会挂着我们的腮帮子，把我们悬在高处。"

阿尔焦姆含糊不清地说：

"嗯，你讲得不错。"

"现在也不清楚家里的人有没有什么事儿，那帮盖特曼匪兵是不是总去找他们的麻烦？"

"是呀，老爷子，我们自己闯了祸，现在只好先不想那个家了。"

火车司机从炉子里夹出烧成了蓝灰色的铁块，马上把它搁在铁砧上。

"来，小伙子，用力打吧！"

阿尔焦姆拿起那把斜靠在铁砧边上的大铁锤，使劲把它抢过头顶，朝下猛砸。红色的铁沫发出嘶嘶的声音，溅得到处都是，一瞬间照亮了黑漆漆的角落。

波利托夫斯基伴着铁锤的击打不停地转动那红色的铁块，铁块像蜡似的柔软，慢慢地被砸平了。

一切都静了下来，夜空一团墨似的，一股股暖风从敞开的门口吹进了铁匠铺。

下面是一个大湖，湖水异常清澈，湖四周的松树郁郁葱葱，轻风吹送，树枝摇曳。

"这些大树就跟有生命似的。"冬妮亚心里想。她在花岗岩岸边低低的草地上躺着。草地上面松树高大伟岸，悬崖下边大湖一眼就能望到底，周围峭壁的阴影让湖的岸边特别凉爽宜人。

这是冬妮亚特别中意的地方。从这儿到车站大约一俄里的地方，有一些没人用的旧采石场和花草茂盛的盆地，哗啦哗啦的清泉聚成三个活水湖。冬妮亚听见下面的湖边有人在哗哗地游泳。她仰起脑袋，用手分开树枝，伸着头朝下看：一个晒得黑黑的、弯着的身体，从岸边使劲地向湖中央游去。冬妮亚只看见这个人黑黑的后背和一头黑发。他跟海象一样，一面呼哧呼哧地换气，一面变换着各种泳姿：自由泳、侧泳、翻游、潜水，后来他游倦了，开始仰泳。阳光十分刺眼，他眯起眼睛，两只胳膊舒展地平放着，身体稍稍蜷起，一动不动地躺在水面上。

冬妮亚抽回手，心里偷偷发笑。"这样十分不美观。"她这样想，就又开始看她的书。

她聚精会神地看着向维克多·列辛斯基借的一本书，没发现有人登上松林和草地中间的花岗岩河岸。当那人踩掉的一粒小石子落到她书上时，她大吃一惊，意外地仰起脑袋，发现了在草地上站着的保尔。这突然的见面让保尔觉得意外和难堪，他想要离开。

"原来刚才游泳的那个人是他。"冬妮亚瞧了瞧他那湿漉漉的头发，心里这么猜想着。

"啊，我让您吃了一惊吧？我不清楚您会来这儿。我不是存心到这儿来的。"保尔说着，用手扒住河岸。他也看清楚这孩子是冬妮亚。

"您并没吓着我。如果您不反对，我们还能说点什么。"

保尔无法相信地看着冬妮亚。

"我跟您在一起有什么好谈的呢？"

冬妮亚微微一笑。

"喂，您怎么总是站着？看，您能在这儿坐。"她用手指着一块石头，"请问，您怎么称呼？"

"保夫卡·柯察金。"

"我叫冬妮亚。看，我们这就算是朋友了。"

保尔腼腆地捏着手里的帽子。

"您的名字叫保夫卡？"冬妮亚故意问道。"怎么能叫保夫卡呢？这样叫起来太难听，还是叫您保尔舒服一点。我往后就这么称呼您。您经常来这儿……"她原打算说："经常来游泳？"可不想让保尔知道自己看到他裸体游泳，就换成——"经常来这儿蹓跶吗？"

"不，不常来，只是有时间才来。"保尔回答说。

"那您在什么地方上班？"冬妮亚问。

"在电厂烧锅炉。"

"能不能跟我说说，您从什么地方学到那么棒的拳法？"冬妮亚提出了这意外的问题。

"您怎么要问我打架的事呢？"保尔生气地嘟囔说。

"请您不要发火，保尔。"冬妮亚说道，她感到保尔对她所提出的问题不感兴趣。"我对这种事十分关注。您那天打得太棒了！只是太不留面子了。"说着，开怀大笑起来。

"那——您心疼他啰？"

"啊，没有，我丝毫也不心疼他，恰恰相反，小苏哈里科自作自受！上回那情形实在让我痛快极了！据说，您总是跟别人动手。"

"谁跟你说的？"保尔警觉地问。

"维克多告诉我的。他说您是个打架行家。"

保尔的脸色难看起来。

"维克多这个混蛋,寄生虫。他实在走运,那时我没有一块也打他一次。我听到了他说我不好,只是担心弄脏我的手,才没有教训他。"

"您为什么要说粗话?保尔,这样不文明。"冬妮亚打断了他的话。

保尔埋下了头,心里十分不舒服。

"真见鬼,我为什么要跟这个妖精瞎扯呢?看她那副德行:一会儿是'保夫卡这个名字难听',一会儿又是'骂人不文明'。"保尔心想。

"您怎么那样厌恶维克多呢?"冬妮亚问道。

"那个不男不女的地方狗崽子,实在想让他死掉!一看到这样的混蛋我就想揍他,看他敢动我一个手指头。他凭着有钱就认为想怎么样就怎么样,我可看不上他这个有钱的;如果他敢打我一下,就让他好受不了。对这种人只能用拳头揍他。"保尔情绪激动地说。

冬妮亚觉得不应该在交谈中说起维克多。她觉得,保尔和那个从未吃过什么苦的中学生维克多明显有很深的旧仇。于是她就换了个话题,说起普通的话题——她开始打听保尔的家庭和工作的情况。

保尔不知不觉地回答了冬妮亚所有问话,想要离开的想法消失得无影无踪。

"告诉我,你怎么不接着上学呢?"她又问道。

"学校把我撵出来了。"

"为什么？"

保尔的脸红了起来。

"我往神父做复活节奶糕的面里撒了烟末——就这样，神父开除了我。神父十分厉害，实在让人难过。"于是保尔就把事情的经过向她叙述了一遍。

冬妮亚好奇地聚精会神地听着。慢慢地保尔已经放松了，他像对老朋友似的把他哥哥离家出走的事情也跟冬妮亚说了。他们俩友好、愉快地聊着，谁都没有发现已经过去了好几个钟头。最终还是保尔忽然记起上班时间到了，就蹦了起来，说道：

"哎呀，上班时间到了，看，我说得没想到时间，轮到我烧锅炉了。达尼洛肯定要找我的碴儿。"他慌乱地跟冬妮亚说，"哦，再见吧，小姐，我得马上跑回去了。"

冬妮亚也马上站起来，套上外衣。

"我也不在这了，我们一齐走吧。"

"哦，不，我得快点跑，您跟我没法一齐走。"

"为什么？我们来较量一下：看看谁的速度快。"

保尔轻蔑地瞧了她一眼。

"较量？您哪是我的对手！"

"那就走着瞧吧，我们先走出这儿再较量。"

保尔蹦过一块大石头，伸手拉冬妮亚，让她也蹦了过去。他们急匆匆来到那条连着车站的宽阔平坦的林间路上。

冬妮亚站在路中央，叫道：

"现在开始跑：一、二、三。追呀！"冬妮亚撒腿就跑，像一阵风一样跑到了领先位置。她那两只皮靴底好像腾空一般，她那蓝色的外衣飘了起来。

保尔在她的后边使劲跑。

"一会儿就能追上她。"保尔一边想，一边竭尽全力向她那飘起来的外套的方向撵过去，可是一直到路的终点，快到车站了，保尔才赶上她。他使劲跑过去，双手用力拉住冬妮亚的肩膀。

"抓住了，小鸟被抓住了！"他呼哧呼哧地喘着，高兴地叫喊道：

"快松开，疼得要命。"她用力摆脱着说。

两个人全停了下来，心扑通扑通地跳着，嘴里喘着粗气。冬妮亚因为用力狂奔，有些虚脱，不经意地靠在保尔身上，这让保尔觉得十分亲切，虽然这仅仅是极为短暂的事，可已经让保尔刻骨铭心了。

冬妮亚挣开保尔的双手,向他说:"您是头一个追上我的人。"

他们告别了。保尔朝她挥了几下帽子,就往城里跑去。

当保尔到达锅炉房时,已经在锅炉旁忙得团团转的锅炉工达尼洛回过身子,生气地说:

"你再迟到一会儿才好呢。难道让我给你烧锅炉不成?"

可是保尔高兴地拍了一下他的肩膀,心平气和地说:

"别发火,老爷子,炉子立刻就着。"说着就在劈柴垛旁干起活来。

到了半夜,达尼洛在柴垛上躺着,睡得很死。保尔已经往发动机里灌好了油,用棉纱布擦擦手,在工具箱里拿出第六十二卷《朱泽培·加里波第》。那不勒斯"红衫党"传奇式领导人的许多激动人心的冒险故事立刻让他爱不释手了。

"她用她那双美丽的蓝眼睛斜了公爵一下……"

"冬妮亚也长着一双蓝眼睛。"保尔这么想着,"她有些与众不同,和其他的有钱人的女儿不同,"保尔暗想,"而且她跑得像风一样快!"

保尔沉醉在白天和冬妮亚愉快的见面之中,一点也没发现发电机因压力太大而发出越来越大的声音。庞大的轮子发了疯似的狂转,水泥底座在猛烈地颤抖。

保尔忽然瞧了一下气压计——指针已越过安全警戒线好几度了。

"哎呀,不好!"保尔从工具箱上蹦下来,蹿到排气阀前,把阀门放了两圈,锅炉房旁边传来了水汽从排气管向河里放气的嗤——嗤——的声音。随后他又关上泄气阀,把皮带套在带动抽水机的轮子上。

这时保尔才扭头瞧了瞧达尼洛:他正张着大嘴呼呼睡着,鼻子里传出了巨大的呼噜声。

过了一会儿,气压表的指针又恢复了正常。

冬妮亚和保尔告别之后就向家里走去。她回忆着刚才和黑眼睛小伙子的偶然相遇,心里止不住兴奋起来。

"这人脾气暴躁,十分倔强!他一点也不像我想象的那样粗野的人。也根本不像那些见了姑娘就打坏主意的中学生……"

他是另一种人,是冬妮亚过去没交往过的那个阶层的人。

"我会让他靠近我的,"冬妮亚考虑着,"而且这会是一种很有趣的友情。"

离家不远的时候,冬妮亚看到莉莎·苏哈里科、妮莉和维克多·列辛斯基坐在花园里。维克多在看书,看起来,他们是在等她。

她和他们见了面之后，就在凳子上坐下来。他们天南海北地闲谈起来。维克多靠近冬妮亚，悄悄地问道：

"您读完了那本小说了吗？"

"呀，那本小说！"冬妮亚突然记起来了，"我把它……"她几乎说出她把书落在湖边了。

"您愿意看吗？"维克多盯着她。

冬妮亚考虑了一下，用鞋尖在路边砂子上不急不慌地画了个新奇的人像，接着才仰起脑袋瞧了瞧维克多，说道：

"不爱看。我已经喜欢上了别的小说，这一本比您的那本有趣多了。"

"真的吗？"维克多沮丧地拉长了声音说。"那么是谁写的呢？"他问冬妮亚。

冬妮亚双眼放出愉快的目光，讥讽地看了一下维克多，接着说：

"没有作者……"

"冬妮亚，请客人进屋吧，茶点已经弄妥了！"她妈妈在阳台上叫道。

冬妮亚拉着妮莉和莉莎的手往屋里走。维克多走在后边，费尽心思地猜着冬妮亚刚才说的话，想不明白这些话到底说的是什么意思。

平生第一次没有察觉的爱情已不声不响地来到了青年锅炉工的生活中。这种感情是从未经历过的，又是那么不可思议和激动人心。这个调皮而不服输的小伙子让它弄得晕晕乎乎。

冬妮亚的父亲是林管局的主任，在保尔眼中，林管局主任和律师列辛斯基没有什么区别。

保尔是在极为艰辛的环境中成长的，他对所有被他视为富人的家伙们都特别痛恨。所以，他对现在这种感情就特别小心和警惕。他明白，冬妮亚和石匠家的孩子嘉莉娜不一样，不能把她视为知己，不能视为一个平平常常的人，不能视为他能理解的人。他对冬妮亚有所防备，如果这个美丽的、念过书的女孩子对他这个锅炉工有一丝讥讽和蔑视的意思，他就会立刻进行毫不留情的反击。

没和冬妮亚见面已经整整七天了，今天保尔打定主意再去湖边看一下。他有意从冬妮亚家门口走，但愿可以遇到她。他顺着屋外栅栏慢慢走着，马上就要走过花园时，他如愿以偿地瞧到了那熟悉的水手服装。他捡起栅栏边上的一个松果，向她那白色的上衣扔了过去。

冬妮亚马上转了过来，一看是保尔，她就跑到栅栏前，特别兴奋地笑着，把一只手伸给他。

"您总算来了,"她愉快地说,"这些天您干什么去了？我又去了湖边,我把小说落在那儿了。我觉得您能来。进来吧,到我们花园里玩一会儿。"

保尔晃了晃脑袋,说:

"我不去了。"

"为什么?"她的双眉皱了皱,吃惊地问道。

"我觉得您父亲肯定会责怪您的,您会因为我挨骂的。他会训斥您:怎么让这小流氓进了花园?"

"保尔,您别胡扯了。"冬妮亚有点不高兴地说,"马上进来吧。我父亲肯定不会怪我的,过一会儿您自己就会清楚了。进来吧!"

她跑过去开了门,保尔犹豫地随着她走。

当他们两人在花园里的固定的圆桌边上坐下的时候,她向保尔问道:"您愿意读书吗?"

"十分愿意。"保尔活跃起来。

"在您看过的书里,您最爱看的是哪一本书?"

保尔考虑了一下,回答说:

"《朱泽贝·加里波第》。"

"《朱泽培·加里波第》。"冬妮亚更正道,"您特别爱看这本书吗?"

"是的,我已经读了六十八卷了。每回拿到工资,我就买它五卷。呵,加里波第实在是一个伟大的人!"他敬佩地说,"他才是个不折不扣的英雄!我是这么认为的!他和敌人打过无数次仗,他从未败过。他周游各国!唉,如果他现在还没死的话,我肯定会追随他。他召集手工业工人,团结起来,一直为穷人战斗。"

"您想见识一下我们家的藏书吗?"冬妮亚问他,并拽住了他的手。

"哦,不,我不进您家的房子。"保尔坚决拒绝她说。

"您的脾气怎么这么倔呢? 不然的话就是不敢去,对不对?"

保尔瞧了瞧自己那两只没穿鞋的脚真是脏得不像话,就摸着后脑勺,吞吞吐吐地说:

"您母亲或您父亲会不会不欢迎我?"

"哦,再不要胡扯了,不然我真的不高兴了。"冬妮亚不满地说。

"那好吧。但是列辛斯基就不让我们客人到他家里去,要说话就在厨房里。有一回,我有事去他家里,妮莉就不让我进屋,也许是担心我踩脏了他们家的地毯,谁清楚她是怎么想的。"保尔笑着说。

"走吧,走吧!"冬妮亚两只手摁住他的肩膀,十分友好地推着他走上凉台。

冬妮亚带着保尔走过餐厅,走到一间放着挺大的橡木书柜的屋子里。冬妮亚打开了柜门,保尔看到里边齐刷刷地放着好几百本书。他以前没见过如此多的书,这数量众多的藏书让他十分意外。

"我们来选一本您爱看的书吧。您要愿意,以后就常到我这里拿书,好不好?"

保尔愉快地答应了,说:

"我就是喜欢读书。"

他们在一块呆了好几个钟头,俩人特别舒服,十分高兴。冬妮亚还把保尔介绍给了她的妈妈。看样子,这也不是那么吓人,保尔十分喜欢冬妮亚的妈妈。

冬妮亚又带着保尔去了自己的屋子,叫他看看自己的书和教材。

梳妆台边上有一个小镜子,冬妮亚把他拽到镜子前,笑着跟他说:

"您怎么把头发弄得像个原始人一样? 您老是不喜欢理发、梳头吗?"

"头发长了,我就理掉,还能有什么好法子?"保尔难堪地解释说。

冬妮亚笑着在梳妆台上捡起一把木梳,三下五去二地梳好了他那乱哄哄的鬈发。

"您看,现在就好多了。"她上下端详了一会儿说道。

"头发是应该理得服服帖帖的,否则,就跟原始人差不多。"

随后冬妮亚又用挑剔的眼光,瞧了瞧他那掉了色的、颜色发黄的衬衫和破旧的裤子,但是一声也没吭。

保尔已经觉察了她的这种眼光,他也觉得有些不好意思。

分手时,冬妮亚让他有空儿就来,并约好两天后一起去钓鱼。

保尔不想再从房间里走过,他担心遇到冬妮亚的妈妈,就从窗子跳到了花园里。

阿尔焦姆离家出走,他家的日子特别难过。凭保尔挣的钱连饭都吃不饱了。

保尔的妈妈打定主意和儿子商议一下:她用不用出去干点活,正好列辛斯基家缺一个做饭的。可是保尔一点也不同意,他说:

"不,妈妈,叫我去找点零活吧。锯木厂正要找人扛木板。我到那里干上半天,就够我们消费的了,你决不能到外边干活了,否则哥哥会责怪我的,骂我没本事,他会责问我,不叫妈妈去干活就不行吗?"

保尔的妈妈多次解释要出去干活的原因，保尔就是不答应，妈妈也就不张罗了。

第二天，保尔已经到锯木厂干活了。他是把刚锯好的木板扛走，好让它干燥。在那里他碰到了两个老相识：一个是老同学米什卡·列夫丘科夫，另一个是瓦尼亚·库列绍夫。他跟米什卡俩人一块儿做论件计费工，收入还算可以。保尔白天在锯木厂干活，晚上到电厂值班。

第十天干完活后，他拿着工钱回家，交给他妈妈。交钱时他红着脸犹豫了一下，最后请求说：

"妈妈，我想买一件蓝衬衫，就和去年你为我买的那件一样。这还用不了这些工钱的一半儿，而且，以后我还能赚钱，你不用担心。妈妈，你瞧我这一件太旧了。"他说明道，好像他说出这些话心里十分不好意思似的。

"呵，保尔，亲爱的，好，好，今天就去为你扯点布，明天就做。"她怜爱地看着她的儿子说，"你说得没错，你实在是没有一件拿得出手的衬衫。"

保尔在理发馆门口站住了，他捏了捏口袋里的一卢布，走了进去。

理发师是个爱说爱笑的年轻人，一看到有人进来，就自然地向椅子上点了点头，说：

"请坐！"

保尔在一张宽大、舒服的理发椅上坐下，从镜子里看到了自己的脸，自己也觉得不好意思，实在有些尴尬的感觉。

"理平头吗？"理发师问道。

"是的。不，是这样。我是说：要剪得整整齐齐。你们把这叫作什么？"他打了个手势。

"我懂了。"理发师笑着说。

过了十五分钟，保尔汗流浃背，饱受摧残似的离开理发馆，可是头发理得十分整齐，梳得油光可鉴。他那乱草似的头发的确让理发师弄了很长时间，用了不少力气，可热水和梳子最后驯服了它，现在梳得非常好看、整齐了。

一上了马路，他松了一口气，把鸭舌帽拽得很低。

"妈妈看到了能怎么说呢？"

保尔没有如期去钓鱼，这让冬妮亚非常不高兴。

"这个小伙子真是没记性。"她想到这里,心里十分难受。保尔连着数日都没有来,这又让她觉得特别没意思。

有一天,冬妮亚还打算到外边玩,她妈妈悄悄拉开她的房门,说:

"冬妮亚,有个客人想见你,叫他来吗?"

站在门口的是保尔,冬妮亚一下子差点不认识他了。

他今天穿了一件簇新的缎纹蓝衬衫,一条黑裤子。靴子也擦得一尘不染,油光锃亮。他的头发——冬妮亚一下子就发现了——也已理过,不像过去那样乱哄哄的。这黑乎乎的小锅炉工彻底改头换面了。

冬妮亚原先打算表示出意外,可她不想叫这个本来就紧张的小伙子再觉得尴尬,就对这巨大的改变假装没发现,只是怪他说:

"您不感到羞耻吗?!为什么失约?您就是这样对待诺言的吗?"

"这些天我去锯木厂里干活了,没时间去钓鱼。"

他不好意思解释,为了买衬衫和裤子,这几天他累得浑身没劲儿。

冬妮亚心里也想到了这一点,因此她把对保尔的抱怨马上丢得无影无踪。随后她建议说:

"我们去池边玩吧。"他们两人就一块儿来到花园里,又从花园走到外边的路上。

这时保尔已不把她当作外人了,而把他那最大的秘密——他偷走那中尉手枪的事也跟她说了,并说好这几天里一齐去树林深处去打枪玩。

"喂,你不能跟任何人说这件事。"他一点也没有发现,当他说这话时,已把"您"变为"你"了。

冬妮亚严肃地答应了他:

"我决不把这件事告诉任何人。"

4

你死我活的阶级斗争在乌克兰全面展开。武装起来的人越来越多,而每打一仗都涌现出新兵。

过去那种风平浪静的日子一去不复返了。

隆隆的炮声震撼着那些老式的房子。城里人都靠着地下室的墙根,或是藏在自己挖的深坑里面。

彼得留拉将军手下形形色色的大伙土匪全省各地都是：他们有不同级别的头子，有错综复杂的派别，什么戈卢勃、阿尔汉格尔、安格尔、戈尔季，还有别的难以计数的名称。

那些退伍军官、左翼的或右翼的乌克兰社革命党党员，——总而言之，一切亡命之徒，纷纷纠集一伙不要命的家伙，自封为哥萨克将军，经常打起彼得留拉黄蓝色旗帜，拼尽全力和不择手段地争权夺势。

"大头目彼得留拉"的团和师，就是这样的土匪再加上小头目柯诺瓦里茨手下的加里西亚地方的攻城部队组成的杂牌军。红色游击队不停地围剿这些匪帮，因此乌克兰大地就在无数铁骑车辆和炮火的声音中饱受战火的蹂躏了。

动荡不定的 1919 年的 4 月，那些都吓傻了的城里人，清晨还睡意未尽，把家里的小窗子推开，小心翼翼地问着早起的邻居：

"阿夫托诺姆·彼得罗维奇，今天镇上谁说了算？"

那个阿夫托诺姆·彼得罗维奇一边绑裤带，一边忧心忡忡、惊慌失措地说：

"我也不清楚呵，阿法纳斯·基里洛维奇。头天晚上，镇上来了一伙兵。咱们还是等等吧，如果犹太人挨抢，那肯定是彼得留拉的人，如果是'同志们'，那么立刻就能从他们交谈中听出来。我正在仔细看着哪，瞧今天应该挂哪张画像，挂不对可了不得。你知不知道我隔壁格拉西姆·列昂节维奇的事儿吗？他有一回没注意，什么也没看清就挂上了列宁像，正好来了三个彼得留拉一伙的人。他们看到列宁像，把格拉西姆打惨了！他们打了他二十鞭子，还骂他说：'你这混账东西，我们马上扒你这个共产主义者的皮。'不论他如何哀求，他们都无动于衷。"

居民们瞅见一支队伍从街上走来，立刻关门闭户，藏了起来。这年头真乱呵……

对工人们来说，他们很厌恶彼得留拉那伙人，但又没有能力反对沙文主义的"乌克兰独立"运动。只有在附近活动的红军和围攻他们的彼得留拉的人交上火，像钉子一样进驻镇子时，他们才兴奋起来。那面令人倍感亲切的红旗也就在镇政府挂个一两天，游击队一旦撤退，黑暗便又马上降临人间。

这个镇子现在是外第聂伯师团的"荣誉和骄傲"戈卢勃上校的天下。

头天晚上，他那有两千多亡命徒的部队举行了场面严肃的入城式。上校跨在一匹大黑马背上，走在最前面。虽然四月里的太阳已经很温暖，可他还披着高加索式的毡斗篷，头上的扎波罗什哥萨克式羊皮帽镶着红边儿，身着契尔克斯式军用长袍，腰里挂着一把短剑和一把柄上镶银的马刀。

戈卢勃上校长得挺英俊：浓浓的眉毛，白皙的脸，可是因为总是酗酒，脸色白里透黄。他嘴里噙着一支烟斗。没闹革命时，他是一个糖厂种植园的农艺师，可是他认为这种生活对他来说没什么意思，比哥萨克首领们差得太远，所以这位农艺师趁国内形势动荡时揭竿而起，拉起一伙亡命徒，变成了戈卢勃上校。

为了欢迎这支部队，镇上仅有的戏院举行了规模空前的晚会。彼得留拉派身份较高的主要成员全都到齐了：一些乌克兰老师，神父的两个女儿——姐姐长得很漂亮，叫阿妮亚，妹妹叫季娜，一些贵妇人，波托茨基伯爵昔日的管家和自封为"自由哥萨克"的一小撮中等阶级，剩下的就是一些乌克兰社会革命党的残部。

戏院里人山人海。那些女老师、神父的女儿，还有一帮俗不可耐的中等阶级女人，都穿上了乌克兰的民族传统服装，衣服颜色鲜艳，绣着许多的花，她们脖子上戴着珍珠项圈和色彩绚丽的飘带。一大帮军官围着她们跳舞，他们的马刺时时作响，他们都按照古画里描绘的扎波罗什哥萨克的样子打扮自己。

军乐队开始奏乐。舞台上正紧张地准备着乌克兰剧《纳查尔·斯托多里亚》的演出。

可是没有电。司令部的人立刻向上校报告了这件事。今天晚上上校还打算亲临现场，使这个晚会更加精彩。眼下他一听到他的手下——骑兵少尉帕利亚内查（其实就是以前那个陆军少尉波利扬采夫）的话，就毫不在意却又很严肃地命令说：

"不管付出多大代价，电灯必须亮！你就是粉身碎骨，也要找到电工，让发电厂发电！"

"是，上校。"

帕利亚内查不用死了，他抓到了电工。

一个钟头之后，他派两个士兵把保尔押往发电厂。同样，他们又抓到了另一个电工和机务员。

帕利亚内查明明白白地告诉他们说：

"如果晚上七点钟以前灯还没有亮起来，你们三个都会被吊死。"他指了指一根铁梁说。

这命令很管用，到了晚上七点钟，电灯真的亮了。

当晚，上校领着他的情人赶到戏院时，晚会开得非常热闹。他的情人是他住的那家饭店老板的女儿，一个长着淡黑色头发的年轻姑娘，她的胸部发育得很好。

那饭店老板非常富有，曾经把女儿送到省城的中学校上学。

他们坐在最前面的嘉宾席上。上校示意，戏可以开始了，帷幕马上拉开了，急急忙忙躲向后台的舞台监督还是让观众看见了背影。

戏开场后，那些出席晚会的军官全跟他们的女伴在食堂里无拘无束地享用着帕利亚内查搜刮的上等美酒和想方设法弄到的美食。戏要散场时，他们都喝得不省人事了。

这时，帕利亚内查蹿上舞台，学着戏里的姿势，摆着双手，用乌克兰语叫道："各位，舞会马上开始。"

所有的人都一齐鼓掌，然后开始往外走，以便那些负责保安的士兵把椅子搬走，腾出地方。

过了三十分钟，戏院里人声鼎沸。

喝得摇摇晃晃的军官们和那些潮红着脸的本地姑娘们纵情地跳果帕克舞。他们拙劣的舞步震得老戏院的墙都发抖了。

这时，从磨坊那边朝镇里冲来一支武装骑兵。

镇外设着一个有机关枪的岗哨。哨兵们发现了冲过来的骑兵，手忙脚乱地端起机枪，手指扣在扳机上，尖利的叫声打破了深夜的宁静：

"都停下！口令！"

两个难以辨认的人影从黑暗中走了过来，其中一个走到哨位跟前，用酒气喷人的公鸭嗓说：

"我是帕夫柳克，带着几个手下。你们是戈卢勃的人吗？"

"是的。"军官跑上前回答。

"我们的人马怎么办？"帕夫柳克问。

"我马上和司令部联系。"岗哨的值班军官回答，接着走进了路边的小房子。

过了一分钟，他跑出来叫道：

"弟兄们，撤了路上的机枪，让他们过去。"

帕夫柳克拉住缰绳，在灯火通明、人声嘈杂的戏院门前停了下来。

"呵哈，"帕夫柳克说，"这儿还挺有意思的，"他回头对旁边的副官说，"下来吧，老弟。咱们也进去喝一杯，然后弄个女人玩玩。这里的女人多的是，我们可以随意选。哎，斯塔列日科，你把兄弟们安排到各户休息！我们先不走了。卫兵跟我走。"接着他从摇晃了一下的马上重重地跳了下来。

在戏院的进口，两个武装卫兵挡住他说：

"你有没有票？"

他白了他们一眼，用臂膀撞开一个卫兵。他后面的十二个人也冲了进去，他们的坐骑都拴在外面的栅栏上。

这些刚进来的人立刻吸引了所有人的目光。特别是帕夫柳克更引人注目——他身材魁伟,穿着上好呢子做的军官制服、蓝色的近卫军裤子,头上一顶毛茸茸的皮帽,一支毛瑟枪斜在肩上,口袋里露出一颗手榴弹。

"这人打哪儿来的?"那些站在场子边上的人低声问。

这时,戈卢勃的副官正在跳热烈的"风雪"舞。和他一块跳的是神父的大女儿,因为她转得很快,裙子就像扇子一样甩开了,她的丝衬裤都露了出来,这使旁边的军官很兴奋。

帕夫柳克用肩膀挤入人堆儿,来到场子中间。

他一边用迷离的眼睛看着神父女儿的大腿,一边用舌尖润着干燥的嘴唇。过了一阵儿,他径直走到乐队前,倚着栏杆,舞动着皮马鞭,瓮生瓮气地叫道:

"给我奏果帕克舞曲,要疯狂一点儿!"

乐队指挥没听他的话。

于是帕夫柳克随手抽了指挥后背一鞭子。指挥像被毒虫咬了一样,惊恐地蹦了起来。

音乐马上停了下来,全场突然间鸦雀无声。

"这人怎么这么粗鲁!"上校的情人怒不可遏地说,一边下意识地握住她边上的戈卢勃的小臂,"你千万别放过他!"

戈卢勃怒气冲冲地站起来,踢开面前的凳子,几步走到帕夫柳克面前,站住了。他立即认出来,这就是跟他抢本地政权的死对头帕夫柳克。戈卢勃恰巧还要找他算一笔老账呢。

在七天以前,帕夫柳克用最下流的方式暗算了戈卢勃。

事情是这样的:在戈卢勃的部队和总是骚扰他们的红军部队激战时,帕夫柳克没有从后面包围红军,相反把自己的部队进驻当地市镇,占领了红军的几个岗哨后,把市镇四周封锁起来,进行了骇人听闻的掠夺。当然,这也像其他的彼得留拉手下一样,迫害的都是犹太人。

就在这时,红军把戈卢勃的右翼部队打得望风而逃,紧接着红军就转移了。

现在,这卑鄙而狂妄的骑兵上尉,居然大摇大摆地到这里来,还在他眼皮底下动手打他的乐队指挥。戈卢勃对此决不会善罢甘休的。戈卢勃脑子很清楚,要是他不灭灭这个家伙的气焰,那他以后就没脸在部队里呆了。

两个人对峙了一小会儿,谁都没吱声,只是用眼睛瞪着对方。

接着,戈卢勃一只手用力地抓住他的指挥刀的把儿,另一只拿着口袋里的手枪,高声喝道:

"你这个无耻的家伙,竟然在这儿打我的手下?"

帕夫柳克的手悄悄地放到毛瑟枪的枪套上:

"站好了,戈卢勃上校大人,站好了,不然,你会趴下的。不要总是揭别人的短,当心我生气。"

这样,事情就无路可退了。

"把他们抓起来,拖出去,一人二十五军棍。"戈卢勃大声命令道。

他的手下马上像一帮狗一样,从周围向帕夫柳克那伙人冲过去。

谁开了一枪,好像灯泡掉在地上一样啪地一响,于是打斗的双方绞在一块,在地上滚来滚去。他们舞动着军刀劈向对手,这个抓着那个的头发,那个掐着这个的脖子。而那些女人们吓得魂都要飞了,惊声尖叫着,四处逃散了。

过了几分钟,他们治服了帕夫柳克一伙人。他们连踢带打地把这伙人从戏院拖了出去,再把他们摔到马路上。

在打斗中,帕夫柳克被打得伤痕累累,武器也给抢走了,皮帽子也不见了。他简直气得七窍生烟。他和手下人一到外边,就立刻上马,顺着大街一溜烟似的走了。

晚会中断了。遇到这件事,谁也没有心思玩下去了。女人们全不想再跳了,要求把她们送回家。可戈卢勃却一意孤行,他下令说:

"谁都不能走。加强门口兵力!"

帕利亚内查赶紧执行他的命令。

戈卢勃上校对不少人的反对只给了一个千篇一律的答案:

"各位,我们从现在一直跳到明天早上,现在我先带头跳一曲华尔兹。"

舞曲又响了起来,可是最终也没跳成舞。

还没等上校和神父女儿的华尔兹跳完一圈,几个哨兵急匆匆地进来,大声报告说:

"帕夫柳克一伙包围了戏院!"

戏院旁边一个靠马路的窗户的玻璃被打破了。一挺机枪架在了那扇窗口。它蠢笨地来回移动像是在跟踪四处逃窜的人群,大家都像躲避恶煞一样躲开它,一块挤到剧场中间去了。

帕利亚内查向屋顶那盏一千烛光的大电灯射了一枪,它轰的一声爆了,小玻璃片儿像毛毛雨一样掉在人们的脑袋上。

戏院里伸手不见五指，马路上有人高声叫道：

"全他妈的滚到院子里来！"随后是一串不堪入耳的骂声。

女人们不由自主地尖叫着，戈卢勃在戏院里蹿来蹿去，大声呼喊，企图把东一个西一个的手下组织起来。这些声音和外面的喊声、枪声吵成了一锅粥。

任何人都没看见帕利亚内查像一条泥鳅一样，从戏院的后门钻到安静的后街上，朝着戈卢勃的大本营跑去。

过了三十分钟，城里的武装冲突爆发了。爆豆般的枪声和机枪的哒哒声，响彻夜空。害怕极了的居民们都钻出热乎乎的被窝，把身体躲在窗户下面。

枪声慢慢地停了下来，只有一挺机枪在郊区时不时地响着。

战斗结束了，天快要亮了……

镇子上盛传马上要屠杀犹太人。这消息也散布到了河边陡坡上的肮脏不堪的犹太人聚居地。这里是一些破败的小房子。一无所有的犹太人像罐头里的沙丁鱼一样，挤在这些被叫作房子的箱子里。

谢廖沙已经在印刷厂上了一年多的班，厂里的印刷工人全是犹太人。谢廖沙和他们处得很融洽，就跟一家人一样抱成团儿，一起抵制那个只顾着自己、大腹便便的老板勃留姆斯坦。这个印刷厂的工人们和老板的纠纷总是不停。勃留姆斯坦只有一个想法，就是尽量延长工作时间，少给薪水，所以工人停了不少回工，印刷厂一罢工就是两三周。厂里都算起来有十四个人，谢廖沙最小，可他也能一连十二个钟头地摇印刷机。

今天，谢廖沙已经觉察到工人们心绪不宁。在近来这几个动荡不安的月份里，印刷厂已经没有什么活儿了，只是有时印点儿哥萨克首领的告示。

得肺病的排字工人缅德尔把他拽到一边，用担心的目光盯着他，说：

"你听说了吗，镇里又快迫害犹太人啦？"

谢廖沙意外地看了看他：

"我没听说。"

缅德尔把他那皮包骨头的黄手放在谢廖沙的肩上，像爸爸似的信任地向他说：

"是的，迫害犹太人的事肯定会发生的。他们要迫害我们犹太人。我问你：你想不想在这关键时刻助自己的同事们一臂之力？"

"当然想，只要我能做到。缅德尔，想让我怎么做，你说吧。"

排字工人们全在聚精会神地听他俩说话。

"谢廖沙,好样的,我们都相信你。你父亲也是一个工人呐。现在你立刻回家跟你父亲说一声:看他能不能收留几个老头和女人,至于谁去你们家,到时候再定。另外,你再跟家里人议一下,还有哪家能收留几个人。这些刽子手一时半会儿还不会搜查俄罗斯人。快走吧,谢廖沙,不能再耽误了。"

"好的,缅德尔,别紧张,我立刻到保尔和克利姆卡家去——我想他们也肯定会同意让几个人避一避的。"

缅德尔有些担心,急忙挡住要走的谢廖沙:

"先等等。你刚才说的两个人是谁? 你知道他们值得信赖吗?"

"没问题,肯定不会出事儿,他们和我从小玩到大,"谢廖沙有把握地点头说,"保尔的哥哥阿尔焦姆是一个钳工。"

"呵,是他,"缅德尔这才放心地说,"我认识阿尔焦姆。我们在一块呆过。这个人没问题。你走吧,尽快给我们送个信儿。"

谢廖沙急匆匆地向马路跑去。

在帕夫柳克和戈卢勃两军开火的第三天,犹太人开始被迫害了。

帕夫柳克的队伍吃了败仗,被迫退出市镇后,就开进了不远的一个较小的市镇,在那次夜战中他们被打死了二十多人。戈卢勃的队伍伤亡和他们基本一样。

死了的士兵全草草地被抬到了坟地里,当天就下葬了,连葬礼都没有——因为这根本不值一提。两个哥萨克头子一碰头就狗咬狗,这不是什么光荣的事情,了解情况的人不能过多。帕利亚内查原计划搞一个盛大的仪式,同时宣布帕夫柳克也是红军,可是瓦西里神父领导的社会党委员会不赞成这样做。

戈卢勃的队伍对那天晚上遭到的袭击极为愤慨,尤其是他的卫队,因为它的伤亡比其他队伍都严重。为了平息士兵们的怒火和提高士气,帕利亚内查要求戈卢勃让士兵发泄一下,他总是这样下流地把掠夺和杀戮称为发泄。他不遗余力地向戈卢勃阐述士兵们已怒火中烧,因此这种发泄是很有用处的。上校原本不想在他马上准备和饭店老板女儿举行结婚仪式前把镇子弄得乱七八糟的,可在帕利亚内查的游说下,他就批准了。

本来,戈卢勃上校才参加社会革命党,在这个节骨眼儿迫害犹太人,总是有点怕对自己不利。他的对头又会散布他的恶行了,比如,会讲戈卢勃上校是迫害犹太人的行家里手,同时肯定会传到彼得留拉那儿。值得高兴的是现在戈卢勃不怎么依靠彼得留拉,他的队伍的供给都是他自己搞到的。彼得留拉也明白地知道他的手下是一帮无恶不作的家伙——他自己就多次让他们把搜刮来的民脂民膏上交给他的"政府",至于谈起迫害犹太人的行家里手这个封号,戈卢勃早就名副其实了,现在多迫害一回,声誉也不会有什么改变。

一场灾难从一大早就降临了。

镇上清早那层灰雾还没有散。破破烂烂的犹太人聚居区的马路,一片凄凉,像一块浸水的帆布,静悄悄的没人走动。窗户上的窗帘还没摘,百叶窗也关着,一点灯光都没有。

从外边看,这些人家好像都没有起床。可在那些破旧的小屋里,人们整夜没有合眼。各家的人们全穿着衣服,聚在一个房间里,打算躲过马上降临的大祸,只有年幼的孩子们还躺在妈妈的臂弯里,呼呼大睡。

这天早上,戈卢勃的警卫队队长萨洛梅加,一个长得挺像吉卜赛人的、脸上有一条紫色刀疤的黑脸家伙,费了好大劲才把帕利亚内查叫醒。

帕利亚内查睡得很熟,他怎么也不能马上从噩梦中回过神儿来,因为一个龇牙的弯腰的怪物一个晚上都在用爪子抓他的嗓子眼,就是到现在,他还无法战胜它。他的脑袋痛得非常厉害,等他仰起脑袋时,他才清楚,是萨洛梅加叫醒了他。

"醒醒吧,你这个臭小子!"萨洛梅加一边嚷一边晃着他的肩膀,"时候不早了,咱们该出发了! 你不该喝得迷迷糊糊的!"

帕利亚内查现在恢复了正常,他坐了起来,胃疼得他一龇牙,吐出一口浓痰。

"该出发去哪儿?"他用昏沉沉的眼睛盯着萨洛梅加。

"你问我去哪儿? 抓犹太人呀! 你不记得了吗?"

这下帕利亚内查记起来了:是的,他真的全不记得了。头天晚上上校领着他的未婚妻和一群酒鬼一块到郊外的别墅玩,他们都喝得起不来了。

当然,戈卢勃在进行掠夺和杀戮时离开镇上还是有点好处的。这样,以后他就有了理由,说这是他不在时发生的一场误会,而帕利亚内查就能为所欲为了。呵,这位帕利亚内查确实是害人的行家里手呵!

他往自己头上浇了一桶凉水,脑子清醒了不少。然后他赶到大本营,发出了一大堆命令。

警卫队都已整装待发了。为了杜绝种种可能的麻烦,办事细致的帕利亚内查下令,在工人住宅区、车站和镇上的犹太聚居地之间布好岗哨。

在列辛斯基的花园里,也设了一架机枪,封锁住大路。

假如工人们出来抗议,就向他们扫射。

全都布置停当后,帕利亚内查和萨洛梅加一块儿跳上马背。

出发之前,帕利亚内查又想到一件事:

"先等等,我差点想不到。要弄两辆马车,我们应该替戈卢勃搞一些结婚礼品才好。哈——哈——哈……第一批搜出来的东西按老规矩给戈卢勃上校,而第一个漂亮姑娘嘛,哈——哈——哈……是我的了。你知不知道?蠢货!"

这最后一句骂的是萨洛梅加。

萨洛梅加眨了眨浅黄色的眼睛,说:

"女人不愁没有,够我们逍遥的了。"

他们顺着公路出发了。领头的是副官和萨洛梅加,后边就是吊儿郎当的、凶神恶煞般的警卫连。

晨雾散尽了。他们来到一个两层楼的、挂着"福克斯服饰用品商店"匾额的小店前,帕利亚内查让马停了下来。

他那匹细腿的灰骒子不停地踢着地面的石头。

"这是天意,我们就从这儿干起吧!"帕利亚内查说完就下了马。

"我说弟兄们,都下来吧!精彩的节目马上就开始了。"他对他背后的警卫连命令道,"但是,弟兄们,不要弄出人命,以后还有的是机会干呢。至于女人嘛,如果能忍住的话,就等到今天晚上再享用吧。"

队伍里有一个呲着大牙的反对说:

"哦,头儿,如果两个人都不反对呢?"

四周的人都乐了。帕利亚内查朝提问的人递了一个嘉许的眼光:

"当然,如果都乐意,那就不用客气了,任何人都不会阻拦。"

他走到紧闭的店门前,用力地踹了一下。橡木做的门纹丝不动。

他认为从这里下手确实不明智。于是他走过拐角,朝福克斯住人的房门走去,手里拿着军刀。萨洛梅加走在他背后。

屋子里的人开始听到街上马队走来的声音,马队在店外停下后,又听到了墙外的喧闹声,他们的心都提到了嗓子眼儿,一个个害怕得脸都白了。这时房子里有三个人。

大财主福克斯自己头天晚上领着他的老婆和几个女儿逃出了镇子,只剩下女佣人丽娃在家看东西。丽娃是一个内向、老实、胆子不大的十九岁的姑娘。福克斯担心她一个人在这个大房子里害怕,就让她接父母做伴儿,一直住到他们回来。

这诡计多端的买卖人用谎言哄这软弱的女佣,让她不用担心,说迫害犹太人的事情不可能发生,还说什么德国人能从一无所有的人那儿得到什么呢?并且还许愿在他回家后给丽娃钱买衣服。

现在,他们三个人都吓坏了,仔细听着外边的声音:可能那些人走远了;可能他们听得不对,这些人刚才没在他们店前停;可能这只是自己推测。

可是,外边传来的一通儿拍打大门的声音一下子打破了他们的幻想。

头发斑白的老头佩萨赫像吓着了的孩子般睁圆他的蓝眼珠,在店铺的门边站着,念念有词地祷告。他用一个最忠实的信徒的热情祈求无所不在的上帝让这所店铺免受灾难。因为他嘴里嘟哝着,他旁边的老婆子居然没有马上听到脚步声越来越近。

丽娃早就躲到最里面的一个屋子,钻到一个橡木柜子后面。

粗暴的砸门声让两个老人起了一身鸡皮疙瘩。

"开门!"砸门的声音越来越大,外面火气冲天的人们正在大声叫骂。

两个老人吓得连举手拉门闩的劲儿都没了。

外边的枪把密密麻麻地砸在门上,锁死的大门开始摇晃了,不一会儿门就被砸坏了。

房间里马上涌进了大批士兵,他们分头向各个角落里奔去。从住宅连到店里的那个小门一下子就被砸坏了。他们嗷嗷地冲进铺子,抽开大门的门闩。

掠夺开始了。

两驾马车已经堆满了布、靴子和别的东西,萨洛梅加立刻把抢来的东西送到戈卢勃的家中。在他返回福克斯店时,他听到了凄厉的叫声。

原来是帕利亚内查叫他的手下人去店里抢东西,他本人却走进了里屋。他用放着绿光的眼睛狠狠地盯着丽娃一家,然后朝两个老人说:

"你们两个老家伙快离开这儿!"

可是两个老人纹丝不动。

帕利亚内查朝他们走了一步,一点一点地拉出鞘里的军刀。

"妈呀!"女儿悲惨地尖叫一声。

萨洛梅加正好听见了这一声。

帕利亚内查回过头,对那些闻声而来的人摆了摆手说:

"把这两个老不死的拉出去!"他指了指两个老人。这两个老人被拉出去后,帕利亚内查就跟刚过来的萨洛梅加说:"你到外边呆一会,我要和这姑娘聊两句。"

老头佩萨赫听到又一声尖叫,就朝房门奔过去。他的胸口挨了一记重拳,他碰到墙上,他立刻晕了过去。可是这时平时安详老实的老妇人托依芭却像疯了一样使劲儿地拉住了萨洛梅加。

"呵,求求你放过她吧,你们到底想怎么样啊!"

托依芭一边哀求,一边使出浑身力气用她那抖动的、铁钩子一样的手拉住萨洛梅加的上衣。萨洛梅加难以脱身。

老头子佩萨赫恢复知觉后,立刻跑过去给她帮忙。

"饶了她吧,饶了她吧,……哎哟,我的宝贝呀!"

他们两个从门口拉走萨洛梅加。萨洛梅加凶巴巴地从腰上拿出了手枪,用铁枪把儿用力地打了一下老佩萨赫的脑袋,老头子毫无声息地趴下了。

同时,丽娃正在屋里惨叫。

他们把精神失常的托依芭拉到马路上。马路中间飘着惨叫和求救的声音。

屋里的惨叫声没了。

帕利亚内查从里边出来了。他没搭理萨洛梅加。这时萨洛梅加的一只手放在门把手上,打算开门进去。他挡住他说:

"别去了,她已经死了:我用枕头闷得她出不来气。"说完他就走过老头子佩萨赫的尸体,踩进一摊粘乎乎的黑血里。

"刚开始就不如意。"他恨恨地说,边走向马路。

剩下的人一声不响地走在他后面。他们的脚在地板和楼梯上踩了不少血印。

这时整个镇子到处乌烟瘴气。匪帮之间因分赃不公不停地进行毫无人性的残杀,随处可见徒手的打架和狂舞的军刀。

他们从酒厂搬走一桶桶啤酒。

接着又挨户抢东西。

所有的人都默默忍受着。他们把那些小房子翻了个底朝天,然后满载而去,剩下的只是一些烂衣服、撕坏了的枕头和靠垫的绒毛。头一天只死了两个人——丽娃和她的父亲,可是那天晚上却死了很多。

在天黑以前,这一帮流氓已经醉得一塌糊涂。杀人成性的土匪们就盼天黑了。

黑夜里他们可以为所欲为。在黑暗的掩护下更有利于他们杀人。就是豺狼也喜欢黑夜,豺狼也是只袭击那些不能逃脱的人。

很多人一辈子都记得这恐怖的三天两夜。难以计数的生命被处死和消灭了,难以计数的青年的头发在这惨无人道的日子里变白了,难以计数的人流干了眼泪。

而那些活下来的人们，在饱受了无法抹去的羞辱，饱受了无以言表的痛苦和与亲人生离死别的凄惨之后，谁能说出他们和死去的人哪个更幸运呢？一些惨遭蹂躏的姑娘弯曲的尸身，向后张着双手，一动不动地倒在很多小巷子里。

只有在小溪边，当这些野兽冲进铁匠纳乌姆的房间里，打算强奸他年轻的媳妇时，才碰到了顽强的反击。这位身强力壮的二十四岁的铁匠，浑身有使不完的劲儿，用他有力的臂膀，拼死保护着他的老婆。

在他那小房子里的殴斗短暂而惨烈，两个匪徒的头被打开了花。满腔怒火的纳乌姆令人畏惧，他愤怒地保护着自己和老婆的生命。于是，那些害怕了的土匪们，全躲到河堤附近，在那里开了好一阵儿枪。纳乌姆在子弹快打光时，用最后一颗子弹杀死了自己的老婆萨拉，接着拿着刺刀，打算和敌人同归于尽。可是刚走下屋外的第一个台阶，他那沉重的躯体就被密密麻麻的子弹打倒了。

镇子里来了一些从不远的乡下来的、身强力壮的农民，他们全都骑着高头大马，拉着一车车他们喜欢的物品，由他们在戈卢勃队伍里当兵的孩子或亲戚保护着，一趟趟地把抢来的东西送到他们的老家。

谢廖沙和他的爸爸在他家的暗楼上和地窖里收留了一半的印刷工人。他路过菜园往家走时，看到一个人顺着马路狂奔。

这是一个上了年纪的犹太人，穿着一件钉着不少补丁的衣服，光着脑袋，吓得脸色煞白，边跑边喘着粗气，毫无希望地摇着手。他后边一个骑着灰马的土匪，一会儿就赶上他，正俯身要劈那个上了岁数的犹太人。那老人听到马蹄声已经到了身边，就举起双手，好像这么做能保护自己一样。谢廖沙立刻跑到路上，蹿到马前，用自己的身体挡着那个老人，高声断喝道：

"王八蛋，狗贼，你敢砍他！"

骑马的土匪并没准备停手，他趴着身子顺势在谢廖沙长着浅黄色头发的脑袋上砍了一下。

5

红军凶猛地紧逼着哥萨克大头子彼得留拉的队伍，因此戈卢勃的部队也上了前线。镇上仅剩下司令部和不多的后方警备队。

人们开始到外边走动了。犹太人趁着这不长的安宁，把死人的尸身埋了起来，而犹太人聚居的那些低矮的小房子里，又露出了生机。

每到夜深人静的时候,远处就传来一阵阵模糊不清的枪炮声——双方就在附近进行战斗。

铁路工人一伙一伙地离开车站,去乡下找工作。

中学校已经停课了。

镇上进入紧急状态。

这是一个伸手不见五指的、阴沉沉的晚上。

在这样的晚上,不论你眼睛睁得多圆,还是什么也见不到。人们全像瞎子一样小心翼翼地走着,时刻都有掉进深沟、碰破脑袋的可能。

小市民全清楚:这样的晚上,最好是呆在家里,决不能点灯。房子里最好是黑乎乎的,越黑越没有危险。因为灯光能惹来令人不快的人。自然,还有那么一种人,他们什么时候都不安安分分地坐着不动。那就叫他们不顾死活地东奔西走吧,这和小市民没关系。小市民自己是肯定不会不顾死活地离开家的,不管怎么样,肯定不会出去的。

就在这样的一个晚上,有一个人正孤身前行。

他来到柯察金家,轻轻地敲着窗子,没有人搭话,他就又敲了敲,比第一回更用劲儿、更坚定。

这时候保尔正在做梦:他梦到一个一点也不像人的妖精拿着一架机枪,枪口冲着他;他特别想躲开,又没地方可躲,机枪已经发出了一种恐怖的声音。

坚定的拍打把窗子的玻璃弄得响个不停。

保尔蹦下床,走到窗子旁,尽量想看出是谁在敲窗户,可是只能看到一个不清楚的黑乎乎的外形。

家里就他自己在。他的妈妈上他姐姐家串门去了——他的姐夫是糖厂修机器的。阿尔焦姆在附近的一个村子当铁匠,以打铁为生。

敲窗户的肯定是哥哥。

保尔决定打开窗户。

"外面是谁?"他冲着外边问道。

窗外那人影动了动,压低了嗓音说:

"我,朱赫来。"

接着,朱赫来两手在窗台上一支,他的脑袋就伸了上来,和保尔的头一样高了。

他小声地问:

"我来你这儿住一晚上，小兄弟，你能留我住吗？"

"没问题，干吗这么客气？"保尔很热情地回答，"你就从窗子那儿进屋吧。"

朱赫来拖着粗壮的身子从窗口爬了进去。

他随手关了窗户，可他还站在窗子边。

他在窗子边站着，仔细听着外边的声音。这时候月亮正从云朵里露出来，照亮了街道。他谨慎地看了看街道上的情况，接着回过身，向保尔说：

"我们不会惊动你妈妈吧？她上床了吧？"

保尔跟他说，只有他自己在家。这样，朱赫来就更不担心了，他讲话的声音也略微大了一点。

"小兄弟，那帮土匪眼下正在抓我。他们追查车站不久前发生的事情。本来，如果大伙能团结得更紧密点，我们一定能在迫害犹太人的时候和那些'灰耗子'大干一场。可是你清楚，大伙还没有战斗的信念，因此没弄成。眼下他们正毫不放松地看着我，他们已经抓了我两回了，今天我差一点被捕。我正往家走，当然，是从后门走的。我站在棚子边上一看：园子里有一个人，身体靠在树上，但是刺刀暴露了他的身份。不用说，我立刻扭头就跑。现在我就一脚烂泥地跑到你这儿来了。我打算在你这儿停下，躲避一阵子。你同意吗？啊，太棒了。"

朱赫来坐下去，一面喘着粗气，一面把那对沾满烂泥巴的高腰靴子脱了下来。

朱赫来的出现让保尔很兴奋。不久前发电厂已经不发电了，保尔自己在这空无一人的房间里感到十分孤寂。

两个人全休息了。保尔立刻就睡熟了，但是朱赫来却吸了很长时间的烟。然后他又爬起来，赤着脚悄悄地来到窗子旁，冲路上观察了好一会儿才休息。他很劳累，立刻入睡了。他的一只手放在枕头底下，摸着那支沉甸甸的手枪，把枪把儿摸得温乎乎的。

朱赫来突然在晚上到来和两个人一起生活了八天，这对保尔产生了深远的影响。他第一回从水兵朱赫来嘴里听到了不少没有听过的、不同一般的和鼓舞人心的话。这几天对保尔一辈子都产生了重大而深远的影响。

朱赫来两次差点被捕，眼下像被锁在笼子里的猛虎似的，在保尔家躲避一阵儿。他趁着这不得不停止工作的功夫，把他对欺侮着乌克兰的"黄蓝旗军队"的冲天怒火和厌恶，毫无保留地传给了全神贯注地听他讲话的保尔。

朱赫来用通俗的语言讲得十分明了感人。所有的话他全明明白白。他对自己所选择的奋斗目标是很清楚的,于是保尔也开始在他嘴里明白了不少名字十分悦耳的党派:社会民主党、社会革命党、波兰社会党——这些工人阶级的死对头;只有布尔什维克党才是坚持不懈地和全部有钱人进行殊死斗争的革命党派。

过去保尔一直让这些名字搅得不明不白。

这个波罗的海舰队的结实的水兵,这魁梧、毫不犹豫、经历海洋风暴长时间考验的、从1915年就参加俄罗斯社会民主党(布)的老党员费奥多尔·朱赫来,向保尔诉说着壮烈的现实的真理。保尔的眼睛也痴痴地注视着他。

"啊,小兄弟,小时候我也和你一样。"朱赫来说,"我一生下来就有一股不安现状的信念,只是不清楚如何进行反抗。我家里一无所有。有时候,我一碰到有钱人家那些吃得白白胖胖的孩子,我就厌恶他们。我常常什么也不顾地打他们一回,但是除了又挨爸爸狠狠地揍一顿之外什么也得不到。不团结起来斗争,是无法改变眼前的处境的。保尔,你足可以成长为一个投身工人阶级事业的出色的士兵,你具备所有的条件,只是岁数还小,而且对阶级斗争的意义认识还不深。现在,小伙子,我乐于把你领到光明的道路上,因为我清楚你将来会有所作为的。我特别瞧不起那些毫无反抗意识的家伙。奴隶们反抗了,他们要打倒旧社会。可是,为了实现它,需要一帮无畏的战士,而不是没吃过苦的公子哥儿;需要可以不懈斗争的坚强战士,而不是那些碰到战斗就像臭虫晒到阳光立刻就躲起来的胆怯的家伙。"

他攥紧拳头用力地砸了一下桌子。

朱赫来站起来,两只手放在口袋里,心情烦躁地在房间里走来走去。

他闲得特别不舒服。他觉得没离开这个小镇是个重大的错误。他感到继续留在这儿也没什么用了,因此果断地决定冲过前线追寻红军队伍。

他决定在小镇上留下一个九人党小组,接着开展活动。

"我不在这儿,也能开展活动,我不该什么也不干,在这儿干耗着了。我已经这么荒废了十个月了,不能再这样了。"他愤怒地思考着。

"费奥多尔,你到底是什么人?"有一回,保尔忽然问他。

朱赫来站起来,把手放在口袋里。他没有马上理解这问话。

"难道你还不清楚我是什么人吗?"

"我认为你是一个布尔什维克,或者是一个共产党员。"保尔轻声回答说。

朱赫来开怀大笑起来,逗乐一样打了下自己那厚厚的绷着白底蓝条水手衫的胸膛,朝他说:

"小伙子,这是显而易见的。这个事情,就跟布尔什维克和共产党员是同一个意思一样地显而易见。"接着,他忽然很严肃地说:"你已经明白了这么多,那就不要忘了——如果你不想让他们抓住我,就死也不能向谁说起这件事。明白吗?"

"我明白。"保尔毫不犹豫地回答。

他们突然听见屋外走来几个人,还没听到叫门,人已经进来。朱赫来赶忙把手放到口袋里,可是马上又拿了出来。谢廖沙走了进来,他有点消瘦,面无血色,脑袋裹着白纱布。他后边跟着瓦莉亚和克利姆卡。

"嗨,你怎么样?"谢廖沙抓住保尔的手,微笑着说,"我们几个一块来瞧瞧你。瓦莉亚不叫我一个人来,她担心;克利姆卡也不叫瓦莉亚一个人来,因为他也担心。他虽然是个'红头发的人',但还知道一个人走不安全。"

瓦莉亚禁不住笑了,用手捂住他的嘴说:

"你胡说八道什么呀。他今天老是拿克利姆卡开玩笑。"

克利姆卡也毫不生气地笑了,露出一口白牙。

"我们不应该跟病人计较。他头上挨了一刀,还是那么调皮。"

大家都乐了。

谢廖沙因为伤口没有彻底痊愈,就在保尔的床上休息。接着朋友们就七嘴八舌地聊了起来。谢廖沙过去不管在什么时候一直是很高兴的,今天看上去却十分安静、伤心。他把彼得留拉的匪徒砍他的遭遇向朱赫来说了一遍。

朱赫来认识这三个来看望保尔的人。他经常到谢廖沙家去。他十分喜爱这些小伙子,虽然他们还没有在斗争的激流中找到他们的奋斗目标,可已经体现出他们的阶级信念。他兴致勃勃地仔细听着这三个小家伙叙述他们自己如何帮助犹太人,让他们在自己家里躲避,挽救了他们的生命。那天晚上,他跟他们谈了不少关于布尔什维克和列宁的话,帮助他们对眼下发生的事情加深认识。

保尔把三个朋友送出去的时候,已经深夜了。

朱赫来天天黄昏时出去,很晚才回来。在离开之前,他急着向那些不离开小镇的党员安排他们要干的工作。

有一天夜里他走了就没有回来。次日清早保尔睁开眼睛,没有看见朱赫来。

他有一种说不清的预感,赶紧穿好衣离开家。他锁上屋门,把钥匙放在商定的地方,马上到克利姆卡家,想在他那里打听到一些与朱赫来有关的消息。克利姆卡的妈妈是一个胖墩墩、大脸盘的女人,脸上全是麻子,正在洗衣服。当保尔跟她打听有关朱赫来消息的时候,她不耐烦地回答说:

"怎么,好像我不用干别的事情似的,就负责盯着你们的朱赫来一样。因为他

这家伙,佐祖利哈的家里已经被人搜了个底朝天。我问你:你找他有什么事儿? 你们在一块都干了什么? 真是一帮好朋友。克利姆卡,你……"她说着,使劲地洗着她的衣服。

克利姆卡的妈妈平时就是这样爱说话。

保尔又来到谢廖沙家,把他害怕的事情跟他说了。瓦莉亚抢着说:

"你怎么这么不放心呢? 可能他是在别人家住了。"但是她的话底气不足。

保尔特别担心,再也不能在谢廖沙家耽搁了,无论他们怎么让他一起吃午饭,他还是没留下。

离家不远的时候,他特别想看到朱赫来,可是门没有打开。他不知所措地站在那儿,心里特别难受。他不想回到空无一人的家。

他在院子里犹豫了好几分钟,接着在一种难以名状的冲动驱使之下,他朝板棚走去。他爬到房顶下藏手枪的地方,扫掉蜘蛛网,拿出了那把沉甸甸的、裹着破布的手枪。

他离开板棚,觉得口袋里的手枪很沉重,就向车站走去。

他还是没有打听到朱赫来的情况。在往回走的路上,走到那熟悉的林务官的花园的时候,他的脚步慢了下来。他带着一种模糊的渴望,看着那房子的每个窗子。但是房子里和花园里都空无一人。走过去以后,他还扭头看了看花园里的小路,它们还是深深地埋在往年的烂叶子下面,露出荒芜破败的样子。显而易见,那位爱护花草的主人的手很长时间没有碰过它们了。这高大的旧房子的冷清,更让他觉得极为伤感。

他和冬妮亚最后一次不欢而散比过去任何一次都严重。这是差不多一个月之前突然发生的。

保尔的手深深地插在口袋里,一边蹓蹓跶跶地朝镇上走,一边回忆着他们不欢而散的过程。

有一天,他们两个突然在路上碰头了,冬妮亚就邀他到她家去玩。她跟他说:

"爸和妈全到鲍利尚斯基家参加命名礼去了,就剩下我自己在家。保尔,亲爱的,上我家去吧。我们能一块看到奥尼德·安德列耶夫写的很有意思的小说《萨士卡·日古廖夫》。我已经看了一遍,可是特别想和你一块再看一遍。我们能过一个十分高兴的晚上,你想来吗?"

她那浓密的栗色头发上扣着一个小白帽,帽下面那双大眼睛露出渴望的神情注视着保尔。他回答说:

"我肯定到。"

他们告别了。

他连忙来到机器房,一想到他能和冬妮亚一起呆上整整一个晚上,炉火就显得特别旺,木头也发出了更欢快的噼啪声。

那天黄昏,他拍打着那宽大的正门,冬妮亚过来开门。她略微露出了尴尬的模样,向他说:

"我又来了几个客人,我没想到他们今天晚上能来,保尔,亲爱的,可你不用离开。"

他扭头就要离开,可是她拽住他的袖子,说:

"进来吧,保尔,叫他们也和你见见面,这对他们没坏处。"说着她一只手拖着他,走过饭厅来到她的屋子里。

一进屋,她就笑着向那几个青年人介绍说:

"你们认识吗?这位是我的朋友保尔·柯察金。"

屋子中间的小桌子旁坐着三个人:一个叫莉莎·苏哈里科,她是个皮肤稍黑的漂亮姑娘，长着一张不饶人的小嘴，虽然她还是个学生，可头发却梳成特别轻佻的样子；一个是保尔不认识的细高挑的小伙子，一对灰色的眼珠，一副疲惫的样子，穿着整齐的黑上衣，头发弄得很讲究，顺顺溜溜地放着生发油的亮光；坐在这两个中间的是穿着特别入时中学校服的维克多·列辛斯基。冬妮亚开门的时候，保尔一下子就看见了他。

列辛斯基也立刻认出了保尔，他意外地皱起了他那两道剑一样的细眉毛。

保尔一言不发地在门口站了一会儿，用敌视的目光盯着列辛斯基。冬妮亚赶紧打破了这尴尬的沉默，一边让保尔进来，一边扭头冲莉莎说：

"你们认识一下吧？"

莉莎正在好奇地看着保尔，马上就站起身来。

保尔扭头就走，匆匆穿过有些黑的饭厅，朝门口走去。他走到台阶的时候，冬妮亚才追上他，一把按住他的肩膀，生气地说：

"你干吗扭头就走？我是故意让他们和你见面的呀。"

可他从肩膀推掉她的手，一点不留情面地说：

"不用让我在这些烦人的东西眼前展览，我跟他们是不同的人。可能你喜欢他们，但是我厌恶他们。我不清楚你和他们是朋友，如果知道是这样，我肯定不会来的。"

冬妮亚忍住火，打断他说：

"你怎么能这样和我说话？我一直就不管你跟谁交朋友，或者谁到你家。"

保尔走下花园的台阶，一面走一面毫不犹豫地说：

"那就让他们来吧，我可再也不来了。"说着他就朝栅栏门跑过去。

从那时候起，他们俩就从来没碰过头。在杀害犹太人的时候，他跟在一块工作的电工赶着把躲祸的犹太人家属藏在发电厂，彻底记不起这次争吵了。可是现在他又特别想见她一面。

朱赫来不知去向了，他往后在家肯定会觉得孤独，一想到这儿，他就发愁了。在春雨以后，街上全是泥泞，车印儿里还灌满了黑色的稀泥。公路像一条细长的灰色的带子向右弯了过去。

紧挨着路旁有一栋破败的房子，墙皮斑驳，像生了疥癣一样，大路就在这栋房子后边分成两条路。

在岔路口那个门窗损坏、倒挂着一块"出售矿泉水"牌子的小商店边上，维克多·列辛斯基和莉莎正要分手。

他用力地攥着她的手,深情款款地注视着她的眼睛说:

"你千万不要失言啊,你不会说了不算的吧?"

莉莎矫揉造作地回答说:

"我肯定来,肯定。请您不用担心。"

分手的时候,她又用那双朦胧的绵绵深情的黑色眼睛冲他笑了笑。

她走了十几步,碰到了打路的转弯处走过来的两个人。其中有一个魁梧的厚厚胸膛的工人,上身没系扣子,里面裹着一件白底蓝条的紧身内衣,黑色的帽子低低地扣在前额上,一只眼睛乌黑乌黑的,肿了起来。这个工人走在前头。

这工人蹬着一双矮腰黄皮靴,脚步有些缓慢,腿有点伸不直。

在他后边三步远的样子,跟着一个彼得留拉的匪徒,穿着灰制服,腰上系着两个盒子弹,手里拿着上好了刺刀的步枪,刀尖儿差一点就顶上了那工人的脊梁骨。

他戴着羊皮帽,一双睁不开的小眼睛机警地注视着他前面的人的后脑勺。他那让烟熏黄了的小胡子朝两边支棱起来。

莉莎略微走得慢一点,走到公路的另一侧。这时她背后的保尔已经走到大路上了。

当他右拐弯往家走的时候,他也看到了那两个人。

他的双脚立刻像被钉在地上似的停住了:他一眼看出走在头前的那个人正是朱赫来。

"闹了半天,他让人抓起来了,怪不得没回家呢!"

朱赫来渐渐地走了过来,保尔紧张得要命。许多想法不断地出现在眼前,一时不知该如何是好。时间太短了,保尔犹豫着。但是有一点是清楚的:朱赫来难逃一死。

保尔盯着走过来的朱赫来和后面的匪徒,心里特别紧张,打不定主意。

"这可怎么办呢?"

在紧要关头,他突然想到了他口袋里的手枪。等他们在他旁边走过的时候,他就在那匪徒的后面开一枪,这样朱赫来就能逃走了!这一瞬间的决定马上使他从胡思乱想中清醒过来。他使劲地咬着牙,咬得都痛了。就在昨天朱赫来还告诉过他:"为了事业,需要一帮无畏的人们……"

保尔迅速地扭头瞧了瞧。通向镇子的路空荡荡的。一个穿着春季短外衣的妇女一个人在前边走着,她可能不会管闲事的。在十字路旁边的那一条路,他望不到什么,只有远处连着火车站的那条路上,才稀稀拉拉地有几个人。

保尔走到公路的一侧。当他们之间还有几步远的时候,朱赫来才注意到他。

他用那只好眼睛瞧了瞧保尔,他那漆黑的眉头抖了一下。他看出那是保尔,就意外得站住了脚步,因此他的后背碰到了刺刀尖儿。

那个匪徒用尖利的假嗓子催促说:

"快点走,不然我拿枪把子砸你!"

朱赫来继续往前走。他原打算和保尔说几句话,可是他没言语,只用一只手向他打了个手势。

保尔很担心引起那个黄胡子匪徒的怀疑,就扭头朝一边走去,让朱赫来过去,好像他一点也没看见这两个人似的。

可是,他心里又跳出个让人担心的想法:"如果我的枪打偏了,子弹可能会伤着朱赫来……"

可是那个彼得留拉匪徒已经到了他身边了,这功夫,难道他还会不动手吗?

最后,出现了这样的事情:那长着黄胡子的匪徒来到保尔面前的时候,保尔意料不到地朝他扑过去,攥住他的枪,用力往下压。

刺刀蹭着石头吱吱作响。

彼得留拉的匪徒对这个突如其来的袭击毫无准备,立刻吓傻了,但是迅速就竭尽全力往回抢枪。他抱着枪转了一百八十度,扭绞保尔的双手。可是保尔仍旧拽住不松手。这时候,那个彼得留拉匪徒气坏了,使劲一推,把保尔推倒在地上,但是他仍不能抢回枪。保尔躺在马路上,借劲儿也把那个匪徒拉倒了。这时候,不管多大的劲儿也不能让保尔松开手中的枪。

朱赫来连忙蹲到他们边上,举起他那只铁拳向那匪徒的脸上砸下来。不一会儿,脸上遭了两记要命的重拳的匪徒,已经放开了倒着的保尔,像一条沉甸甸的麻袋一样,掉到深沟里去了。

朱赫来用他那双力大无比的手臂把保尔在地上拉起来。

维克多·列辛斯基已经从岔路口走了一百多步。他小声用口哨吹着时髦歌曲——《美人的心,朝三暮四》。他始终陶醉在他这回和莉莎的见面及她同意明天到空无一人的工场里和他约会的诺言中。

莉莎在中学里那些一心追求女生的男生中间,一直被视为对谈情说爱的事儿很随便的姑娘。

有一回，一个名叫谢苗·扎里瓦诺夫的无耻和自大的家伙跟维克多说，他已经和她发生了关系。维克多虽然不太信得过谢苗的话，可是莉莎却是个漂亮的、有吸引力的"货色"，所以他想明天去查证扎里瓦诺夫说的到底是不是真有其事。

"只要她来赴约，那我就不客气了。要清楚，她是同意人家亲她的呀。而且如果谢苗说的是真的……"他的胡思乱想被打断了。他躲到路边，让两个彼得留拉匪徒走过去。其中一个骑着一匹短尾巴的小马，晃着一个帆布的水袋——显而易见是去给马喂水。另一个穿着腰上有褶的外衣和十分肥大的蓝裤子，一只手搁在那骑马人的腿上，正在讲着什么有意思的事。

维克多让他们先走，自己正要往前走，可是公路上的枪声让他站住了。接着那个骑马的人从转弯处转回头就冲他这边跑，一边用脚踢，一边用帆布水袋打着马，刚跑进驻地的头一道门，就大声向院子里的人叫道：

"弟兄们，快抄家伙，我们一个弟兄让人干掉了！"

不一会儿，几个人一面哗啦哗啦地拉着枪栓，一边打院子里向外奔去。

维克多被抓起来了。

这时公路上已经集中了一帮人。维克多和莉莎被围在当中，莉莎是让他们抓去作证的。

当朱赫来和保尔在莉莎身边跑过的时候，她十分惊讶，傻傻地停在那儿了。她认出那个攻击彼得留拉匪徒的小伙子不是别人，正是冬妮亚想让她认识的那个人。

他们先后蹦过了一家花园的外墙。就在这功夫，那个骑马的人已经上了公路，正好发现端着步枪逃跑的朱赫来和那个使劲儿想站起来的匪徒，于是他就骑马冲围墙那边撵过去。

朱赫来回头向他开了一枪。那个骑马的人听见枪声，马上扭头就逃。

押送朱赫来的那个家伙困难地张开打坏了的嘴唇，把他经历的事情讲了一遍。

"你这个傻瓜，你怎么能叫犯人在你眼皮底下溜走？这下你的屁股可要挨二十五军棍了！"

押运兵凶巴巴地嘀咕着：

"算了吧，就你不傻。我叫犯人在我眼皮底下溜走！谁能想到有一个小兔崽子像疯狗一样朝我冲过来？"

莉莎也被审问了一番。她叙述的和那个押运兵一样，但是有意隐瞒了她认识那个攻击押运兵的小伙子。他们还是被遣送到城防司令部，等到晚上，城防司令才命令放人。

那司令主动要求由他把莉莎送到家,可是她没同意。他嘴里喷着酒气,他的要求肯定是居心不良的。

后来维克多把她送到了家。

司令部离车站很远。当他和莉莎手拉着手一块走的时候,维克多心里对这次突然出现的事情特别满意。

"您清楚是谁劫走了犯人吗?"莉莎在要到家的时候,这么问他。

"不清楚,我怎么能清楚呢?"

"您忘没忘有一天晚上冬妮亚打算让我们认识的那个小伙子?"

维克多停下了。

"保尔·柯察金?"他不敢相信地问。

"对,他的姓好像是柯察金。您没忘记那天晚上他离开的时候是多么难以理解吧?对,就是他。"

维克多让这话吓了一跳。

"您没看走眼吗?"他连忙问莉莎。

"不会的,他的模样我记得十分清楚。"

"那您怎么不跟司令部说呢?"

莉莎气呼呼地说:

"你认为我会干出这种无耻的勾当吗?"

"您说'无耻'是什么意思?您认为把攻击押运兵的家伙向司令部讲是无耻的吗?"

"哦,那么您认为这是光荣的了?您都不记得他们干的那些事了吗?难道你不清楚学校里有多少犹太人的孤儿?您还让我向他们告发保尔·柯察金的事吗?谢谢您,我一点儿都没看出来您是这样的人。"

维克多没预料到她能说出这么一番话。但是他不打算和莉莎争执,因此尽量引开这个话题。

"别这样,莉莎,"他说,"我只是逗逗你。我不清楚你是这样一个道德高尚的人。"

"嗯,您这个玩笑有点过火。"她漠然地回答。

他们来到她家门前,在临别时,维克多问道:

"莉莎,您肯定赴约吗?"

他得到的是个模糊的回答:

"说不准。"

在回小镇的路上，维克多脑袋里想着："哼，如果您以为这是卑鄙的，我却不那么认为。自然，谁放走谁，对我都没关系……"

在他这个生于波兰望族的贵族认为，两种作法都是烦人的。不论怎样，波兰军队很快就打过来了，那时候才能有一个不折不扣的政府，一个不折不扣的波兰贵族的政府。可是他眼下能利用这个机会来把那个小无赖保尔·柯察金整死。他们——彼得留拉的部队——会杀死他的。

维克多独自呆在镇上。他在姑母家住。他的姑父是一个糖厂的副经理。他的爸爸西吉兹蒙德·列辛斯基领着他妈妈和妮莉去华沙很久了，他的爸爸在那边当着很大的官儿。

他来到城防司令部，从敞开的大门走了进去。

过了不久，他就领着四个彼得留拉匪徒来到保尔家。

"就是那里。"他指着那个有灯光的窗户悄悄地说，接着就问那个在他旁边站着的骑兵少尉，"我能走吗？"

"可以。"那少尉回答，"其他的事就不用你管了。多谢合作。"

维克多马上大步流星地沿着人行道走了。

保尔的后背挨了最后一下，张开两只胳膊，碰到那漆黑的监牢的墙上。他摸到一张像木板床般的家什就座上去。他饱受毒打，被揍得伤痕累累，心情非常不快。

他一点儿都没想到他能被抓起来。"他们从什么地方知道是我干的呢？这是为什么？根本就没人发现我呀！现在在该如何是好？朱赫来在什么地方？"

他和朱赫来是在克利姆卡家告别的。朱赫来要在那里等天暗下来才离开小镇。保尔接着就向谢廖沙家走去。

"哦，幸亏我早就把手枪藏到乌鸦窝里去了，"他心里这样盘算着。"如果他们发现它，那我就必死无疑了。但是他们到底怎么能清楚是我干的呢？"这问题使他百思不得其解。

彼得留拉匪徒在他家里什么也没搜到。阿尔焦姆早把他的衣物和手风琴拿到农村去了。他妈妈也把她的小箱子拿走了，所以不论他们在屋里怎么翻，最后还是一无所获。

但是保尔无法忘记他从家到司令部的一路上的经历。夜漆黑漆黑的，伸手不见五指，天上包着云层，拳头、脚尖不停地踢打着他的两侧和背后，他一无所知地、迷迷糊糊地走着。

门外响起了人声。狱卒就在旁边的房子里。门的下边露出一条光线。保尔站起来,沿着墙壁摸索,在房子里转了一圈。他在正对着木板床的地方碰到了一扇装着坚固的铁栏杆的窗户。他用手推了推——那家伙十分坚固,显而易见这房子过去是仓库。

他来到门口,站在那儿仔细听了一阵儿。然后他悄悄地动了动门把手。门烦人地吱吱作响。

"娘的,没有上过油。"他骂了一句。

他从打开的门缝里瞧见了床边上放着一双脚,脚趾分开,长着老茧。他又按着把手稍稍推了一下,门立刻响了起来。于是一个头发乱糟糟、睡眼蒙眬的人从板床上坐起来,一边使劲儿地用五个手指挠着长了虱子的脑袋,一边大声叫骂。那无精打采的、重复的叫骂声落下去之后,他就抬手去拿搁在床头边上的步枪,有气无力地喊道:

"把门关上,下回再往外看,就要了你的命……"

保尔关上门。从旁边屋子里发出一阵哈哈的笑声。

他在那天夜里,一遍又一遍地思考了不少事情。他柯察金头一回参加战斗,但是非常差劲儿。刚一开始,就像耗子似的让人家抓起来,关在铁笼里。

当他坐着,似睡非睡的时候,他妈妈的脸——那皮包骨头的、爬满皱纹的面孔和一双那么熟悉的、慈祥的眼睛——就出现在眼前。他心里想:"恰巧她串门去了,否则的话,她该多么悲痛啊!"

光线从窗子射进来,投在地上,地上出现一个灰色的方块。

黑暗慢慢远去,黎明的阳光就要到了。

6

那栋古老的房子里仅有一个挡着帘子的窗户透着光亮。特列左尔,这条关在院落的狗突然低声怒吼起来。

冬妮亚隐隐约约听到母亲小声说:

"不,她没睡觉。请进吧,莉莎。"

冬妮亚的睡意被随之而来的轻快步履声、友好而亲热的拥抱驱赶得一干二净。

一脸疲倦的冬妮亚笑着对她说:

"你来得真是时候,莉莎,我们全家正为一件事高兴得不得了:昨晚爸爸就度过危险期了,今天一天都睡得非常安稳。这几天来我和妈妈谁也不曾睡过觉,这才休息片刻。哎,莉莎,说说最近有什么新鲜事发生吧。"

"新鲜事好多呢!但是有的新鲜事只有你才能听。"莉莎面带狡黠的神情,笑着望了一眼冬妮亚的母亲叶卡捷林娜·米哈伊洛夫娜。

冬妮亚的母亲笑了笑,她是位很得体的女人,尽管她的年龄已三十有六,但她的言行却仍带有少女的生机活力。一双睿智的灰眼睛长在她那不很美丽却让人乐于接近、精神旺盛的脸上。

"好的,我很愿意让你们俩一起说说悄悄话,我不用多久就会走开。现在请先说一些不保密的让我们一饱耳福吧。"她打趣道,还把自己的椅子向沙发那边挪了挪。

"头一条就是校务会议已通过发给七年级学生毕业证的决定,这就是说我们从此再不必背书了。这让我兴奋极了。"莉莎兴高采烈地说,"那些代数、几何让我腻烦透顶!学这些对我们有什么用呢,或许男孩子还有接着上学的机会,但现在连他们本人都不知道哪儿才有学上。到处都是战火纷飞。真吓人。……以后我们都是要嫁人的,哪个男人也不会要他的妻子非懂代数不可呀!"说到这儿,莉莎大笑起来。

同姑娘们聊了会儿天,冬妮亚的母亲就回自己的屋里去了。

莉莎抱着冬妮亚的脖子,完完整整地将她在岔路口碰到的事向冬妮亚小声地叙述一遍。

"啊,亲爱的冬妮亚,当我在逃跑的人中认出其中的一个时,你可以想象我几乎都傻了……你能猜出那人是谁吗?"

冬妮亚听得津津有味,但对她的问题只是毫无头绪地耸了耸肩。

"保尔·柯察金!"莉莎脱口说。

冬妮亚感到浑身发抖,难过得缩紧了身子。

"是保尔·柯察金?"

莉莎对她的故事产生的反应很是得意,接着她就更加兴致勃勃地讲起与维克多吵架的经过。

她专心于说话,丝毫没注意到冬妮亚的脸渐渐失去血色,没注意到她细长的手指在不安地摆弄蓝上衣。莉莎对冬妮亚的心痛毫无察觉,对她那动人的长睫毛为何颤抖个不停也没有知觉。

而冬妮亚呢,她对莉莎说的那个彼得留拉军官醉酒的故事一点也没听进去。她心想:"维克多·列辛斯基已经弄清楚是谁攻击的了,莉莎告诉他是何故呢?"她心里想着,嘴里就说了出来。

"告诉谁什么呀?"莉莎不知道她在说什么,于是问道。

"你干吗要告诉维克多·列辛斯基有关保夫鲁沙,也就是保尔·柯察金的事呢?你应该明白他准会出卖他的。"

莉莎不服气,申辩说:

"啊,不会的,他不会的!他出卖保尔,为什么呢?"冬妮亚猛地坐下来,两手用劲地捏住膝盖,甚至没意识到疼痛。

"莉莎,你根本不了解其中的缘由!他们俩从来就是冤家路窄,更由于再有其他缘由……将保夫鲁沙的事告诉了维克多,你真是彻头彻尾的错!"

这时,莉莎才看出冬妮亚的心神不安。在此之前,对于冬妮亚和保尔之间的关系,她仅限于些朦朦胧胧的怀疑,直到听见冬妮亚很自然地说出保尔的爱称"保夫鲁沙",才顿时恍然大悟。

莉莎意识到因自己的冒失所闯的祸,感到非常尴尬,便沉默不语。

"啊,这件事是真的。"她自己在心里琢磨。"真是不可思议,冬妮亚居然坠入情网;而那个人,只是一个平平常常的工人……"她本想和冬妮亚推心置腹地说说这件事,但为了谨慎考虑,她管住了自己没有再追问下去。为减轻自己的内疚感,莉莎紧紧抓住冬妮亚的双手,说:

"亲爱的,冬妮亚,不要太担心了!"

冬妮亚茫然若有所思地答道:

"不,说不定维克多不像我所担心的那样,或许是个好人呢。"

杰米亚诺夫,她们的这位身材较胖笨但待人诚恳的同窗,突然进了屋。

杰米亚诺夫进来前,她们的谈话几乎是陷入僵局。

冬妮亚在送走了两个同学之后,靠在篱笆门旁,远远地向那条通往城里的灰暗色道路望着,一个人静静地站了很长时间。春天的风带着些许残冬的寒意、初春的湿润和泥土的霉味不断地吹拂着冬妮亚。远处,城郊人家窗户里的灯,闪着暗红色的光。那里就是令她感到陌生的城镇。她在城里的那个争强好胜的朋友也许正在某个屋子里,还没发觉祸患正在向他逼近。大概他早就把她抛在脑后了。时间过得真快呀,从他们最后的见面到现在已过了多少天啊!那时他是有错,可她早已不记得这些了。如果明天她能再见到他,昔日真挚热烈而又令人兴奋的友情一定会和好如初的。肯定会的，对这一点，冬妮亚没有半点怀疑。希望这是一个平安夜。但是，黑漆漆的夜色似乎要有灾难发生，它正在寻找机会去进行……好冷啊！

回到房里之前，冬妮亚又向大路看了看。她上床后，在裹着被子渐渐入睡之前，仍在心里祈祷着让保尔平安地度过这一夜！……

第二天一早，当家人仍在沉沉的睡眠中时，冬妮亚已经醒来。她谁都没叫醒，匆匆忙忙穿好衣服，轻手轻脚地走到院子里，带着特列左尔——那条毛茸茸的狗朝城里走去。到了柯察金家，她有些拿不定主意，在外面站了一分钟。然后她打开篱笆门，进了院。特列左尔在她前面摇头摆尾地走着……

这天早晨，阿尔焦姆也从乡下回来了。他是坐大车回来的，和他一起来的还有他的铁匠师傅。他赚钱买来的一袋面扛在肩上，铁匠走在后面，拿着其他的物品。走到大门四开的门口，阿尔焦姆将面袋放了下来，嚷道：

"保尔！"

但没有回答。

"先放到屋里吧，在这儿干吗！"铁匠走到近前说。

阿尔焦姆把物品在厨房搁好，进入屋里——呈现在眼前的景象让他目瞪口呆：房间里凌乱不堪，破衣物扔了满地。

"怎么搞成这样！"他向铁匠迷惑地抱怨着。

"嗯，确实乱七八糟。"铁匠也说道。

"小鬼跑到哪里了呢？"阿尔焦姆有些不高兴了。

但是，面对四壁，却无人可问。

放下物品后，铁匠就离开了。

阿尔焦姆跑到院子中察看情况。

"真不懂发生什么事了——大门开着，可保尔没在。"

阿尔焦姆注意到身后传来的脚步声。他转过身，在他面前，一只机警的毛茸茸大狗，立着耳朵；有一位不认识的女孩正由外面向屋内走来。

女孩端详了一下阿尔焦姆，轻声说：

"我要见见保尔·柯察金。"

"我也想见他。谁知他到哪儿了。我同您一样，到了没多久，进来的时候房门就是开着的，但是我连他的影儿都找不到，更别说人了。您找他有何贵干？"他问那女孩。

女孩不应答，却反问道：

"您是阿尔焦姆,保尔的哥哥?"

"我是,有事吗?"

那女孩只是非常恐惧地盯着大开的房门,没回答他的问题。她暗想:"昨天我怎么不来看看呢? 莫非,莫非真的会? ……"她的心一直在向下沉。她问那个一直惊讶地看着她的阿尔焦姆:

"您到时屋门就没关,保尔就不在吗?"

"我能问一下您找保尔有事吗?"

冬妮亚走近阿尔焦姆,并望了望四周,而后焦急地说:

"我了解的情况也未必准确,但如果保尔不在家,他肯定是被抓走了。"

"怎么会呢?"阿尔焦姆下意识地打了个冷战。

"去屋里说吧。"冬妮亚说。

阿尔焦姆一言不发地聆听。当冬妮亚将所知都说给阿尔焦姆之后,他感到没有希望了。

"哎,臭小子!"他难过地嘟囔着,"怎么会有如此不走运的事……现在我终于搞清楚了这房间乱七八糟的原因了。这小子疯了,竟敢闯出这么大的祸来……。他现在在哪儿呢? 怎样才能找到他呢? 但是,小姐,您是哪一位呢?"

"我是林务官杜曼诺夫的女儿。我认识保尔。"

"啊——啊——"阿尔焦姆拉长声音,话语含混不清,"您看,我还带了袋面让他吃呢,可谁想会出现了这样的事……"

冬妮亚和阿尔焦姆相对无言。

"我走了。也许您能找到他,我晚间再来一趟,听听您有什么消息。"离开时,冬妮亚小声说。

阿尔焦姆默默地点下头。

从冬眠中苏醒的一只皮包骨的苍蝇绕着窗角嗡嗡地飞着。城防司令办公室的破旧的沙发上,一个来自农村,年纪不大的姑娘坐在那里,双肘支着膝盖的她,看着脏兮兮的地板若有所思。

城防司令官嘴角抽着一支烟卷,以他那龙飞凤舞的狂草完成了公文,接下来在"谢佩托夫卡城防司令"的印鉴下面,异常高兴的加上了既有些狂草,字尾又随心所欲甩了甩钩的签字。

这时,马刺的声音由门口传到屋里,他抬起了头。

萨洛梅加站在他的眼前,一只受伤的手上绑着绷带。

"哪阵风吹动了你,怎么想起到我这儿来了?"司令官向他表示欢迎。

"是'好'风送我来的,连我的胳膊也让鲍贡团的狂风吹断了。"

萨洛梅加开始怒冲冲地大骂,丝毫不顾忌屋里还有一个姑娘。

"哦,你是到这里来治伤疗养的,不是吗?"

"治伤,下辈子才有空吧。前方形势很紧,我们简直要抵挡不住了。"

司令官向那姑娘方向点了下头,示意有外人在场,不宜多说。

"待会儿再详谈吧。"

萨洛梅加猛一下坐到了凳子上,摘下了帽徽是乌克兰民族共和国国徽的军帽,那图案是三支交叉的枪。

"是戈卢勃派我来的。"他开始小声地说。"谢乔夫狙击师马上要到这里守卫了。这回这地方可要有很多烦事了,因此我先到这儿做些前期处理。'大头目'或许会亲自来,而且还有不知为何方神圣的外国人陪同。所以任何人都不允许再提起那次的'消遣'。写什么呢,你?"

司令官把烟卷从嘴角的一边移到了另一边,说:

"在我这里关着一个小坏分子。你还能想起,我们在车站上抓到的一个名叫朱赫来的人吗。就是他,鼓动铁路工人同我们作对。"

"嗯,想起来了,怎么样呢?"萨洛梅加饶有兴趣地靠近了些。

"哎,车站司令,奥麦利钦科那个大蠢货,竟然只让一个哥萨克兵将他押送到我这儿来。而押在这儿的这个小家伙,居然在光天化日之下公然营救朱赫来。他和朱赫来俩人,抢走了哥萨克兵的武器,打掉了他的几个门牙,而后就逃之夭夭了。朱赫来逃得不知所踪,但这个小家伙却没能逃出我的手心。资料全都在这儿,你自己看吧。"他把一打厚厚的文件推给了萨洛梅加。

萨洛梅加用没有受伤的左手翻看文件,一会儿功夫,就通阅了一遍。之后就盯着司令官的面容,问道:

"难道说你没从小家伙那儿弄点有用的口供?"

气愤至极的司令官扯了一下自己的帽檐:

"我已经拷问了五天,却一无所获。他一直都不承认,就会说:'我一无所知,他不是我放走的。'简直是个纯粹的小土匪。你知道那个倒霉的哥萨克兵认出了小坏蛋,几乎要将那个小坏蛋活活地给掐死。我费了好多力气才拉开了他。那个哥萨克兵回去后,挨了奥麦利钦科整整二十五军棍,所以他恨透了这个小坏蛋,痛打他一顿才解气。如今我也没什么借口一直关着他,正准备报请司令部批准我执行死刑呢。"

萨洛梅加不屑一顾地吐了一口气,说:

"如果他落到我的手心,我保证无论什么他全得招。说句实话,你这个神父的儿子知道用什么手段才能让他招供吗?神学院的学生竟然能当城防司令?用通条狠狠地抽他了吗?"

司令官怒火中烧。

"不要欺人太甚,还是笑话你自己吧。我是这里的司令官,用不着你来多此一举。"

萨洛梅加瞥了眼怒气冲冲的司令官,大声笑了起来:

"哈哈,……小神父,犯得着发这么大的脾气吗?消消气,否则会气炸肚子的。我才懒得掺和你那些事呢!快告诉我去什么地方能弄两瓶酒喝喝吧。"

"这个容易。"司令官笑着说。

"那个小家伙吗,"萨洛梅加指着文件上保尔的名字,"如果你想了结他,就应变通一下,改十六岁为十八岁。你看,只消略微描一描六字上面的钩儿,不然的话,上面也许不批呢。"

牢房由仓库改建而成,牢里总共关押了三个人。一个是长有长胡子、身着破烂的外套和宽大的麻布裤子的老头子,他几乎将他的瘦腿缩成一团,侧面躺在木板上。老头是因为一个彼得留拉的士兵住在他的家里,但这个士兵放在马棚里的马失踪了,因而被抓了进来。

另一个在地板上坐着的是一个生产私酒,有着一双又细又小、狡黠的贼眼和尖尖下巴的老婆子。她是因盗窃手表和其他值钱的物品而入狱的。在窗子下面的旮旯里,保尔·柯察金头垫着帽子迷迷沉沉地躺着。

一个系着花头巾,农村装扮的姑娘被领进库房中来。她那不算小的一双眼睛因惧怕而瞪得更大。

她站立了一会儿,然后在生产私酒的老太婆身边坐了下来。

生产私酒的老太婆从上到下看了看姑娘,连珠炮似的问她:

"姑娘,你为啥也坐牢?"

虽然没有回音,她还是穷追不舍:

"你干了什么错事被抓进来？不会也是因为生产私酒吧？"

那农村姑娘站起身，瞧了瞧问个没完的老太婆后，压低声音答道：

"不是的，我被抓是由于我哥哥的事。"

"你哥哥又为啥呢？"老太婆仍不死心，又问。

躺在床上的老头插话说：

"你不能不问她吗？或许她正伤心得要死，你却是没完没了、讨人嫌地追问。"

老太婆马上将矛头转到木板床那边，说：

"要你来管我？我也没和你说！"

老头子当面啐了她一口。

"我说你，不要再打扰她了。"

库房里静了下来。姑娘枕着胳膊躺在了她铺在地板的方头巾上。

生产私酒的老太婆开始吃起了东西。老头子将脚垂在地板上，慢慢悠悠地卷了支烟吸了起来。

一阵阵气味刺鼻的浓烟雾霭时充斥了库房的每一个角落。

老太婆那满是食物的嘴，一边大嚼特嚼，一边叽咕不停：

"不要放那些呛人的臭气了，能不能让人踏踏实实地吃顿饭？从早到晚，除了抽就是抽。"

老头子幸灾乐祸地放声大笑，说：

"你还担心饿瘦吗？再过段日子，恐怕那扇门都难以通过了。就顾着往自个儿的肚子里塞，也该给那小伙子分点吃。"

老太婆气恼地摆了摆手说：

"我给过他了，是他自己不想吃。我又没吃你的，你少管我。"

姑娘转过脸和生产私酒的老太婆面对面，又朝保尔·柯察金的方向努了努嘴，问道：

"您了解他坐牢的原因吗？"

老太婆正愁没个人说说话呢，一听到这儿，心里立刻舒畅，兴致勃勃地回答说：

"他是当地老妈子柯察金娜的小儿子。"然后她低下身体，凑近了姑娘说，"他放走了一个布尔什维克。那个人是一名水兵，他住在我的邻居佐祖利哈的家里。"

这时，姑娘回忆起司令官说过的话来——"我正准备报请司令部批准我执行死刑。"

运兵车一列列地开进车站。谢乔夫狙击师下属的各部队毫无秩序地从车上下来。顺铁轨蜗行着前进的是装甲列车"扎波罗什哥萨克"号。它是由四节包着钢板的车厢组装而成的。从平车上卸下了好多的大炮;由货车上牵下了大量的马匹。骑兵们就地整理鞍具、跨上战马,向车站的广场急驰而去。他们要穿过乱七八糟的步兵,在那儿集合编队。

军官们在车站前奔波忙碌着,叫着自己队伍的番号。

车站上如同捅了马蜂窝般地乱哄哄的。一个个长方形的队伍逐渐地由喧哗和乱成一团的人群组成了,这样,一队队全副武装的人流涌向了镇子。车站到镇子的路上,一直到傍晚,仍有谢乔夫狙击师的辎重马车和随行人员浩浩荡荡地行进着。

部队押后阵的司令部的警卫连,这一百二十人一边走着,一边张大嘴巴引吭高歌:

> 为什么喧嚣?
> 为什么呐喊?
> 因为彼得留拉
> 来到了乌克兰……

保尔站起,来到小窗户前。透过已到来的傍晚朦胧的光线,他听见了由外面传来的街头车轮滚动声、数不清的行进步伐声和许多人乱七八糟的歌唱声。

这时,他身后传来轻声话语:

"哦,军队看样子真的进城来了。"

保尔转过身来。

是昨天被押进来的那个姑娘说的这话。

那个生产私酒的老太婆想方设法达到了她的目的,而保尔也通过听姑娘的谈话了解了她的情况。这姑娘的哥哥是一个红色游击队员,名叫格里茨科,曾作为贫农委员会的主席领导村里建立苏维埃政权。

格里茨科在红军撤退之时,也拿起机枪子弹随红军一块撤走了。造成的结果是,全家现在就没有安静的时候。家中唯一的一匹马给拉走了。父亲也被抓了起来,关在城里的牢房里饱受虐待。可恶的村长为了报复格里茨科给他吃过的苦头,趁机作恶,故意将形形色色、品德不那么好的人安排到她家里招待、住宿,现在她家里穷得简直就是叮当响了。昨天谢佩托夫卡的司令官到村里去捉拿人,村长又将那狗官领到她的家里。司令官色眯眯的眼睛看好了姑娘,第二天一大早就派人带姑娘来城里进行"审问"。

保尔的内心波涛汹涌,思前想后而辗转难眠。一个始终盘旋在脑海中的念头挥之不去:"未来的日子会是怎样的呢?"

保尔浑身上下几乎没有好地方,疼痛叫他痛苦难耐。那个野兽般的哥萨克押送兵疯了似的暴打了他一顿。

为了能抛开这些让他愁眉难展的烦躁想法,他转移了自己的注意力,开始侧耳倾听牢房中两个女人的悄悄话。

那姑娘声音极小地讲着司令官如何要污辱她,如何逼迫和试图说动她,但无论怎样威逼利诱,姑娘就是不点头,把司令官弄得无可奈何,快要发疯了。"我把你关进大牢里,"他说,"今生今世你就不要妄想能出来。"

夜色慢慢地浸透了牢房的每一寸空间。让人喘不过来气和不得安宁的夜又开始向他们发起进攻了。明天不知又将是个怎样的局面。今晚是他被抓进来的第七个夜晚,但却像是已经过了几个月一样。疼痛没有一刻不在折磨他,躺在又硬又凉的地上,他难以入睡。现在牢里只有三个人。那老头子犹如躺在家里的热炕头上呼噜不断,在他的木板床上睡得正香。老头子每夜睡眠都很好,因为他能很快适应环境的变化。司令官放生产私酒的老太婆出去给他们找酒了。赫里斯季娜和保尔都是睡在地板上,差不多是并排挨着。昨天保尔从窗口望见了在街上站了很长时间的谢廖沙,他面带悲容,远远地眺望着牢房的窗户。

"很明显,他已经知道我在这儿了。"

连着三天都有人送来带着酸味的黑面包,没人告诉他是谁送来的。这两天来,司令官接二连三地审问他,折腾他。

这暗示着什么事呢?

保尔被拷打时什么都不肯招,不承认做过任何事。他自己都弄不清楚,为什么他就是不肯开口。他要成为像书里看到的那些英雄人物一样,英勇、顽强。但一次深夜时在押他到牢里去的路上,途经面粉工厂的大机房旁边,他听到一个押送兵说:"司令官干吗非把他拉到这边来?从背后给他吃颗子弹——不就一了百了!"听了这些话他真感到有点毛骨悚然。毕竟他只有十六岁,这个年纪就死,简直是太吓人了!死了就不能再活了呀!

赫里斯季娜也是心潮起伏。她了解的情况比她身旁的小伙子要多许多。也许,他还蒙在鼓里,不知道那个司令官要……可是她却已经听得清清楚楚的了。

保尔几乎每晚都是彻夜难眠。赫里斯季娜非常同情他,啊,她是多么为他感到可怜哪,可是她自己也是泥菩萨过河——自身难保啊,萦绕在她脑子里的总是那可恶的司令官的那些令她恐惧的话:"明天再和你清算。如果你还是不肯顺从我的话,我就让士兵们来折磨你,那些哥萨克士兵准会痛快地答应。你要想清楚。"

啊,想到这些,真是悲从中来,不可断绝呀!有谁能帮忙,谁又会可怜她呢?格里茨科跟红军走了,但这关她什么事呢,又不是她的错?"啊,活在这个年代可真难哪!"

想着想着,赫里斯季娜感到被一种无边无际的痛苦和沮丧笼罩着,痛苦卡住了咽喉,恐惧在撕咬着她,她不自觉地哭出声来。

她整个身体都因不可抑制的悲痛和绝望而不停地颤动。

墙角那边的身影动了动:

"你这是怎么了?"

赫里斯季娜情绪不安地小声诉说着——她向这个不言语的难友讲述了她所有的苦难和悲哀。他一言不发,聚精会神地听着,并将他的一只手放到赫里斯季娜的手上。

"那些天杀的禽兽,他们要污辱我!"她满脸泪水,怀着一种发自内心深处的恐惧压低嗓音说,"我要给他们毁了,有什么办法呢?我已成了人家砧板上的肉。"

保尔不知该对这可怜的姑娘说些什么才好。他翻遍脑子里所有的词,也没找出合适的话来。说什么都是苍白无力、毫无用处的。残酷的生活正用一个看不到的铁环将他们两人紧紧地捆在了一起。

明天早上能不让那帮家伙带走她吗?跟他们拼命吗?他们肯定会打得他奄奄

一息,用军刀杀了他也是有可能的,那样就什么都结束了。他温存地爱抚着姑娘的胳膊,让这个饱受痛苦蹂躏的苦命姑娘,至少感受到一些温情。她止住了哭声。门口的站岗兵时不时地朝过往的人们叫着:"口令!"接着又静下来了。老头子美梦正酣。时间在毫无察觉中悄悄地飞逝。突然,姑娘的双臂将他抱个满怀,并把他向她的方向搂,而他却还没弄清这是怎么一回事。

"你听我说,亲爱的,"她那炽热的双唇在轻声地说着,"我的贞洁肯定是保不住了,即使不是那军官,那些狗兵也一样会污辱我的。我不想让那些禽兽破坏我的处女之身,亲爱的,给你吧,我这姑娘家纯洁的身子就给了你吧。"

"赫里斯季娜,你说什么呢?"

可是她那有力的胳膊将保尔紧紧抱住不肯放松。她的嘴唇炽热而丰满,实在是难以避开。姑娘的话简洁明了却又饱含温柔——他知道这些话的含义了。

面前所有的苦难都已全部消失得无影无踪了。他忘掉了门上的大锁、红头发的哥萨克兵、残忍的司令官、惨绝人性的毒打和七个让人心惊胆战的不眠之夜,在这一刻唯一剩下的只有温润的嘴唇和被泪水浸湿的面庞。

忽然间,他想起了冬妮亚。

"怎么会把她给忘了呢?……那双漂亮、动人的眼睛!"

他找到了从赫里斯季娜怀里挣扎出来的力气。他像醉酒的人似的站了起来,死死地抓住了铁窗子。赫里斯季娜的双手触到了他。

"你怎么不过来呢?"

这句话包含着多少深情厚谊啊!他躬下腰,用力地握住了她的手说:

"赫里斯季娜,我不应该这么做。你是个好姑娘呀……"他还讲了一些连他自己都不知所云的话。

他站起了身。为打破这令人尴尬的沉寂,他来到了木板床边,坐在床沿上,推了推睡梦中的老头子,说:

"老大爷,给我口烟抽抽吧!"

姑娘用大头巾包住自己,退到角落里伤心地哭着。

第二天上午,司令官和几个哥萨克兵来到牢房,带走了赫里斯季娜。她以目光向保尔辞别,悲哀的眼神中有着怪罪的神情。砰的一声,牢房的门在她的身后关闭,保尔的心中感到超乎寻常的沉重和暗淡。

直到天黑,老头子也没能让他说出一句来。卫兵和司令部的值班人员都已换了岗。黄昏时分又有一个新犯人被带了进来。保尔认出了他是糖厂的木匠多林尼克。他是一个又矮又胖、体格健壮的人，穿了件已经掉了色的黄衬衣和破烂的上衣。进来的时候，他用敏锐的眼光将牢房打量了一番。

保尔在 1917 年 2 月里曾见过他，那时是革命第一次席卷了这个城镇。在那很多次喧嚣的集会游行中，他只听到一个布尔什维克的演讲。那个布尔什维克就是多林尼克。他爬上马路边的墙上，并在那里对士兵们发表演讲。保尔现在仍然记得他演讲末尾的结语：

"弟兄们，相信布尔什维克吧，他们绝对不会背叛你们！"打那之后，保尔就再没见过他。

见有新人进来，老头子非常高兴。很明显，他认为一整天都只是坐着而不说一句话是很不好受的。多林尼克坐到老头儿那边的木板床上，和他一起抽烟，不时地向他问一些问题。然后，他又坐到了保尔的身旁。

"有好事告诉我吗？"他问，"你是因为什么被关进来的？"

多林尼克得到仅是很简短的回答，他感觉到了保尔对他的戒备心理，不想和他多谈。但是当他知道保尔的"罪名"以后，就用他的那双灵活的眼睛不相信似的瞪着保尔，接下来坐到他身边。

"照此说，朱赫来是你放走的，对吗？原来如此。我真笨，他们已经把你给抓起来了，我居然都不晓得。"

保尔惊奇不已，他用胳膊支起身子，说：

"你说的是哪个朱赫来呀？我可不认识他，什么都不知道。难道说你还嫌给我加的罪名不够多吗？"

多林尼克笑了起来，向他又靠近了些。

"算了吧，我的朋友，"他说，"你不用再隐瞒了。我知道的可比你自己知道的那些还清楚。"

为避免让那个老头子听到，他压低了声音。他继续说：

"是我亲自送走了朱赫来。现在，他大概已经到了想要去的地方了。他把整件事从头至尾都跟我说了。"

他停了一会儿，好像在考虑些事情，又说：

"你做得对，小伙子。但是你要明白，你已经被关了进来，而他们又了解事情的前因后果，这事就麻烦大了。说实话，简直是糟糕透顶。"

他把外衣脱下，铺在了地板上，倚着墙角坐下后，又卷起另一支烟。

多林尼克最后所说的那几句话，已经将全部事实都说给了保尔。很明显：多林尼克和自己是同一阵线。那么他已经把朱赫来送走了,这就意味着……

暮色将要降临的时候,他了解到多林尼克被捕的原因:他是在彼得留拉士兵中间进行发动时当场被抓的,当时他正在分发号召士兵们转投红军的宣传单,这些单子是由省革命委员会印制的。

多林尼克非常警惕,他跟保尔讲的没多少。

"谁敢保证呢?"他心想。"他们会用枪通条狠命地抽他的。他还太小了点。"

夜晚,他们要睡觉的时候,多林尼克用很短的话说出了自己的担心。他说:

"柯察金,我们俩的境况简直悲惨至极。以后会怎样,只好走一步算一步了。"

第二天,牢房里又增加了一个新犯人,是全镇都有名的那个大耳细脖的理发匠什廖马·泽利采尔。他神情激动地比画着对多林尼克说:"你瞧,是这样子的,福克斯、勃卢夫斯坦、特拉赫坦贝格那些家伙,都打算用盐和面包向彼得留拉表示欢迎呢。我对他们说,如果你们愿意热烈欢迎,那就照办好了。可是如果谁想叫全体犹太居民同他们一起签名,很抱歉,没有任何人。他们几个都有他们自己的精明算盘。福克斯有他的铺子,特拉赫坦贝格有他的面粉厂,可是我和别的犹太穷光蛋又有什么私财呢?我们这些穷人一贫如洗。不过,我倒是爱嚼嚼舌头。今天,我替一个刚调来没多长时间的军官刮脸。'您能告诉我,'我问他,'大头目彼得留拉知道上一次屠杀抢劫犹太人的事件吗?犹太人的代表团他肯接见吗?'唉,你不知道我这嚼舌头给我招来了数不尽的烦心事!你能猜到,当我给那军官刮完了脸,扑完了粉,一切都干得非常干净利落之后,他是如何对我的?他站起身,不仅不掏钱,居然倒过来说我散布不利于政府言论,当场就把我抓进来了!"泽利采尔用拳头拍打着自己的胸口,接着说:"散布什么?我什么都没说?我只是问了问那个军官……他们就把我送了进来……"

泽利采尔情绪难以平静,在他说话的时候,不是拽拽多林尼克衬衣上的扣子,就是揪揪他的这只或那只胳膊。

多林尼克耐心地听着满腔怒气的泽利采尔的谈话,忍不住笑了,等泽利采尔说完,多林尼克一本正经对他说:

"唉,什廖马,你这个聪明人怎么做出这等傻事来。干吗单在这时候你管不住自己的嘴巴呢?我觉得你被关进了这里,有点不大对劲。"

泽利采尔心领神会地望了望他,沮丧地摆了摆手。这时,牢门开了,那个生产私酒的老太婆被推了进来。她很恶毒地咒骂着那个看她的哥萨克兵:

"喝酒不给钱,还关我,你和你们的司令官没一个有好下场。"

哥萨克兵信手把门砰地关上,然后就是锁门声。

她坐在木板床上,老头儿逗她,拿她开心,说:

"干吗又回来了呀,长舌妇? 快过来坐坐,欢迎欢迎。"

她极不高兴地瞪了他一眼,拿起包坐到了多林尼克旁边的地板上。

原来那些兵从她那儿拿到了几瓶私酿酒之后,又把她关进牢里。

忽然,由门外卫兵室里发出了一阵叫嚷声和纷至沓来的脚步声,一个让人难以忍受的尖叫声在喊着命令。牢房里的每一个人都调转脑袋,仔细听着。

在广场上,有个非常破旧的教堂,它的上面有一座有些年头的钟塔。在它的旁边,正上演着本镇难得一见的新鲜事儿。在那儿,装备齐全的谢乔夫狙击师的军队分三面围住了广场,这些队伍排着长方形的队阵。

从教堂的阶梯到学校的围墙,前后方向共有三个步兵团,他们的队形列成四方阵形,像棋盘一样。

彼得留拉"政府"的这个最具战斗力、杀伤力最强的师团的士兵列队在那里,他们身穿脏兮兮的灰军服,头上戴着让人发笑的俄罗斯钢盔,那钢盔好像是一个切成了两半的西瓜做的。他们的步枪笔直地紧靠着大腿,身上挂了许许多多的子弹袋。

这个师团的军装是前沙皇陆军所配备的较好的制服和靴子,师团中的大部分人是强烈地反对苏维埃的富农顽固分子,此次是为了保护谢佩托夫卡——这个极其重要的、有着战略决定作用的铁路枢纽,才把他们调到这儿。

镇里的铁轨犹如亮闪闪的带子,向五个方向蜿蜒伸展。要是彼得留拉没有了这个小城镇,就意味着他一无所有了。如今他的那个"政府"有能力控制的区域已分崩离析、所剩无几了。他只能把首都建在温尼察那样一个小得不能再小的城镇。

"大头目"打算亲自检阅所有的部队。为欢迎他,镇上已经做好了所有的事情,等待着他的大驾光临。

在离广场最远的一个偏僻角落里,新招募的一个团被放在了这个最不引人注意的地方。这些年轻人穿着不同颜色的服装,赤着脚。他们要么是在熟睡的热炕上被强拉来的,要么是从大街上无缘无故给抓来的。这些年轻的农民全都不情愿打仗,众口一致地说:

"只有傻瓜才愿意打仗。"

彼得留拉军官们的最大能力也就是把壮丁押到镇上,这些人都是他们以武力强拉来的,将其划分为中队和大队后发给他们武器。

但是在第二天,就有一半的人已经开溜了,以后的人数更是日趋减少。

如果给他们发靴子,那可真是一个愚蠢的做法,事实上也根本就拿不出那么多的靴子。因此下了一道要他们每个人自备鞋袜参军的命令。这个命令的结果果然出人意料的见效。天晓得这些人从哪里弄来了那么破得不能再破的鞋子,这些鞋全依靠铁丝或麻绳的力量才能拴在脚上的。

没办法,只能让他们光着脚来参加阅兵式。

在步兵后面,排着的是戈卢勃的骑兵团。一个挨着一个的好奇人群被骑兵隔开。每一个人都想参观一下阅兵式。

"大头目"要亲自来!这可算得上是镇上惊天动地的大事了,没有人愿意放过这个不用付钱就有表演看的好机会。

一群校官和尉官、神父的两个女儿、几个乌克兰教师、一帮"自由"哥萨克和轻微驼背的市长站在教堂的阶梯上,概括说来,他们都是"上层社会"有头有脸的人物。身着契尔克斯袍子被人群左右相拥的,是步兵总监。这场阅兵式全是他一手指挥的。

教堂里的瓦西里神父也穿上了复活节时才舍得拿出来的法衣。

迎接彼得留拉的规模宏大的仪式的前期工作都已安排妥当。同时也挂上了蓝黄色的旗帜,新兵要向这面旗帜进行效忠宣誓。

一辆破烂不堪的、浑身毛病的福特牌汽车,载着师长到车站去迎接彼得留拉。

步兵总监把英俊潇洒、留着两撇经过精心修饰的小胡子的切尔尼亚克上校叫了过来,对他说:

"带一个人巡视一下城防司令部和后方机关,看一下是不是都整洁干净。要是有囚犯的话,就查问一下,把那些没有价值的犯人一个不剩地赶走。"

切尔尼亚克靴后跟一并,立正敬了个礼,带着一个哥萨克骑兵上尉,快马加鞭地去了。

步兵总监很轻柔,很有礼貌地问神父的大女儿说:

"宴席安排得怎样了? 都办好了?"

"当然了,城防司令官正在那儿打点一切呢!"她回答说,并且向潇洒倜傥的步兵总监抛了个媚眼。

突然,人群开始不安起来了:一个伏在马背上的骑兵,顺着大路箭一样飞奔而来。他摇着手大声喊道:

"他们过来了!"

"各——就——各——位!"总监大声喊着口令。

军官们都急急忙忙跑回各自的队伍里。

当那辆福特牌汽车在教堂的正门口进行换气的时候,军乐队奏起了《乌克兰仍活在人间》来。

师长后面,大头目彼得留拉,笨头笨脑地下了车。他中等个儿,酱红色的脖子上长着一个四四方方的大脑袋,身上穿的近卫军外套是上等蓝呢料子做的,在腰间扎着黄色的皮带,佩着一支精致的、装在软皮套里的勃朗宁手枪,头上戴的军帽上有一只三叉枪的帽徽。

西蒙·彼得留拉半点儿军人威壮勇猛的气概都没有,根本就不像是个带兵打仗的将军。

听着步兵总监简明扼要的情况汇报,不知他为何脸上表现出了不满的神情。接下来的是市长致欢迎辞向他表示欢迎。

彼得留拉一边漫不经心地听着,一边掠过市长的头向上望过去,远望着阵容整齐的队伍。

"开始检阅吧。"他对总监点点头说。

他踏上挂着军旗的小检阅台,向士兵作了十分钟的演说。

这演说毫无激情,一点也没有鼓舞士气。他始终无法打起精神,很明显,他因路上的舟车劳累而疲惫了。结束演说的时候,按照预告布置好的那样,士兵们异口同声地喊着:"万岁! 万岁!"然后他走下检阅台,用手帕擦拭脑门的汗珠,在总监和师长的陪同下开始对各个部队的检阅。

当经过新兵队伍的时候,彼得留拉气哼哼地咬着嘴唇,眉头因带着轻蔑而难看地皱着。

检阅差不多要结束的时候,高矮不一的新兵一队队地向旗子走去。瓦西里教父站在旗子旁边,他手中拿着一本圣经。新兵们吻了圣经之后,又亲了亲旗子的一角。恰在这时,突然出现了一桩谁也料想不到的事情。

不知怎么搞的,一个请愿团也挤到广场上来,他们来到彼得留拉跟前。家底丰厚的木材商人勃卢夫斯坦走在代表团的前列,他遵照习惯用手端着一盘代表了热烈欢迎的面包和食盐(这是款待的象征),跟在他后面的,是杂货商人福克斯和其他三个富商。

勃卢夫斯坦像个恭顺的奴隶一样地躬着腰,将面包和食盐呈给了彼得留拉。

一个站在彼得留拉身旁的军官代他收下了这些礼品。勃卢夫斯坦说：

"敝镇的犹太百姓，对阁下及国家的元首，深表发自内心的感激和诚挚的敬意。请阁下接受这份犹太人签名的祝贺书。"

"好的。"彼得留拉漫不经心地看了看祝贺书，哼了一声。

随后福克斯说话了：

"我们恭恭敬敬的恳请阁下，允许我们开业做买卖，并保护我们犹太百姓不受欺辱。"福克斯费了好大力气才挤出这些不易说出的话来。

彼得留拉凶巴巴地拧着眉头回答说：

"我的手下不会干这样的事。这一点你要明白。"

福克斯摊开了双手，做了个无可奈何的姿势。

彼得留拉气愤地耸了耸肩膀。请愿团在这个不该出现的时候出场，令他非常恼火。他转过身，对站在他后面生气地咬着牙的小黑胡子戈卢勃道：

"上校，这些人对你的哥萨克兵颇有微词。请你核实情况，进行适当的处理。"彼得留拉说。随后他又转向总监，下令说，"阅兵式开始。"

请愿团根本没想到戈卢勃也会在场，他们不敢多说，赶紧逃之夭夭了。

现在观众的所有注意力都集中到检阅仪式那儿了。尖利难听的口令声在广场上飘荡着。

戈卢勃追上了勃卢夫斯坦，脸色虽然很平静，但是他的声音充满了恶毒、一字一句地压声警告他说：

"给我离远点，你们这些天杀的异教徒，不然的话，我要把你们剁成肉酱。"

军乐奏响了，第一批部队也随之通过广场。经过彼得留拉站立处，士兵们一律毫无表情地高喊："万岁！"随后沿着公路转到侧面的街道上去。在各中队的前面很随意地走着的是各队的军官们，他们穿着簇新的茶色军服、手里玩弄着手杖，如同是在散步似的。军官的这种玩弄着手杖同士兵们持着步枪通条前进的作风，最初的创新来自谢乔夫狙击师的部队。

那些刚抓来的新兵被安排在队伍的末尾，他们你推我挤，没有规矩地胡乱走着。

他们的赤脚发出了轻微沙沙的声响，军官们徒劳地想让他们维持着秩序，但实际上根本做不到。当第二队走过来的时候，右边打头的一个穿麻布衬衫的小伙子，一门心思地张大嘴巴盯着"大头目"，一眼没看到，就脚踩泥，掉进了坑里，整个人也随之倒了下去。

步枪在石头上摔得叮当乱响，滚出好远。他使劲地想重新站起，但后面走过的人马上又撞倒了他。

观众哄堂大笑起来。队伍更乱了，士兵们乱成一团，没一点章法地通过了广场。那出丑的小伙子赶忙拾起枪，非常狼狈地追着自己的队伍。

彼得留拉转过脸去，不想看见这令人尴尬的场面。检阅的队伍还没有走完，他就向汽车走去。总监紧随其后，小心谨慎地问道：

"长官阁下，不在这儿吃午饭吗？"

"不！"彼得留拉没好气地说。

在高高的教堂围墙后面，谢廖沙、瓦莉亚和克利姆卡也混杂在人堆里看着可笑的阅兵式。

谢廖沙的双手用力地握住铁栏杆，他的眼神中充满了仇恨，遥望着下边的士兵们。

没多久，他离开栏杆，有意地用一种挑衅的、别人也能听到的大嗓门对瓦莉亚喊道：

"走吧，瓦莉亚，这'杂货店'要打烊了。"

他毫不在意别人惊讶的注视，自顾自地向栅栏走去，带着瓦莉亚和克利姆卡走了。

两匹快马风驰电掣般地来到了城防司令部前，他们纵身一跃从马上跳了下来，让一个勤务兵带走马，威风凛凛迈进了卫兵室。

切尔尼亚克神色严峻地问一个卫兵：

"司令官去什么地方了？"

"不清楚，他出去了。"卫兵慢慢吞吞地答着。

切尔尼亚克瞧了瞧那遍地赃物、满是灰尘却从没人收拾的卫兵室。每张床都是无一例外的乱七八糟，那些守卫的哥萨克兵懒洋洋地躺在床上，就算是长官来了也毫不理会。

"你们这像什么样子呀？跟猪窝有什么两样！"切尔尼亚克大发雷霆，"你们干吗一个个像死猪似的躺着？"他边说边走向那些躺着的人。

一个卫兵打着饱嗝坐了起来，很不耐烦对他嚷嚷：

"不用你到这儿逞威风瞎指挥，我们有自己的头！"

"你说什么？再说一次！"切尔尼亚克向他迈了一步，"你知道在你面前说话的人是谁吗？笨蛋！我是切尔尼亚克上校！知不知道？你们这些蠢猪。如果不立刻滚起来，我就用棍子好好地修理修理你们！"气炸了肺的切尔尼亚克在卫兵室发疯似的走来走去，"赶紧把这些不干净的东西统统的给我弄好，床铺也要利索一点。还有，把你们不干不净的脸也要清理清理，像个兵样。你看看你们成什么样子？哥萨克兵？活脱脱的就是一帮强盗！"

切尔尼亚克拉狂怒不止，一脚就把走廊边上的一只污水桶踢得满地乱滚。

那副官也不甘落后，他不停地破口大骂那些卫兵，又不断地乱舞着那条三根皮带拧成的马鞭把那些偷懒的士兵都赶下床：

"'大头目'正在检阅，一会儿也可能到这儿来。快点快点，赶紧把所有的东西都整理好！"

哥萨克兵觉察出事态的不一般，也许真的要受皮肉之苦——每个人都晓得切尔尼亚克的大名，他们就像发疯般地东跑西颠，不遗余力地拼命清扫。

卫兵们干得非常卖力。

"应该进去检查一下那些犯人，"副官建议道，"天晓得他们这里都押了哪些人。如果给'大头目'发现，麻烦就大了。"

切尔尼亚克问卫兵说："谁有钥匙？立刻开门。"

班长忙颠颠地跑过去，开了门。

"司令官到底去了哪里？我哪能老在这儿等他？快去把他找回来，让他到这儿来。"切尔尼亚克命令说，"卫兵都到院子里排好队……步枪怎么不上刺刀？"

"昨天我们刚换班的。"班长说明道。随后他跑出门去找司令官了。

副官一脚踹开牢房的门。里面有几个站起来，其余的仍然躺着。

"门开大点，"切尔尼亚克下令说，"里面黑漆漆的。"

他打量着牢房里每个犯人的面貌。

"你是什么原因被抓？"他严厉问坐在木板床上的老头子。

老头子抓着裤子站起身，这严声的喝问吓得他晕头转向，嘟哝着说：

"我自己也搞不清楚。在我的院子里丢了匹马，但那又不是我捣的鬼。既然他们要把我关在这里，我只能在这儿了。"

"马是谁的呢？"副官插进来问。

"公家的马。它被那些在我家里住的人换了钱买酒喝了，可罪名却扣到了我的脑袋上。"

切尔尼亚克快速地浑身上下端详那老头子一番，讨厌似的晃晃肩膀。

"拿好你的东西,快点给我滚蛋!"他大喊道,同时向生产私酒的老太婆转过脸。

那老头子一时还没反应过来,不敢相信是真的可以走了,他眯着那双看不清什么的眼睛,问那副官:

"真的,我真的能出去了吗?"

副官点了下头:"是真的,赶紧滚蛋,越快越好。"

老头子匆匆忙忙拿起了他在木板床上的袋子,斜着身子跑了出去。

"那么你呢? 你为什么给关进来呢?"切尔尼亚克问那个老太婆。

老太婆赶忙吞下了嘴里的肉饼子,一连串地说道:

"长官,我可是冤枉的啊。我是一个寡妇,他们喝了我自己做的酒,然后就把我给关到这儿来了。"

"哦,你卖私酒吧?"切尔尼亚克问。

"长官,这也称得上是买卖吗?"那老太婆生起气来。"那个司令官,拿了我四瓶酒,但是我却连半个铜板也没见着。他们都是喝酒不付钱,你说这叫哪门子的买卖呀?"

切尔尼亚克打断她说:"行了,行了,赶紧滚吧!"

没再等第二次命令,老太婆一把拎起篮子,很感激向他鞠了个躬,边向门口退,边说:

"仁慈的长官,祝你好运!"

多林尼克睁大了眼睛瞧着这场闹剧。犯人们没有人搞得清这是为什么。但有一点是清楚的——这两个新来的人都是大官儿,有权力决定他们的去留。

切尔尼亚克随后问多林尼克:

"你的罪名?"

"上校长官问话,要站起身。"副官训斥着。

多林尼克不慌不忙地爬了起来。

"我问你,你的罪名?"上校重复了一遍。

有一会儿,多林尼克愣愣地盯着上校收拾得干干净净的脸庞和贴得很讲究的小胡子,而后又扫了眼他那顶克伦斯基式的新帽子。它上面有遮檐和三叉枪的帽徽,忽然,一个大胆的设想在他的脑海中闪过——"也许有混过去的可能呢!"

"我在晚上八点钟以后上街时,在镇上被抓来的。"他把脑子第一个能想得到的借口讲了出来。

他在忐忑不安中等待着。

"你深更半夜上什么街呢？"

"不能说是深夜，只有十一点而已。"

他说这话的时候，自己也不敢相信能有放他出去那样好运气。

"滚吧！"听到这极短的命令时，他的两条腿都颤了颤。

他都没想起去拿自己的上衣，忙不迭地大步流星走了出去。这时候副官已经在提审另一个犯人了。

保尔排在末尾。他仍呆呆地坐在地板上，被刚刚的一连串事件弄得晕头转向。他简直都弄不懂多林尼克怎么也会被放走了。所有的人都被放走了。但是多林尼克，多林尼克……他说在晚上戒严后被抓。……最终，保尔也恍然大悟。

上校用陈词滥调审问皮包骨头的泽利采尔：

"你为什么被关进来？"

面如白纸、神情激动的理发匠着急地回答说：

"他们说我进行鼓动，我自己也不清楚我鼓动了什么。"

切尔尼亚克马上提高了注意力：

"什么？鼓动？鼓动什么？"

泽利采尔无可奈何地摊开双手，说：

"我也不晓得。我只是讲有人集合犹太人，让他们在请愿书上签名，那请愿书是给'大头目'的。"

切尔尼亚克和副官都来到了泽利采尔的跟前。

"你说的是什么请愿书？"

"这个请愿书是关于请求停止欺辱犹太人方面的。你们应该听说过，这儿对犹太人有过疯狂的洗劫和残害。人们都吓坏了。"

"我懂了，"切尔尼亚克截住他的话说。"我们会为你们写好请愿书的，你们这群犹太鬼！"他转身来对那哥萨克副官说，"要把这个家伙关到保险的地方。带他回总部，我要亲自审审他，弄清楚到底是哪些人计划写什么请愿书。"

泽利采尔想再说些什么，但是副官很气愤地挥起手，在他背上使劲地抽了一马鞭：

"住嘴，你这牲口！"

泽利采尔的身子因疼痛而痉挛着，蜷缩在后面的角落里；他的嘴唇止不住地发抖，费了好大劲才忍住不哭出来。

这时候，保尔站了起来。现在牢房里的犯人只有他和泽利采尔了。

切尔尼亚克站在保尔跟前,他那双黑眼睛不住地观察着他。

"嗨,你怎么会给抓进来的?"

上校的问题马上就有了反应:

"我用一个从旧马鞍子割下来的边,做了个鞋底。"

"马鞍是谁的呢?"切尔尼亚克不明就里。

"是两个哥萨克兵的。他们住在我家里,我想要一个鞋底,就割了他们的一只旧马鞍。然后哥萨克兵就送我进来了。"因为心中充满着对恢复自由身的强烈渴望,他加了句,"如果我晓得那是犯法的话……"

上校漫不经心地看了眼保尔:

"我真是弄不懂这个城防司令官是干什么吃的,竟然押了许多这样的犯人!"接着他转过脸去,向门口喊道,"你回家去吧。转告你父亲,今后对你要严加管教。赶紧走吧!"

保尔几乎不敢相信这一切都是真的,居然有这么好的运气,他的心怦怦地直跳,快要从胸口蹦出来了,他一把捡起地板上多林尼克的上衣,一口气冲出了门口。经过卫兵室,在刚刚出来的切尔尼亚克身后溜进院子里,然后从这里一直跑出大门,来到大街上。

现在牢房里只剩下可怜的倒霉蛋泽利采尔一个人了。他满怀内心的苦闷和不安向四周打量,下意识地往门口方向走了几步,但就在此时,一个哨兵走过来,将卫兵室关门,锁好,然后坐在门边的凳子上。

在台阶上,切尔尼亚克脸上带着非常得意的表情,转过来对副官说:

"多亏我们事先到这儿检查了一下。你看,这儿关了这么多没用的东西……我看这个糊涂的司令官倒应该关上两周。行了,我们走吧?"

班长已经把他的人全都弄好了,整齐地排在院子里。见上校出来了,赶忙凑到他跟前报告说:

"上校长官,所有人都在此听从吩咐。"

切尔尼亚克脚踩着马镫,非常轻松地翻身上马。但副官却在骑上他那匹淘气异常的马时费了不少劲。切尔尼亚克用力地拉住马缰绳,跟班长说:

"对司令官说我已经处置完了他关在这儿的那帮没用的东西。还要警告他,就凭他在这儿所做的这些事,我就可以关他两个星期。牢房里仍关着的那个家伙,立刻给我押送到总部来。要提高警惕。"

"是,上校长官。"班长向他敬军礼。

上校和副官以马刺催促着马飞快地赶往广场,在那儿进行的阅兵式已经接近尾声了。

当保尔跨越过第七道篱笆时,他不得不停下来了。

他已经筋疲力尽,无法再向前跑。在那个令人窒息的牢房被关了这么多天,将他折磨得寝食难安,现在浑身上下力气皆无。他回不得家,也不能到谢廖沙家,要是被谁晓得告了密,那谢廖沙全家就会大祸临头。到哪去呢?

他不知如何是好,只能是跑个不停,一路上经过了好多菜园和庄园的后院,直到一道栅栏碰到了他的胸脯上,他的神智才略微清醒些。当他看清了自己所处的地方时,顿时目瞪口呆:这高高的木板栅栏后,恰恰是林务官的花园。瞧,他那两条疲惫不堪的腿带他到哪里来了!难道他心里故意让自己跑到这儿来的吗?不是这样的。

但他没到其他的地方,却单单跑到了林务官的花园,这是为何呢?

对于这个问题,连他自己也无法给出正确的答案。

目前保尔最需要的就是找个地方养足精神,接下来再计划一下以后该干什么。花园里有一个凉亭,这他很清楚。在那儿,没有人会找到他。

他轻轻一跳,一只手抓住栅栏的上面爬上去,跳入了花园。瞧了瞧那掩在树林后的房子,而后就向凉亭走去。凉亭的四周空无一物。夏天的时候还有野葡萄能遮住它,现在却是光秃秃的,没有任何遮挡。

他刚想转过身返回栅栏那边,但是为时已晚:他听到身后传来了狗汪汪叫的声音。从屋子里跑出来一只大狗,正在满是树叶的小路上快速地向他扑面而来。

保尔做好了自我保护的准备了。

大狗的第一次狂咬被他一脚就给踢了回去。可是那只狗又开始打算进行第二次的进攻。这场战斗将会如何收场,谁会知道呢?但是在这个时候传来了一个保尔熟悉的、悦耳的声音:

"回来,特列左尔!"

冬妮亚从小道那边跑过来了。她走到跟前拽住特列左尔脖子上的皮带,对站在栅栏边上的保尔说:

"您为什么会到这儿来呢?这条狗会伤着您的。好在我………"

她忽然间惊奇得说不出话来了。她的眼睛瞪得很大。这个莫名其妙闯进来的少年,和保尔·柯察金是如此的相像!

世界经典文库

世界二十大名著

钢铁是怎样炼成的

图文珍藏版

站在栅栏边的那个少年动了动,小声说:

"你……您还记得我吗?"

冬妮亚呼唤了一声,快步地向保尔走去。

站在栅栏边的那个少年动了动,小声说:

"保尔,亲爱的,是你?"

特列左尔把她的呼唤当作发动进攻的命令,使劲跳起来向前扑去。

"走开!"

特列左尔被冬妮亚踢了几脚,不高兴地夹着尾巴向屋子走去。

冬妮亚紧紧地抓住保尔的双手,问道:

"你被放出来了吗?"

"你怎么会知道的?"

冬妮亚无法克制自己激动的心情,抢着回答说:

"我知道,我全都知道,是莉莎跟我说的。可你怎么又会跑到这儿来?他们释放你了吗?"

保尔虚弱地回答说:

"他们弄错了,把我给放了,我才得以脱离险境。这会儿,他们肯定又在搜捕我了。我胡乱地跑,没想到会跑到这儿来。原本想在凉亭里休息会儿。"然后,又像是不好意思地解释道,"我真的是筋疲力尽了。"

她默默地望了他一会儿,惊喜交加的感情在她的心里翻滚着,无限的怜悯和满腔的柔情的浪潮包围了她,她握住他的手,说:

"保夫鲁沙,我亲爱的,我的心上人……我爱你。……你听见了吗?……你这个犟脾气的家伙,那天你干吗要离开呢?如今你就住到我家里和我一起住吧。这一回,说什么我也不让你离开。我家很安全,又没什么人,随便你住多久都行。"

可保尔晃了晃脑袋:

"万一他们在这儿搜查到了我,那该如何是好呢?我不能到你家去住。"

她的手将保尔的手握得更紧,长长的睫毛在抖动,泪水已涌上了眼睛:

"如果你不到我家住,以后就不要再见我了。你要知道,阿尔焦姆已经被抓去开车,离开这儿了。每一个铁路工人都被调走了。你看看你有哪儿可去呢?"

保尔能体会到她的烦闷心情,可他实在是怕给自己的心上人带来麻烦。他本来不想留下,但由于连日的磨难已经让他疲惫不堪,他真的非常想好好地休息休息,加之腹中空空难以忍耐,他最终还是答应了。

他坐在冬妮亚房里的沙发上休息,与此同时,母女俩正在厨房里谈论着关于保尔的事:

"妈妈,听我说。我的同学,保尔·柯察金此刻正在我的房间里坐着。你能记起他吗?我不想对您隐藏些什么。因为救一个布尔什维克水兵,他被抓起来了。如今他找到机会逃离虎口,一时找不到藏身之处。"冬妮亚的声音中带着哭声,"妈妈,我求求您,就让他在我们家住一段时间吧。"

她的眼睛在向妈妈哀求着。

母亲想知道冬妮亚的内心所想,就说:

"好吧,我同意。可是你想要让他住在哪儿呢?"

冬妮亚的脸上飞起一朵红霞,很羞涩而又兴奋地回答说:

"让他睡在我房里的长沙发上。但有一样,我们可以先不跟爸爸说。"

母亲凝视着冬妮亚的眼睛,问道:

"哦,你流泪就是为了这个吗?"

"是的。"

"不过他仅仅是一个孩子啊!"

冬妮亚心神不安地拽着她外衣的衣袖:

"是啊,但是,如果他不能逃出来,他们就会像枪毙大人那样枪毙他的。"

保尔呆在她们家里使得冬妮亚的母亲忧心忡忡。保尔的被捕和冬妮亚对他毫不动摇的爱情,都让她焦虑万分;更何况,她丝毫也不了解保尔的为人。

冬妮亚兴高采烈地准备起来,她对母亲说:

"妈妈,他非得洗个澡才行,我这就去立即安排。他简直和火头军一样,脏得没法看了。这段时间以来,他连脸都没洗过……"

她急急忙忙地东奔西跑,打扫洗澡间、拿好衣服、烧水,忙个不停。然后又跑进她的房间,一言不发,抓着保尔的手就来到了洗澡间:

"把你身上的衣服统统都换换,这是一套换洗的衣服,你的衣服都应该好好地洗洗。就先穿这一套吧。"她指了指椅子上那蓝白相间的水手上衣和肥大裤子,它们给摆得非常整齐。

保尔诧异地环顾着周围,冬妮亚得意地笑着对他说:

"这些是我在舞会化装男孩用的东西。你穿上它们会非常合身。好,你赶紧洗吧,我走了。在你洗澡的时候,我去给你做些吃的东西去。"

冬妮亚走时将门带上了。保尔能做的就是迅速脱掉衣服,跳进澡盆里。

一个钟头以后,冬妮亚的母亲、冬妮亚和保尔三人已经在厨房里吃午饭了。

保尔饿坏了,不自觉中第三盘已经下肚。刚开始时,在冬妮亚的母亲面前,他感觉很是拘谨,可是后来看到她对他的态度很好也很热情,也就放心了许多。

午饭后,他们来到了冬妮亚的房间里。在冬妮亚母亲的要求下,保尔将他所经历的不幸从头到尾地讲述一遍。

"那么,以后您有什么打算呢?"冬妮亚的母亲问。

保尔考虑了一会儿,回答说:

"我想同我的哥哥阿尔焦姆见一面,然后就远走他乡。"

"到哪儿去呢?"

"列乌曼或是基辅去。现在连我自己也不知道该到哪儿去。但无论如何,我都要远离这里。"

保尔几乎不能相信他的处境竟是如此地瞬息万变——早上的时候他还被关在牢房里,但是现在,他却穿着洁净的衣服和冬妮亚坐在一起,更重要的是,现在他已是自由之身了。

人生有时候就是如此难以预料——刚才还是乌云满天,转眼却阳光灿烂。如果不是他还有再次被抓的威胁的话,此时他真可称得上是幸福的人了。

可是,即使是现在,在这宽敞明亮而又安静的屋子里,他还是有被抓走的危险。

这儿不是他久居之处，无论去哪儿，他都不能留在这里。

但他又感觉到，他的内心深处是多么地留恋这里，一点也不想离开这儿，太不像话！曾经看过英雄加里波第传记，那是何等的令人兴奋啊！他由衷地钦佩他，加里波第的生活非常艰苦，在全世界各地都有敌人在追杀他。可他，保尔，刚刚经历了七天可怕的折磨，却感觉如同一年那么长。

很明显，他，保尔，成不了一个顶天立地的英雄人物。

"你在想什么哪?"冬妮亚低下身子问他。在他的眼中，觉得冬妮亚那深蓝色的眼睛好像无底的深渊一般。

"冬妮亚，想听赫里斯季娜的故事吗?"

"你说吧……"冬妮亚高兴地说：

"……就这样，她被带走了，就再也没回来。"他费了好大劲才说出了最后这句话。

屋子里的时钟滴答滴答有节奏地响着。冬妮亚头低着，使劲地咬着嘴唇，快要哭了。

保尔看了眼冬妮亚，随后下定决心地说：

"今天我必须远离这里。"

"不，今天你一定不要走，哪儿都不许去!"

她那柔软细长的手指头轻轻地抚摸着保尔那乱糟糟的头发，亲切地摆弄着它……

"冬妮亚，你该给我些帮助。请你到调车场去帮我找找阿尔焦姆，并且给谢廖沙送个信儿，在村口的老鸹窝里我藏着一只手枪。我无法去取，让谢廖沙把它取出来吧。这些事你能帮我办吗?"

冬妮亚二话没说，马上站了起来：

"我这就去找莉莎，让她陪我一起到调车场去。你立刻给谢廖沙写信吧，我去送。他住在哪儿? 假若他想见你一面，我能对他说你现在在哪儿吗?"

保尔想了想，回答说：

"叫他今天晚上把手枪送到花园里来吧。"

冬妮亚晚上才回到家。这时保尔睡意正浓。她的手轻轻一碰，他马上就醒过来了。她面带着快乐的笑容说：

"阿尔焦姆即刻就会到这里来，他才出车回到站里。因为莉莎的父亲作了担保，他才可能请一个钟头的假出来，机车正停在车厂里。我没跟他说你是在我这儿,我只对他说,我们有非常紧急的事情要转告他。你看,他不是来了吗?"

冬妮亚朝门口跑去。阿尔焦姆正万分惊奇站在那里,他不相信自己的眼睛所看到的都是真的。在他进来后,冬妮亚就随手轻轻地把门关上,这样一来,她的父亲,那位病情刚刚好转、正躺在书房里休息的人,就不会听到他们说话的声音了。

阿尔焦姆用他的胳膊使劲地抱着弟弟保尔,直弄得保尔的骨节咯咯地响起来:"亲爱的弟弟! 保尔。"

他们最后终于决定:保尔明天就起程。阿尔焦姆想办法安排保尔,让他坐谢廖沙的爸爸开的机车到卡扎亭去。

一向好强的阿尔焦姆,这段日子以来很为自己弟弟的命运愁眉不展,简直痛苦得要死,现在的他因为说不出的高兴而忍不住喜笑颜开:

"就这么办,明天清晨五点钟你到材料库那里去,等机车装木材的时候,你就上去。我原本还想再跟你聊一会儿,但这个时候我不得不回去了。明天早上我送你走。我们都已经被编为一个铁路员工大队。在手持武器卫兵的监督下干活,同德军占领的时候毫无区别。"

他告别后就走了。

暮色很快笼罩了天空,谢廖沙到花园来的时候到了。保尔一边等他,一边在黑乎乎的房间里走来走去。冬妮亚和她母亲一块儿陪在她爸爸身边。

他跟谢廖沙在黑暗中会面了。他们的手紧紧相握。

同谢廖沙一起来的还有瓦莉亚,他们小声地谈着。

"手枪没带回来。你家院子里全是彼得留拉的兵,他们不仅把马车停在那儿,还笼起了一堆火。想要爬到树上是万万办不到的,真气人。"谢廖沙如此说明着。

"别去想它了,"保尔劝解他说,"说不定事情反倒好了。在路上,也有被他们搜出来的可能,那样要杀头的。然而,以后你要想方设法把它拿走。"

瓦莉亚靠近他问:

"你什么时候起程?"

"明天,瓦莉亚,天亮就起程。"

"你是如何逃出魔掌的? 给我们说说吧。"

保尔很快地小声把当时的情况跟他们说了一遍。

他们彼此亲切地告别。谢廖沙开不出玩笑来了,他内心非常悲痛。

瓦莉亚伤心地对他说:

"保尔,愿你一切顺利,千万要记起我们啊!"

谢廖沙和瓦莉亚走了,转瞬之间就消失在黑暗中。

房间里寂静无声,只除了时钟在一丝不苟、永无休止的准确走着。两个年轻人都是毫无睡意,因为仅仅还有六个小时他们就要分别了,这一别也许今生今世再也见不着面了。短短的六小时,如何能说得尽他们两个人心中的无尽的思念和万语千言?

青春,多么美好的青春呵,在对情欲尚是懵懵懂懂,只是从加速跳动的心中若有若无地被体会着的时候;在手无意间碰到情人胸脯便像受惊似的震颤和快速拿开的时候;在青春纯洁的友谊挡住最后的防线的时候;最甜蜜的莫过于陶醉在情人搂着脖颈的手臂中,莫过于溶化在触电般的炽热的亲吻里了!

自从他们的爱情开始后,这是第二次接吻。除了母亲外没有人给过保尔抚爱,与此相反的是,他经常被人打。冬妮亚的爱抚让他感到内心充满了甜蜜。

在苦难中长大的他怎么也不会想到在残酷的、被追捕的日子里居然还有这样的快乐。在人生的旅途中有这样好的一个姑娘相依相偎,真是人生极大的幸福!

在黑暗里,他嗅到了她的头发发出的清香,又仿佛望到了她含情脉脉的眼睛。他说:

"冬妮亚,我是如此地爱你!我无法用言语表达出爱你的程度——我不知该如何对你说。"

他几乎意乱情迷了……她那温软的肉体顺从地靠到近旁……可是青春的友谊比什么都珍贵。保尔对冬妮亚说:

"冬妮亚,等到战争完事的时候,我一定要做个电机师。如果那时你不回绝我,如果你对我的爱是慎重而不是一时的迷乱的话,我一定会成为你的好丈夫。我保证决不欺负你,如果我做了对不起你的事,老天会惩罚我的。"

他们是分开睡觉的而没敢搂抱着,因为害怕冬妮亚的母亲瞧见了会不高兴。

临睡前他们山盟海誓、约定今生今世彼此想念。当他们睡意正浓的时候,晨曦已渐渐开始弥漫着大地了。

清晨,冬妮亚的母亲老早就叫醒了保尔。

他赶紧起床。

保尔在浴室里换上他自己的衣服、鞋子和多林尼克的外套,这时,冬妮亚的母亲把冬妮亚叫了起来。

冒着湿润的薄雾,他们急急忙忙地来到车站,绕过车站走到木柴库边上。此刻,阿尔焦姆早已在一辆满载着木柴的机车旁,焦急地等待着。

庞大的机车在冒着咝咝作响的水气,缓缓地向他们开了过来。

谢廖沙的父亲老勃鲁扎克在车头的窗子向外探望寻找着。

阿尔焦姆、冬妮亚和保尔三个急匆匆地彼此道别。保尔紧握住机车头的扶梯,爬到了上面。他转回身,瞧见了站在岔道上那两个熟悉的身影:高大魁梧的阿尔焦姆和娇小玲珑的冬妮亚。

晨风使劲地吹着,吹动了冬妮亚外衣的领襟,吹动着她那栗色的鬈发。在清晨的风中,她在向保尔不停地挥着手。

阿尔焦姆用眼角悄悄注视着好不容易才忍住放声大哭的冬妮亚,心里想:

"这两个年轻人如果不是十足的傻瓜,就是内心的某个部分有些不太正常。

"保尔呀保尔,你这个乱惹事的浑小子!"

列车已经转了个弯,阿尔焦姆转过来对冬妮亚说:

"哦,我们两个可以做个朋友吧?"于是冬妮亚的细长的小手就放在他那巨大的手心中。

这时候,从远方传来了火车正在加快速度的轰隆声。

7

正好七天七夜,这个四周都是战壕和密密麻麻的铁丝网的小镇,一直沉浸在巨大的炮声和爆豆般的枪声中。只有在半夜才平息下来,可是还不时有一串枪声划过夜空:那是两军的哨兵在试探对方。天刚蒙蒙亮,战士们就在很多大炮旁边投入战斗。大炮伸着炮筒,猛烈地、令人恐怖地不断射出炮弹。人们立刻重新装上弹药。炮手一拽绳子,大地就抖了起来。炮弹呼啸着飞到离小镇三俄里外红军把守的村子上空掉下去,一声震天的巨响,炸起一团泥沙。

红军的炮群部署在一座年代久远的波兰修道院的院子里。这个修道院坐落在村子中间的高坡上。

炮兵队政委扎莫斯京突然从熟睡中蹦起来。他刚才枕在炮管上睡着了。他勒了勒别着沉甸甸的手枪的腰带,然后支起耳朵仔细听炮弹破空的声音,等着它落地。随后他那洪亮的声音就在院子里响起来:

"同志们,快醒醒,明天我们再多睡会儿吧。该起来了,起——来!"

炮兵们全在大炮四周休息,大家全和政委一样灵活地蹦了起来。只有西多尔丘克还没起来，他睡眼蒙眬地仰起脑袋：

"你们这些家伙，天还黑着，就大叫大嚷——真是一帮烦人的东西！"

扎莫斯京大笑着说：

"啊，西多尔丘克，同志们简直太不像话了，居然打扰了你休息。"

炮兵西多尔丘克站了起来，嘴里还是不满意地嘀咕着。

过了几分钟，大炮在修道院子里咆哮起来，炮弹落在镇上开花了。白军用木板在镇上糖厂那个高烟囱上架了一个观察哨，一个军官和一个话务员在上面值班。他们是从烟囱的铁梯上来的。

整个镇子的动静一览无余。他们就在这里吩咐炮兵往哪儿打。攻城红军的所有行动，他们都掌握得明明白白。今天红军这边表现极为活跃。用蔡斯望远镜能观察到红军部队的调动。一列装甲火车徐徐地顺着铁路向波多尔斯克车站开去，不停地开炮射击。步兵跟在后边。红军接连进攻了几回，打算占领这个市镇，可是白军却躲在不远的壕沟里顽抗着。所有战壕的火力都很强大，哪里都是响成一片的枪声。当进攻最激烈的时候，这枪炮声就成了连续的嘶喊。在敌人疯狂的射击下，红军顶不住了，又败了下去，战场上躺着僵了的死人。

红军今天比以前更猛烈、频繁、坚决地炮击小镇。大炮连续的发射使得空气都抖了起来。在糖厂的烟囱上能清楚地观察到红军的队伍正向前进攻。红军的士兵们趴在地上，摔倒又站起来，向前进攻。他们快要占领车站了。谢乔夫师团把全部的机动部队派了上去，但是还挡不住火车站上被攻破的豁口。那些破釜沉舟的红军已经攻进了车站四周的几条街道了。在一阵短暂而激烈的交战后，保护车站的彼得留拉谢乔夫师的第三大队终于从他们最后的据点败了下去，他们从近郊所有的花园和果园丢盔卸甲地逃向镇子里。红军的先头部队不给他们喘息的时间，乘胜追击，用刺刀扫清障碍，消灭了白军的后卫，攻克了所有街道。

谢廖沙一家和他们的邻居们一块藏到地窖里，可是现在，谁也无法让他继续躲在地窖里了。他想到上面看看。他不顾妈妈的劝阻，自己从那黑乎乎的地窖里跑了出去。装甲汽车"萨盖达奇内"号恰好慢吞吞地在他家门口开过去，一边败退一边猛烈地开火。彼得留拉的逃兵乱七八糟地跟在它后边败退。他们中有一个冲进了谢廖沙家的院子里。他手忙脚乱地扔掉钢盔、步枪和子弹袋，接着翻过栅栏，躲到菜地里去了。谢廖沙打定主意到路上瞧瞧。彼得留拉的残兵正顺着通往西南车站的马路逃跑。装甲汽车在掩护他们撤退。往镇上去的大路上空荡荡的。突然一个红军士兵追到大路上来了。他立刻趴在地上，朝大路的另一头开枪。然后又来了第二个,第三个……谢廖沙看到他们一边追一边哈着腰开枪。他们中有一个脸上晒得黑亮、红了眼睛的中国人,上边只穿了一件薄薄的衬衣,胸前交叉绑着机枪的子弹袋,两只手里全拿着手榴弹,什么也不顾地狂追过来。跑在最前面的那个红军士兵年纪还很小,手里拎着一挺轻机枪。这是最早攻进镇子的红军队伍。一股欣喜若狂的心情控制了谢廖沙。他一直冲到大路上,使出浑身力气大声呼喊:

"万岁!同志们,万岁!"

由于谢廖沙突然跑出来,那个中国人几乎碰倒了他。那个中国人开始想不遗余力地朝谢廖沙冲过去,可是这孩子的满脸兴奋拦住了他。

"你这个土匪,躲到什么地方去了?"那个中国人气喘吁吁地问。

可是谢廖沙没听到他说什么。他立刻跑回院里,拿起那个红军扔下的步枪和子弹袋,飞快地奔出去撵上部队。红军士兵们谁也没察觉到他,等到大家冲进西南车站,才注意到他。他们把几列红军的装着武器弹药的火车拦住了,把剩下的敌人追到树林里,然后才收住脚歇着,休整队伍。这时那个年纪很小的机枪手跑到谢廖沙跟前,意外地问他:

"同志,你老家是哪儿的?"

"我就是这儿的人,就在这个镇上住。"谢廖沙回答,"我早就盼着你们打来啦。"

红军士兵们团团围住他。

"我想起来了,"那个中国人愉快地笑着说,"在我们刚攻进来的时候,他大声喊'同志们,万岁!'他是自己人——是我们年轻的好战友!"那个中国人又拍着谢廖沙的肩膀夸了他几句。

谢廖沙心情十分愉快。他们马上认可了他,把他视为自己人。他和他们一块加入了进攻车站的战斗中。

小镇又热闹起来了。饱受折磨的市民全走出地下室和地窖,匆忙来到门外迎接红军进城。谢廖沙的妈妈和瓦莉亚,看见光着脑袋的谢廖沙也扛着步枪,绑着子弹袋,在队伍中走着。

他的妈妈很不高兴。她急得像热锅上的蚂蚁。

谢廖沙,她心爱的孩子谢廖沙,也参加战斗啦!唉,这可不行!想想看,他居然在全镇人的眼前,扛着枪,毫不在乎地走着,以后该如何是好呢?

想到这里,她真的忍无可忍了,就高声叫道:

"谢廖沙,你给我出来,快滚到家里去!我要狠狠打你一顿,你这个小无赖,你要喜欢打仗,给我回家打去!"说着她就赶到儿子面前,打算拽他出来。

可是,她的孩子,被她抓过无数次耳朵的儿子,却漠然地横了她一眼,又害臊又生气,脸也红了,果断地回答说:

"嚷嚷什么,我是铁了心跟这个部队走了!"他一点也没犹豫,就从她旁边走了过去。

这一回可把他妈妈气坏了:

"哦,你怎么和你妈说话哪!"他妈妈朝他嚷:"好,你往后就别要这个家了!"

谢廖沙坚定地回答说:

"我不会再回来了!"

这伤心的母亲傻乎乎地站在路上。这时,一群群面孔黑亮、浑身灰尘的士兵们,恰巧从她身边走过。一个洪亮的戏谑的声音说:

"别哭了,老大娘,我们要推举你儿子当政委呢。"

队伍里传出了一串高兴的笑声,和着从前边队伍传来的威武和谐的歌声,他们开始唱道:

> 同志们无畏地齐步走,
> 到战火中去磨炼,
> 用我们的鲜血开辟道路,
> 连着自由的乐园……

在这大合唱的歌声里能听到谢廖沙那高亢的声音。他已经加入一个大家庭了。在这个大家庭全部的步枪里,也有一支是他谢廖沙的。

列辛斯基的院子的大门口挂着一块硬纸板,上面写着"革委会"的字样。

边上还贴着一幅红色的宣传画。一个红军士兵眼睛盯着、手指直指着观看者。宣传画上写的是:

> "你加入红军的部队了吗?"

头天晚上,政治部的人把这些宣传画贴了出来。并且,还贴出了革命委员会第一张告谢佩托夫卡全体劳动人民书:

同志们!

红军已经夺取了镇上的政权。苏维埃政权已经成立了。我们希望全体人民维持安定。那迫害犹太人的嗜血的土匪已经逃跑了,可是为了不让他们死灰复燃,为了完全清除他们,请加入红军吧!用你们全部的力量来保卫这人民的政权!镇上由卫戍司令员负责指挥部队,由革命委员会主持政府。

革委会主席　多林尼克

出入列辛斯基房子的全是新面孔。"同志"这个称呼,昨天还有不少人为它付出了生命的代价,现在随处都能听见了。"同志"——这确实是一个令人欢欣鼓舞的称呼啊!

多林尼克废寝忘食地工作着。

他正急着组建镇子的革命政府。

在这幢房子的一个屋门口贴着一张铅笔写的纸条,写着"党委会"字样。这里的领导是伊格纳季耶娃,她是一个内向而刚强的女人。政治部把组建苏维埃政权各个部门的任务交给了她和多林尼克。

刚刚过了一天,就有不少工作人员上班了。打字机欢快地叫着,粮食委员会也成立了。粮食委员蒂日茨基是个爱说爱笑而冲动的人。蒂日茨基原来是糖厂的助理工程师。这个镇苏维埃政府刚刚成立,他就以少有的不懈努力的精神展开工作,打定主意打垮工厂管理部门那些痛恨布尔什维克的大老爷们。

在全厂大会上,蒂日茨基操波兰语进行了猛烈而毫不含糊的演讲。他使劲地拍着讲台的护栏,朝他身边的工人说:

"黑暗的旧社会一去不复返了。我们的父辈和我们本人一生替波托茨基做牛做马的日子也不存在了。我们给他们创造了财富,可他们给过我们什么呢?他叫我们空着肚子给他做工,只要死不了就行。

"大伙想过没有,波托茨基们和桑古什卡们欺压我们多长时间了?难道我们波兰工人不也跟乌克兰和俄罗斯工人同样挨着他们的剥削和压迫吗?但是眼下,有的人却在工人中间说瞎话,讲什么苏维埃政府要迫害波兰工人!

"同志们,这是最卑鄙的谎言。无论哪个民族的工人,以前都没有享受到像眼下这样的自由。

"所有的无产者都是一家人,可是那些压迫者们,请大伙放心,我们是决不轻易饶过他们的。"

他的手在空中画了一个圈儿，接着又用手用力地拍着讲台的护栏。

"到底是谁在挑拨我们的各个民族，让我们一家人窝里斗呢？几百年以来，国王和贵族一直不停地挑动波兰的农民去攻打土耳其人，民族之间的冲突和战争从来没有停过。无数的人被杀死了！已经出现了多少灾难！是谁想这么干的？难道我们想这么干吗？但是，这些全部快成为历史了。这些害人虫灭亡的日子已经到了。布尔什维克对全世界宣布了资产阶级最恐惧的口号：'全世界无产阶级联合起来！'工人都是一家人，只有这样我们才能摆脱被奴役，才能过上好日子。同志们，加入共产党吧。

"波兰也要建立共和国，她不同于波托茨基之类掌权的共和国，是劳动人民当家的共和国。我们要将波托茨基之类的人全部铲除。在苏维埃的波兰，我们是国家的主宰者。你们谁不认识勃罗尼克·普塔申斯基？革命委员会已经任命他为我们厂的委员了。'不要说我们一无所有，我们要做天下的主人。'我们总有一天肯定会过上好日子，同志们，一定不要轻信那些诡计多端的害人精们的谎言！如果我们工人能相互依靠，那么，咱们就能彻底联合世界各地各民族的工人兄弟！"

蒂日茨基在他的内心深处，在一个平头百姓的内心深处，吐出了这令人耳目一新的心声。

在他讲完后，青年人都欢呼雀跃地表示赞同。但是那些上了年纪的人却没有表态。任何人都不敢肯定——布尔什维克可能明天就转移了，到了那时，说错了哪几句话都会有人找上门来算账。即使饶你不死，也肯定会被撵走。

那个细高挑的中学老师切尔诺佩斯基是教育委员。他是眼下这里教育界绝无仅有的追随布尔什维克的人。一个特务连安顿在革命委员会对面，由他们负责革委会的安全。每当晚上，上好子弹带的马克沁机枪就在花园里、大门口支起来。两个挎着步枪的士兵站在旁边。

伊格纳季耶娃正往革委会去。在门口，一个很小的红军士兵吸引住了她的目光，她问他：

"同志，你现在几岁？"

"马上就十七了。"

"是镇子上的人吗？"

他笑呵呵地回答：

"对，我是在两天前打仗时才参军的。"

伊格纳季耶娃聚精会神地看着他。

"你父亲是干什么的?"

"火车上的副司机。"

这时多林尼克和一个军人向这边走来。伊格纳季耶娃向他说:

"你看,我为共青团区委找到了一个负责人,他就是这儿的人。"

多林尼克很快地看了看谢廖沙。

"你父亲叫什么?"

"勃鲁扎克……"

"哦,是扎哈尔的孩子!太棒了,让他去吧,把那些小伙伴们团结起来吧!"

谢廖沙感到很意外,看了看他们,说:

"但是,我怎么向连里交代呢?"

多林尼克已经踏上了台阶,又转过来说:

"这个我们会办妥的。"

第二天晚上,乌克兰共产主义青年团的地方委员会就成立了。

崭新的生活无法预料而很快地开始了。谢廖沙全身心地投入到工作中去。谢廖沙彻底把他的家放到一边去了,虽然他离家很近。

他,谢廖沙·勃鲁扎克,现在已经成为一个团员了。他无数次地从口袋里摸出那张印着乌克兰共产党(布)章子的白纸片,那上面写着:谢廖沙·勃鲁扎克,共产主义青年团团员,区委会书记。如果有人不相信,那么,在他的紧身制服外面的腰带上还别着一把有帆布套的"曼利赫尔"手枪——这是他的好友保尔给他的。这是最令人信服的证件。唉,要是保尔在这儿就更好了!

谢廖沙每天都在忙着贯彻革委会的决定。这时伊格纳季耶娃正在等他,他们要一块去火车站里的政治部拿分给革委会的宣传品和报纸。他赶紧跑上马路,一个政治部的人已经准备好汽车在那儿接他们了。

车站离这儿挺远的。苏维埃乌克兰第一师的参谋部和政治部就在车站的火车上。在路上,伊格纳季耶娃问了谢廖沙不少问题:

"你最近干了哪些工作?组织成立了吗?你要在你周围——在那些工人阶级的孩子们中间大力宣传。争取在近期成立共产主义青年团。我们明天就草拟一个共青团的纲领,把它印出来,接着在戏院召开一个青年大会;同时我再把在政治部工作的乌斯季诺维奇叫来跟你见见面,她好像也在负责青年团的工作。"

丽达·乌斯季诺维奇是一个十八岁的女孩子,满头黑亮的短发,穿着茶色的新工作服,腰里扎着一根细细的皮带。谢廖沙跟她学到了不少新知识。她还同意帮他开展工作。当他们告别时,她送他一包宣传品,另外又专门送他一本共青团团章。

他们回到革委会时,天已经很晚了。瓦莉亚已经在花园里等他很久了。她跑到他眼前,发牢骚说:

"你怎么不脸红呀!怎么,难道你真的不要家了吗?为了你,妈妈总是哭个不停,爸爸也不高兴。肯定会弄出乱子的!"

"没事的,瓦莉亚,什么事都不会有。我没时间回家,老实说,我天天忙得不可开交,今天我也回不了家。我正好要跟你说几句话,去我那儿吧。"

瓦莉亚差点不敢认她的弟弟了,他和以前一点都不一样了,就像有人给他加满了油一样。他让他姐姐在椅子上坐下,然后就直截了当地说:

"是这样,你也参加共青团吧。你不知道吗?就是共产主义青年团,我就是团的负责人。你怀疑我吗?好,让你见识见识这个!"

瓦莉亚看了看他的身份证,手足无措地望着他说:

"我入团后有什么事可做呢?"

谢廖沙摊开双手说:

"有什么事可做?还担心没事干吗?我的好姐姐!我忙得脚打后脑勺,要大力进行宣传动员工作。伊格纳季耶娃说,我们应该召集全体青年到戏院里开个大会,向他们详尽地说明什么是苏维埃政权,她说我一定要进行演讲。我考虑了一下,认为不行,因为我真是不清楚应当怎么讲。我肯定讲不了。好吧,你说,你想不想入团?"

"我不清楚。如果我入团的话,妈妈一定会气得要死。"

"你不要考虑那么多了,瓦莉亚。"谢廖沙说,"她不理解这些事情。她只想叫她的儿女们留在她身边。她一点也没有对抗苏维埃政权的想法。正好相反,她还是赞成的。可她只想叫别人到前线战斗,却不想让她自己的儿女去。你觉得这平等吗?你忘没忘朱赫来跟我们说的那些话吗?你瞧保尔,他就没理他妈妈,自己走了。眼下我们有了实实在在的生活的权利了。那么,姐姐,难道你能拒绝吗?啊,你看看,这该有多好呀!你负责发动姑娘们,我负责发动小伙子们。我今天就让克利姆卡入团了。瓦莉亚,你到底入不入团呢?我这儿有关于共青团的宣传材料。"

他在口袋里摸出一本小册子,递给她。瓦莉亚的眼睛注视着弟弟,小声问他:

"如果彼得留拉的队伍又打到这儿该如何是好呢?"

谢廖沙头一回想到这个问题。

"我肯定要和大部队一块离开。可是你到哪儿去呢？妈妈到时候准会伤心的。"他不说话了。

"谢廖沙，你替我报上名，别让妈妈知道，除了咱们俩，别跟其他人说。我肯定竭尽全力帮助你，这是个挺不错的方法。"

"是的，姐姐。"

这时伊格纳季耶娃走了过来。谢廖沙向她说：

"伊格纳季耶娃同志，这位是我姐姐瓦莉亚。我正给她做工作呢。她挺符合共青团员的条件，可是，你清楚，我们的妈妈过于保守。我们能叫她不为人知地入团吗？例如，假设我们被迫转移，我当然是要背着枪和大家一齐走的，但是她不想让妈妈伤心。"

伊格纳季耶娃在桌子的一端坐着，全神贯注地听他讲，然后说：

"很好，这个方法很合适。"

戏院里到处都是年轻人，他们全是看了镇上随处可见的布告后来的。糖厂工人的管乐队正奏着曲子。参加大会的多半是学生——中学生和小学生。

他们来到戏院，不是要参加会议，而是要看节目。

会终于开始了，刚从县里来的县委书记拉津同志出现在台上。

这个鼻子尖尖的瘦小的人马上吸引了全体的目光。大伙全神贯注地听着他的演讲。他谈到全国各地的形势，他希望青年们向共产党靠拢。他像一个名副其实的演说家似的滔滔不绝，但在他的讲话中，诸如"正统的马克思主义者""社会沙文主义者"之类的术语说得太多，而这些术语，下面的人肯定都不明白。他结束时，掌声经久不息。他叫谢廖沙接着讲，自己先下去了。

谢廖沙害怕的事情真的出现了。他上了台不知从何说起。"讲点什么呢？从哪开始说呢？"他打算谈个合适的话题，可是怎么也想不起来，他极为尴尬。

伊格纳季耶娃为他解了围，从讲台背后提示说：

"你就谈谈有关支部建设的事吧。"

谢廖沙马上就说起现实问题来。

"同志们，你们都听清楚了，目前我们应当干的就是建设支部了。你们有谁同意这个提议吗？"

会场里鸦雀无声。

丽达跑上来帮谢廖沙。她给大家讲莫斯科的青年们是如何组织起来的。谢廖沙窘迫地站在一边。

他看到与会者对建立支部的倡议响应很不积极,心里很恼火。他生气地看着大家。丽达的话也没有引起大家的注意。他看到扎利瓦诺夫一面毫不在意地看着丽达,一面和莉莎嘀咕着。坐在前边的是那些鼻子上擦着白粉的高年级的女中学生,她们互相小声地说话,眼神不定地左顾右盼。一帮岁数不大的红军士兵坐在离舞台入口不远的旮旯里。谢廖沙看到他熟悉的那个少年机枪手也来了。他在舞台脚灯的边上,脸上露出生气的表情,厌恶地瞪着花枝招展的莉莎和安娜。她们正旁若无人地和她们的恋人说话。

丽达意识到她的话没有引起大家的兴趣,就赶快收场,叫伊格纳季耶娃发言。伊格纳季耶娃说得很平静,嘈杂的会场终于安静了。

"青年同志们,"她说,"现在,你们大家都可以考虑一下你们在这里听到的话。我认为,我们准能在大家中间找到不少不仅是看热闹,而是踊跃投身革命的人。只要你们想加入,革命的大门是永远敞开的。我们想听听大家对这件事的看法。哪位想发言,请上来。"

会场里又没声音了。但是,忽然后边有一个人说:

"我想发言!"

一个眼睛有点歪、长得非常像小熊的人——米什卡·列夫丘科夫,穿过人群走了上来:

"事情是这样的话,如果布尔什维克想让我们帮助的话,我肯定不会推托。谢廖沙了解我,我想参加共青团。"

谢廖沙十分高兴。他马上走到舞台当中,兴奋地叫道:

"同志们,你们瞧瞧!我曾说,米什卡是自己人,他父亲是铁路的扳道工,让火车轧死了,所以米什卡就不再念书了。他虽然没上过中学,但很快就理解了我们的事业。"

这时会场上发出一阵喧哗和怪叫声。上中学的奥库舍夫,药店经理的儿子,头发极讲究地弄成鸡冠状的男孩,要求说几句。他整了整他的校服,然后说:

"很对不起,同志们,我还有点糊涂到底让我们怎么做。让我们参与政治吗?那么,我们怎么读书呢?我们最起码要上完中学。如果成立一个体育协会或者俱乐部,叫我们在那里集会或学习,那就不一样了。可是参与政治——最后你会上绞刑架的。同志们,不好意思,我认为任何人都不想做这样的傻事。"

会场里哄笑了起来。奥库舍夫下了台,坐下了。现在那个岁数不大的机枪手上台发言了。他使劲把帽子拽到额头上,用怒气冲冲的目光来回看着台下坐着的人,大声叫道:

"你们这些家伙,有什么好笑的?"

他的眼睛通红通红的。他长长地吸了一口气,气得身子直颤,接着说:

"我的名字是伊凡·扎尔基。我无父无母,是个可怜的孤儿;白天乞讨,晚上睡在别人家的墙根。我饥寒交迫,走投无路。我像畜生一样活着,和你们这些养尊处优的少爷一点都不同。但是苏维埃政权来了,红军收留了我。全排的人都像照顾亲生儿子般照顾我,让我吃饱穿暖,教我学习识字,而最重要的是让我明白了人生的意义。他们把我培养成了一个布尔什维克,这是我永生难忘的。我很清楚为什么奋斗——是为了自己,为了穷苦人,为了工人阶级的政权!你们这些坐在那儿像麻雀般叽叽喳喳的家伙,肯定不了解为了解放这个镇子已经死了两百多人了……"他的声音铿锵有力,"他们为了让我们过上好日子,为了我们的事业英勇地献出了宝贵的生命……而且在整个俄罗斯全是如此,在全国所有领域全是如此,但你们却在这里苟且偷生。现在,同志们,"说着,他忽然转过身来向着主席台,"你们向他们讲道理,"他又指指台下,"可是他们能理解吗?不理解!'饱汉不知饿汉饥。'这里只有一个人报名入团,因为他是一个无产者,是一个无依无靠的人。你们不参加,我们一样开展工作。"他怒气冲天地朝台下喊,"我们不会强求你们入团,我们用不着你们这些可恶的家伙!只能用机枪来消灭你们!"他很生气地说完最后一句话,就蹦下台,目不斜视地走了。

会议的组织者都没呆在那儿参加晚会。在他们去革委会的路上,谢廖沙烦躁地说:

"太差劲了!扎尔基讲得有道理。让这些中学生参加会议,很难达到目的,只会惹人生气。"

"这也很正常,"伊格纳季耶娃抢过他的话,"那里面差不多没有无产阶级。大部分全是些小资产阶级或者是城市知识分子的孩子,全是些小市民。我们应该在工人阶级的青年里开展工作。你把工作重点放在木材厂和糖厂吧。但是今天这个大会也没白开,学生里也一样有一些不错的同志。"

丽达也同意伊格纳季耶娃的看法,她说:

"谢廖沙,我们的职责就是不断地让所有人都理解我们的理论和口号。党希望全体劳动者都关注所有的新生事物。我应该举行大量群众大会、讨论会和代表会议。车站上的师政治部正开始组织一个夏天剧场。再过些日子,还要到这儿来一列宣传列车。到时候,我们应该认真做好工作。千万记住列宁讲的话:要是我们不能让千百万劳苦人民投入革命,我们是难以取胜的。"

当晚,谢廖沙陪丽达回车站。分手时他用力地、长时间地握住她的手,比平时握手的时间久一些,丽达轻轻地笑了一下。

谢廖沙重返镇里的时候,顺路到了他的家里。

他任由他妈妈责怪他。可是,在他爸爸开始数落他的时候,他就马上回击,同时把爸爸说得哑口无言了:

"爸爸,我来讲讲,德国兵占领这儿的时候,你们举行停工抗议,还在机车上弄死过士兵,那一刻,你考虑过家吗?你考虑过的。可是你还是那样干了,因为工人阶级的觉悟让你那样干。一样,我也考虑过我们家。我知道,如果我们被迫转移,因为我,你们可能遭到打击。可是话又说回来了,如果我们打败了敌人了呢,那我们可要当家做主了。我无法留在家里,爸爸,你自己十分清楚这一点。我们为什么要啰啰嗦嗦地讲这些没用的话呢?我不是游手好闲,你要理解我,支持我,可是你却向我吵吵嚷嚷。爸爸,我们和好如初吧,那么妈妈也就不再冲我发牢骚了。"他那双明亮的、瓦蓝的眼睛注视着他爸爸,脸上露出友好的笑容,他认为他自己没有错。

父亲有点慌张地坐在长凳上。他轻轻地笑了起来,咧着嘴,乱七八糟的小胡子下露出了一口黄牙:

"你这个小无赖,你反过来用阶级的觉悟怪罪起我来了。你认为你一别上手枪,就不会挨我的打了吗?"

可是他的语气毫无吓唬的意思。他犹豫了一下,好像不知如何是好,忽然,他果断地把他那辛勤劳作的不光滑的手递给儿子,接着说:

"谢廖沙,儿子,你接着朝前冲吧,你既然是往高处走,我肯定不会拖你的后腿,但是你有空就要回来,不要叫我们惦念你。"

黑夜里,一束灯光透出门缝,洒在台阶上。在一个放着舒适的天鹅绒沙发的大房间里,律师用的宽大书桌旁坐着五个人。这是革委会在研究情况。他们是:多林尼克,伊格纳季耶娃,头顶哥萨克皮帽子、像个吉尔吉兹人的肃反委员会主席季莫申科,还有两个革委会委员——细高挑的调车场工人舒季克和塌鼻梁的铁路工厂工人奥斯塔普丘克。

多林尼克身体趴在桌子上,毋庸质疑的目光注视着伊格纳季耶娃,用低沉的声音铿锵有力地说：

"前沿阵地缺乏物质，工人缺乏食品。我们刚一到这儿，投机商人和贩子就哄抬物价。他们不要苏维埃钞票，做生意全用尼古拉的旧钱或者克仑斯基钱。现在我们就要限制物价。我们很清楚，这些投机倒把的家伙都不肯照定价卖东西。他们肯定把商品藏起来，到那时，我们就进行检查，没收这些家伙的全部物品。对于这些坏家伙，我们也要毫不手软。我们不能叫工人们吃不饱了。伊格纳季耶娃同志提醒我说，我们不能太出格。我说，这是因为她还有知识分子的不坚定。你别发火，伊格纳季耶娃同志，我是实话实说。而且，错误不是小商人的。例如，我今天收到情报，说旅店经理鲍里斯·佐恩就有一个不为人知的地窖。有不少大商人，早在彼得留拉驻扎在这个镇子之前就把许多的东西存放在这个不为人知的地窖中。"他嘲笑着，尤其留神地看了看季莫申科。

"你从哪儿得到的情报？"季莫申科紧张地问道。他觉得又见不得人又生气，因为发现这种事情正是他季莫申科的职责，可是多林尼克老是比他早知道这种情报。

多林尼克笑着说：

"嘿——嘿！哥们儿，我眼观六路。我不仅清楚那个地窖，"他接着说，"我还清楚你和给师长开车的司机昨天偷偷喝了半瓶酒呢。"

季莫申科有点紧张地坐着，苍黄的脸上泛起了红晕。

"嗯，没错！"他不自然地说。原先他还打算说几句，可是他看见伊格纳季耶娃生气地锁着眉头，就没作声。"这个狡猾的木匠！他有他自己的情报系统。"季莫申科盯着革委会主席，心里说。

"这是谢廖沙跟我说的，"多林尼克接着说，"他有一个朋友在车站食堂里干过活。他的朋友听食堂的那些厨师谈到过，食堂所有的货物，以前全是佐恩大量运送的。昨天谢廖沙又收到可靠的情报：佐恩真有一个地窖，要把它搜出来。季莫申科，你领几个人和谢廖沙查一下。就在今天，一定要查出来！如果能查出来，我们就不担心没有物资送给工人们和师供给委员会了。"

过了三十分钟，八个全副武装的战士来到旅店经理家中，有两个人把守大门。

经理长得又矮又胖，模样十分像一个大酒缸，脸上的红胡子好几天没刮了，他一边支着木腿，挂着讨好的笑容招待进来的这些人，一边用沙哑的嗓音问：

"同志们，有何贵干？怎么来得这么晚呢？"

佐恩的几个女儿站在他背后。她们身上穿着睡衣，季莫申科的电棒晃得她们睁不开眼睛。旁边屋子里，那个胖乎乎的老板娘一边穿衣服，一边嘀咕着。

季莫申科仅说了两个字：

"搜查。"

地板上的每个角落都翻过了。大板仓、柴垛、储藏室、厨房、巨大的酒窖，全找了一遍。可是毫无秘密地窖的线索。

一个女佣人睡在厨房边上的一个小屋子里。她睡得很熟，连进来人她还没发觉。谢廖沙轻轻地叫醒她。

"你是干什么的？是在这儿干活的吗？"他问这个蒙蒙眬眬的女孩子。

她拽着被子遮住肩膀，用手挡住电棒的强光——她不明白出了什么事，害怕地回答说：

"对，我是在这干活的。你们是干什么的呀？"

谢廖沙跟她解释了他们的目的，就出去了，让她穿上衣服。

季莫申科正在那宽敞的食堂里讯问经理。经理气得七窍生烟，嘴里冒着白沫，情绪冲动地说：

"你们想干什么？我没有别的地窖，你们怎么找也找不到，我肯定你们会一无所获。是的，我以前做过旅店生意，可是现在我也一无所有了。彼得留拉的那帮家伙早把我的东西拿没了，还差点打死我。我是很拥护苏维埃政权的，可是我全部的东西，你们全查过了。"他讲话的时候总是挥着他两只胖乎乎的小胳膊。他那双通红的眼睛不停地来回盯着季莫申科和谢廖沙的脸，再从谢廖沙脸上滑到一个旮儿和屋顶上。

季莫申科咬牙切齿地说：

"这么说，你还打算接着骗我们？我给你最后一次机会，马上交代地窖在哪里。"

"哎哟，您说什么呐，长官大人，"老板娘抢着说，"我们自己都吃不饱呐，我们的货物全让人拿没了。"她特别想号啕痛哭，可总是挤不出一滴眼泪。

"吃不饱，你们还有女佣人呢！"谢廖沙说。

"唉，她怎么能叫佣人呢？只是我们抚养的一个一无所有的姑娘。因为她无依无靠。让赫里斯季娜自个儿讲吧。"

"行啦，"季莫申科叫了一嗓子，他已经忍无可忍了，"我们重新找一遍！"

天已经亮了，旅店经理的屋子里还在进行着一遍又一遍的寻找。季莫申科因为翻了十三个小时还没有发现什么，内心很烦躁，已经下令不找了，但就在这时，刚

想走出女佣人屋子的谢廖沙,听见她小声说:

"肯定在厨房的壁炉后边。"

过了十分钟,那个高大的俄式壁炉挪开了,里边露出一个能开关的铁皮门。又过了一个小时,一辆能拉四千斤的卡车拉着不少桶和袋子,在凑过来看热闹的人群中,离开了旅店经理家的院子。

一个炎热的晌午,柯察金的妈妈拎着一个小包袱从车站回了家。她听着阿尔焦姆叙述保尔遭遇的一切,哭得很难过。不幸的日子总是不让她舒心。她几乎无以为生了,只好替红军洗衣服,士兵们想法为她拿一份吃的。

有一天晚上,阿尔焦姆兴冲冲地打窗户前面走来。他一边打开屋门,一边在门口叫着:

"保尔寄来一封信。"

保尔在信中写道:

亲爱的阿尔焦姆哥哥:

哥哥,我跟你说,我没有死,只是身体不太好。一颗子弹打在我大腿上,但是眼下已经要痊愈了。大夫说,骨头没受伤。你不用替我着急,它马上就康复了。我出了院,大概能休息一段时间,到时我肯定回家探望你。我离开家的时候没和母亲告别,可是形势发展得飞快,我现在已经成为科托夫斯基骑兵旅的一名战士了;不用说,你肯定已经知道了战无不胜的科托夫斯基的称号了。我以前没遇到像他这种人,我十分佩服我们旅司令员。母亲到家了吗?如果她到了家,我在这儿亲热地向她问好。请宽恕我让你们担心。

你的弟弟保尔

另外,阿尔焦姆哥哥,请去一下林务官家,把这封信上写得跟她说说。

妈妈又号啕大哭了一通儿。她那个没出息的儿子连医院的地址都没跟她说。

谢廖沙经常到车站上那个写着"师政治部宣传鼓动科"字样的绿色车厢去。丽达和伊格纳季耶娃两个人就在这个车厢的一个小屋子里办公。伊格纳季耶娃时刻含着一根烟,嘴边露出心满意足的微笑。

共青团委书记谢廖沙和丽达越来越亲近起来了,在每一回不长的见面里,除了一捆捆的宣传品和报纸以外,他还从车站上带着一种说不清的高兴的情绪回到镇上。

政治部的室外剧场天天都站满了工人和红军士兵。在铁轨上泊着的第十二军的宣传车贴满了颜色绚丽的宣传画。这宣传列车日夜不停地忙碌着。它有一个印刷部门,天天赶着印制报纸、传单和布告。前沿阵地离得不远。有一天晚上,谢廖沙突然来到剧场,他在红军士兵里见到了丽达。

天很晚了,当他陪她到车站(政治部的工作人员都睡在那儿)的时候,谢廖沙自己也不知是怎么了,忽然朝她说:

"丽达同志,我怎么总是想和你见面呢?"接着他又解释说,"和你在一块儿真高兴! 每一回见了你之后,我就感到浑身是劲,我就乐意不住地干下去。"

丽达停下来,说:

"我跟你说,勃鲁扎克同志,我们订个规矩吧,往后你不要说这些乱七八糟的话了。我讨厌这样。"

谢廖沙就像一个被训了一顿地小学生一样,脸红得厉害,回答说:

"我把你当作很要好的朋友才说这些话的,可你却这样不解人情……难道我说错了什么了吗? 今后,丽达同志,我绝对不会这样做了!"

他慌乱地和她握了握手,回头就向镇里奔去。

打这儿以后,谢廖沙好几天都没去车站。如果伊格纳季耶娃让他去,他就找借口说他走不开。实际上,他真的没空。

有一天晚上,舒季克往家走,在糖厂管理人员——全是波兰人——的房子旁边,有人向他射击。搜完房子后,找到了皮尔苏斯基分子成立的"狙击队"的武器和资料。

革委会召开会议了,丽达也参加了。她把谢廖沙叫到一边,心平气和地说:

"你怎么了,打击了你那小资产阶级的虚荣心了?你想叫自己的事情干扰工作吗?同志,这是错误的。"

于是,一有空谢廖沙又到车站去了。

接着,县里召开代表大会,谢廖沙也出席了。他们热烈讨论了两天。第三天,他和所有代表一齐背着武器,在河对面的森林中围剿扎鲁德内所指挥的彼得留拉残部,搏了二十四小时。他回来以后,在伊格纳季耶娃那里遇见了丽达。他送她到车站,在分手的时候,他用力地握着她的手。

丽达十分讨厌地甩开他。打这儿往后,谢廖沙又很久没去丽达那儿。他有意躲着丽达,就连因工作关系要跟她见面的时候也是这样。最后,在她坚持让他说明为什么这么做时,他气呼呼地说:

"我能跟你说什么?你又该给我扣大帽子:什么小资产阶级虚荣啦,什么出卖工人阶级啦。"

高加索红旗师的军列来到车站。三个面色发暗的首长进了革委会。其中有一个细高挑,身上勒着一根镶银的武装带,他来到多林尼克面前,说:

"什么也不说了,要一百车干草,马没有吃的了。"

他们让谢廖沙和两个红军士兵去征收干草。在一个村子里,他们忽然遭到了富农匪徒的伏击。匪徒们缴了他们的枪,把他们打得死去活来。谢廖沙比其他两个好一点,因为他还未成年,他们就下手轻一些。贫农委员会的人把他们送回镇子。

一群士兵被派到村子里。第二天,他们就征收完了干草。

谢廖沙不想让家里人担心,因此就在伊格纳季耶娃的屋子里疗伤。当晚,丽达来探望他,她第一回这么热情,这么友好地握他的手,这样的握手是他做梦也不敢想的。

一个火热的晌午,谢廖沙来到宣传车上,向丽达读了保尔的来信,还把保尔的事情跟她说了。分手的时候,他心不在焉地朝她说:

"我想去树林里,到湖里游泳。"

丽达丢下手上的活儿,拽住他说:

"等一会儿,我也要去。"

在没有一丝波纹的湖水边,两个人站住了。明净而暖乎乎的湖水很招人喜欢。

"你去大路口那儿呆一会。我要洗个澡。"丽达毋庸置疑地说。

谢廖沙在小桥旁的石头上坐着,仰头晒着太阳。

他背后传来了哗哗的水声。

谢廖沙穿过树林看到了冬妮亚和宣传列车的政委丘扎宁正顺着大路往这儿走。丘扎宁十分好看,穿着流行的弗伦奇军装,扎着军官的武装带,踩着一双嘎嘎响的软皮马靴。他挎着冬妮亚的手臂,一面走一面跟她说着话。

谢廖沙看出她就是那个帮保尔送信给他的女孩子。冬妮亚也注视着谢廖沙,很明显她也看出了他。当她和丘扎宁走到他身边时,他从口袋里拿出信,挡住她说:

"请等一小会儿,同志。我这有封信,其中有些是写给您看的。"

他递给她一张写得密密麻麻的信纸。冬妮亚从丘扎宁手中拿起手,看着保尔的信。信纸在她手中轻轻发抖。接着,她又把信还给谢廖沙,问他:

"您还了解他的别的情况吗?"

"不了解。"谢廖沙回答。

丽达从他背后走过来,她的脚踩在石子上咯咯作响。丘扎宁发现了丽达,就小声向冬妮亚说:

"咱们离开这儿吧。"

可是丽达的轻视而嘲弄的声音挡住了他:

"丘扎宁同志,大家全天都在找你呢。"

丘扎宁不怀好意地瞥了她一眼,说:

"没什么,我在不在没什么影响。"

他们两个离开后,丽达看着他们的背影说:

"什么时候要把他这个油头滑脑的人赶出去就好了!"

树林沙沙作响,粗壮的橡树迎风摇摆。小湖的水又清又纯,惹人喜爱。谢廖沙想游泳了。

上岸之后,他在小路附近找到了丽达,她正在一棵横着的橡树上坐着。

他们一面说着,一面朝树林里边走。走到一条野草茂盛的小路上,他们打定主意在那里歇一会儿。树林里悄无声息,只有橡树叶沙沙作响。丽达躺倒在小草上,头放在她那弯着的胳膊上。她那结实好看的双腿和修了多次的皮鞋,隐藏在茂盛的野草中。谢廖沙忽然看了看她的脚,看到了那双修得不错的鞋子,又看着他自己的鞋子,脚趾头正由那个大窟窿里伸出来。他乐了。

"你怎么乐了?"丽达问。

谢廖沙指着鞋子说:

"穿着这种破鞋子,让我们怎么参加作战?"

丽达没理他。她轻轻嚼着草叶,正考虑着其他事情。

"丘扎宁不是一个合格的共产党员。"她终于开口了,"我们其他的政治部的人都穿得很朴素,可是他就想着如何让自己穿得好看。他是我们党内的机会主义者。……目前,前沿阵地的形势真是很严峻。我们的国家一定要准备进行持久而惨烈的斗争。"她停了一会儿,接着又说,"我个人认为,谢廖沙,我们不仅应该用话语,而且应当用武器去斗争。你清楚中央委员会要求四分之一的共青团开赴第一线的决定吗?我认为,我们肯定不久就要离开这儿了,谢廖沙。"

谢廖沙听着她说的所有的话,他在她的声音中听出一种与往常不同的音调,他感到有些意外。她那双黑亮的水灵灵的眼睛正注视着他。

他差点要无法控制地跟她说:她的眼睛就像一块镜子,他能在那里见到一切。可是他马上管住了自己。

丽达用手撑着,抬起身子。

"你的手枪还有吗?"

谢廖沙拍了拍他的腰带,悲痛地说:

"在征收干草时,让富农土匪夺走了。"

丽达伸手在军装的口袋里掏出了一把油光锃亮的勃朗宁手枪。

"谢廖沙,瞧那棵橡树!"她指了指二十五步以外的、有很深裂纹的树干,然后抬起右手,叫它和眼睛在一条直线上,几乎不用瞄准就打了一枪。被击碎的树皮应声掉了下来。

"瞧到了没有?"她很自负地说,接着又打了一枪,树皮又掉在草地上。

"你试试,"她把手枪交给谢廖沙,笑呵呵地说,"看你怎么样。"

谢廖沙开了三枪,中了两枪。丽达微笑着说:

"我没想到你打得还不赖呢。"

她撂下手枪,倒在草地上。从她的军装上半身里,能看到她那很有弹性的胸部的外形。

"谢廖沙,你过来。"她温柔地说。

他朝她那边动了动身子。

"看那天空,它是湛蓝的,你的眼睛也和它一样湛蓝。这样不好。你的眼睛应当是灰色的，就像钢铁那种色彩。湛蓝的色彩——不免过于多情了。"

忽然，她搂住他长着浅黄色头发的脑袋，放肆地亲着他的嘴唇。

过了两个月。秋天又来临了。

黑色的幕布遮住了树林，夜不知不觉地又到来了。师司令部的报务员，在电报机边上，趴着身子接收电报。机器上打出来细长的纸条，他立刻把那些符号翻成了下面的字，抄在格纸上：

> 师部参谋长并抄送谢佩托夫卡革委会主席：接到电报后十个钟头内，撤走镇上全部机关。镇上留一个营，由本战区指挥官 N 团团长指挥。师参谋部、政治部，还有全部军事机关，统统转移到巴兰切捷夫车站。执行情况马上向师长汇报。（签名）

过了十分钟，一辆摩托车开着车灯，在镇上空荡荡的马路上疾驶。它停在革委会门前，通讯员把电报送到主席多林尼克的手上。人们都开始收拾东西。特务连立刻集合。过了一个小时，几辆满满的拉着革委会东西的车离开了镇子。大家正在波多尔斯克车站上往车上装。

谢廖沙看完电报就和通讯员往外跑。

"同志，我能坐你的车去车站吗？"

"坐后边，但是，要抓紧。"

在离那已经连好、马上要开走的绿色车厢大概十步的地方，谢廖沙紧紧搂住丽达的肩膀，感到马上要和他心爱的姑娘分别了，小声说道：

"再见了，我亲爱的丽达！我们会相逢的，你一定要想着我。"他怕自己立刻会失声痛哭。他不能再耽搁了。他什么也没说，只有用力地握着她的手，以至于她的手都被捏疼了。

次日清晨，被扔下的小镇和车站显得毫无生气。最后一列车的车头，好像分手一样，在开动的时候汽笛长鸣了几下。车站外边的轨道两边，分列着留守小镇的营的警戒线。

树叶飘落了，树木光秃秃的。秋风吹起树叶，悄悄地在路上转圈。

谢廖沙身着红军军服，绑着帆布做的子弹带，和其他十几个红军士兵，在糖厂外边的十字路口站岗,等着波兰军到来。

阿夫托诺姆·彼得罗维奇轻轻地拍着他的隔壁格拉西姆·列昂季耶维奇的门。格拉西姆还没有穿完衣服,就从打开的门里朝外看了看,问道:

"有什么事吗?"

阿夫托诺姆·彼得罗维奇指着那些全副武装撤退的红军队伍,冲他的朋友点了点头,使了个眼色,说:

"撤啦。"

格拉西姆·列昂季耶维奇心绪不宁地瞧着他,说:

"你知不知道波兰人的旗子是什么样的?"

"好像是猫头鹰。"

"哪儿有这样的旗子呢?"

阿夫托诺姆·彼得罗维奇烦躁地挠了挠脑瓜皮。

"他们有什么损失?"他想了想说,"说走马上就撤了,只是坑了我们,还得想方设法去和另一个新政府磨合。"

一挺机枪叫了起来,枪声打破了宁静。突然,车站上响起了机车的汽笛声,大炮也发出了一声巨响。重炮弹嗖嗖地飞过天空,掉在糖厂附近的街道上。路边的树林马上笼罩在深蓝色的浓烟中。这时候,静悄悄的,不服输的红军部队一面顺着大路转移,一面偶尔扭头望一下身后。

一滴冰冷的眼泪,从谢廖沙的脸上淌下来。他急忙把它擦掉。旁边的人没有发现。

和谢廖沙并排走的是木材厂工人安捷克·克洛波托夫斯基。

他是个细高挑儿。指头扣着扳机,一路上一言不发,一脸愁闷的样子。

当他看到谢廖沙也和自己一样时,就把心里话全说了出来:

"眼下,我们的日子不好过了,尤其是我家里的人。他一定会骂:'一个波兰人还跟波兰的部队做对。'他们一定会把我爸爸从木材厂攥走,用鞭子打他。"

"我原先让他一起转移,可他老人家却放不下这个家。唉,他娘的,快和他们打一仗吧,实在想和他们较量一下!"

安捷克恨恨地把戴着的尖顶红军帽向上推了推。

"……再见吧,我的家乡;再见了,你这个又不干净又难看的小镇!再见了,我的亲友们!再见吧,姐姐!再见了,进入隐蔽斗争的人们! ……凶恶的波兰匪徒,波兰军,你们等着吧!"

那些浑身油乎乎的铁路工厂工人,悲伤地看着转移的红军队伍。

谢廖沙情不自禁地向他们高呼:

"同志们,我们肯定能打回来的!"

8

在拂晓前的稀薄晨雾中,第聂伯河隐隐地闪着光,河水拍打着岸上的石子,哗啦啦地作响。岸边的河水静悄悄的,那银灰色的水面好似停滞了一般。河中央的水却呈现出深黑色,滚滚地翻腾着,急匆匆地流向下游。这是一条美丽而庄严的河。"第聂伯河是神奇而美丽的……"果戈理对它的描写,真可谓是不朽的。它的右岸高耸陡峭,可以俯视水面,就像一座高山在前进中被无情的河水突然拦腰截断一般。左岸是一片低洼的沙地,是第聂伯河的春汛退后沉积下来的。

在河边的一条窄窄的战壕里,躲着五个人。他们紧挨着,趴在一挺圆鼻子的马克沁机枪旁。他们是前沿潜伏哨的成员,是第七步兵师的。谢廖沙就在机枪旁,侧着身子,面朝河躺着。

昨天,由于遭到波兰人的猛烈炮击,由于连续不停地战斗使战士们疲惫不堪。我们的部队最终放弃了基辅,撤到河的左岸,在此设防。

但是这次的撤退,惨重的损失和最后被迫放弃基辅,直接严重地影响了战士们的情绪。第七师曾经英勇顽强地突破重重围困,越过森林,攻到马林车站附近的铁路线,攻占了车站,把波兰军队赶进了森林,才打通了通往基辅的道路。

现在,又被迫放弃了这座美丽的城市,红军战士都很难过。

波兰白军击溃了达尔尼查城的红军后,就把左岸铁桥附近的一个小据点占领了。

然而不论他们如何努力,想再前进一步都很艰难,因为每次都遭到红军的猛烈还击。

谢廖沙注视着流水,禁不住回忆起昨天的情景。

昨天晌午,红军战士们怀着对敌人的仇恨,向波兰白军奋起反攻。谢廖沙第一次跟一个没有胡子的波兰白军拼了刺刀。那白军端着步枪,枪尖插着长如马刀的法国刺刀,一边没头没脑地喊着,一边像兔子蹦似的朝他扑来。这时候谢廖沙看见了他那露出凶光的眼睛。就在这一瞬间,他的刺刀尖一下就把那个白军闪亮的法国刺刀拨到一边去了。

波兰白军栽倒下去了。……

谢廖沙的手并没有因此而颤抖。因为他知道以后还要杀人。他，谢廖沙，是懂得如何温柔地去恋爱，如何去珍惜友谊的人。他的本性里没有残酷和狠毒，可是他明白那群被世界上的寄生阶级所欺骗，所唆使的白军，都是带着禽兽般的愤恨来攻打自己亲爱的共和国的。

因此，他，谢廖沙，为了使人类之间不再互相残杀的日子早点到来，也开始动手杀人了。

正在谢廖沙想得出神之际，帕拉莫罗夫拍了拍他的肩膀说：

"谢廖沙，我们快走吧，马上就要被敌人发现了。"

保尔·柯察金有时坐在机枪车和炮车上，有时骑着一匹割去一只耳朵的灰马，在祖国的大地上来往行军，这种生活已有一年了。他成熟了，也强壮了。他已历尽艰辛和磨难而成长起来了。

被沉重的子弹袋磨出血的皮肤已经痊愈了。而被步枪的皮带磨出的那厚厚的一层硬茧却是难以退掉了。

在这一年里，他经历了许许多多可怕的事情。他和数以千计的同胞们在一起，大家都衣衫褴褛，却在为建立本阶级的政权而顽强不息地战斗着。他的足迹遍及整个乌克兰，仅有两次离开过这革命的风暴。

第一次是因他大腿受伤，第二次是在严寒的 1920 年 2 月他染上了高烧不退的伤寒。

斑疹伤寒带给第十二军各师战士们致命的威胁，比波兰军的机枪还要厉害得多。这个军当时几乎分布在整个北乌克兰地区，阻拦波兰白军的进一步推进。保尔还没痊愈，就归队了。

那时候，他所在的团正占领着卡扎亭——乌曼支线上的弗隆托夫卡车站附近的阵地。

车站坐落在树林里。这个小站旁边有一些废弃的、破损的小房子。这些地方早已不能居住了。三年以来，小站成了拉锯战的场地。这个时期到过弗隆托夫卡车站的部队真可谓太多了！

一场大的战役又在酝酿之中。第十二军遭受的损失极大，有一部分已经失散。当它在波兰白军的逼迫下渐渐地向基辅撤退的时候，无产阶级共和国就已筹划好了,准备给那些让胜利冲昏了头脑的波兰白军一个歼灭性的打击。

饱经战争洗礼的骑兵第一军正在以最快的速度从遥远的北高加索朝乌克兰调动。这次行军在军事史上是空前的、伟大的。第四、第六、第十一、第十四各骑兵师,陆续向乌曼挺进,集中在前线后面。在奔赴决战的途中清除掉马赫诺匪帮。

啊!这是一万六千五百把战刀,这是经过酷热草原上风吹日晒的一万六千五百个勇士!

红军最高统帅部和西南战线指挥部都十分关注的问题是:不能让皮尔苏茨基的部下觉察到这个正在准备之中的决定性打击。共和国和各战线司令部在这些骑兵师的集合过程中都非常谨慎,生怕暴露。

乌曼前线积极的战斗停止了。从莫斯科通往哈尔科夫前线司令部的专线电报发个不停——再由这转发给第十四军和第十二军的司令部。窄而长的纸条上印着密码指令:"勿使波兰人发觉骑兵的集中。"只有在波兰白军的前进可能把布琼尼的各骑兵师卷入战争时,才允许主动积极地战斗。

篝火冒着红色的火焰,在不停地往上蹿着。黄褐色的烟雾呼呼地腾空而上。不喜欢烟的蠓虫在成群地飞来飞去。战士们坐在火堆旁边,排成扇形,迎着火光的脸上呈现出古铜色。

篝火旁的蓝色炭灰里有几个饭盒。

饭盒里的水冒泡了。狡猾的火舌从燃烧的木柴下面蹿出来,舐了一下正低头的人的乱蓬蓬的头发,那人连忙一躲,没好气地说:

"呸,真是活见鬼!"

周围的人全都笑了起来。

一个穿着呢子制服,蓄短胡须的中年人,借着火光检查完了他的枪筒,就粗声粗气地说道:

"瞧这小子多用功,被火烧了都不知道。"

"柯察金,把你看过的内容讲给我们听听吧。"另一个人说道。

那个年轻的红军战士搔了搔被烧焦了的头发,笑着说:

"唉,安德罗修克同志,这可真是称得上好书,我拿起它,就爱不释手了!"

保尔旁边坐着一个翘鼻子的青年。他正忙着修理背囊的皮带,他咬断一根粗线,好奇地问保尔:

"喂,书里都讲些什么呀?"边说,边把针插到军帽上,又把剩下的线绕在针上。继而又说,"要是关于爱情方面的,我倒是想听听。"

世界经典文库

世界二十大名著

钢铁是怎样炼成的

图文珍藏版

131

周围的人都哄堂大笑起来。马特维丘克把他那剪平的头抬起来,狡黠的眼睛眯成一条缝,斜视着那青年人,道:

"很好,谢列达,谈恋爱是件好事。你简直像油画里的美男子一样漂亮,到了哪儿,都少不了成群的女孩子跟在你左右。只可惜你有个小毛病,就是鼻子太翘了。不过,这个毛病也有办法治。只要把十磅重的一颗诺维茨基手榴弹挂在你的鼻尖上,明天早上就保证你的鼻子不再往上翘了。"

突然爆发出的大笑声把拴在机枪车上的马吓得直打喷嚏。

谢列达懒洋洋地转过身来:

"光漂亮顶什么用,脑袋瓜才值钱。"他表情丰富地拍着自己的脑门说,"就比如拿你来说吧,你的舌头擅长挖苦别人,但是你是个彻头彻尾的笨蛋,你的耳朵冰冰凉。"

班长塔塔里诺夫站起身来,把两个就要打起来的同志拉开了。他说:

"好啦,好啦,同志们,干吗要吵架呢?要是这本书真的很有价值,就让柯察金念给大家听听吧。"

"好,保尔,快点读吧。"围在火堆旁的人齐声喊道。

保尔把马鞍朝火堆移了移,坐到上面,然后打开那厚厚的小开本的书,搁在膝盖上:

"同志们,这本书的名字叫《牛虻》,是我在营政委那儿借的。这本书使我很受感动,如果你们能够安安静静地坐在这儿,我就念给大家听。"

"念吧,快念吧!保证谁都不会打扰你。"

当团长普兹列夫斯基和政委一起静静地骑马过来时,他看见那十一对眨也不眨地眼睛,正盯着那个读书的人。

普兹列夫斯基回头指着那一群战士,对政委说:

"我们团一半儿的侦察兵在那。他们当中有四个还是很年轻的共青团员,可也都不愧为一名优秀的战士。你瞧,那个读书的叫柯察金,那边还有一个,看见了吗?眼睛像小狼的叫扎尔基。他们两个很要好。可是他们却在暗地里较劲。柯察金向来是我最好的侦察兵。现在他碰到了一个旗鼓相当的对手了。你看,他们在不露声色地进行政治工作,可是影响很大。有人给他们一个很光荣的称号——'青年近卫军'。"

"那个念书的是侦察队的政治指导员吗?"政委问。

"不是,克拉麦尔是政治指导员。"

普兹列夫斯基催马向前。

"同志们,你们好!"他大声问候道。

火堆旁的人都转过头来。团长很麻利地从马上跳下来,来到战士们面前。

"在烤火吗,同志们?"他笑着说。他那坚毅的脸上和有点像蒙古人的细长的眼睛,已找不到平日那严厉的神情。

大家把团长看作朋友,看作一个好同志,热烈地欢迎他来。政委却依然骑在马上,因为他还要继续赶路。

普兹列夫斯基把带套的毛瑟枪移到背后,在保尔坐的马鞍旁蹲下来,给大家提议道:

"大家来抽口烟好吗?我搞到些好烟叶。"

他叼起一支自己卷的烟卷儿抽起来,扭过头来对政委说:

"多洛宁,你先走吧,我呆在这儿。假如司令部找我,请通知我一声。"

多洛宁自己走了,普兹列夫斯基便对保尔说:

"接着往下念,我也来听一会儿。"

保尔读完了剩下的几页,把书搁在膝盖上,若有所思地盯着火焰。

大家沉寂了好几分钟,没有讲一句话,都为牛虻的死而深深地感动了。

普兹列夫斯基吸着烟,等着听他们各抒己见。

"这个故事真是太残酷了。"谢列达首先打破了四周的宁静,"也就是说,世界上真有那种人。原本是谁都无法忍受的,但当一个人的思想中有什么主义支撑时,他就真的可以忍受了。"

他讲这些话时神情显得格外激动,因为这本书给他留有太深刻的印象了。

安德留沙·福米乔夫原来在白教堂城给一个鞋匠当助手,他也愤愤不平地喊道:

"这个该死的神父,硬把十字架往牛虻的嘴里塞,如果被我遇到,准让他立刻毙命于我的手下。"

安得罗修克拿小木棍把一个饭盒往火中顶了顶,非常自信地说:

"问题的不同之处就在于明白为什么而死。明白这个道理的人,才会有力量。如果你认为真理站在你这边,你就会从容地去死。这种行为就是英雄所为。我认识一个小伙子,叫波莱卡。事情的经过是这样的:当他在敖德萨地方被白军围困的时候,他愤怒之下,单枪匹马朝一整排的白军冲杀过去。还没等白军的刺刀碰到他,他已拉响了一颗手榴弹,手榴弹在自己的脚下爆炸了。他被炸飞了,白军也被炸死一大堆。从表面看,他毫不出众,也没有人来为他的事迹出书论传,但这确实值得写呀!在我们弟兄中间,也不乏其人啊。"

他用汤匙在饭盒里舀了一点菜,润了润嘴唇,又接着说:

"可是像癞狗一样死不足惜的也有。他们死得不明不白,很不光彩。我们在伊贾斯拉夫城下与敌军交战时——那是座古城,建立于大公统治时期,坐落在哥伦河岸上,——在那儿碰到一件事。那里有一座堡垒似的波兰教堂,很难攻下。那天我们就朝那里发起了进攻。我们排成散兵线顺着小巷摸索着前进。我们的右翼是拉脱维亚人。我们冲到公路上一瞧:一座花园的墙边拴着三匹已备好马鞍的马。

"我们心里捉摸着,这下子可要活捉波兰人了。我们十几人蜂拥而上向那小院冲进去,那个冲在最前面的,拿着毛瑟枪的是拉脱维亚人连长。

"冲到房子跟前,我们发现门是开着的,就立即冲了进去。心想:波兰鬼子一定在里边,可事实却完全不同。原来里边是我们自己的三个骑兵侦察员。他们先来了一步。我们发现情况有些不对劲。眼前的事实很明了:这三人正在污辱一个女人。这里住着位一波兰小军官。我们进来时,他们已经把小军官的老婆按倒在地上,那个拉脱维亚人连长对眼前的一切都明白了。便用拉脱维亚语大声叫喊起来,那三个人就被捆起来拉到了院子里。我们的这些人里面,除了两个俄罗斯人外,都是拉脱维亚人。连长的名字叫勃列季斯。我虽然不明白他们在说什么,但也很清楚眼前的情况——他们要解决掉这三个人。那些拉脱维亚人性情刚烈,真令人佩服。他们把那三个人拖到石砌的马圈旁。我心想,这回算完了,一定是啪啪几枪!其中有个嘴脸极丑陋的小伙子,不让绑。他奋力挣扎,还大骂起来:'难道就为了一个女人枪毙我吗?'其余的两个也在苦苦哀求。

"我见此情景,心凉了一半,便跑到勃列季斯面前说:'连长同志,把他们送交军事法庭好了。免得让他们的血弄脏你的手?城里的战斗还在继续,我们怎能在这里跟这些家伙算账呢。'他立刻转过头来,看着我,脸色可怕的很,瞪着两只老虎似的眼睛,我后悔自己的多嘴,他拿枪指着我的鼻子。我打仗这七年来,没害怕过,可这次,我确实有点胆怯了。不难看出,他会不容分辩地置我于死地。他用勉强让人听懂的俄语对我吼道:'红旗是用我们的鲜血染成的,而这些混账却去当匪徒,让全军的人丢脸,就该枪毙。'

"我不忍心再看下去,就朝街上跑去了。我听到了身后的枪声,知道那三个家伙没命了。当我们再排成散兵线前进时,城市已被我们占领了。瞧,这几个家伙就像癞狗一样不明不白地死去了。后来才听说,这三个家伙是美利托波尔战役中的俘虏。他们以前是马赫诺匪帮的人,天生的孬种。"

他把饭盒搁在脚边,打开装面包的背包,接着说:

"咱们的队伍中也混进一些败类。你不能看清楚每个人的真实面孔,他们似乎也在为革命而努力。'几个败类毁坏了大家的名誉',这件事使我很难过,至今难忘。"他说完便开始喝茶了。

骑兵侦察员入睡的时候,已经是夜深人静了。谢列达的鼾声如雷,普兹列夫斯基也枕着马鞍在那儿睡着了,只剩下政治指导员克拉麦尔还在他的笔记本上写着。

第二天,保尔侦察归来后,把马拴到树上,朝刚刚喝完茶的克拉麦尔招招手,示意到自己身边来。保尔说:

"指导员,我想调到骑兵第一军去,你的意见如何?他们以后一定有大规模的行动。我看他们聚集了那么多人,肯定不是单为训练骑马的。而我们却像要永远呆下去一样。"

克拉麦尔惊诧地看了看他,而后说:

"怎么调过去呢?你把红军当成什么啦?是电影院吗?真不像话!如果大家都想从这个部队调到另一个部队去,那就有热闹可看了。"

"在哪儿不都是一样打仗吗?"保尔打断了他,说。"我又不是当逃兵。"

可是克拉麦尔却毅然决然地反对说:

"不行,你把纪律当做什么啦?保尔,你样样都好,就是有点无政府主义的味道,你想怎样就怎样。我们的党和共青团可是有铁的纪律,党高于一切。因此,不是每个同志想到哪就到哪,而是哪里需要就到哪里去。普兹列夫斯基不是也拒绝了你要求调动的要求吗?那就什么都不用说了。"

脸色发黄、又高又瘦的克拉麦尔由于太激动而咳嗽起来。印刷厂的铅粉早就深深地侵入了他的肺部,他的双颊常常泛出病态的红晕。

他咳嗽了一会儿后,保尔小声地,但是口气坚决地对他说:

"你的话很有道理,不过我意已决,我还是要调到布琼尼的骑兵队去。"

第二天晚上,篝火旁就没有了保尔的影子。

在靠近一个小村子的学校附近,许多骑兵汇集在一个土丘上。围了一大圈。布琼尼骑兵队的一个战士,他很健壮,小帽压到后脑勺,正坐在炮车的尾部,演奏着手风琴。还有一个骑兵,穿着红色肥裤子,正围着圈子欢快地跳着狂热的果帕克舞,手风琴发出不合拍声音,舞者的步伐也乱了套。

村里的青年男女都跑来凑热闹,有的爬上机枪车,有的抓住篱笆,围观这些刚打到村里的骑兵们大胆、豪放的舞姿。

"托普塔洛,加油跳吧!踏平这块地吧。哥们,加把劲!喂,拉手风琴的,你也加油干呀!"

但是,那位音乐家的粗大手指,要扳弯一块马蹄铁倒不难,叫它灵活地去按琴键,也真太为难它了。一个长得黑黝黝的骑兵说道:

"唉!真遗憾,阿法纳西·库利亚勃科被马赫诺匪帮杀了,他的手风琴拉得相当棒,他在骑兵连是排头,只可惜他不在了。他不仅是一个优秀的战士,也是个出色的手风琴手。"

保尔也在场。他听到最后的话,便挤到炮车前边,把手按在手风琴的风箱上,手风琴的声音便戛然而止。

"你想干什么?"拉手风琴的青年瞥了他一眼。

跳舞的人也立即停下了,周围发出一阵抱怨声:

"你来干什么? 干吗捣乱?"

保尔上前握住手风琴的皮带说:

"拿来,让我试试。"

那个手风琴手用怀疑的目光看了看这位陌生的红军战士,犹豫着把皮带从肩上摘了下来。

保尔习惯于把手风琴摆在膝盖上。手风琴的风箱如扇子般展开了,一张一吸地鼓着气,拉出了和谐动听的声音。

　　喂,小小的苹果啊,
　　你要滚到哪儿去?
　　假如落到省肃反委员会手里,
　　就甭想再回来了。

那个跳舞的骑兵立即和着那熟悉的音乐舞起来了。他扇动的胳膊如鸟的翅膀,绕着圆圈快速地做着各种令人目不暇接的动作。他的两手用力地一上一下地拍打着皮靴腰、膝盖、后脑勺和脑门,接着又把靴底拍得啪啪作响,末了还拍着大张的嘴巴。

手风琴那激昂的旋律,疯狂地驱赶他。于是跳舞的人飞快地轮换着伸出两腿,像团团转的陀螺,气喘吁吁。

1920 年 6 月 5 日,经历了几次短暂而激烈的战役后,布琼尼的骑兵第一军冲破了波兰军第三军和第四军接合点的防线,把企图拦截它的萨维茨基将军的骑兵旅打得落花流水,然后向鲁任方向开进。

波兰军司令部为了补充前线的人力,正在没命地组建突击部队,并把刚从波格列比谢车站的货车上卸下的五辆坦克匆匆开往作战地点。

但布琼尼的骑兵已经绕过波军准备反攻的根据地扎鲁德尼齐,插到了敌军的后方。

这时波军慌忙派科尔尼茨基统领的骑兵去追击布琼尼的骑兵第一军。波军司令部断定,骑兵第一军是想攻占波军后方的一个军事重地——卡扎亭。这个师便肩负着从背后攻打骑兵第一军的任务。但是这次行动并没能使波军的处境有所改善。虽然第二天他们已经堵住了前线被冲毁的缺口,在布琼尼大军的身后也拉开了阵线,但是勇猛的骑兵第一师已奇迹般地出现在他们后方,并且捣毁了他们的许多据点,准备向基辅周围的敌军发起攻击了。

在各骑兵师继续前行的途中还毁坏了许多铁路和桥梁,切断了波军的后路。

他们从俘虏口中得知波军在日托米尔设有一个军司令部——实际上连方面军司令部也在那——于是骑兵第一军指挥中心决心攻占重要的铁路枢纽和行政中心日托米尔和别尔季切夫。6 月 7 日凌晨,骑兵第四师就朝日托米尔挺进了。

保尔顶替了牺牲的库利亚勃科的位置,在骑兵连的右翼,此时他正在催马前行。原来是战士们不想把这出色的手风琴手放走,在大家的强烈要求下,把他编入了这一连。

他们快马加鞭地在日托米尔附近布下了扇形的阵地。银光闪闪的军刀在阳光下闪闪发光。

大地在马蹄的践踏下呻吟着,战马在大口地喘着气,战士们威严地坐在马镫上。

大地在飞快地后退着,一座大花园城市迎面而来。红军骑兵飞速地甩掉了郊区的一些花园,冲到市中心;像死神般的令人心惊胆战的"杀呀! 杀呀!"的喊叫声响彻天空。

惊慌失措的波军几乎不堪一击。城里的卫戍部队也被击败了。

保尔贴伏在马背上,驰骋向前;他旁边正是那个跳舞的骑兵托普塔洛,骑着一匹瘦腿黑马。

保尔亲眼目睹了一个勇猛的红军骑兵挥动军刀,把一个来不及瞄枪的波兰兵一刀砍倒了。

马蹄踩在石子路上,发出咯噔咯噔的声音。猛地一挺机枪出现在一个十字路口,架在路中间,三个波兰士兵正猫腰守着它,他们穿着蓝色制服,戴着四方军帽。另外还有一个领上嵌有蛇形金线条的军官,一发现红军骑兵杀过来,就抬起了手中的毛瑟枪。

保尔和托普塔洛都已勒不住狂奔的马了,只好听任死神的安排,迎着机枪冲过去。那个军官先朝保尔开了一枪,可是没被打中,子弹嗖的一声从他的脸旁麻雀似的飞过去了。马肚子正撞倒了这个中尉军官,他四脚朝天倒下去,头磕在石头路面上。

就在这一瞬间,机枪像疯狗一样狂吼狂叫起来。托普塔洛和他的黑马,被打了数十个洞而都倒下了。

保尔的马受了惊吓抬起了前蹄,高声嘶鸣起来。但是它又立即驮着保尔,越过死者的尸体,朝守机枪的人冲去。只见军刀在空中闪了一圈,便向一个蓝色四方帽砍下去。

当保尔的军刀再次举起来,准备砍另一个人的脑袋时,马却向路旁狂奔过去。

这时骑兵连的人已经如山洪暴发般地冲到了十字路口,几十把军刀在空中呼呼作响。

监狱的狭窄的长廊里响起了一片叫喊声。

在拥挤不堪的牢房里,那些因受尽折磨而憔悴不堪的犯人们骚动起来了。城里正在交战——难道是自己的军队又打回来了?难道是他们马上可以获得自由了?

监狱的院子里也响起了枪声,有人在走廊里跑动。突然,一个亲切的,无比亲切的声音叫道:

"同志们!快出来吧!"

保尔跑到上了锁的牢门口,从牢门的小窗上他看到了几十对眼睛。他愤怒地用枪托朝牢门的铁锁砸去,一下又一下地猛砸,米罗诺夫阻止了他,从袋里摸出一颗手榴弹,说:

"闪开,让我用这东西炸开它。"

排长齐加尔钦科一把夺过手榴弹,说:

"住手,傻瓜!你疯了吗?马上就有钥匙啦。砸不开,钥匙是可以打开的。"

这时已有人把狱卒押过来了,拿手枪对着他,逼他打开了牢门。继而,走廊里挤满了褴褛而肮脏、欣喜若狂的人们。

"同志们,你们全都自由了。我们是布琼尼的骑兵,我们已经攻占了这座城市。"

一个泪眼汪汪的妇人扑到保尔面前,抱住保尔,号啕大哭,好像见了亲生儿子似的。

救出了被波兰白军关押在石洞里、等着枪毙和绞刑的 571 名布尔什维克和 2000 名红军的政治工作人员,这比任何战利品、任何一次胜利都可贵。对这 7000 多名革命者而言,就好比漆黑的夜晚骤然变成炎炎烈日、阳光明媚的六月天!

这些人当中有一个脸黄得像柠檬的人,他欢天喜地地跑到保尔面前。他叫萨穆伊尔·列赫尔,是谢佩托夫卡的排字工人。

保尔听到萨穆伊尔的述说,他的脸上蒙上了灰色的阴影。萨穆伊尔是在讲述他们故乡谢佩托夫卡的流血悲剧。他的每一个字,如熔化了的铁水一样,深深地烙在保尔的心头:

"在一个深夜里,由于叛徒的出卖,我们无一幸免,全给抓来了,我们全都落入宪兵队的魔爪之下。保尔,你知道我们被处以多么可怕的酷刑呵!我吃的苦头比别人少,因为只打了我几下,我就晕倒了,可其他同志的身体都比我强壮。我们没必要隐瞒,宪兵队知道的比我们都具体。我们的一举一动,他们都了如指掌。

"很明显,我们的队伍中混进了奸细。那些日子里发生的事我真是一言难尽啊!保尔,牺牲的人当中有许多你认识的!瓦莉亚,城里的罗莎,她还是个小孩,才十七岁,多么好的一个女孩子,长着一对诚实的眼睛。还有萨沙·邦沙弗特,你知道,他是我们的排字工人,多么快乐的青年,总爱画漫画讽刺他的老板。另外,还有两个中学生——诺沃谢利斯基和屠日茨。这些人你都认识。还有从别处抓来的人,总共二十九人,其中有六个女的。他们禽兽般地残害我们,瓦莉亚和罗莎第一天就被奸污了。那些禽兽,高兴怎么样就怎么样。她们被弄回牢里时已经半死不活了,罗莎回来后不停地说胡话,没过几天就疯了。

"那些禽兽以为她在装疯,每逢审问都拷打她。枪毙她的时候,样子可怕极了。她的脸被打得青一块、紫一块,目光呆滞,简直像个老太婆。

"瓦莉亚始终表现很好,直到生命的最后一分钟。他们全都像真正的战士那样从容地面对死亡。我不知道是什么力量在支持着他们,但是,保尔,我可不可以把他们被处死的情形完全告诉你?不能,绝对不能。他们死得太惨了,我简直无法形容……瓦莉亚担任着最危险的工作——她与波军司令部的无线电报务员保持联络,还被派往乡村里去从事情报工作。他们到她家搜查的时候,在她的房间里又找到了一支毛瑟枪和两枚手榴弹。给她手榴弹的就是出卖我们的叛徒。所有这一切都是事先布置好的,用来陷害她的——说她有炸毁波军司令部的企图。

"呵,保尔,我实在不忍心讲述他们死前的情形,不过,既然你一定要知道,我也只好如实相告了。军事法庭判决:瓦莉亚和另外两个人处以绞刑,其他的人都枪毙。

"那些被我们策反过的波兰兵比我们早两天受审。

"年轻的班长——斯涅古尔科,是无线电报务员,参军前在罗兹当电工,他的罪名是叛离祖国和在士兵中宣传共产主义,被判枪决。他并没要求赦免,判决二十四小时后就被枪毙了。

"瓦莉亚曾被传去作证。她告诉我们:斯涅古尔科交代了自己宣传过共产主义,但他不承认背叛祖国的罪名。他说:'我的祖国是波兰苏维埃社会主义共和国。的确,我是波兰共产党党员;我是被逼无奈才来当兵的。我一直在努力使和我一样,被你们逼到前线来的弟兄们睁开眼睛。就因为这个,你们可以处我以绞刑,但我决不认为自己背叛了祖国,我永远都不会背叛它。不过我的祖国可不同于你们的,你们的祖国是达官贵族们的,我的祖国却是工人和农民的。我确信我的祖国会建立起来,在我的祖国里决不会有人说我是叛徒。'

"被判决以后,我们都关押在一起。执刑之前他们把我们关进了监牢。夜里,他们在监狱对面的医院旁立起了绞架;同时,又在稍远的地方——大路旁的陡坡上靠近树林的地方选定了枪决的刑场,他们在那里给我们挖了一个大坑。

"判决的告示贴出后,全镇的人都知道要处决我们。敌人又决定当着居民的面,在白天行刑,要叫每个人都害怕。从那天早晨开始,他们就把镇上的人往绞架这里赶。有些人虽然害怕,但由于好奇心作祟,还是来了。绞架四周围满了人。黑压压的望不到尽头。你应该很清楚,监狱外边有一层栅栏,绞架就设在那里。我们都能听见嘈杂的人声。在后面的街道上,他们又架起了机枪,而且还调来了镇上各处骑马和步行的宪兵,还有在周围戒备的一个营的兵士。他们为那些被判绞刑的人在绞架下面挖好了一个大坑。我们都默默地等待那最后时刻,偶尔有一两句话传出来。想说的头一天都说了，相互间也做了最后的诀别。只有罗莎躲在牢房的角落里，说些糊里糊涂让人听不懂的话。瓦莉亚由于被拷打和奸污，已经动弹不得了，只能躺在那里。两个从乡下抓来的女共产党员，是一对亲姐妹，俩人紧紧地抱在一起，抑制不住自己的感情，放声痛哭起来。这时，一个像大力士一样强健的年轻人——在被捕时打伤两名宪兵的斯捷潘诺夫很坚定地劝她们说：'同志们，别哭了，要哭也只能在这儿哭，出去可别再哭了。可不能叫那帮禽兽们高兴。无论怎样，我们是死定了。所以理应从容地去死。大家谁也不能跪下。同志们，要记住，应该死得光荣！'

"紧接着，押解我们的人来了。走在前边的是侦探局长什瓦尔科夫斯基，这个刽子手是个色情狂，是只疯狗。如果他不去强奸，就叫手下人去做，自己在旁边看乐儿。从监狱到绞架的路上，两排宪兵中间排出一条通道。那些戴黄肩带的'黄鬼'都抽出刀来，立在两边。

"他们用枪托把我们轰到监狱的院子里，四人一排，然后才打开大门，把我们押到街上。他们让我们一并站在绞架跟前，让我们亲眼目睹他们是怎样，依次绞死我们。绞架都是用粗木头架起来的，很高，上面的横木上用绳子拴了三个很粗的圈套，下边有一个带斜梯的平台，平台靠一根活动的木柱支撑着。人群在不停地涌动，发出隐隐的嘈杂声。他们都注视着我们。我们能够从人群中找到自己的亲属。

"许多波兰的小贵族，也有波兰军官在内，聚在稍远些的台阶上用望远镜望着这边。他们来是观看如何绞死布尔什维克的。

"大地被白雪覆盖，树林也呈现出一片白色，树木也都披上了棉絮。雪花缓缓地落下，飘落在脸上，立刻就化作了小水珠。绞架台上落满了雪花。我们几乎被剥光了衣服，可没人感觉到冷，斯捷潘诺夫甚至忘记了自己只穿着袜子。

"军事检查官和高级军官们都来到了绞架旁。最后，才把牢狱中的瓦莉亚和另外两名被处绞刑的同志拖出来。他们三人互相搀扶着，瓦莉亚被搀在中间——她太虚弱了，实在走不动了，但她也在尽力地抬自己的腿。她想着斯捷潘诺夫说的话——要死得光荣。她穿一件绒线衣，没套外套。

"疯狗什瓦尔科夫斯基对他们搀扶着出来很是不满，上前推了他们一把。瓦莉亚回敬了他一句，便有一个骑马的宪兵挥起鞭子朝她脸上狠狠地抽了一鞭。

"这时一个妇人凄惨的叫声从人群里传出。她呼天喊地，拼命地想挤出人群，冲到那三人面前。但是她被抓住并拉到一边去了。那老妇人准是瓦莉亚的妈妈。当他们靠近绞架边时，瓦莉亚便唱起了歌来。我从没听过视死如归的人所唱出的，那么有激情的歌。她唱的是《华沙革命歌》,那俩人也跟她唱。宪兵像疯狗一样地抽打他们,但是他们好像丝毫没有感觉,于是宪兵就把他们打倒在地,拽着脚,硬把他们拖到绞架跟前。匆匆地读完判决书,就用绳圈套住了他们的脖子。这时候,大家便齐声高唱起《国际歌》来:

> 起来!饥寒交迫的奴隶……

"波军把我们围个水泄不通;我光看见一个兵用枪托推开了支着平台的木柱子。他们三个就被吊起来了……

"正当我们十个人靠着墙根等待枪决时,宪兵向我们念了把死刑改为服二十年苦役的判决书,剩下的十六人都被枪毙了。"

萨穆伊尔扯开衬衫领子,好像被勒得喘不过气一样。

"他们的尸体被吊了整整三天,匪兵一直站在绞架旁,日夜看守。后来听新关进来的犯人说:'他们三个人中托鲍利金最重,他的绳子第四天就断了。这样那两个也被解下来,就地埋了。'

"可是绞架还没拆。我们被押往这儿时,还看见绞架上悬着绳子,还将有新的牺牲者。"

萨穆伊尔沉默了,呆滞的目光盯着远处。保尔没意识到他已讲完了。

那三个死尸在他眼前晃动着,他们的脸部表情非常可怕,耷拉着脑袋,在风中不停地晃动。

突然,街上的集合号震醒了保尔。他用小得不能再小的声音说道:

"走吧!萨穆伊尔,到外面去吧!"

街上,被押送的波兰俘虏正走过去,骑兵在西侧。团政委靠在牢狱的门边,已经把一道命令写在了阵地记事册上。他把它交到一个矮矮的、胖胖的骑兵连长手里,说:

"安季波夫同志,你带上这命令,派一班骑兵押解这些战俘到诺沃格勒—沃伦斯基。负伤的给包扎一下,也用车运往那个方向。出城二十俄里以后,就放他们走吧。我们可没时间再来管他们。记住:不准虐待战俘。"

保尔翻身上马,转身对萨穆伊尔说:

"你听到了吗?敌军绞死我们的革命同志,可我们还得把他们完好无损地送回老巢,并且不能虐待!这如何办得到?"

团长转过头来盯着他。保尔感觉他好像在自言自语,可说出的话却即坚决又严厉:

"虐待缴了武器的俘虏,是要被枪毙的。我们可不是白军!"

当保尔催马离开监狱大门时,他记起了向全团战友们宣读过的,苏维埃革命军事委员会最新的命令,最后几句是:

"工人和农民的国家要热爱自己的红军,以红军为荣,不允许给它的国旗抹黑。"

"不允许给国旗抹黑!"保尔小声说。

骑兵第四师攻下日托米尔时,戈利科夫同志的一部分突击队——第七步兵师第二十旅已经从奥库尼诺沃村附近强渡了第聂伯河。

第二十五步兵师和巴什基尔骑兵旅编成的部队已接到命令:强渡第聂伯河,从伊尔沙车站附近截断基辅通往科罗斯田的铁路。这次行动的目的是切断基辅波军的唯一退路。米什卡·列夫丘科夫就是在这场战斗中牺牲的,他是谢佩托夫卡共青团团员。

当他们走在晃晃荡荡的浮桥上时,从山后忽然发出惊人的响声。"嗖"的一声炮弹越过头顶在水面开花了。米什卡就是在这转瞬间跌到搭浮桥的小船下面了。他立刻被河水吞没了,只有没檐的破军帽下长着淡黄色头发的亚基缅科发出了惊人的叫声:

"妈呀,快看,米什卡落水了! 没影儿了,他死了!"他站住了,呆滞的目光望着那急匆匆的流水,但是随后赶上来的人却推着他说:

"喂,傻瓜,干吗呆在这儿,快走啊!"

当时实在没时间去顾及一个同志的安危。因为这个旅已经落到其他部队的后头了,右岸已被他们攻下了。

四天后,谢廖沙才得到米什卡的死讯,那时他所在的旅经过一场激烈的战斗已拿下了布恰车站,开始进攻基辅了,击败了企图向科罗斯田猛烈突围的波军。

谢廖沙的身边是亚基缅科。他的猛烈射击停止了,他费力地拉开了发烫的步枪扳机,然后把头贴着地面对谢廖沙说:

"也该让步枪歇会儿了,它烫得像火了!"

枪炮声震耳欲聋,谢廖沙几乎没听清他的话。过了一会,枪声渐渐小了,亚基缅科才顺便说起那件事:

"来的路上,你的同伴落入第聂伯河里,让水卷走了。我都没来得及救他。"他说完后便拉开扳机,从子弹袋里取出一排子弹,聚精会神地装进弹仓里。

攻打别尔季切夫的第十一师,在城里和波军进行了一场殊死拼搏。

每条街上都有流血的战斗。敌军用机枪扫射,妄想阻挡骑兵的前进,然而第十一师最终还是胜利了。败军狼狈逃窜。车站上有许多缴获的火车。但是给波军致命打击的还是整个波军的军火库被毁,一百万颗炮弹的爆炸。炸碎的玻璃片像雨水一样散及全城,房屋也像是厚纸围成的,被炮弹爆炸震得摇摇晃晃。

日托米尔和别尔季切夫的陆续被攻下,给波军后方以极大的威胁。慌乱之中波军兵分两路,撤出基辅,想杀出一条血路,冲破包围圈。

保尔每天都处在狂热的激战中,已经完全将个人的安危置之度外。保尔·柯察金已经溶化到集体之中了,他和每个战士一样,已经忘了"我"字,脑袋里只有"我们"——"我们团,我们骑兵连,我们旅。"

同时,战事急剧发展,新消息每日俱增。

布琼尼的骑兵以排山倒海之势,给敌人以狠命地打击,击溃了波军的后方阵线。各骑兵师满怀胜利的喜悦乘胜追击:诺沃格勒——沃伦斯基——直插入波军后方的心脏。

他们排山倒海般地退回来,喘息了一会儿,又"冲呀,杀呀"地喊起来。

铁丝网和拼命地抵抗,都不能改变波兰白军的命运。六月二十七日早晨,布琼尼的骑兵越过了斯卢奇河,到了诺沃格勒——沃伦斯基的境内,跟踪追击逃往科列次镇的波兰白军。与此同时,第四十五师从新米罗波利过了斯卢奇河,科托夫斯基的骑兵旅正在攻打柳巴尔镇。

骑兵第一军的无线电台很快就收到了前线总指挥部的命令:调集所有骑兵攻占罗夫诺。士气大振的红军去追击士气消沉的溃军。匪徒们只有四处逃命了。

有一天,旅长派保尔去给停着铁甲列车的车站送公文,他意外地碰到一个他如何也想不到会见到的人。他的马沿着很陡的路基跑上来。到第一节灰色的车厢下面,他勒住缰绳。牢固的车厢和那些躲在炮塔里的大炮的乌黑的炮口,总觉得让人有点害怕。几个浑身油渍的人正在车旁边,忙于掀开一块沉重的钢甲,它是用来保护车轮的。

"请问铁甲列车的指挥员在哪儿?"保尔朝一个身穿皮上衣、拎着水桶的红军战士问道。

"那不就是吗,"他用手指了指机车说。

保尔来到机车旁,问道:

"谁是指挥员?"

一个浑身裹满皮革的麻子转过来回答道:

"是我。"

保尔把一封公文从口袋里掏出来交给他:

"这是旅长的指令。请签个名吧。"

指挥员把信封搁在膝盖上,签了名。有一个人正在机车的第二个轮子旁边加油。保尔看到的仅仅是他那宽厚的臂膀和从皮裤口袋里露出来的七响手枪柄。

"给你收条。"指挥员对保尔说。

保尔正准备调转马头回去时,那个加油的人突然站起身子,转过脸来。就这一刹那间,好像有人推了他一把,从马上扑通一下跳了下来,朝那人喊道:

"阿尔焦姆哥哥!"

那浑身油垢的司机立即放下手中的油罐,紧紧地抱住了年轻的红军战士:

"保尔,原来是你这个小东西呵!"阿尔焦姆喊道,他简直不敢相信眼前的事实。

铁甲列车的指挥员惊奇地看着这一场面。列车上的炮兵们都高兴地大喊大叫道:

"快看呵! 弟兄俩又见面啦。"

八月十九日,在利沃夫附近的战役中,保尔丢失了他的军帽。他勒住马缰绳,可是弟兄们早已冲进了敌军的阵线。这时杰米多夫由草地的树林里跑出来。他边朝河岸边跑,边大声喊道:

"师长牺牲了!"

保尔猛地被惊醒了。英勇顽强的师长——列图诺夫同志牺牲了! 他简直愤怒到了极点。用刀背疯狂地抽打他的马——格涅多克,它太累了,马辔头上沾了点鲜血——朝厮杀的人群狂奔过去。

"砍死这些畜生,砍死你们,砍死你们这些白军的小贵族! 是你们杀死了列图诺夫!"他发疯般地、愤怒地朝一个穿绿制服的白军砍去。师长的死,燃起了全连士兵的怒火,一口气把波军的一个排杀个精光。

红军战士一溜烟地向旷野中逃亡的敌军追杀过去。就在这时波兰炮队的炮声响了起来,只听轰的一声响,空气中已分辨不出弹片还是肉片了,到处充满了血腥味。

只看见一片绿火光从保尔的眼前掠过，耳朵也遭受巨大的震动，并有一块灼热的铁片飞进了他的脑袋。天地都跟着旋转起来，随后他慢慢地倒下去。

保尔顺着马头硬硬地栽了下来，重重地摔到地上。

天立即黑了下来……

9

章鱼长着一只圆溜溜水汪汪的眼睛，很像猫头，绿色的圆点被一圈红色包着。它的数十条触须抖动时，上面的硬鳞发出沙沙的声音，很令人讨厌。章鱼的身子也在动。他看见章鱼就在旁边，那些凉冰冰的触须在他身上不停蠕动着。让人难以忍受。章鱼把它的毒刺伸进他的头，一点一点地吸着他的血。他感觉到他的血正慢慢地被吸进章鱼那一点点鼓起来的肚子里去。它就这样不停地吸着，他的头也在剧烈地疼痛着。

他好像听见一点微弱的声音：

"他的脉搏正常吗？"

只听一个温柔的像是一个女人的声音回答说：

"脉搏一百三十八下。体温 39.5℃。一直处于昏迷状态。"

章鱼没有了，但是头还疼。保尔感觉到有一个人正用手指头给他把脉。他努力地想睁开眼睛。但眼皮却沉得怎么也张不开。怎么这么热呀？噢，准是母亲生了炉火。这时又听见有人说话了：

"现在的脉搏是一百二十二下。"

他还是想尽力去睁开眼睛。可是体内像有个火炉在烤他，憋得他透不过气来。

水，他想喝点水，他恨不得立即跳起来喝个痛快。可就是起不来。他的身体是多么地不听自己使唤。也许母亲就把水端来了，他想告诉母亲："我都快渴死了。"这时他的旁边，那条章鱼又爬过来了，"呵，真的，就是它，我认识它的红眼睛……"

他又听见远处传来轻轻的声音说：

"佛罗霞，端点水来！"

"谁是佛罗霞呢？"保尔努力地去想，但一用力又掉进了无底的深渊里。当他从黑暗里走出来的时候，他又想起水来，"我渴死了。"

他又听到有人说：

"我猜，他又醒了。"

那和蔼温柔的声音更近了些：

"伤病员同志，您想喝水吗？"

"他叫我'伤病员'，难道我生病了？不然就不是和我说话？"他又说道，"对了，我得了伤寒。"于是他又努力地去睁他的眼睛，终于成功了。透过那一条窄窄的眼缝，他先是看到一团红色，可还有一个乌黑的东西挡着它。并朝它移过来，于是他的嘴唇就碰到一个玻璃杯边，同时也感到了有股甘露般的液体浸入他的身体，那团火已渐渐熄灭了。

他很痛快地说：

"现在可舒服极了。"

"喂，您能看见我吗？"

声音是头上那乌黑的东西发出来的，但是他接着又昏过去了，不过还没忘了回答：

"我只能听见，看不见……"

"谁曾料到他能活过来呢？可是您瞧，他还是摆脱了死神。真是好样的。尼娜·弗拉基米罗夫娜，您可真值得骄傲。这都是您的功劳哟。"

只听那女人兴奋地说：

"可不是吗？我高兴之极呀！"

十三天后，保尔才从昏迷中醒过来。

他那健壮的身体不肯向死神屈服，体力也渐渐恢复了。他获得了新生，对什么都感到新奇。他的头被固定在石膏箱里，昏昏沉沉的不能动。身体已恢复了知觉，连手指头也能动弹了。

在陆军医院的寝室里，青年医生尼娜·弗拉基米罗夫娜正坐在小桌子旁，翻着那淡紫色的厚厚的日记本，看着自己用工整的斜体字所记下的记录：

1920 年 8 月 26 日

今天，一批重伤员被救护列车拉来。躺在靠窗角落的病床上的是一个头部受伤的红军战士，他才十七岁。人们把他口袋里的证件和医生的诊断书交给我，他叫保尔·安德列耶维奇·柯察金。证件有三个：一个是破损的乌克兰共产主义青年团第九六七号团证，一个是证明红军战士身份的证明书，还有一张红军团长颁发的嘉奖令的摘录：给予英勇执行侦察工作的红军战士柯察金以嘉奖。另外还有一张

可能出自他自己的手笔：

> 拜托同志们，如果我战死了，请通知我的家属——阿尔焦姆·柯察金，他在谢佩托夫卡镇调车场做钳工。

从八月十九日他被炮弹炸伤时起，还未苏醒过来。明天阿纳托利·斯捷潘诺维奇准备给他做检查。

八月二十七日

今天，对柯察金的伤势做了检查。伤得很深，连颅骨都穿透了，所以右半个头都失去了知觉，右眼肿得很厉害，还从眼内往外流血。

阿纳托利·斯捷潘诺维奇想把他的右眼取出来，以防发炎，但我劝他说，只要有希望消肿，还是缓缓再说吧。他答应了。

我的主张，完全出于美观，如果这个年轻人能活过来，我们剜出了他的眼睛，岂不太难看了？

他一直在说胡话，折腾个没完，得有人经常看护着。我可是做出了很大的牺牲，我可怜这年轻的生命。因此，我愿意竭尽全力帮他同死神做斗争。

世界经典文库

世界二十大名著

钢铁是怎样炼成的

图文珍藏版

昨天下班后我在病房里呆了几小时,因为他的伤太重。我认真地听他说梦话,有时候真的跟听故事似的。从他的梦话里我了解了他许多生活琐事,可是他经常骂人,让我不堪入耳。不知道为什么,听了那些咒骂心里很不痛快。阿纳托利·斯捷潘诺维奇认定他不会醒了。老头子发着牢骚说:"我真不明白,部队怎么连这么小的娃娃也收下呢?真是令人气愤。"

八月三十日

柯察金还昏迷着。他已经被转到了抢救室了,那里都是病危的人。佛罗霞女护士几乎无时无刻不守候着他。她认识他。从前在一起干过活,她那么温存地守护着那个病人!可现在我对他也不抱什么希望了。

九月二日晚十一时

今天是个好日子,这两天我一直守候在柯察金身边,今天柯察金已经醒过来了。度过危险期了。

现在我的心情真是无法用语言来形容,我又救活了一个人。工作中最令我欣慰的是看见病人康复。他们都像小孩一样需要我。

病人之间的感情是纯朴而真挚的,所以每逢分别时,我甚至要流出眼泪来。这也许有点可笑,但却是事实。

九月十日

今天,我替柯察金给家人写了封信。他说他伤得不重,很快就会痊愈,准备回家看看。事实上他失血过多,脸色惨白,现在还没恢复过来。

九月十四日

今天,柯察金笑了,是第一次。他的笑容很可爱。他平时很严肃,一副少年老成的样子。他的恢复快得惊人。他和佛罗霞是朋友。我总看见她守在床边。很显然,她把我的事情说了,还过分地夸奖了我。因此,每当我进去时,他总是面带微笑。昨天,他还问我说:

"大夫,你手上怎么有那么多紫黑色的痕迹?"

我没告诉他,这是他昏迷时用手捏的。

九月十七日

柯察金额头上的伤口已愈合了。换药时,他那惊人的忍耐力让所有的医生都佩服。

一般人这时常常会不住地叫唤或是大发脾气。可是他却默不作声,连往伤口上擦碘酒时,他都不畏缩,只是把身体紧紧地绷起来。他常常疼得几乎晕过去了,但却从不叫唤一声。

我们都知道:如果听到他叫唤,一定是他昏迷了。他怎么会有如此顽强的忍受力呢? 我弄不明白。

九月二十一日

今天柯察金第一次坐上轮椅,被推到阳台上。他看见花园和呼吸到新鲜空气时的表情,真让人难以捉摸。他的脸上缠满了纱布,只露出一只眼睛。这只眼睛十分有神和欢快,对周围的景物都充满了新奇感,好像从未见过似的。

九月二十六日

今天,有人来招呼我到楼下的接待室,那儿有两个姑娘。其中一个长得非常漂亮,她们想探望柯察金。她们是冬妮亚·杜曼诺娃和塔季亚娜·布拉诺夫斯卡亚。柯察金在梦里常常喊冬妮亚的名字。我便答应了她们的要求。

十月八日

今天柯察金第一次独自到花园里散步。他不止一次问我,他何时才能出院。我说快了。那两个姑娘每到探视日都来看他。现在我知道了他能忍受剧痛而不呻吟的原因啦。我问他时他回答:

"您看看《牛虻》就清楚了。"

十月十四日

柯察金今天就离开医院了。我们亲热地握手话别。他那只眼睛已解掉了绷带,只有额头还包扎着。那只眼睛失明了,但表面上还看不出来。同这么好的同志分手,我很难过。

事情就是这样:病人治好了病,就得离开医生,并且再也不希望回来。

临走时,柯察金说:

"如果是左眼瞎了,倒没大事——现在我可怎么打枪呀?"

他还想去打仗。

保尔出院后先是住在布拉诺夫斯基家里,冬妮亚就寄宿在这儿。

他立即想吸收冬妮亚来参加革命工作。他想带她到城里参加共青团的全体大会。她同意了,可是当她换好衣服从她的房里走出来那一瞬间,保尔却紧紧咬住了嘴唇。她打扮得很漂亮,故意穿得特别讲究,搞得他真的不想带她去了。

于是他们之间开始了第一次冲突。他问她干吗穿得那么漂亮。她气冲冲地答道:

"我向来不喜欢和别人一样,假如你不愿带我去,就留下我好啦。"

那天在俱乐部里,她的漂亮衣服是那样的惹人注目,弄得保尔很难为情。同志们都不把她当自己人,她自己也觉到了,所以就故意用蔑视的眼光盯着他们。

共青团书记潘克拉托夫,长着宽宽的肩膀,穿一件粗帆布衬衫,是一个码头工人,他把保尔带到旁边,很不客气地看了保尔一眼,又瞟了冬妮亚一眼,说:

"这么漂亮的小姐是你带来的吗?"

"是的。"保尔粗着嗓门回答。

"哦!——"潘克拉托夫拉长声说,"她的样子可一点都不像我们的人,倒像是资产阶级。怎么能带她到这里来?"

保尔的太阳穴怦怦地跳动。他说:

"她是我的朋友,我就带她来了,明白吗?她对我们并无敌意,只是穿戴上显得格格不入罢了,说真的也确实有不妥当的地方,可也不能单凭服装来看一个人。我明白什么人才可以带到这儿来,犯不着你来刁难我,潘克拉托夫同志。"

他原本还想说些更激烈的话呢,但他克制住了,因为他很清楚,潘克拉托夫是代表大家来说话的。这样一来,他就把憋了一肚子的火都撒到冬妮亚身上了:

"我早已经跟她讲了,她就是不听,还偏偏这样大出风头。"

从那晚开始,他们的友情开始破裂了。保尔的心里很痛苦:那一向似乎很牢固的友谊就这样开始破裂了。

又过了几天,每次会面,每次谈话都会增加不愉快,都使他们的关系更加疏远。保尔渐渐地对冬妮亚卑劣的个人主义无法容忍了。

俩人都明白,这段感情已无法再继续下去了。

这一天,在满地落叶的库佩切斯公园,他们在进行最后一次谈话。他们来到陡坡上的栏杆旁边;第聂伯河灰暗的河水在栏杆下面闪动;一只拖着两只驳船的小轮船,正从桥洞里钻出来,用它的轮翼费力地划着水面,缓缓地逆流而上。落日的余晖洒在特鲁哈诺大岛,一片金黄,各家的窗户玻璃也一样火红。

冬妮亚看着金色的夕阳,神情忧伤地说:

"难道我们的友谊就再也无法挽救了吗?"

他盯着她,皱紧了眉头回答说:

"冬妮亚,这件事我们已经谈过了。事情明摆着,你知道我一直在深深地爱着你,就是现在,我对你的爱还没有完全改变的,只不过,你一定要跟我们在一起。我已经不是从前那个保尔了。也就是说,如果你让我把你放在第一位,我肯定不会成为你的好丈夫,我是属于党的,然后才属于你和别的亲人。"

冬妮亚伤心地望着蓝蓝的河水,忍不住热泪盈眶。

保尔注视着她的脸庞和头发,禁不住可怜起这个曾经深爱过的姑娘。

他轻轻地把手放在她的肩膀上,对她说:

"摆脱掉一切对你的束缚,到我们这边来,让我们共同去推翻统治阶级。我们这边有很多出众的姑娘,她们和我们一样;在战斗,在忍受着艰难困苦。她们也许没受过你这么好的教育。不知道为什么,你不愿意和我们呆在一起。你告诉我:丘扎宁过去想强暴你,可他是个堕落的坏蛋,不是革命战士。你又说,我的朋友们都对你有敌意,可是你为什么穿得那么漂亮去参加集会呢? 你骄傲,是它害了你。你不愿意穿得和他们一样。既然你有勇气爱一个工人,就应该爱工人阶级的理想。同你分手,我很遗憾,也希望你给我留下美好的回忆。"

他没再说话。

第二天,街上有一张省肃反委员会主席签名的布告,那人正是费奥多尔·朱赫来。保尔的心都快跳出来了。他费了好大劲才找到他的办公室,可是门卫不准他进去。门卫甚至想把他抓起来,禁不住他的软磨硬泡,他最终还是进去了。

这是一次很好的会面。朱赫来也被炸去了一只胳膊,他们两个当时就谈妥了工作。朱赫来对他说:

"你现在还不能到前线去。先在这儿帮我搞肃清反革命工作吧。明天就来报到。"

和波兰白军的战斗结束了。当时红军已经打到了华沙城下,因为过多的人力损伤、物力缺乏,同时又远离自己的大本营,没能攻下最后的堡垒就撤回来了。波兰人称这次红军撤退为"维斯瓦河上的奇迹"。这样一来,地主的白色波兰又可以存活一段时期了,而成立波兰苏维埃社会主义共和国的希望在短时间内也不能实现了。

国家流血过多,需要暂时的休息。

保尔没能实现回家探望亲人的愿望,因为谢佩托夫卡又被波兰白军夺去了,并把它变成了敌我临时分界线,和平谈判已开始进行了。保尔没日没夜地在肃反委员会工作,朱赫来的房间变成了他的宿舍。他听说波兰白军占领了谢佩托夫卡,心里非常焦急,对朱赫来说:

"费奥多尔,这可怎么办呢,如果就这样妥协的话,我母亲岂不是要留在国外了吗?"

朱赫来安慰他说:

"边界准是沿着哥伦河划分的,谢佩托夫卡保证是我们的。你就等着吧。"

许多兵力由波兰前线调到南部去了。当时共和国的所有兵力都集中到了波兰前线,让弗兰格尔钻了空子,带领他的匪帮从克里木爬过来,沿着第聂伯河向北推进,压到了叶加特林诺斯拉夫省。

既然和波兰的战争已结束,就把军队调往克里木,用以捣毁这个反革命的最后老巢。

列车不断地沿着基辅向南开去——车上装满了士兵、车辆、炊具和大炮。保尔所参加的铁路肃反委员会也忙得晕头转向。不断地有列车汇集这里,车站挤得满满的连一条空轨也没有,因此出现了交通阻塞。收报机里不停地传出许多最后通牒似的电报,要委员会让路给这个或那个特别的师。这种电报发个没完,都是同样的语气,同样的措辞,甚至还加上这样的警告:如不执行,将送交军事法庭审判。

铁路肃反委员会的职责就是保障军运畅通。

各个部队的指挥员都急匆匆地往这儿跑,一边挥动手枪一边坚持说:某某军司令员已发某某号电报,让他们的列车先行。

他们谁都不想听"不行"。而他们却都说:"不行,我们得先开。"然后就是一场激烈的争吵。在碰到特大的难题时,就赶紧搬出朱赫来坐镇,气势汹汹要动枪的人们立刻就不敢作声了。

那钢铁般的形象,沉着冷静的态度,不容别人分辨的声音,叫那些指挥员只得把手枪缩回去。

就因为肃反委员会这繁忙的公务使保尔受伤的脑袋很是吃不消。

他时常感到头如针扎般的疼痛,但他还坚持在月台上跑着。

一天,他突然碰到了谢廖沙。

谢廖沙不顾一切地从装满弹药箱的敞车上往下跳,差一点撞倒保尔。

他们紧紧地抱在一起。

"保尔,你这小子,我一下就认出你来了!"

这两个好朋友激动得不知说些什么好。因为分手以后经历了太多事情!

他们互相问着,可又没等对方回答自己就说出来了。

他俩差不多到了忘乎所以的境界,连汽笛声都没听到,直到车轮转动起来,他们才猛然醒悟。

没办法,刚刚见面就得马上分手。

火车渐渐地加速了。

谢廖沙担心赶不上车,匆匆告别后,沿着月台向前跑去了。

他抓紧一辆车厢的把手不放,车上的战友们拉了他一把,上去了。

保尔呆呆地站在那,看到这一幕,猛地想起了瓦莉亚。

唉,怎么忘了呢?真是晕过了头!

谢廖沙至今还未回过家乡谢佩托夫卡,所以对家中发生的事一无所知。

保尔对自己说:

"他不知道也好,免得路上难过。"

然而,更没料到的是,这次会面竟成为他们的诀别。

迎着秋风站在车顶上的谢廖沙也没有料到,他正在一步步向死神靠拢。

战士多罗申克穿着件背后被火烧个大洞的军大衣劝谢廖沙说:

"快坐下吧,谢廖沙,风太大了。"

谢廖沙很风趣地笑了笑说道:

"没关系,风是我的老朋友,让它畅畅快快地吹吧。"

一个星期后,第一次战役打响了。

谢廖沙就倒下了,永远地倒在了乌克兰秋天的原野上。

他被远处飞来的流弹击中了。

中弹后,他感觉到了,哆嗦一下。仍继续往前冲,可胸口却像被烧红的钉子钉上了似的钻心地疼。

他没有喊,只是身体晃了一下,双臂紧紧地抱住胸口。

随后就弯着身子,猛地一跃,那僵硬的身体摔了下去。

那对失神的蓝眼睛,遥望着无际的田野。

肃反委员会的工作严重地影响了还没完全康复的保尔的身体。

伤口又疼起来了。

在熬了两个通宵后,坚持不住又失去了知觉。

于是,保尔跟朱赫来说:

"费奥多尔,你是不是该给我换个工作啦?我想到铁路工厂重操旧业,否则的话,我会把这儿的工作给耽误了。医务委员会的人说我不适合在这儿工作,可这儿的事情比前线还紧张。这两天兜捕苏蒂里匪帮的工作简直把我累得疲惫不堪。费奥多尔,你看我连站都站不稳了,还怎么能胜任这里的工作呢。"

朱赫来关切地注视着他说:

"你的身体是太虚弱了,平日里我应该多关照你,都怪我太粗心了。"

于是,保尔拿着一张证明到共青团省委去了。

一个故意把鸭舌帽压到鼻梁上的调皮小伙子,看了介绍信后,朝保尔挤了挤眼睛说:

"肃反委员会出来的,嘿,那可是个好地方!好,我立即给你派工作,这正缺人呢!"

"您想到哪儿?省粮食委员会?不愿意?那就算了。到码头宣传站吧?也不愿意?喂,你真笨,那可是个肥差。"

保尔打断他的话说:

"我想到铁路总厂去,到铁路上去。"

那个青年人有些不相信自己的耳朵,盯着他说:

"到铁路总厂?嘿,……那儿可不缺人。那你就去找乌斯季诺维奇同志吧。她保证给你安排个位置。"

他和那不太白皙的姑娘谈了一会,就决定了!到铁路总厂担任不脱产共青团书记。

就在这段时间,联结半岛和大陆的重要通道的大门,也就是以前克里木的鞑靼人和扎波罗什的哥萨克部落的分界线上,波兰白军又建起一个非常坚固的堡垒——彼列科夫。

来自全国各地被驱逐的,而且注定了要被消灭的旧社会的残渣,都把彼列科夫后面的克里木当作绝对安全的避风港。

他们在那里肆无忌惮地为所欲为,寻欢作乐。

一个阴冷潮湿的秋夜,成千上万的红军战士,蹚着刺骨的海峡水,夜渡锡瓦什湖,计划从背后歼灭躲进坚固堡垒中的敌军。

伊凡·扎尔基就是这成千万人中的一员。此刻,他把机枪架在脑袋上,正小心翼翼地前进着。

天刚蒙蒙亮,先遣部队就已渡过了冰冷的锡瓦什湖。他们从正面向敌人发起猛攻。

彼列科夫马上就是一片喧嚣的景象。

伊凡·扎尔基也是先头登陆部队的一员。

一场前所未有的残酷的血战打响了。

白军的骑兵疯狂地朝先头部队冲杀过来。

扎尔基的机枪喷射之处,充满了死亡的气味。枪林弹雨中人马堆积如山。

扎尔基飞速地,一次又一次地装着机枪子弹盘。

几百门大炮在彼列科夫狂吼起来,刹那间,千百发炮声尖锐地响彻云霄,随之而起的无数碎片,伴随着无数的死亡。

脚下的大地如同天崩地裂般地震撼着。

大地被硝烟弥漫了,泥土在翻飞着,遮住了天空……

毒蛇终于被制服了!

红军如汹涌的波涛涌进了克里木!

红军骑兵第一军的将士们勇猛顽强地出击,打得波兰白军狼狈不堪,仓皇逃遁的败匪们惊慌失措地挤上汽船,逃出了海港。

共和国的金色红旗勋章被挂在那褴褛的制服上,挂在那心脏怦怦跳动的地方……

机枪手伊凡·扎尔基也获得了一枚红旗勋章。

同波兰的和约正式签订了。

正如朱赫来所料,谢佩托夫卡仍旧归属苏维埃乌克兰,边界是沿河而划的,距小镇约三十五公里。

1920 年 12 月一个值得纪念的早晨,列车将保尔带回了他日夜思念的家乡。

他站在铺满白雪的月台上。

当他看到"谢佩托夫卡"的站牌后,就拐到左边的调车场了。

在那里他没能找到哥哥。

于是他扣上外套,穿过树林,急匆匆地朝镇上走来。

他的母亲听到有人敲门,就应了一句:

"请进!"

一个身上沾满雪花的人出现了。

母亲一眼就认出了自己的儿子。她双手捂着胸口,高兴得连话都说不出来了。

她把自己那瘦小的身体紧紧地贴着儿子的胸膛,不停地亲吻着。

她流下了幸福的泪水。

保尔也抱紧母亲,因为忧伤和日夜的期盼,母亲的脸消瘦了许多,他心中很不是滋味。经历了这么多苦难的日夜,终日记挂着儿子安危的脸上已满是皱纹。

他说不出话来,静静地看着母亲。

饱尝艰辛的老人,马上眉开眼笑了,那双曾满是忧伤和愁苦的眼睛又现出了幸福而祥和的光亮。

保尔在家的日子里,母亲怎么看他也觉得看不够,她根本就没想到今生今世还会见到他。

母亲对儿子有说不完的话。

三天以后的一个夜里,哥哥也背个包袱回来了。

母亲的喜悦简直无法形容。

柯察金一家又团聚了。

这两兄弟经受了战火的洗礼与磨难而幸免于难,现在又聚在一起了。

"你们今后有什么打算?"

母亲对两个儿子说,

阿尔焦姆回答说:"我还干老本行,妈妈。"

保尔在家只住了短短两个星期,就返回了基辅,因为那儿的工作需要他。

第二部

1

深夜。一辆末班电车早早就带它那破旧的车身返回车库了。凄凉的月光倾泻大地。窗台、床上都被一层淡淡的蓝色所笼罩,房间的其他地方也都若明若暗。房间角落的一张桌子上,台灯还亮着。丽达正在全神贯注地写日记。只见细细的铅笔尖灵活地在本子上滑动:

五月二十四日

今天,又想记下一些最近的感受。前面已是空白一片,已有一个半月一字没记了,也只好让以前的空着了。根本没时间来写。现在已是夜深人静了,我才有时间拿起笔。现在的我毫无睡意。谢加尔同志明天就去中央工作了。听到这个消息我们都很伤心,他是个优秀的同志,现在我才体会到他的友谊对我们大家是多么珍贵啊!

他这一走,辩证唯物论小组自然也就群龙无首。

昨天,直到深夜,我们都仍在检查那些"辅导对象"的成绩。

共青团省委书记阿基姆也在场,还有那个令人厌恶的登记分配部部长——屠弗塔。我就是看不惯这位"万能博士"!

谢加尔兴奋不已,因为在党史方面,他的学生保尔很出色地驳倒了屠弗塔。

看得出,这两个月的时间没白费,成就显著,他自然高兴。

听说要调朱赫来去军区特勤部,真让人搞不明白。

谢尔加把保尔交给我。

还特别交代:

"你接替我教他,千万不能半途而废。丽达,不管是谁都有不足之处。这个年轻人还没能完全克服自由散漫的缺点,他那满腔的热情在生活中只会让他走弯路。

"丽达,凭我的观察,你做他的指导员,是再合适不过的了,我祝你成功。记着到莫斯科给我写信啊。"

这是他临别时的叮嘱。

团中央新委派的索罗缅卡区委书记——扎尔基今天来了。

我过去在军队时就认识他。

明天杜巴瓦就要把柯察金带来了。

我先来描述一下杜巴瓦这个人:

他中等身材,肌肉发达,身强力壮。于1918年入团,1920年入党。

他是因站在"工人反对派"的立场上而被撤销共青团省委委员职务的三个人中的一员。辅导他可不是件容易事。

他跟我的第二个学生尤列涅娃总有矛盾。前一天上课的时候,杜巴瓦就打量着尤列涅娃说:

"我说老太婆,你的服装还不够合格。既然穿军装,就要皮带、马裤、马刺,布琼尼式尖顶军帽这些东西装备齐全再挎上马刀,否则的话就'四不像'了。"

尤列涅娃也不肯落后,我只好从中调和。

杜巴瓦好像和柯察金是朋友。

今天就到此为止了。

我该睡觉了。

火一样的太阳炙烤着大地。

车站天桥的栏杆都晒得发烫了。

一群人疲惫地走上天桥,他们被晒得快睡着了。

他们不是旅客。

从铁路员工住宅区到城里去,多半的人走天桥。

保尔到天桥的制高点时看见了丽达。

她已经到了车站,正眺望着从桥上走下来的人们呢。

保尔走到离她三步远的地方停住了。

但她还没看见他。

他怀着好奇心打量着她。

她穿着条格布衬衫,蓝色粗布短裙。一件柔软的短皮上衣搭在肩上。那张被晒黑的脸衬着蓬松的头发。

她站在那,头稍稍抬起,太阳刺得她眯起双眼。

保尔第一次用平素少有的眼神看着他的同志兼老师。此时此刻,他也第一次意识到,她不仅是个团省委的委员,同时也……

当他意识到自己这种荒诞的想法时,就马上自责起来,并赶紧上前打招呼:

"喂,我都在这儿站了一个钟头了,你还没发觉。我们走吧,火车都进站了。"

他们走入检票口。

昨天省委指派丽达出席一个县的团代会,派保尔给她当助手。

他们今天必须动身,乘火车去。

现在坐车可不容易,车辆少,开车的时间都控制在全权掌握交通管制五人小组手上。得不到小组的通行证,任何人都休想进站。

所有的进出口都有该小组的卫兵把守。

人挤得满满的,一列车最多也只能带走十分之一急于要走的人。

没有人愿留下,因为发车的时间一点谱都没有,没准一等就是好几天。

成千上万的人疯狂着拥进,试图挤进拥挤的列车车厢。

这段日子以来,车站一直是人满为患,打架的事件屡屡发生。

保尔和丽达想挤进月台,可怎么也挤不动。

保尔对这里的地况非常清楚,领着丽达穿过行李房来到了月台上。

他俩费了好大劲才挤到四号车厢跟前。

车厢门口站着一个汗流满面的肃反委员会的工作人员,他反复强调说:

"所有人都听好,车上已经没有地方了,上面有令,禁止站在车厢连接处和车顶上。"

心急火燎要上车的人们潮水一样向他冲过来,气呼呼地将交通管制五人小组所发给的四号乘车证塞到他鼻子下。每一节车厢都是如此,争论、叫骂,人声鼎沸。看来,要用通常的办法坐这趟车是行不通了,但是保尔和丽达却是必须走,否则的话,就要错过大会召开的日期了。于是,保尔将丽达叫到一旁,告诉了她自己的行动方案:他先设法挤上火车,随后再打开窗子,把丽达由窗口拉进去,除此之外,别无办法。

"把你的短皮外套交给我,它可比任何特殊乘车证的效果都好。"保尔说。

他把丽达的皮外套往身上一穿,手枪往口袋里一别,有意将枪柄留在外面。然后他又把装着食品的旅行包放在丽达旁边,独自一人向四号车厢走过去。他很粗鲁地推开其他旅客,一只手抓住了车扶手。

"喂,同志,你去哪。"

那位工作人员向保尔问道。

"我是本区特勤处的。马上要检查一下旅客的乘车证。"

那人看到他的手枪柄,擦了擦额头的汗说道:

"好啊,能挤进去,你就查好了!"

他使尽全身力气把旁边的人推挤开,甚至拳打脚踢,时而还利用上层的铺位吊起身子,从别人的头上晃过去。

尽管惹来无数的责骂,他总算到了车厢中间。

"你这该死的,还想往哪挤?"

当他从上面下来时,一脚踢中了一个胖女人的膝盖,她毫不相让地向他骂道。

这个胖女人足有二百多斤,像个大肉球,勉强挤在下铺的边上,一只油桶夹在两腿间。

所有的铺位都放些铁桶、箱子、口袋和筐子一类的。

整节车厢憋闷得让人透不过气来。

保尔没理她,还问她:

"女公民,有乘车证吗?"

"什么乘车证?"

胖女人恶狠狠地反问道。

这时上铺一贼头贼脑的家伙,扯开破锣似的嗓子喊道:

"瓦西卡,给他点厉害瞧瞧,这个混蛋打哪冒出来的?"

保尔的头顶上,一个长满胸毛的大个子露出头来,大概是那个叫瓦西卡的。他瞪了保尔一眼。

"怎么竟找妇女的麻烦?你要什么票?"

旁边的铺位上同时伸下来八只脚,这些脚的主人勾肩搭背靠着,悠然自得地嗑着瓜子。

很显然,这是一伙在铁路上经常往来的投机商。

保尔可没时间理他们,让丽达上车才是正经事。

"这是谁的?"

他指着窗口旁边的木头箱子问一个上了年纪的铁路工人。

"唔,就是她的。"指了指另一个胖女人的两条大腿。

必须得打开窗户,不然的话丽达无法上车。但是木箱挡住了去路,也没处保尔提起箱子交给她的主人说："请你先拿一会儿,公民,我要打开窗子。"

"你怎么随便动别人的东西。"当他把箱子放到她大腿上时,那塌鼻子女人叫道:

"季莫卡,看看什么人在捣乱?"她对邻座说。

那个邻座就在上面借势踢了保尔后背一脚,骂道:

"滚开,你这癞皮狗,不然我砸死你!"

保尔咬着嘴唇忍着怒火和疼痛,打开了车窗。

"同志,请您稍稍让开些。"

他很客气地请求那老铁路工人。

保尔又挪了挪铁桶,腾出点地方,终于站到了车窗口。

丽达早已等待多时了,她赶紧把旅行袋递给保尔,保尔顺手往胖女人腿上一扔,立即把身子伸出去,抓住丽达的手,把她拉上来。

一个值勤的红军战士看到这行为,刚想阻拦但为时已晚,见丽达已到了车厢里就气呼呼地走了。

丽达一上来,那群奸商们就哄了起来,弄得丽达很是尴尬。

她没处站,只好手搭在上座,踩在下铺的边角儿上。

周围传出一阵谩骂。

那个破锣似的嗓子又叫声来:

"瞧这混蛋,自己爬进来还不行,又弄进来个婊子!"

上面又一个看不见脸的人酸溜溜地喊道:

"季莫卡,照鼻子给他一拳!"

上面的塌鼻子女人也总在找机会,想把木箱子压到保尔头上。

很明显,这是一群坏蛋。

保尔见丽达站在那儿,非常后悔让她到这儿来,可是总得想办法帮她找个位置。

于是他朝那个季莫卡说道:

"公民,请把你的东西从过道挪开点,还有个女同志站着呢。"

那家伙却骂了句非常下流的脏话。

保尔的右眉上边针扎似的疼起来,他强忍着控制住自己,严厉地说:

"卑鄙下流,你骂这话,就不怕遭报应?"

立刻就有人从上面朝保尔的头踹了一下。

"瓦西卡,给他点厉害瞧瞧!"

这群人如疯狗似的咬开了。

这样,压在保尔心中的那股怒火再也无法忍受,腾地蹿了上来,他发脾气的动作和平时一样的快速而激烈。

"你们这群可恶的东西,也太欺负人了!"

保尔两手一撑,"蹭"地一下像弹簧似的蹿到了中铺,抬手就给季莫卡的丑恶嘴一拳。由于用力过猛。那家伙一下子滚下去,栽到过道的人头上。

保尔用枪指着上铺那四个人的鼻子,严厉喝道:"一群混蛋,全都给我滚下来,不然我要了你们的狗命!"

这样一来,局势发生了变化。

此时丽达也在密切注视着周围的情况,如果有人攻击保尔,她就打算开枪。

上铺的人都老老实实地下来了,见情况不妙,这帮贼眉鼠眼的家伙赶忙溜到隔壁车厢去了。

保尔把丽达安置在一个刚腾出的空位上,轻轻地对她说:"你先呆着,我去找他们算账!"

丽达赶紧阻止道:

"你还要去跟他们打架吗?"

"不,我出去一下马上就来。"他安慰她说。

保尔又从车窗跳了出来。

几分钟以后,保尔来到老领导布尔麦斯捷尔的办公室。

布尔麦斯捷尔听了他的汇报,立刻命令手下人检查四号车厢。

"我早说过,总是列车还未进站,车厢里就挤满了扛包的商贩。"布尔麦斯捷尔恍然大悟地说道。

由十个肃反工作人员组成的检查组,把四号车厢来了个彻底清查,保尔也帮忙了,仍像以前在肃反委员会工作那样,帮着检查了这趟列车。虽然他离开了肃反委员会,但和朋友们还时常联络。在他做共青团书记之时,也曾派过很多优秀团员到铁路肃反委员会帮忙。

检查完了,他才回到丽达身边。

车厢里换了些新乘客——出差的干部和红军战士。

他只能在最下层的角落里给丽达找了个座位,旁边堆满了成捆成捆的报纸。

"这回好了,将就坐吧。"丽达说。

列车总算开动了。

这时,车外的那个胖女人正坐在一堆口袋上叫道:"曼卡,我的油桶在哪?"

丽达和保尔坐在一个小角落里,他们中间隔着一捆捆报纸和座位,一边想着刚才发生的事,一边大口地嚼着苹果和面包。他们心情都很好。

列车在缓慢地开着,由于久未修检,又严重地超载,发出咯吱咯吱的响声,车轮到了铁轨的交接处就震一下。

傍晚时,车厢也暗了下来。

又过了一会,夜幕完全降临了,车厢里一片漆黑。

丽达太累了,靠着旅行袋便打起盹来。

保尔坐在座位边儿,耷拉着两腿在吸烟,实际上,他也很累,可已没有地方能容他躺下休息了。

夜晚的冷风嗖嗖地从窗外吹进来……

车身的震动使丽达惊醒了,她迷迷糊糊地感觉到了保尔抽烟的红光。

"他想必是要这样坐到天亮;显然他不好意思靠近我,怕我不好意思"。

丽达心里这样想着,便以随意而又落落大方的口吻说道:

"柯察金同志,请您让那小资产阶级礼貌见鬼去吧,来,你也躺一会吧。"

保尔便挨着她躺下了,很惬意地舒展了一下他那浮肿的双腿。

"明天还有很多工作等着我们呢,快睡吧。你这爱打架的家伙。"

她用胳膊亲热地搂着他。

保尔感到了她那柔软的秀发正贴着自己的脸。

在保尔心中,丽达就像天上的神一样,只能远远望着。

她是他志趣相投的朋友和同志,也是他的政治指导员。

但她终究还是个女人!

这一点,他今天在天桥上才第一次感觉到,所以,她的搂抱使他产生了一种冲动。

他能清晰地听到她那均匀的呼吸,她知道她的嘴唇离他很近。

保尔有种很强烈的愿望——想去亲吻她。

然而,还是他那超常的意志阻止了他。

丽达似乎猜到了保尔的想法,她在偷偷地笑着。

她早已经历过爱情的幸福和失去爱人的悲伤了。

她的爱曾经献给过两个布尔什维克,而他们都被白匪军夺去了生命。

一个是高大魁梧,仪表不凡的旅长,一个是长了一双明亮而温柔的蓝眼睛青年。

车轮那平稳的节奏很快就把保尔带进了梦乡。

第二天早晨,是汽笛声叫醒了他。

丽达很晚才回房间来。

她打开那不常用的日记,写下这样几段:

八月十一日

省代表大会闭幕了。

阿基姆、米海洛和其他一些人都去出席哈尔科夫的乌克兰代表大会去了。

工作全都压在了我身上。

杜巴瓦和保尔也收到了列席团省委会的通知。

从杜巴瓦担任佩切尔斯基区共青团书记之日起,就没再来上过下午的课。他的工作太忙了。

保尔倒是还想上课,可不是我没空,就是他被派到某个地方去。由于铁路情况严重,他们经常出去。

扎尔基在昨天到我这儿来过,他对我们从他那儿调了些人很不满意,他说他们也很需要人手。

八月二十三日

今天在走廊里,我从远处看见管理处门口站着三个人:潘克拉托夫、保尔和一个我不认识的人。

当我从他们面前经过时,听保尔说:

"那边都是些地道的坏蛋,都枪毙了也不足为惜! 他们说:'你们有什么权力来干涉我们。这儿有铁路林木委员会来管,用不着你们共青团来操心!'瞧他们那副德性……这帮寄生虫总算找到了藏身之地!"

接下来又听到些不堪入耳的咒骂声。

潘克拉托夫看见我过去,就用胳膊肘碰了一下保尔。

保尔回头一看是我,脸都白了。

他连眼皮都没敢抬一下,转身就走。

这下他可能会很久不来这儿了,因为他知道,我是不喜欢听到有人骂人的。

八月二十七日

今天,召开了一次党委秘密会议。

形势越来越复杂了。

我已经来不及记下所有的情形——不许可。

阿基姆从县里来了。

他很焦急,昨天的运粮车在帖帖列夫又偏离了轨道。

我真想把日记本丢到一边去,总是些零零碎碎的事情。

我在等柯察金。今天我见过他,他正和扎尔基等五人在组建一个公社。

一天中午,工厂里的人叫保尔接电话。

那是丽达打来的电话。

她告诉保尔今晚有空,让他去她那儿,继续上次没谈完的话题:巴黎公社失败的原因。

晚上,保尔到了大学环路那座房子的门口。看见丽达的屋里亮着灯。

他跟平常一样,迅速地跑上楼梯,敲了敲门,没等有人答应,就闯了进去。

在那张任何男同志不敢沾边的床上,躺着一个穿军装的男人。

他的手枪、行军袋和带着星徽的军帽都扔在桌子上。

丽达坐在他旁边,胳膊紧紧地搂着他。

俩人谈笑风生。

听见有人进来,丽达立刻转过那张充满幸福的脸……那军官也连忙推开了丽达的手,站起来。

"让我来介绍。"

丽达拉着保尔说。

"这是……"

"达维德·乌斯季诺维奇。"

那军官边作自我介绍,边握住保尔的手,他语气随和,神态自如。

"没想到,像一阵风吹来的。"丽达笑着说道。

保尔很冷淡地和他握了手。

说不出的委屈和妒忌之情在他眼前像火石一样闪过。

他瞥见了达维德袖子上的正方形军衔标志。

丽达刚想说什么,保尔却打断了她:

"我来只是想告诉你,我得赶到码头卸木材,你不用等……刚好你还有客人。我走了,同志们还等着我呢。"

保尔匆匆地来,又立刻不见了。

保尔那急速的脚步声渐渐远去了。

下面的大门传来咣的一声,一切又都恢复了平静。

"他一定发生了什么事。"

丽达面对达维德那吃惊的眼神,语气含糊地解释着。

在天桥下边。

一辆机车正呼哧呼哧地叫着。

它那粗壮的肺管里不停地喷出团团的火星,火星疯狂地往上冲,没多一会儿,就消失在黑暗中。

保尔倚着天桥的栏杆,望着岔道上各种闪光的信号灯,眯起眼睛对自己说:

"柯察金,我真弄不懂,你为什么不能接受丽达有丈夫呢?难道她说过自己没丈夫吗?即使她说过,又与你有什么关系呢?为什么对突来的事情这么难受呢?更何况你不是一直把这种关系只当作自己的精神伴侣吗?……你怎么能如此冲动呢?"他讥笑自己,"假如那人不是她的丈夫呢?比如说,是她的弟弟或叔叔,如果是那样,那你就做了一件糊涂事——毫无理由地让一个人下不来台。很明显,你是个不折不扣的粗人,起码的尊敬都没有。可以打听一下那个人是不是她的兄弟。如果真是她的兄弟或叔叔,那你还有什么脸当面跟她说明呢?算了,以后就不要去她那儿啦。"

汽笛声打断了他的思绪:

"天不早了,也该回家了。别再浪费脑筋去想那无聊的事情啦。"

在索洛缅卡(这是铁路工人区的名称)组成了一个五人的小公社。他们是扎尔基、保尔,快活的金发捷克人克拉维切克,调车场共青团书记尼古拉·奥库涅夫和斯焦帕·阿尔丘欣,他是铁路肃反委员会委员,不久前还在修理厂当司炉。

他们弄到一间房子,下班后忙着擦洗、粉刷和油漆,忙了三天。他们提着大水

桶忙来忙去,弄得邻居还以为着火了呢。他们用木板搭成床,麻袋里塞些从公园里拾来的枫叶做成床垫。到了第四天,房间就收拾好了。在耀眼的白墙上,挂着彼德罗夫斯基的肖像和一幅大地图。

他们在两面窗户之间搭了一块搁板,上面摆了一堆书。把纸板钉在木箱上做成凳子,另一只大木箱当做柜子。房间中央摆放着巨大的、撤去呢子面的台球桌,这是从公用事业局抬来的。白天当桌子使,晚上便成了克拉维切克的床。他们还把各人的东西都搬进来。很富管家才能的克拉维切克列了一张公社资产的清单。如果不是其他几人反对,他还想把它贴到墙上去呢。如今房间里的一切都是公共财产——工资、口粮和偶尔收到的包裹,都要分成五等份。唯有武器还是各人的私产。公社社员一致同意:如有社员不遵守关于取消私有制的决定或对同社社员有欺瞒行为的,都将被开除。奥库涅夫和克拉维切克还要求在末尾标上:并立即逐出。

区共青团的积极分子都来参加了公社的成立庆典。他们从邻居家搬来一个大茶具,又把公社所有的糖精都拿来泡茶。喝过茶以后,大家就一起唱起来:

> 茫茫的世界尽染血泪
> 我们终生痛苦难捱
> 可总有一天……

烟草工厂的塔莉亚当指挥。她的红头巾向一边稍稍歪去,长着一双像男孩一样调皮的眼睛。可是却没人能够跑过去仔细瞧瞧她那对调皮的眼睛。塔莉亚·拉古京娜的笑声很迷人。这个十八岁的糊烟盒的女工,却能用那青春的明亮的眼光来展望人生。她的手一举起来,歌声便像铜号一样响起来:

> 我们的歌声四处飞扬
> 我们的旗帜全球飘扬
> 四海飘扬,辉煌明亮
> 那是我们的鲜血在发热发光……

大家散去时已夜深人静了,欢快的谈笑声回荡在寂静的街道上。

扎尔基接过电话。

"安静,弟兄们,我一点也听不清!"他朝挤在团区委书记办公室里地说个不停地共青团员们喊道。

声音戛然而止。

"喂,请讲话。呵,是你,是你,马上开会。你问会议讨论什么?还是那件事——从码头上搬运木材,什么?他没被派出去。就在这儿,你叫他吗?好的。"

扎尔基朝保尔招招手。

"乌斯季诺维奇同志要和你讲话。"他把听筒交给保尔。

"我以为你不在,到其他地方了呢。今天晚上我恰好有时间,你过来吧。我兄弟路过这儿,顺便看看我,我们已经两年没见面了。"

啊,果然是她的兄弟!

保尔没再往下听,他想起那天晚上的鲁莽事以及随后在天桥上的决定。是啊,今晚应该去看看她,消除他们之间的矛盾之源。爱情给人带来太多的麻烦和不安。现在还不是谈情说爱的时候。

听筒那边还有声音:

"怎么啦,你听见我的话了吗?"

"嗯,嗯,听见了,好的,开完会我就去。"

他挂了电话。

他注视着她的眼睛,紧抓住那橡木桌子的边沿说:

"我以后也许不能再来你这儿了。"

他说完,立刻看见她耸了一下浓密的睫毛。手中画着的铅笔也搁在笔记本上,不动了。

"这是为什么呢?"

"时间越来越不够用了。你也清楚,我们现在的日子多艰难。可惜,我必须把学习的事放到以后吧……"

他听着自己的话语感觉到最后的几句话还不够果断:

"为什么不痛快些呢?这就说明,你还是没勇气把心里话都吐出来!"

他想到这儿,又坚定地说下去:

"另外,我还有件事很早就想告诉你——你讲的,我还不能完全消化吸收。以前跟谢加尔同志学习时,我都能领会,可跟你学习却怎么也不行。每次回去,我还得去托卡列夫同志那儿补习一遍。我的脑袋不好使,你还是再找一个脑子好用一点的学生吧。"

他躲开她的视线。

为了不给自己留下退路,他又固执地说:

"所以,没必要再浪费大家的时间了。"

他站起身,一只脚小心地把椅子往后挪了挪,然后在灯光下顺势从上往下看看她那低垂的头和失去血色的脸。他随手戴上帽子,说道:

"好吧,丽达同志,再见了!这些天我没早点跟你讲,非常抱歉。这都怪我。"

丽达木然地把手递向他。保尔突然变得如此冷漠,令她吃惊。她很艰难地说:

"保尔,这不怪你。既然我过去所做的不能令你满意,没能让你了解我,那么弄到今天这个结果,也只能怪我自己。"

他的两脚像灌了铅一样挪动着。他轻轻推开门。到门口,又站住了——现在回去还来得及,对她倾诉……但是,为什么那么做呢?为了从她那儿得到看不起的回绝,丢了脸以后再离开吗!不!

铁路支线上堆满了废弃的车厢和不能跑的机车。被风卷起的木屑飞扬在空旷的木材场上空。

奥尔利克匪帮像凶猛的山猫一样,出没在城的四周与茂密的树林和深深的峡谷里。白天,他们躲在附近的村庄或是森林里的养蜂场,夜里就偷偷地爬到铁路线上,伸出他们的爪子毁坏路轨,然后再爬回窝去。

列车出轨的事经常发生。车被摔个粉碎,睡梦中的旅客被压成肉饼,宝贵的粮食、鲜血和泥土混在一起,令人惨不忍睹。

奥尔利克匪帮经常偷袭平静的村镇,吓得鸡飞狗跳。偶尔也有几声枪声,双方在镇苏维埃白色房子外一阵对射,刺耳的枪声像踩断了枯树枝一样。而后匪徒们又骑着壮马在村里四处乱闯,逢人便砍,他们挥动着军刀,砍起人来就像劈木柴似的,狠狠地一刀下去。他们为了节省子弹,很少开枪。

匪徒们的行踪诡秘。四处都有他们的眼线,奸细们利用神父的房子和各处富农气派的庭院作掩护,监视着镇苏维埃的白色小房子。消息便这样传到了森林深处。子弹、鲜肉和淡蓝色的原汁酒也靠这条途径传送进去,各处收集来的情报,先是秘密地告知小头目,再由他们通过极其繁琐的网络,传给奥尔利克本人。

这伙匪帮加起来不过才两三百个杀人成性的恶魔,可好几次想消灭他们都失败了。他们分成许多小股人马,同时活动在两三个县里,要想一网打尽是不可能的。他们夜里做些匪徒的勾当,白天却装扮成老老实实的庄稼人,在自家的院子里闲坐着或是喂喂马,面带微笑地到大门口抽支闲烟,可也忘不了狡猾地打量着过往的红军骑兵巡逻队。

亚历山大·普兹列夫斯基率领自己的部队,夜以继日地奔波于三县之间。他们在做清剿工作,凭那顽强的毅力有时也能有些收获。

一个月后奥尔利克撤走了两个县里的匪徒,他们被逼缩到一个狭小的圈子内打转转。

城市的生活又恢复了往日的平静,五个市场里全都沸沸扬扬,喧闹嘈杂。他们在这里做着两种事情:一是漫天喊价,二是就地还钱。形形色色的骗子在这里都如鱼得水。许多机灵的人们像跳蚤一样不停地跳动着。他们的眼睛已让人看出:良知已从他们身上失去了。这里如同一个垃圾堆,堆满了整个城市的垃圾,骗子们都为一个共同的目的而来,那就是骗乡巴佬。仅有的几辆火车,每次都能运来一堆堆的扛着大包小包的人。这些人,下了火车就直奔市场而去。

到了晚上市场里的人都走光了时,白天做买卖用的一列列漆黑的货架子和那些小胡同都变得阴森恐怖。

每个小商亭后面都可能有险情发生。到了夜里胆子再大的人也不敢靠近这阴森森的地域。这儿的夜里,经常有人"啪"的一声就被打死了。等到附近站岗的民警结伴赶来时(因为一个人不敢出动),除了一具扭曲变形的尸体之外,没有留下任何痕迹。杀人的凶手早已逃之夭夭,可市场区的所有居民却都从睡梦中惊醒,惶恐不安。市场区的对面就是七星电影院。那里的街道却灯火通明,人头攒动。

电影院的放映机在吱吱地转个没完,银幕上出现一对决斗的情敌。电影结束了,观众中发出一阵怪叫声。不论城里还是城外,人们都在正常地生活,就连革命政权中枢——党的省委会,也是一如既往地生活着,可这种平静只是暂时的。

在这个城里,一场风暴马上就要席卷而来。

知道消息的人的确不少,他们是笨拙地把步枪藏在乡下人的"长衫里"蒙混进城的人,是那些装成小商贩坐车进城,但下了火车不去市场的人,他们凭着印象,扛着口袋去某一条街道和某些住宅的人。

而那些工人,甚至工人区的布尔什维克,也还都被蒙在鼓里,丝毫没感觉到这场即将到来的风暴的气息。

城里,只有五个布尔什维克知道事情的真相。

被红军轰到白色波兰区域内的彼得留拉的残匪,正跟住在华沙的外国使节们串通一气,准备发动一次暴动。

彼得留拉残匪们偷偷地组成了一支突击队。

中央暴动委员会在谢佩托夫卡也安排了自己的力量,共四十七人,其中多数是从前顽固不化的反革命败类,由于当地肃反委员会过分地信任他们,才使他们没被关押。

瓦西里神父、文尼克少尉和库齐缅科军官,都是这个组织的小头目。而神父的两个女儿,文尼克的兄弟和父亲都是这个组织的间谍,潜伏在执行委员会内部的办事员萨莫蒂尼亚也在为他们卖命,替这个组织做情报工作。

他们决定在暴动当天的夜里炸毁城防特勤处,解救在押的囚犯,如果时间允许,还将攻占火车站。

他们选定一个大城市作为暴动的中心,军官们正偷偷地云集此地;各处的匪帮也都转移到本城周围的树林里来。信息将从这里,通过他们的爪牙,传给罗马尼亚和彼得留拉。

军区特勤部的水兵朱赫来已经熬了六个日夜了。他就是知道详情的五个布尔什维克之一。朱赫来正在感受着一个猎人在监视正要扑来的猛兽时的紧张心情。

现在还不能叫,不能惊着它。一定要打死这吸血的野兽,才能过上太平的生活,才用不着提心吊胆地生活。一定不能惊动它。只有具备必胜的信心和十足的把握,才能在决战中立于不败之地。

时间越来越紧迫了。

在城里的某处,敌人已经秘密决定:明晚行动。

可那五个早知详情的布尔什维克却先行出击。他们的决定是:"不,今天晚上就开始。"

当晚,一辆装甲火车没拉汽笛,便悄无声息地离开了调车场,又悄悄地关上车场大门。

直通电报线路在忙着传递密码,凡是电报波及到的地方,共和国的卫士们都没了睡意,准备马上开始端匪徒的老窝。

阿基姆打电话给扎尔基说:

"支部会议安排好了吗?是吗?很好。你和区委书记马上到我这儿来开会。木材问题比我们想象的还要严重。来吧,我们一起谈谈。"扎尔基听着阿基姆那急促和有力的话。

"妈的,木材问题都快把我们逼疯了。"他嘟哝着放下听筒。

小李特克开车很快就送来了两位书记。他们下了汽车,一到二楼,马上就意识到今晚的会议绝不是仅仅因为木材。

总务主任的桌上架着一挺马克沁机关枪,从特勤部队派来的机枪手正忙于调试它。走廊上挤满了由城里来的党员和充当警卫的共青团员,他们都沉默不语。在省委书记的房间里,在那紧闭的房门内,省党委会的紧急会议就要结束了。

两架军用电话机的电线已经从临街的气窗拉到房里了。

人们都在窃窃私语。扎尔基在房间里见到了阿基姆、丽达和米海洛。丽达还是从前当指导员时的打扮:戴着红军帽,穿着草绿色短裙。皮夹克上扎着皮带,皮带上挂着一只盒子枪。

"发生了什么事啊?"扎尔基惊奇地问丽达。

"紧急集合演练,伊凡。我们立刻到你们区里去,在第五步兵学校搞紧急集合,开完支部会后,所有的青年同志都到那边去。最关键的是如何使我们的行动不被别人发觉。"丽达对扎尔基说。

步兵学校被一片茂盛寂静的森林包围着。

高大的橡树已有百年的历史了。静静的水池隐藏在牛蒡和水草之下睡着了;通往学校的小路上已没有了行人。耸立在森林中间的白色高墙后面,就是过去的军官学校所在地。现在已是第五步兵军官学校了。天已黑了。楼上一片漆黑。看上去,这很平静,如果有人从这走过,还以为里边的人正睡觉呢。可是,那扇大铁门为什么没关呢?那蹲在大门边的两个像大青蛙一样的又是什么呢?而从铁路工人区各个角落汇集到这个学校的人却明白,既然搞了夜间紧急集合,学校里的人一定没睡觉。他们都是开完支部会,听了简单的传达之后,直接来这儿的。他们在路上都不出声,有一个人走的,有两个人搭伴同行的,但规定不能超过三个人。每人的衣袋里都装着一个写有"共产党(布尔什维克)"或"乌克兰共产主义青年团"字样的小册子。只能凭这个证件通过那道铁门。

很多人汇集在大厅里。这里很亮。窗子都被帆布窗帘挡上了。到这儿来的布尔什维克都在默默地抽着自己卷的烟卷,都觉得这夜间的紧急集合演习太过于小心,很可笑。谁也没有料到真的发生了什么紧急情况,以为只是演习,考验一下特勤部队而已。但是那些有过真正战斗经验的人,刚一踏进学校大门,就发现苗头不对。一切都在静静地进行。军校学生编队时,喊的口令只有俯在耳边才能听见;机枪也是用手抱出来的,而且,在房子外面连一点亮光都看不见。

"德米特里,是不是发生了什么重要事情?"保尔来到杜巴瓦跟前,小声问道。

杜巴瓦正和一个姑娘在一起,他们并肩坐在窗台上,保尔不认识她。三天前,在扎尔基那里保尔匆匆地见过她。

杜巴瓦很神秘地在保尔肩上拍了一下说:

"怎么,你害怕啦?是不是都吓掉了魂?不要怕,我们会教你们怎样打仗的。怎么,你们还不认识吗?"说着,杜巴瓦朝姑娘扬了扬头,"她叫安娜,姓什么我就不清楚了。职务嘛——宣传站主任。"

那姑娘一面听着杜巴瓦在那儿油嘴滑舌,一面打量着保尔。她理了理露到紫色头巾外面的秀发。

她的目光和保尔碰到一起,双方持续了有几秒钟。她那又黑又亮的眼睛极具挑战性,睫毛浓密。保尔转过来看着杜巴瓦,他觉得脸在发烧,不禁撅起嘴巴,皱起眉头。而后才勉强笑了笑说:

"你俩到底谁宣传谁呀?"

大厅里一片哗然。中队长米海洛·什科连科站在椅子上,叫道:

"第一中队的队员集合!就在这儿,快一点,同志们,快一点!"

朱赫来,省执行委员会主席和阿基姆一起走进大厅。他们刚到。大厅里已挤满了排队的人。

省执行委员会主席站到练习机枪的平台上,举起一只手,说道:

"同志们,今天我们召集大家到这里来,是有一件极为重要的任务交给你们,我要说的甚至在昨天都不能说,这是件重大的军事秘密。明天晚上,在这个城里,在乌克兰的所有城里将爆发反革命大暴动。我们这个城里已经混进了许多敌人。各匪帮也在集中兵力。更有甚者,竟混到我们的装甲车营里,当上了驾驶员。但这也已被肃反委员会查出,因此我们现在就武装好党和团的组织。肃反委员会人员和军校学生连同第一和第二共产主义大队组成富有经验的队伍一致行动。军校学生的队伍已经准备好了。同志们,轮到你们了。给你们一刻钟的时间配备武器和整队。一切行动由朱赫来统一指挥。各指挥官从他那里得到具体指示。我想现在已不需要跟共产主义大队的人详细说明事态的严重性了。最关键的是我们要在今天去阻止明天的暴动。"

一刻钟后,两个大队已经整装待发。

朱赫来巡视了一遍那一动不动的队伍。

在队伍前面三步远的地方,站着两个扎斜皮带的,他们是:政委阿基姆,大队长麦尼亚洛,他来自乌拉尔,是个身强力壮的铸工。他们左边是第一中队的几个小队,小队的前面站着第一中队长米海洛和政治指导员丽达。他们的后面是肃穆庄严的共产主义队伍。共三百名战士。

朱赫来下发指令:

"出发!"

三百名战士穿过无人的街道。

全城的人都睡着了。

他们走到利沃夫街的十字路口就停下了。行动由此开始。

他们神不知鬼不觉地就把这地段完整地包围起来了。把司令部设在了一家商店门前的台阶上。

一辆闪着车灯的汽车开进了利沃夫街,到司令部的旁边停下。

是小李特克拉着他的父亲——本城的卫戍司令。他父亲从车上跳下来,急匆匆地用拉脱维亚话向儿子吩咐了几句。汽车又飞也似的开走了,随即转到了德米特里大街上。小李特克全神贯注地开着车。两只手像是在方向盘上生了根,左一下,右一下地转个不停。

哈,现在可轮到小李特克表演飞车了。不会再有人因他疯狂急转弯而关他两天禁闭了。

他的车子飞速地在街上行驶。

转眼间，小李特克就把朱赫来送到了城的另一头，朱赫来满意地说道：

"小李特克，如果像这样开法，今天一路不出事，明天就奖你块金表。"

小李特克万分高兴地说：

"我还以为要罚我十天禁闭呢。……"

第一个打击目标是：作为阴谋分子司令部的房子。第一批俘虏和缴获的文件都送交特勤部。

野蛮街有一条胡同，名字很奇怪，胡同的十一号住着一个叫秋贝特的人。根据肃反委员会得到的情报，他是反革命阴谋活动的一个不小的头目。他藏有参与这次阴谋活动的军官的名单。

老李特克亲自来野蛮街抓秋贝特。秋贝特的房子有几个朝着花园的窗子，越过花园的高墙就到了以前的女修道院。他们没找到秋贝特。听邻居说，他今天就没回来过。他们开始满屋搜索，搜到了一箱手榴弹和一些名单、地址。老李特克下令埋伏，自己就站在桌旁检查搜到的文件。

在花园站哨的是一个年轻的军校学员。从他站的那个地方能看见那透亮的窗户。一个人站在这种角度的角落里，是挺不好受的，有点阴森森的。他的职责是监视那面高墙。可是墙离透亮的窗户很远。更何况这个地方月亮又照不到。黑暗中，好像灌木丛在动，他用枪尖挑了挑——啥也没有。

"为什么派我来这儿呢？反正没人会从这儿翻墙过来。我还是到窗跟前看看吧。"他想着。又看了看墙头，就放弃了那发着霉味的墙角走开了。他到窗前站了一会儿。老李特克正急于收拾文件，准备离开那房间。就在这时，墙头上出现一个暗影。墙头上的人可以清楚看见屋外的哨兵和房间里的老李特克，那暗影像猫一样，"嗖"地一下从墙头蹿到树上，溜到地上。又悄悄地爬近那哨兵，一挥手，哨兵就倒下去了。一把海军短剑刺进去了，只露出一个剑柄。

花园里的一声枪响，立即给那些包围的人报了信。皮鞭声"咚咚"地响起来，六个人飞快地奔向那间房子。

老李特克已经停止了呼吸。他靠在椅子上，冒着鲜血的头伏在桌子上。子弹是从窗户射进来的。文件没被抢走。

修道院旁边枪声大震。凶手跳到大街上，拼命地向卢基亚诺夫广场跑去，他边跑边朝身后打枪。他最终并未逃脱：一颗子弹打中了他。

连夜进行挨家挨户的搜查,几百个没申报户口、身份证可疑和藏有武器的人,都被带到肃反委员会。在那里已经成立了一个专门的审查委员会。

在少数地方,阴谋分子还动用了武力,列别捷夫在日梁街搜查时被人用枪打死了。

索洛缅卡大队在那次行动中损失了五人,而肃反委员会里,再也见不到忠实的共和国卫士、老布尔什维克扬·李特克了。

这场暴动被消灭于萌芽状态。

同一天夜里,在谢佩托夫卡逮捕了瓦西里神父和他的女儿,以及他们的同伙。

一场风暴平息了。

但是,全城又面临着新的威胁——铁路运输告急,人们将面临饥饿和严寒的折磨。

木柴和粮食决定一切。

2

朱赫来边思索,边把烟斗从嘴上拿下来,用手指细心地按了按里面的烟灰。烟灭了。

十来支烟卷在吐着灰色的烟圈,毛玻璃吊灯罩下的省执行委员会主席的座位上方都处在烟雾的笼罩之下。透过朦胧的烟雾,还勉强可以看到坐在桌子旁边各人的脸。

托卡列夫的胸口贴着桌子,坐在省执行委员会主席身边,他愤愤地捋着剪短的胡须,时不时瞟一眼那个秃头的矮个子。那个家伙正在那儿高谈阔论,简直是一堆废话。

阿基姆发现托卡列夫的眼光不正常,这眼神叫他想起幼年时代家里养的一只绰号叫"啄眼"的好斗的公鸡。它每次进攻时,都用托卡列夫现在的那种眼神看着对手。

省党委会议已开了大约有两个钟头了。那秃顶的家伙是铁路林木委员会主席。

他的手在灵活地翻弄一叠文件,继续他那空洞无味的陈词:

"……大家看,有这些客观原因存在,省委和铁路委员会的决议就不可能实现。我再重复一遍,甚至一个月后,我们供应的木材也不可能超过四百立方米。要达到十八万立方米的目标……那更是……"他在挖空心思地措辞,"……那更是乌托邦!"他闭上嘴,不再说话了,脸上显出很委屈的样子。

会场陷入了沉默,仿佛过了很久。

朱赫来弹了弹烟斗,倒出烟灰。托卡列夫用他那低沉的声音打破了沉默:

"算了,别啰嗦了。你的意思就是:铁路委员会,不管是在过去、现在和将来,都不可能有木材,对吗?"

那秃头的家伙耸了耸肩膀,回答说:

"同志,对不起,木材是有,只是运不来……"他咽住了,用一块格手帕擦了擦那光秃秃的头顶,擦完后却许久没摸着衣袋在哪里,最后就慌乱地塞到了公文包底下。

"那么,你到底用什么方法去运木材呢?要清楚,距离捉拿参加叛乱阴谋的领导和专家们已有很多日子啦。"捷涅科的声音从角落里传出来。

"我已经向铁路管理局打了三个报告了,"秃头对他说,"没有车,什么办法也用不上……"

托卡列夫打断了他:

"这个我们早就知道了,"老钳工讥讽地哼了一声,狠狠地瞪着他,"怎么,拿我们都当傻瓜呀?"

这句话问得秃头后背冒凉气。

"对于反革命分子的行为,我是管不了的。"他的回答好像只有他自己能听到。

"那么您就不知道他们是在离铁路很远的地方砍树吗?"阿基姆反问道。

"我听说了,但是别人所管辖的范围内出现了不正常的事,我又怎么可以向上级报告呢。"

"您那里有多少工人?"工会主席问秃头。

"二百来个。"

"这些白痴每人一年才砍一立方米!"托卡列夫气哼哼地吐了一口。

"铁路林木委员会所有人员都是吃头等口粮的。我们减少别人的口粮给你们,可你们到底做了些什么呢?我们送给工人们的两车皮面粉,都到哪里去了?"工会主席接着说。

从各个方向朝秃头发问了很多有代表性的问题,可是他只是一个劲地支支吾吾,就跟答复一群烦人的讨债人似的。

他犹如一条溜滑的泥鳅,有意逃避正面的回答,可是他的眼睛却在不停地扫视着四周。他的本能告诉他：危险已愈来愈近了。他既担心又惶恐，如今他只希望尽快离开这儿，回家去。家里，他那个还算年轻的妻子已为他准备好了一顿可口的晚饭，她正看着保罗·德·科克的小说打发光阴，等他回家呢。

朱赫来一边仔细听着秃头的所有回答，一边在他的笔记本上写道："我觉得理应加强对这家伙的审讯，这可不是仅仅能力不够的问题。我已经掌握了一些有关他的资料——咱们没必要再和他费口舌了，让他走吧，咱们该干啥干啥。"

省执行委员会主席看完了传给他的纸条，朝朱赫来点了点头。

朱赫来离开房间去拨电话。等他回来时，省执行委员会主席已经读到决议的最后：

"……由于铁路林木委员会领导有意的不开工，因此罢免他的工作，并把案件交于侦查机关审查。"

秃头原本想着会有更糟的结局。很好，因为怠工而被免了职，很明显对他的忠实性起了疑心。可这终究还是小事，关于博雅尔卡的事，他用不着忧虑，因为这不在他的管辖之内。"呸，我还想着他们真的已经查出了真相呢……"

现在，他悬起的心可以放下一些了，一边往公文包里装文件，一边说：

"对呀，用不着说，我是个党外的专家，你们可以不信任我。可我对得起良心。如果还有什么工作我没做完，那只是由于我心有余而力不足。"

没有人回答他。秃子离开房间，急急忙忙地奔到楼下。他毫无顾虑地喘了一大口气，拉开了靠着街边的那扇门。

在门口，一个穿军大衣的人盘问道：

"公民，你的姓名？"

秃子的心跳立即停止了，木讷地答道：

"切尔……文斯基……"

这个"外人"离开以后，省执行委员会的办公室里的那张大桌子上面，十三个人的头又紧密地凑在了一起。

"大家看，"朱赫来朝铺开地图上指着。"这就是博雅尔卡车站，距离这七俄里的地方是伐木区。这里堆积着二十一万立方米的木材。一个大队的伐木工伐了八个月，付出了相当大的艰辛，到头来却被骗了，铁路和我们城仍然没有烧柴。如果到六俄里以外把木材拉到博雅卡尔车站，使用五千辆马车装运，每天按两趟计算，最少也得运一个月。况且，最近的村落在十五俄里之外，奥尔利克带领着他的匪徒又经常出现在那一带……你们都清楚了吗？……你们看，如按计划，伐木理应从这儿开始,而后朝车站方向前进。可那帮混蛋却到森林深处去伐木,他们的想法很好:这样我们就不能把伐倒的木材运到铁路来。的确,就是一百辆马车我们也搞不到。他们就是这样来向我们示威的!……他们比暴动委员会还精明。"

朱赫来把攥得紧紧的拳头重重地压在了地图上。

即使朱赫来没有说出来,大家也都明明白白地预感到正朝他们刮来的风暴。冬天已来临了,医院、学校、各机关,还有无数的人民群众,都将受到寒冷的困扰,而拥挤得像蚂蚁窝的车站,火车七天才开一趟。

每个人都在思虑着。

"同志们,"朱赫来伸开拳头说,"我有一个办法。就是在三个月内,从博雅尔卡站修一条窄轨铁路直通伐木场。全程七俄里,要在一个半月内完工。这件事我已经琢磨一个礼拜了。"朱赫来口干舌燥地发出嘶哑的声音:"如果想完成它,得三十五个工人和两个工程师。在普夏—沃季查有备用的铁轨和七个火车头,这是共青团员们从仓库里找到的。因为战前曾打算修一条窄轨铁道从那儿通到城里。只是,工人们在博雅尔卡没有住的地方,当地只有一座已经倒塌的林业学校。工人们只能分批分期地派去,每隔两星期轮换一批,时间太久,怕坚持不住。阿基姆,我们派共青团员去,你觉得如何?"

朱赫来没等别人回答,就接着往下说:

"共青团应该尽力把团员都派去。首先是索洛缅卡区的团员和城里的一些团员。这是一项十分艰巨的任务。但是,如果跟同志们解释清楚,这是解救全城和铁路的唯一办法,他们一定会完成的。"

铁路管理局局长满心疑虑地摇着头说:

"这种办法大概不会见效吧。现在的时节:正值秋季,雨水多,马上就得上冻,要在人迹稀少的地方修一条七俄里的铁路……"他无力地说。

朱赫来没理那茬儿,很果断地说道:

"安德列·瓦西里耶维奇,都是你的责任,先前没有重视伐木工作。这一条支线我们修订了。我们不能在这里眼睁睁地等着冻死。"

余下的几个工具箱已经装上火车了。乘务员们也都到了自己的位置。外面正下着小雨。丽达的皮上衣被淋得发亮,大滴大滴的水珠顺着衣服落下来。

丽达跟托卡列夫分手的时候,紧握老人的手轻声道别:

"祝你们成功!"

老人那灰白色的眉毛下边露出了亲切的目光。

"是呵,净给咱们添麻烦。"老人嘟哝着,同时又掏出了心里话,"不过,你们在这儿可要重视起来!别弄得拖拖拉拉的,要及时催促一下。要记住,这儿的无赖们,都离不开官样文章!好啦,姑娘,我该走了。"

老人裹紧了他的短外衣。就在火车将启动时,丽达随口问道:

"怎么,柯察金不同你们一起去,我怎么没见他。"

"他昨天就随技术指导员一道坐轧道车去了,他们将在我们到达前做好一切准备。"

扎尔基和杜巴瓦顺着月台急急忙忙地向丽达和托尔列夫这边走来,紧随其后的是安娜·鲍哈特,她的短外套很随意地披在肩膀上,细细的指头夹着一根熄了的烟卷。

丽达注视着他们三个,又最后问托卡列夫一个问题:

"保尔跟你学的课程怎么样?"

托卡列夫很不解地看着她:

"什么课程?他不是一直跟你学习吗?他经常跟我提起你,每次提到你,都赞不绝口。"

丽达似信非信地听着,又继续问道:

"托卡列夫同志,你没说谎吧?他跟我讲他经常到你那儿,把我教给他的再温习一遍。"

老头子笑了:

"到我那儿?……我连影都没见着他的。"

汽笛尖叫起来。克拉维切克从车厢里喊道:

"喂,乌斯季诺维奇同志,你快叫我们的老伯伯上车吧!没有他,可不行啊!我们怎么干活?"

这捷克人原本还想说下去,可一看见向他走来的三个人就把话咽了回去。他的目光碰到了安娜那不安的眼神,接着他又看见她给杜巴瓦一个送别的微笑,他的心猛地沉了下去,立即在车窗旁消失了。

秋雨淋在脸上。灰色的天空,云雾密布,雨云在低空内缓慢地飘移。已到了深秋时节,一望无垠的森林里,树叶已落光了,老榆树伤心地站在那,被褐色的苔藓遮住了树皮上的皱纹。秋风残酷地剥去了它们美丽的绿衣,它们只能赤裸裸地站在那里。

小车站凄凉地站立在树林里，它拥有一个装卸货物的石头月台。一条新修的路基从这里直通到森林。人们像一群群的蚂蚁在刚修的路基旁边忙碌着。

粘泥真烦人，在靴子下面不住地发出"叭唧叭唧"的响声。人们在路基周围拼命地挖着土，铁器咚咚响，铁锹磕到石头也咔嚓咔嚓响个没完。

连绵细雨下个不停，阴凉的雨水打透了衣服。雨水冲毁了路基，粘稠状的泥浆沿着路基流下来。

衣服湿透了，又沉又冷。可是，他们每天都很晚才下工。

新修的狭长的路基渐渐变长了，慢慢地钻进了森林。

在靠近车站的不远处，有一个石头房子的支架立在那儿。里面所有能带走的东西，都被匪徒劫走了。炉灶的铁门成了个大黑洞，门窗变成了破口的大洞，通过破屋顶的窟窿能看见椽子。

唯一残存的东西就是四间房子的水泥地面。每到夜晚，那四百个人就穿着湿透了和满是泥浆的衣服，睡在这地上。大家都站在门口拧衣服，让尽可能流出的泥水被拧出来。人们都在咒骂这鬼天气。在铺着一薄层麦秸的水泥地上，他们紧紧地靠着，尽力想用体温来暖和一下。衣服冒热气了，可是从没被焐干过，水透过挡窗子的麻袋，淌到地上，雨水打鼓般地敲打着屋顶上剩余的铁皮，冷风嗖嗖地吹进破门里边来。

厨房设在一间歪七扭八的板棚里。早晨大家在这儿喝了茶，就去路基上劳动。午饭天天都是素扁豆汤，和一磅半黑如煤炭的面包。天天如此，真是太简单了。

可是城里也只能给他们这么多东西。

技术指导员是个瘦高个，满脸深深皱纹的老头子，叫瓦列里安·尼柯季莫维奇·帕托什金。他的助手瓦库连科是一个矮胖子，他看起来很鲁莽，鼻子又肥又大，他俩住在站长家。

托卡列夫住在一个车站肃反工作人员家里，他叫霍利亚瓦。霍利亚瓦的腿不长，却特别好动。

工程队的同志们以顽强的毅力同饥饿和严寒斗争着。

路基在一点一点地朝森林深处延伸。

工程队已有九个人逃走了，过了几天，又逃了五人。

给工程队的第一次打击是在第二个星期：有一天晚上，城里开来的火车没带面包。

杜巴瓦唤醒了托卡列夫,告诉他这个消息。

工作队的党委书记托卡列夫坐在床边,两条长毛腿垂到地板上,使劲地挠着胳肢窝。

"简直是开玩笑!"他自语道,赶忙穿上衣服。

球一样的霍利亚瓦冲了进来。

"快,打电话给特勤部,"托卡列夫对他说,"没有面包的事,绝对不能传出去。"老头子又警告杜巴瓦。

同电话接线员争吵了半个小时后,坚强的霍利亚瓦总算和特勤部副部长朱赫来通了电话。托卡列夫听着他和接线员吵架,急得要命。

这时朱赫来愤怒的声音传来说:

"什么?面包没送到?我立即就查谁干的好事。"

"那请你回答我,明天拿什么给工人们吃?"托卡列夫恼怒地喊了起来。

很显然,朱赫来在沉思。过了许久,托卡列夫才听到这样的答复:

"面包连夜送到。我派小李特克去送,他认得这条路。你们明天早晨就有吃的了。"

真的,天刚刚亮,就有一辆满身泥浆,装满面包口袋的汽车开到了车站。小李特克下了车,由于整夜没睡而脸色惨白。

为完成修路工程而面临的困难越来越严峻了。铁路管理局通知:枕木用完了。城里又寻不到把铁轨和木头送到建筑工地的车,那些小火车头也需要大修。另外,第一批筑路工人眼看该轮换回来了,而第二批人还没落实;如果让这些已经体力不支的人接着干下去是不行的。

在一间旧板棚里,积极分子在开会。伴着暗淡的灯光,会议开到了深夜。

第二天一早,托卡列夫、杜巴瓦、克拉维切克就起身回城了,还带了六个人去修车头,加上联系运输路轨的事。由于克拉维切克过去是面包师,被派往供给部当检查员,剩下的人都去了普夏——沃季查了。

雨还在下个不停。

保尔费了九牛二虎之力才把他的一只脚从泥里拔出来。他觉得脚底下冰冷刺骨,这才发现他的一只烂靴底已整个掉下来了。自从来到工地,这双烂靴子让他吃了许多苦头。靴子一直没干过,不断地往里灌泥,而如今,一只靴底全掉了,他的一只脚干脆就泡在冰冷的泥浆里,这还怎么干活。他从泥里拾起那只靴底,失望地望着它,打破了他不再骂人的誓约。他捏着靴底冲进了厨房,坐到行军灶旁,解开满是泥浆的裹脚布。把冻得失去知觉的脚凑到炉火旁。

养路工的妻子奥达尔卡在厨房给厨师当帮手。她正在灶间急着切甜菜，上帝对这个还年轻的女子十分厚爱：像男人一样宽厚的臂膀，前胸突起，大腿很粗壮。她切菜的功夫真不错，没多久桌上就积满了切好的甜菜。

她轻视地白了保尔一眼，讥讽道：

"你怎么到这儿来了，想吃饭了？还早呢。年轻人，看起来你是在逃避劳动。看你把脚凑到哪儿来了？这可是做饭的地方，不是浴室呀！"她严厉地对柯察金说。

一个老厨师进来了。

"我的一只靴底整个烂掉了。"保尔想说清楚自己来这里的原因。

厨师望着那只破烂不堪的靴子，朝奥达尔卡示意一下，就对保尔说：

"她丈夫懂一些靴匠活，他可以帮你补好。不穿靴子可不行。"

奥达尔卡知道了事情的真相，怜悯地望着保尔，开始觉得有点对不住他。

"我还以为你在偷懒呢。"她歉意地说。

保尔大度地笑了笑。她用靴匠惯用的眼神瞅了瞅那只靴子，继续说：

"我男人可缝不了它——已经没法缝好了。为了你的脚不被冻烂，我为你找一只旧鞋套吧。我家阁楼上正好有一只那样的旧鞋套。唉，谁受得了这份罪呀！没准今天明天就要上冻了，再继续下去，你就惨了。"她显出一副同情的样子，赶忙放下菜刀出去了。

不一会，她就找来了一只高腰的鞋套和一张厚布。当他把烘暖了的脚裹在厚布里，蹬上那只鞋套时，他望了望奥达尔卡，心里充满感激之情。

托卡列夫从城里气冲冲地赶回来了，他连忙集合积极分子到霍利亚瓦的房间，把一些叫人失望的消息告诉大家。

"四处都在怠工。不管你走到哪儿，都能瞧见轮子在原地打磨，不往前走。可见，我们抓的混蛋太少了，到处都有这种人！"托卡列夫说道，"同志们，我就直截了当地告诉你们吧：情形很危急，第二批人还没组织起来，到底能来多少，还不清楚。可立刻就要上冻了。我们拼出命也要赶在上冻前把路基修过那个泥塘，不然，上冻后的土即使你拿牙啃也啃不动。不过，同志们，千万别气馁，那群在城里捣鬼的混蛋，早晚会有人收拾他们的，我们在这儿可不能松劲儿，加把劲儿。就是豁出性命，也要铺好这条轨道。不然，我们叫什么布尔什维克呢，那不成了一句空话了……"

托卡列夫说这些话的声音，已经不是平日那嘶哑的声音，却像是从拉紧的钢丝中发出的。他紧锁的眉头下流露出那充满信心和坚决的目光：

"今天，我们就开一个全体党员和团员的大会，跟同志们讲清楚目前的形势，明天大家依旧参加劳动，不是党员的同志明天早晨返城，只留下党、团员，是团省委的决定。"说着他递给潘克拉托夫一张叠成四层的纸。

保尔的眼睛越过潘克拉托夫的肩膀，看见了决议上写着：

经团省委研究，觉得全体共青团员应该留下来继续工作，持续到第一批木材送出之后才换班。

共产主义青年团省委代理书记

丽达·乌斯季诺维奇

（签字）

当作会议室的狭窄的厨房里，已经没有插脚的空地了。一百二十个人都挤在一起，他们有倚墙的，有踩到桌子上的，有的还站到了灶台上。

潘克拉托夫宣布大会开始。紧接着是托卡列夫的讲话，可是他的最后一句伤了所有人的心。他说：

"全体党员和共青团员，明天都一定得留下。"

老头子把手在空中一摇，说明这个决定无法改变了。

这一挥手，挥掉了大家回城的希望，也挥掉了返回家乡和离开污泥的希望。在开始那一分钟，人们吵得很凶。人群的晃动使微弱的灯光也跟着摇晃起来。由于暗淡的灯光，看不清大家的神态，喧闹声也更大了。有的谈到"温暖的家"，有的怒气冲天地叫着说太累了。还有很多人没吱声。只有一个人提出他一定要离开，他那充满怒火的叫骂声从一个角落里迸射出来：

"真他妈的见鬼！我一天也干不下去了。罚人做苦役，是我们犯罪了？我们有什么罪过？关了我们两个礼拜——已经足够了。再也不会有人情愿当傻子了。让那些做出决定的人去修吧。我可不想再去泥坑里打滚，叫他们去吧。我可就这一条命，我明天就离开。"

那个喊叫的人就在奥库涅夫的身后，奥库涅夫点着一根火柴，想瞧瞧是哪个家伙想逃避劳动。火柴顷刻间在黑暗中照出了一个气得脱了相的面孔和张开的大嘴巴，奥库涅夫认识他，他是省粮食委员会会长的儿子。

"你看什么？我又没做贼，不会藏起来的。"

火柴灭了。潘克拉托夫挺直腰板站了起来：

"谁在那儿乱起哄？谁说党的工作是罚苦役？"他的声音很粗，他用那严厉的眼神扫视着他旁边的人群，"同志们，我们不能回去，这就是我们的工作。如果我们都逃回去，就将有许多人冻死。同志们，都留下来，大家齐努力，就可以早点回家了。可是像刚才那混蛋一样，想逃走，可不是一个党员或团员所应该做的。"

这个码头工人不爱讲长篇大论，可就这短短几句话，也被刚才那声音打断了：

"那么，非党员能走吗？"

"能。"潘克拉托夫很坚定地回答。

一个披着城市短大衣的青年挤到桌子跟前，把一张小卡片撇了过去，卡片从桌子上面掉下来，正打在潘克拉托夫的胸口，又折回来，掉到桌边上。

"这是我的团证，请拿回去吧，我可不希望为这一小块硬纸片卖命！"

最后一句话被充满这所房间的、突发而来的怒骂声覆盖了。

"你怎么能随便乱扔团证？"

"你这个混蛋！"

"他加入共青团，就为了当官发财。"

"把他轰出去！"

"就是欠揍，你这该死的传播伤寒的虱子。"

扔团证的那人垂下了头向门口走去。大家都避开他，就像躲避传染病人一样，他一出门，门就啪地关上了。潘克拉托夫用指头拿着扔过来的团证，放在油灯的火苗上。

烧着了的硬纸片卷成了一个黑卷儿。

树林里传来一声枪声。一个骑马的匪徒飞快地从板棚逃进了黑乎乎的树林里。人们一块冲出了学校和板棚。有人无意中磕到一块插在门缝中的小木板。他们点燃火柴，用大衣下摆遮住风，透过火光，看见小木板上的字：

> 你们都给我滚开这里，哪儿来的，滚到哪儿去。不怕掉脑袋的就留在这儿。我们要把你们全部杀掉，决不手软。限期——明晚。

署名的叫"大头领切斯诺克"。他属于奥尔利克匪帮。

丽达的桌上摆着打开的日记。

十二月二日

早晨下了第一场雪，很冷。在楼梯上碰到了维亚切斯拉夫·奥利申斯基。我们一起走。

"我就对初雪感兴趣。真冷啊！多美的雪景啊，你说呢?"奥利申斯基说。

我想起了在博雅尔卡的人们，便回答说，这样的严寒和大雪不但不使我兴奋，反倒令我忧虑。我告诉了他原因。

"这全是你的主观意念。如果照你的想法，你就会觉得，战时的笑声和乐观的情绪都是不可以的。可事实却相反。哪儿有战争，哪儿就有死亡。前线的人，时时刻刻都在同死神做斗争。可是，那儿也同样有欢笑。而远离战争的后方，生活依然是老样子：欢声笑语，喜怒悲哀，花天酒地，心灵的跳动，爱情……"

在奥利申斯基的这些话中，很难分辨出是讥讽还是事实。奥利申斯基是外交人民委员部的特派员。于1917年入党。身着西装，没留胡子，身上经常飘出香水的味道。他住在我们这栋房子的谢加尔的房子里，天刚黑下时，他总来我这儿，跟他交谈还挺有意思，因为他在巴黎呆了很久，了解很多西方的事，可我不可能会和他成为好朋友。因为他先是把我当作一个"女性"，然而才把我当作党里的同志。

果然,他并没有掩盖他的想法和打算,他倒是有勇气说心里话。他很勤快,并不粗俗。他喜欢很得体地献殷勤。可我对他却没有好感。

跟奥利申斯基的那种西式化的气质相比,我倒觉得朱赫来的那种稍带粗朴的作风更亲切一些。

我们接到了来自博雅尔卡的一份简短的汇报。修路工作的进度是每天前进一百俄丈。他们先把冻结的土挖出一个槽来,把枕木安放在冻土上。那儿只不过才二百四十个人。第二批送去的人已跑掉了一半。条件十分恶劣。冰天雪地的,让他们如何去干呢?……杜巴瓦回去有一个星期了。在普夏—沃季查,八个车头只才组装好五个。剩下的车头零件不够。

电车管理局向杜巴瓦提出了刑事诉讼:因为他领着他的同志们,截留了从普夏—沃季查通往城里的所有电车。他强行把乘客轰下去,所有车辆都装满了窄轨铁路用的铁轨。他们顺着城区各条通道把十九辆电车全部开进火车站,电车工人们都尽力相帮。

这批车进了火车站,索洛缅卡的共青团员们当天夜里就把铁轨装上火车,杜巴瓦带队负责把铁轨送到博雅尔卡。

阿基姆不允许在党委会上提到杜巴瓦的行为。杜巴瓦把电车管理局的那种极端拖沓和官僚主义习气全都跟我们讲了。他们竟然说最多只能借两辆电车给我们。可屠弗塔却批评起杜巴瓦来:

"如今,我们也该放掉那种游击作风了,再继续这样下去,很有可能被押起来。难道就不能商议,不动用武力不行吗?"

我可从没遇到过杜巴瓦发那么凶的脾气。

"废话,只会纸上谈兵,怎么你们不去跟他们好好商量?你们的一肚子墨水都白喝了,只会坐享其成。假如我不把铁轨送去,博雅尔卡的人会对我动粗的。为了不耽误工程的进度,我觉得应该把你也送去修筑,让托卡列夫来教训你!"杜巴瓦的怒吼声响彻整个省委大楼。

屠弗塔写了一个要求给杜巴瓦以处分的申请,可是阿基姆叫我先出来,他亲自跟他们谈了有十分钟左右。屠弗塔从阿基姆那出来时,已是气得脸红脖子粗,怒气冲天。

十二月三日

省委又收到了来自铁路肃反委员会的新案子。原来潘克拉托夫、奥库涅夫,还有几名同志,一块去莫托维洛夫卡车站,卸掉了那里空房子的门窗。正想用火车把这些东西运走时,车站的一个肃反工作人员想抓住他们。他们缴了他的枪,等到火车启动后,才把拿出子弹的空手枪还给他。门窗都拉走了。铁路局还控告托卡列夫私自拿出博雅尔卡车站库房里的二十普特钉子,把它们发放给农民,作为酬金,叫他们把伐木场里的长木头拖出来替代枕木。

我把这些事情都跟朱赫来讲了。他笑道:"这些控告都叫我们给驳回去了。"

修路工地的情形很紧迫。每一天都得珍惜。有时为了一点小事就得施加压力。还经常把一些影响工作的混蛋移交省委,工地上的年轻人违反常理的事逐渐增多了。

奥利申斯基为我搞来了一只小电炉。我和奥莉嘉·尤列涅娃一起拿它来烘手。可屋里并没有因它而变暖和一些。森林里的同志们又是如何熬过这严寒的冬夜呢?奥莉嘉跟我讲,医院里很冷,病人都不敢离开被窝。每隔两天才点一次火。

唉,奥利申斯基同志,你的话不对,前线的悲剧如今也在后方发生了。

十二月四日

大雪足足下了一夜,听说,博雅尔卡全都被大雪覆盖了。修路工作被迫停下了。大家都在铁路上铲除积雪。今天省委已经决定:第一期工程务必于 1922 年 1 月 1 日完工,把路铺到伐木场。这个消息送到博雅尔卡时,据说,托卡列夫的回答是:"如果我们还有口气,就保证完成任务。"

关于保尔的事,一点都没听到。我很纳闷,他却没有像潘克拉托夫那样被"指控",一直到今天,我也不明白,他为什么不愿见我。

十二月五日

昨天,匪帮又偷袭了修路工地。

马小心地踩在松软的雪地上。有时踩上积雪下面的枯枝而弄出咔嚓的声响,于是马就胆怯地打一个响鼻,躲到一边去。可是那立起的耳朵却被枪托拍了一下,就又急忙赶上前边的马。

十多个骑马的人已越过了山坡,山坡下边露出一片黑色的、没被雪遮住的地面。

他们就此下马。马镫磕到一起,啪的一声响。带头的那匹红马,满身是汗,用力地抖着身子。

领头的人朝那间破屋指了指说：

"他们就住这儿，还真他妈的多，咱们只管吓唬他们一下即可。头领说，要叫这帮家伙明天全都滚蛋，不然，他们会搞到木柴的。"

他们排成一行，顺着窄轨铁道向车站奔去。马悄悄地来到学校附近的空场边儿；他们一直躲在树后，不敢出来。

一声枪响冲破了沉寂的夜空。雪团像松鼠似的，从被月光照亮的像包着白银的树枝上落下来。短把马枪由树林里迸发出火星般的子弹。子弹穿进掉了皮的泥墙里，子弹钉在潘克拉托夫费尽心思搞到的窗户玻璃上，破碎的玻璃叮当叮当地摔落下来。

这一串枪响惊动了那些睡在水泥地上的筑路工，他们都猛地蹿起来，但密密麻麻的子弹满屋乱飞，他们又惶恐地趴下了。

大家互相压倒在一起。

"你要去哪儿?"杜巴瓦拽住保尔的大衣说。

"去外边。"

"快卧倒，你个傻瓜！你一露面，他们就会一枪打死你。"杜巴瓦着急地小声说。

他们紧贴着房门一并趴在那墙根儿。杜巴瓦卧在地面上，一手抓紧手枪，瞄准门口。保尔紧缩着身体，着急地拿手指触了一下手枪的弹仓。里头还剩五枚子弹。碰到弹仓里空的地方，就把弹轮转过去。

枪声骤然停止，宁静得叫人惊奇。

杜巴瓦小声地对趴在地上的人叫道：

"弟兄们，有枪的，到这儿来！"

保尔十分谨慎地推开房门。林中的空场上已杳无人影。只有飘飘扬扬的雪花在空中萦绕着，慢慢地飘下来。

那十个骑马的已风驰电掣般地冲向树林深处。

吃午饭时，一辆内燃机车由城里飞快地开到了博雅尔卡，朱赫来和阿基姆走下车来。托卡列夫和霍利亚瓦到站台上迎接他们。由车上抬下一架"马克沁"机枪和几箱机枪子弹，机枪支在站台上，除此之外，还带来了二十支步枪。

他们匆匆地走往工地。朱赫来的大衣下摆拖到雪地上，划出了锯齿形印迹，他走起来像熊一样，左右摇摆。那还是当水兵时的老习惯至今没变；两条腿像分开的

圆规,好像脚下还是那摇摆不定的鱼雷艇甲板。腿长步子大的阿基姆还能追上朱赫来,可托卡列夫往往要小跑才能跟上他们,他说:

"匪帮的侵袭——这还没关系。令人气愤的是一座山挡住了我们前进的路!这才真令人头疼呢。我们要白浪费多少力气呀。"

托卡列夫停住了,扭过身子背对着风去点烟。他的手掌并成一个小船状遮住风,赶紧吸了两口,就匆匆去追前边的人。阿基姆停住了,等着他,朱赫来并未减速,已到前边去了。

阿基姆待托卡列夫来到面前,问道:

"这项工程要按期完工,人力够吗?"

托卡列夫想了许久才答道:

"孩子,你应该明白,按正常情况说,是不可能定期完工的,可是不完成是不行的。问题的关键就在这儿。"

他们追上了朱赫来,三人并肩走着。这时托卡列夫兴奋地说:

"问题的关键就在这儿。要清楚,这儿只有我和帕托什金——明白在这种残酷的条件下,在缺乏人力和装备的条件下,想要按时完成是办不到的。但是,全体人员都明白:这条路一定要如期完工,所以我才敢跟你们说:假如我们这口气不断,就保证完成任务,你们自己看吧,同志们在这儿掘土有两个月了,第四班都要到期了,而人员基本没换过,只有凭青年人所特有的朝气,才使他们坚持下来。要知道,他们多半得了伤风。看到这些年轻人你会被感动而流泪。他们真是好样的……他们中有些人有可能把命丢在这里!"

从车站开始,已经修好了一公里长的铁轨。

继续向前约一公里半的地方,刚填好的路基上摆着一排埋在地槽里的长木头,看起来像是被风刮倒的围栏,这就是铺设好的枕木。再向前一直到那个山包,是刚铲平的路基。

潘克拉托夫带领的第一建筑队正在这里干活儿。四十个人在忙于摆枕木。红胡子的乡下人脚穿一双新树皮鞋,不紧不慢地将一根根木头由大雪橇上拽到路基上,远处还有一些卸木头的雪橇。地上放着两根长铁杆,这是路轨的标尺,用于衡量铺好的枕木是否水平。为了把路基砸平压实,斧头、铁棍和铁锹都派上了用场。

铺枕木是件很费时间的细活。一定要把每根枕木都铺平铺牢,让铁轨平稳地压在每根枕木上。

工地上只有一人掌握架设铁轨的方法,他就是铁路工厂拉古京老头儿。他已五十四岁,却没有一丝银发,长着黝黑黝黑的八字胡。他每次换班都没离开,自愿和青年人一道忍受严寒疾苦,因此大家都很尊敬他。这个党外人士(他是塔莉亚的父亲)在每次党员大会上都坐在荣誉席上。老人很以此为荣,因此他决心不离开工地。

"你们说吧,我怎么能撇开不管呢?没有我,你们会把铁轨修得一塌糊涂的。铺铁轨要有好眼力和实践经验,我以前和枕木打过很多交道了⋯⋯"每次换班,他都恳切地要求留下来。

帕托什金很信赖他,极少查看他的工地。当朱赫来三人来到工人们面前时,那个累得满脸通红,头上冒汗的潘克拉托夫正拿斧头在冰地上砍一个放枕木的地槽。阿基姆竟认不出他了。潘克拉托夫瘦多了,那高高的颧骨更突出了,脸上黑乎乎的,很憔悴的样子。

"啊!省里的领导来了!"他脱口而出。并把那热乎乎、湿漉漉的手伸向阿基姆。

铁锹的声音停下来了。阿基姆看着四周一张张苍白的脸。他们脱下的大衣都乱七八糟地堆在雪地上。

托卡列夫同拉古京聊了几句,便拉着潘克拉托夫,与刚来的三个人一同向小山丘走去。潘克拉托夫和朱赫来并肩走着。

"潘克拉托夫,你告诉我,在莫托维洛夫卡你跟肃反委员会的同志之间到底是怎么回事?你们缴了人家的枪,是不是太过火了?你的看法呢?"朱赫来很严肃地问那个不好讲话的码头工人。

潘克拉托夫很难为情地笑了笑,说:

"我们缴了枪是事先和他商议好了的,是他自己要求这样做的。他是我们自己人。我们讲了所有的情况后,他便说:'弟兄们,我不能让你们拿走这些门窗。捷尔任斯基同志下发了消灭盗取铁路财产的命令。这儿的站长把我视为眼中钉,因为他经常偷东西,我老是纠缠他。如果放走你们——他保证向上级汇报,我就会被送上军事法庭。你们还是先解除我的武器,再把东西拉走。假如站长不报告,这事就算了。'于是我们就依他了。门窗又不是拿回自己家用。"

潘克拉托夫瞅到了朱赫来眼睛露出了笑容,又补充说:

"要处分的是我们,可别为难那年轻人,朱赫来同志。"

"这件事就算了。以后可不准再干这种事情——这是破坏纪律的行为。我们有能力组织起来去打倒官僚主义。好了，该讲讲更重要的事情了。于是朱赫来问起劫匪的事来。

距离博雅尔卡站四公里的地方，修路的工人正在拼命地用铁锹铲着地面。

他们打算砍开挡路的山丘。

两边有七个人站着，他们都贴身佩带霍利亚瓦的马枪，保尔、潘克拉托夫、杜巴瓦和霍穆托夫的手枪——这是筑路队的所有武器。

工程师帕托什金坐在斜坡上，在笔记本上记着数字。工程技术人员只有他一人留下了。他的帮手瓦库连克宁愿被制裁，也不肯留下来，他怕被匪徒打死，早已开小差了。

帕托什金转过来对站在身边的霍穆托夫小声说道：

"想从小山包上开通一条路，最少也得半个月。地全都冻结实了。

霍穆托夫向来不爱说话，脾气古怪，听了这话很恼火，咬了咬胡子梢说道：

"我们还有短短的二十五天期限，而你们光打通小山就要花半个月！"

"当然，这个工期计划得太不切合实际，"帕托什金说，"我干这么多年就根本没遇到过这样的路况，而且也没和这样的筑路工合作过。大概是我估算有误，我已经错了两次了。"

这时，朱赫来、阿基姆和潘克拉托夫来到了小山包，他们刚走到坡底，就让大家觉察到了。

保尔这时正跟别佳·特罗菲莫夫一起劳动。特罗菲莫夫是个斜眼的年轻人，套了一件露胳膊肘的旧绒线衣。他以前在工厂干过镟工。这时候他用胳膊肘捅了保尔一下，朝着坡底的人喊道：

"快看，是谁来了？"

保尔一瞧，连铁锹都没顾得上放就朝山下奔去。他高兴坏了，热情地看着朱赫来。朱赫来紧抓住他的手不放。

"保尔，你还好啊，我的好兄弟。哎呀，瞧你这样，真像个乞丐！"

潘克拉托夫风趣地说道：

"他那五个脚趾头可真是听指挥，一起伸到鞋外来。而且，一个逃兵还偷去了他的大衣。幸亏奥库涅夫拿自己的破夹克给了保尔……不过还没事，他是个热血男儿，不用麦秸秆也能在地面上睡一星期，然后再睡到棺材里。"

浓眉毛、翘鼻头的奥库涅夫，眯缝着他那顽皮的双眼，不满意地说道：

"我们才不准保尔死呢。我们可以提议他去当厨师。给奥达尔卡当接班人。在那儿如果他聪明,不但能填饱肚皮,还可以取暖,他喜欢在火炉边取暖也行,喜欢在奥达尔卡身边取暖也可。"

大家一阵大笑。

这是这么多天来他们第一次开怀大笑。

朱赫来来到后坡看了看,就同托卡列夫、帕托什金一起坐着雪橇到伐木场去了。

返回来时,见大家仍旧在那拼命地挖着。

朱赫来看着那些闪亮的铁锹,以及许多弯下去的脊背,小声对阿基姆说:

"用不着开会了。这儿的年轻人不用鼓励。托卡列夫,你的话很有道理,他们真令人敬佩! 他们真是无价之宝。钢铁就是这样炼成的!"

他的眼睛洋溢着爱和自豪。

就是这群年轻人,前不久,在反革命暴乱的前夜,曾经背着钢枪冲向战场。现在,他们又拥有同一个目标,把钢轨铺向木柴之山——给人以温暖和生命的源泉。

工程师帕托什金最终用恰当的礼节和明显的证据,向朱赫来说明:挖开土坡,至少需要两个星期。

朱赫来听后忽然想起一个办法。他说:

"把同志们从斜坡上拉回来,到前边去筑路。对付这个土坡,我们另拿主意。"

朱赫来到车站费尽周折才打通电话。

霍利亚瓦在门口守卫,他听到朱赫来粗大的声音说:

"立即打电话给军区参谋长,告诉他我让他立刻把普兹列夫斯基的那一团人派到工地来,一定要铲除这里的匪帮。另外,调一辆装甲车和一些工兵爆破手来。其余的事我来办。我连夜回城,派小李特克夜里把车开到车站来。"

在棚屋内,阿基姆说了几句话。

然后,朱赫来又开始了发言了:

"从现在起,我们将进入战备状态。把党员组织成一个特勤中队,杜巴瓦任中队长。六个铺路队,平均每队一段路,整个工程保证在一月一日之内完工,提前交工的小队,可返城休养。另外,省执委主席团将向乌克兰中央执委提议,授以最出色的工人以红旗勋章。"

各小队队长马上被指定了:第一队为潘克拉托夫;第二队为杜巴瓦;第三队为

霍穆托夫;第四队为拉古京;第五队为柯察金;第六队为奥库涅夫。

"那么工程总责任人嘛……"朱赫来最后才说,"就由托卡列夫担任,这非他不行。"

就像一群大鸟突然起飞一样,板棚房里响起雷鸣般的掌声。

他那亲切而风趣的结束语,把同志们从严肃的氛围中解脱出来,进入一阵愉快的欢笑声中。

二十来个人前挤后拥地把阿基姆和朱赫来送上了轧道车。

临行前,朱赫来同保尔话别时,看到了他那只塞满雪的鞋套。

便悄然问道:

"我下回给你带一双靴子吧。你的脚冻伤没有?"

"看起来是冻伤了,都有些肿了。"

保尔回答。

此时,他不仅想起那想了很久的想法,就拽住朱赫来的袖子说:

"你能否给我几枚子弹?我只剩三颗了。"

朱赫来抱歉地晃了晃头,但是当他发现保尔显得十分失望时,马上摘下自己的毛瑟枪。

"拿着,送给你了。"

保尔简直不敢相信,这日思夜想的东西竟是自己的了。

朱赫来已把皮带套搭在了保尔的肩上。

"收下吧,收下吧!"朱赫来说,"我看你是早就瞄上它了!不过,你可要小心,别伤自己人。这三夹子弹,也归你了。"

许多双眼睛向保尔投来羡慕的眼光。只听有人喊道:

"保尔,我们换换吧,我用一双靴子,还有一件短皮袄。"

潘克拉托夫拍了拍保尔,逗他说:

"你这小家伙,还不用它来换双靴子。你穿这鞋套可挨不到圣诞节了。"

这时,朱赫来正用一只脚踩着车的踏板,在膝盖上用纸给保尔开持枪许可证呢。

第二天清早。一辆装甲车呼哧呼哧地拐过岔道驶进车站。

它放出白鹅绒般的蒸气,一股股地旋转升空而去,转眼就消失在冷冰冰的空气里。有几个穿皮衣的人由装甲车上走下来。

几个钟头以后。三个工兵爆破手已经在小山坡的下面埋下了两个像大南瓜一样的东西,并从"南瓜"头上扯出两根长长的导火线。随后鸣了几声信号枪。所有的人都急忙远离小山丘而去,朝各个方向躲开了。

火柴燃着了一根导火线头。线头燃出一点火光……

人们的心都悬了起来!他们焦虑地等待:一秒、两秒……

突然,大地颤抖了!

一种神秘的力量轰平了小丘的头顶,硕大的土块被掀到空中。

第二次爆破比第一次的威力还强。震撼天地的爆炸声响彻整个森林,还掺杂着土块的崩碎声。

刚刚还是一个斜块,顷刻间变成了一个大坑。附近几十公尺的范围内,像糖一样白的田野中铺满了泥土块。

工人们拿起铁镐铁锹,呼叫着朝土坑蜂拥而去。

朱赫来离开以后,为夺锦标,各队开始了激烈的竞赛。

外面还是一片漆黑呢,保尔就悄悄地爬起来了。

为了不打扰同志们,他放轻了动作。

他一点一点地搬动那在冰冷的地板上冻僵了的两脚,一人来到了厨房。

等他烧好茶水,才去喊醒队友们。

待那几个队醒来时,天已经大亮了。

在厨房吃早饭时,潘克拉托夫挤到杜巴瓦那队的饭桌前,生气地说:

"你看,保尔那家伙,天不亮就叫醒了他的队友,这功夫可能铺了十俄丈了。他们放出口风:要在十二月二十五日前完工。他真是小瞧了我们!到底谁厉害,咱们以后见!"

潘克拉托夫显出充满了信心的神情。

杜巴瓦苦苦地笑着。

他心里清楚潘克拉托夫不会认输。虽然自己和保尔是好兄弟,也觉得不好受,保尔就这么一声不吭地向各队的朋友挑战了。

"亲兄弟明算账——这可是'决定胜负'的问题。"

潘克拉托夫又补充了一句。

中午。保尔和队员们正干得起劲呢。突然,一声枪响,原来他们的哨兵发现森林里有一队骑兵。

"弟兄们,快拿枪!匪帮来了!"

保尔喊着,随手扔下铁锹,奔向一棵挂毛瑟枪的大树。

队员们都拿着枪趴在铁轨旁的雪地上。

那走在前面的骑兵摇晃着皮帽子,其中一人高喊:

"同志们,别放枪,是自己人……"

五十多个骑兵,他们头戴布琼尼式军帽,帽檐上的红星亮闪闪的。

这是普兹列夫斯基派来访问筑路工作者的骑兵小分队。

保尔一眼就认出了指挥员的那匹只有一只耳朵的马。

这个惹人喜欢,头上有一块白毛的灰骒马似乎不愿停下来,一直跳着,好像看见了亲人。

保尔马上来到它跟前,抓住它的辔头。

"小斑子,这个淘气鬼,想不到能在这儿遇到你,单耳美人,你没在战场上倒下呀!"

他亲昵地搂住马的细脖子,触摸着那一张一翕的鼻子。

骑兵指挥官仔细看了半天,才看出是保尔,惊奇地叫道:

"哎哟,是你呀,保尔!……你只认得马,怎么连老朋友谢列达都忘了。你好吗?我的好兄弟!"

城里的同志们都在尽力帮助筑路工程。扎尔基把区委会里余下的人都派往工地了。索洛缅卡也只有一些女同志了。扎尔基还想办法把铁路专科学校的另一批学生也派到了筑路工地。

当他给阿基姆汇报工作时,半真半假地说:

"如今仅剩我一个男公民了。我想让拉古京娜接替我,这样就能在门口挂一张'妇女部'的字条了,而后我也可以去筑路了。你不知道一个男人在一大群女人堆里绕来绕去有多别扭,好看不好听呀。那些女孩子经常用疑惑的目光盯着我,我想她们背后一定说,'看,他把其他人都打发走了,只剩他一个,真是老奸巨猾。'或许再说些更令人难堪的话,我求你就让我也去吧!"

阿基姆笑了笑,没答应他的要求。

新队员陆续来到博雅尔卡。铁路专科学校的六十名学生也来了。

朱赫来从铁路管理局调拨了四节客车,开往博雅尔卡,给新来的同志住。

　　杜巴瓦所带的那一队被调往普夏——沃季查了。工作是把窄轨车头和六十五节窄轨车皮运到工地,这替代了他所分担的路段。

　　出发之前,杜巴瓦提议托卡列夫把克拉维切克调回筑路队来,让他带队组织工作。

　　托卡列夫下了这个命令,丝毫没想到杜巴瓦这么做的真正原因。因为,在此之前,杜巴瓦接到安娜写给他的纸条:

　　德米特里:我和克拉维切克已为你们挑好了一大批书。我们向你和全体队员致以热烈的敬礼。

　　你们真是了不起,我祝愿你们人人都身体强壮,精力充沛。

　　昨天,我们已经把木柴栈最后一批木柴分发出去了。

　　克拉维切克让我替他问候你们。

　　他的确是个好同志!他都是亲手为你们烤面包、筛面粉、揉面团。

　　不清楚他从哪儿搞到的好面粉,烤出的面包真诱人,比我们领的好多了。

　　每晚,大家都到我这儿——拉古京娜、阿尔丘欣、克拉维切克,扎尔基有时也来。

　　学习进展较慢,都用到聊天上了,并且经常谈到你们。

　　女孩子们都因为托卡列夫不批准她们去工地而愤愤不平。她们觉得自己能和男人一样地吃苦。

　　拉京古娜气哼哼地说:

　　"我要穿上爸爸的衣服去试试,看那老头儿把我怎么样!"

她很可能这样做。

代我问候那个黑眼睛的人。

安娜

暴风雪突然来临了。

天空给低飞的灰色阴云蒙遮住了,大片大片的雪花纷纷而落。

深夜,狂风四起。风在烟囱周围打着转,呼呼直叫,卷起森林中的雪花,发出凄惨的呼啸声。

暴风雪叫嚣了整整一夜。虽然一晚上都生着火,可大家还是觉得寒气刺骨。车站这间破房子已留不住一丝热气。

第二天清晨,明媚的阳光映在树梢上,天空晴朗,万里无云。人们踏着厚厚的积雪上工了。

保尔带领队员们打扫着地段上的积雪。只有现在,保尔才体会到严寒的残酷是难以抵抗的。奥库涅夫那件旧上衣并不能使他暖和,脚上的那只鞋套也塞满了雪,好几回陷到了雪里,另一只皮靴的底也要烂掉了。而且,由于长期睡在水泥地上,脖子上已经肿起两个大脓疮。托卡列夫把自己的毛巾递给保尔当围巾。

面容消瘦,两眼通红的保尔,用一把大木锹疯狂地铲着雪。

正在这时,一辆客车徐徐地驶进车站。那气喘吁吁的火车头,好不容易才算是把这列车拽进了站。它的煤水车里,已经连半根木柴也没有了,眼看着就要灭了。

司机朝站长喊道:

“你给弄些木柴,我们才能走,否则的话你们就趁它还能动弹把它停到边线去吧。”

列车果真就停靠在边线上。

整车的旅客都清楚目前的情况,顷刻间叫骂声响成一片。

“你们到月台上找那个老头儿协商一下吧!”站长对乘务员说,“他是这儿铺路的头儿。如果他答应,就可以拿雪橇拉些木头来烧。那些木头全是准备用来做枕木的。”

乘务员连忙跑去和托卡列夫商量。

托卡列夫回答说:

“我们可以供应你们木柴,但要你们付报酬。这是用来铺路的枕木。如今工地上积雪太多。列车上大约有六七百人,妇女和孩子除外,剩下的人都来扫雪,到晚上就可以了。如果没意见，就可以得到木柴，否则的话就呆在这儿过新年吧。"

"快看啊，来了一大帮人，还有女的。"

保尔听到喊叫声，扭过头来。

"这有一百人分配给你们队了，"托卡列夫来到保尔跟前说，"你给他们派活吧！不过，要盯住，不许偷奸耍滑。"

于是，保尔给他们派了活。

一个身着皮领子的铁路制服大衣、头戴羔皮帽子的大个子，正手扶铁锹气哼哼地和他身边的一个女人说着什么。

这女人戴了一顶海狗皮帽，顶上还带个小绒球。

"我才不干呢，任何人都没权利指使我干这个。我是一个铁路工程师，怎么能来铲雪呢？如果让我指挥吗，还可以！铁路的规章里没这么一条。这个老家伙违反规定，我要告他！这儿谁是工头？"

他问身边的一个队员。

保尔走过来："公民，你为什么不干活？"

那男人用轻蔑的神色看着保尔，反问道：

"你是干什么的？"

"我是这儿的工人。"

"那我和你没话可说。喊你们工头，或者你们的……"

保尔瞪了他一眼，说：

"如果你确实不愿意干，就算了。只是车票上没有我们印的标记，你就别想上车。这是工地主任的指示！"说到这儿，保尔又扭头问那女人，"女公民，你也不愿意干吗？"他顿时呆住了。

面前的女子是冬妮亚！

可冬妮亚过了好久才看出破衣烂衫的保尔。

保尔的短外衣很破旧，脚上还穿了不同的鞋，一只烂靴子，一只怪里怪气的鞋套，脖上系着一条脏乎乎的毛巾，脸已好多天没洗了。只有那双明亮的眼睛，还和过去一样。这正是保尔的眼睛。

面前这个乞丐般的人，不久前还是她热恋的情人！

世界上的万物都是瞬息万变呀！

冬妮亚刚结婚不久，这次是跟着丈夫去他任职的一个大城市，他在那儿的铁路局担任一个重要工作。

她无论如何也想不到会在这种情况下,这个环境里遇到她少年时代的恋人!

她难于去和保尔握手。……瓦西里会想些什么呢?

保尔竟落到了这种田地,真让人伤心。看来,他除了挖土之外,不会有再大的出息了。

她忐忑不安地站在那儿,面红耳赤。

她丈夫看了这幅情景气坏了——这个衣衫褴褛的人正目不转睛地盯着妻子,这是多么卑鄙无耻的行为呀!

他把铁锹甩到一边,走到冬妮亚面前说:

"冬妮亚,咱们走。如果我再看这拉查隆尼一眼,就不是人!"

保尔看过《朱泽培·加里波第》这篇小说,他明白拉查隆尼指的是"穷鬼"。

"如果我真是'拉查隆尼',你就是没被肃清的反革命。"他大声地回敬道。

接着,保尔又看了看冬妮亚。

他脸上面无表情地,一字一句地对她说:"杜曼诺娃同志,你拿起铁锹,到队伍里去,别学那个胖水牛。请原谅我这话,我不知道你们是什么关系。"

这时,保尔面带得意。他看着冬妮亚那双长筒皮靴套,冷笑着又说道:"我希望你还是不要留在这儿。前几天,匪徒还来这里抢劫过呢。"

他说完扭身回到自己的工作队去了。他那套鞋发出啪叽啪叽的怪声。

保尔最后几句话对工程师产生了效用。冬妮亚终于劝服丈夫去铲雪了。傍晚。下工了,人们都朝车站走去。冬妮亚的丈夫急匆匆地走到前头,想先上车占个好地方。冬妮亚站在路旁。

人们都从她身旁走过去了。

保尔走在最后,他已经累得精疲力竭了。他边走边挂着铁锹。

"保夫鲁沙,你好!"冬妮亚对他说,"说实话,我真没料到你会到这个地步。你就不能在政府中找个比铲土更强点的工作吗?我还想你一定早就当了委员之类的领导了。你的生活简直太凄惨了……"

冬妮亚和保尔并肩走着。当保尔听到她的话时,突然停住了,用诧异的目光盯着她说:"是啊,我也没料到你变得……这么酸臭难闻。"他想了一下,才想到这个即合适又比较和气的词儿。

"你还是那么粗俗!"冬妮亚的脸红到了脖子根。

保尔扛起铁锹,迈开大步朝前走去。他走了几步,才回答说:

"不,杜曼诺娃同志,我的粗俗比你那所谓的礼貌强得多,你不用为我的生活忧虑,我倒是挺充实。只是你的生活已比我所预料的腐化得多。两年前你还敢和一个工人握手,而如今的你全身上下发出卫生球的臭味。说句老实话,我们之间已真的没有共同语言了。"

保尔收到哥哥的来信。信中说他要结婚了,要保尔务必回去一趟。

一股风把保尔手中的信纸吹飞了,像鸽子一样飞向空中。他没能去参加哥哥的婚礼——说要离开工地,怎么能够呢!昨天,潘克拉托夫那家伙已经追过他的队了。而且正在以惊人的速度向前突击。这个码头工人正在玩命似的争取夺标,他一贯的沉着冷静消失了,不断地催促工人们发疯似的拼命干活。

帕托什金盯着这些不辞艰辛,任劳任怨的筑路工人,挠了挠头皮,惊诧地对自己说:"这些到底是什么人?哪里来的这股劲头?对呀,如果老天爷开恩,再有七八天,我们就可以竣工了!常言道:活到老,学到老,老了才知道懂得的太少了。这些人凭自己的工作成果推翻了所有的计算和标准。"

克拉维切克带来了他亲手做的最后一批面包来。他先去托卡列夫那儿看看,然后就来问候保尔。他们亲热地问候。接着,克拉维切克笑眯眯地从麻袋里取出一件精美的黄色毛皮短大衣,拿手拍打着那极具弹性的皮面,对保尔说:

"这是给你的。你猜猜是谁送给你的吗?唉,真笨!这是丽达·乌斯季诺维奇同志让我转交给你的,为的是不要把你这傻瓜冻死。这原本是奥利申斯基同志送她的礼品,她拿到后立即交给我,说:给柯察金送去吧。阿基姆告诉过她,你在寒冷的天气中劳作,连件皮衣都没有。这反而让奥利申斯基锁紧了眉头。他说:'我可以送给那个同志一件军大衣。'可丽达笑着对他说:'不用了,还是穿短大衣干活灵便些!'保尔,给你,拿走吧!"

保尔十分兴奋地抱着这个珍爱的礼品,犹犹豫豫地把它穿在冻得凉冰冰的身上。那软软的皮毛立即暖热了他的前胸、后背。

丽达在日记中记着:

十二月二十八日

连日来的暴风雪,风疾,雪大。博雅尔卡的工人们马上就竣工了,可是寒冷和风雪又拦住了他们。他们深陷在雪地中了。要挖开冻结的硬土太难了!仅剩下四分之三公里了,可这却正是最艰难的一段。

托卡列夫报告说:筑路队有人得伤寒了,已经有三个人病倒了。

十二月二十二日

共青团省委召开全体会议。博雅尔卡没有一个人出席。距离博雅尔卡十七公里处,匪帮把一辆运粮的火车弄脱了轨。根据粮食人民委员会的命令,筑路工人全都派往遇险地点抢修铁路。

十二月二十三日

从博雅尔卡又运回了七个伤寒病患者,包括奥古涅夫在内。我去了趟车站,从哈尔科夫开来的列车车厢通过台上抬下来几具硬邦邦的尸体。医院里实在太冷了。这暴风雪,什么时候才能停呀?

十二月二十四日

刚由朱赫来那儿回来。原来,下面的事情是真实可信的。

奥尔利克匪帮昨天夜里全部出动,攻击了博雅尔卡。匪徒们跟我们战斗了两个小时。徒匪们割断了通信设施。一直到了今天早晨,朱赫来才获知准确的信息。匪徒们被击溃了。托卡列夫被打伤了,子弹射进了他的胸部。今天将把他运来,那天夜里的守卫队长弗朗茨·克拉维切克被砍了一刀,没有了存活的希望。当时他一发现匪徒,就鸣枪报警,同时一边往回跑一边拦击敌人。还没等跑回所住的学校,就被砍倒了。铺路队里十一个人受了伤。如今已安排了一辆装甲车和两队骑兵驻守在那里。

潘克拉托夫升为筑路工程主任了。白天的时候,普兹列夫斯基团在格鲁鲍基村围剿了一些匪徒,把他们全部消灭了。

一些非党团人员,来不及等火车,顺着铁路线步行回到了城里。

十二月二十五日

托卡列夫和其他的伤员被送回城里了,他们被安置在医院里。医生应允一定将托卡列夫老人抢救过来。他还处在昏迷状态之中。其余的伤员都没有危险了。

省党委和我们都收到了来自博雅尔卡的电报:"为了处罚匪徒,我们,筑路工人,'保卫苏维埃政权'号装甲列车和骑兵团的战士们在全体会议上一致向上级保证,我们将不畏艰难困苦,保证在一月一日前把木柴送到城里。我们将全力以赴,坚持不懈地工作。我们的共产党万岁!大会主席:保尔·柯察金,笔录:别尔津。"

我们以军礼在索洛缅卡安葬了克拉维切克同志。

盼望许久的"珍贵"的木柴就在眼前了。可工程进展却慢得让人无法忍受,由于伤寒病,几乎每天都将夺去几十个宝贵的人力。

一天,保尔像喝醉了似的,两腿无力,晃晃荡荡地回到了车站,他已经高烧几天了,可是今天,他感觉浑身不舒服,体温也比往日高。

伤寒病开始慢慢地侵袭保尔了。他那强健的身体一直顽强地抵抗着,接连五天,他都硬撑着从铺着稻草的水泥地上爬起来,和同志们一起去参加劳动。无论是丽达送来的皮短大衣,还是朱赫来送他的毡靴,对他的身体,尤其是那双已冻坏的脚,都不起作用了。

他每前进一步,就感觉有东西在狠狠地扎着他的胸口,他冷得直打牙颤,眼前一阵发黑,树木都转了起来。

他总算回到了车站。一阵很特别的喧哗声让他突然间清醒了一会。他费力地睁开眼睛,看见车站着停靠着一排像车站那么长的列车——上面装有几台机车,很多铁轨和枕木,那么多与车同来的人在忙着卸车。他艰难地迈了几步,身子就不受控制了。他只觉得头晕眼花,随即便摔倒了。他那烫人的脸贴在雪地上,还挺舒服。

几个小时以后,人们才发现了倒在地上的保尔,便把他抬进了板棚里,他喘气极其困难,看不清身边的人是谁,从列车上请来了医师,诊断结果是:格鲁布性肺炎和伤寒。体温四十一度五。关节炎和脖子的两个痈疮对他来讲,倒无关紧要,前两种病症就完全可以把他送到极乐世界了。"

潘克拉托夫和跟列车返回来的杜巴瓦都在竭尽全力抢救保尔。

保尔的老乡阿廖沙·科汉斯基负责把他送回谢佩托夫卡。

多亏有柯察金那一小队人的全力帮助,尤其是在霍利亚瓦的压力之下,潘克拉托夫和杜巴瓦总算把昏迷不醒的保尔和阿廖沙送进了被挤得水泄不通的车厢里去。车上的旅客怕被传染,硬是不让他们上车,还扬言要在途中把病人扔出去。

霍利亚瓦在乘客们的鼻子跟前挥了挥他的手枪,怒斥道:

"这病人不传染。就是把你们都轰下来,也得让他走!一群自私鬼,你们记住喽,我马上通知沿途铁路。如果谁敢碰他一个指头,火车一到站就把你们全都关进班房。阿廖沙,这是保尔的毛瑟枪,谁敢动他,你就开枪。"霍利亚瓦恫吓他们说。

火车启动了。在空荡荡的站台上,潘克拉托夫走上前对杜巴瓦说道:"你看保尔还能活过来吗?"

没有答话。

"咱们走吧,德米特里,一切都听老天的安排吧!如今工作都扛在我俩肩上了,今天夜里一定要把机车卸完,明天一早点火试车。"

霍利亚瓦在不停地摇着电话机,给沿途在肃反委员会工作的朋友,打电话恳请他们阻拦列车上的旅客把患病的保尔·柯察金从车厢里抬出来,待到每个朋友都答复保证做到后,他才上床休息。

在一个铁路中转站,客车里发现了一个浅发青年的尸体,被抬到了站台上。没有人知道他的姓名与死因。于是,车站肃反委员会的同志想到了霍利亚瓦的恳求,便飞快地跑过去阻拦别人把他抬下车。等到证实这青年的确已经死了后,才叫人把他抬到停尸间去。

肃反委员会的同志立刻给博雅尔卡的霍利亚瓦去了电话,把他十分关注的那个青年人的死讯通知了他。

博雅尔卡也拍了一份短报给省党委,报告了保尔的死讯。

阿廖沙·科汉斯基把病重的保尔送回家后,他自己也染上了伤寒,高烧不退,也病倒了。

丽达在日记上记着:

一月九日

我为什么会这么伤心呢?还未动笔写日记前就已经大哭一场了;谁也想不到丽达会哭,而且哭得如此心痛!难道说眼泪始终是意志不坚强的象征吗?今天流泪是因为有难以抗拒的悲伤。这悲伤为什么偏偏今天到来呢?恰好是这个胜利的日子;在寒冷的威胁已被解除,各条铁路车站都已得到充裕的木柴;我刚参加完庆功大会——市苏维埃为庆祝筑路的全体英雄们而召开的扩大会议——回来;为什么正好这时噩耗自天而降?胜利,对,我们胜利了,为了它,我们献出了两个同志年轻宝贵的生命:克拉维切克和保尔·柯察金。

保尔的死让我暴露出自己的感情:对我来讲,他比我原先想到的还要可爱,还值得珍惜。

日记就此停笔,不知道什么时候再继续写,明天我将写信给哈尔科夫,告诉他们我同意到乌克兰共青团中央委员会工作。

3

青春的力量最终赶跑了病魔。保尔没有因伤寒而死。这已是第四次虎口脱险了。一个月后,保尔脸无血色,身体瘦弱,但是已经能颤抖着双腿,靠着墙走上几步了。母亲把他扶到窗口处,他透过窗户朝外面的路凝视了许久。阳光照射下的一堆堆雪水闪亮耀眼。春天到了。

一只灰白肚皮的麻雀在窗子对面的樱桃树上来回地跳动着,显得神气十足,眼睛时不时偷看保尔一眼。

"看,我们俩可算是度过冬天了!"保尔用手指敲了敲玻璃窗,低声说道。

母亲纳闷地望着保尔,问:"你跟谁说话呢?"

"一只麻雀,它已经飞了,鬼精灵。"他微弱地笑了笑。

到了阳春时节,保尔开始打算回城工作了。如今已恢复一些了,可以自己行走了,不过身体里还隐藏着可怕的病根。一天,他在花园里漫步,突然间脊柱间一阵剧痛,使他倒在了地上,他好不容易才挪到屋里。第二天,医生检查时,发现脊椎骨上有个深深凹下去的部位。便惊奇地问:"这是怎么弄的?"

"这是公路上的石头击伤的。在罗夫纳战役中,一颗三英寸口径野战炮的炮弹在我身后开了花……"

"那你后来怎么还能走路?不碍事吗?"

"不碍事。当时,我休息了两个钟头,接着骑马打仗。今天是第一次发作。"

医生紧锁着眉头,又检查了一遍那曾受伤的部位。

"不,不,我的孩子,这可不是个好东西。脊柱是经不起这样的伤害的。希望它不再发作。穿上衣服吧,柯察金同志。"

医生用一种同情而又忧虑的神色望着病人。

阿尔焦姆住在妻子的家里。妻子斯捷莎是个相貌丑陋的年轻女人,出身于一个贫困的农民家庭。一天,保尔去看哥哥。一个脏乎乎的,斜着两眼的小孩在一片狼藉的小院里跑着玩,一看见保尔,就毫不畏惧地盯着他,不住地挖着鼻孔,向保尔

问道:

"干什么,想偷东西?你最好赶快离开,我妈可厉害呢。"

这时,破旧的小木屋的小窗子被推开了,阿尔焦姆朝弟弟喊道:"快进来吧,保夫鲁沙!"

一个黄脸婆正忙着在锅边用火叉烧火。她很不友好地瞥了保尔一眼,让他过去。还有意把火叉磕得当当直响。

两个梳着粗短辫子的小女孩很快地爬到火炕上,像野孩子似的惊奇地打量着来人。

阿尔焦姆坐在桌子边,很不自在。他的婚事母亲和保尔都不同意。他是个工人子弟,不知道什么原因,竟然跟石匠的女儿、恋爱三年的美丽的裁缝女工嘉莉娜分手了。而到丑陋的斯捷莎这个没有男劳力的五口之家,当了上门女婿,刚刚忙完机务段的工作,还得拼命地去犁地,以此来改善家里的状况。

阿尔焦姆明白保尔不愿意他抛开家来当上门女婿。保尔称这种行为是坠入小资产阶级势力的泥潭,所以他现在提心吊胆地注视着保尔对他家里一切的反应。

他俩呆了一会,谈的都是些很普通的客套话。保尔要离开,哥哥留住他,说:"等一会,我们一起吃饭,斯捷莎立即就取回牛奶了。怎么,你明天就走?保夫鲁沙,你的身子还没完全恢复呀!"

斯捷莎迈进房里来,问候了保尔。她拉上阿尔焦姆去脱谷场帮她抬东西,单独把保尔留下,去面对少言冷漠的老太婆。教堂的钟声敲响了,老太婆撂下火叉,不高兴地嘟囔道:

"啊,我的主啊,我整天被家里的鬼事缠着,连祷告的时间都没有!"她拿下脖子上的披肩,斜了保尔一下,到屋子的一个旮旯里——那摆放着年久发黑而看起来很孤独的圣像。在圣像面前,她并上三根瘦弱的手指,在前胸划了个十字。

"主啊,我天上的父,您是神圣的。"她用那干枯的嘴唇小声地唠叨着。

院子里,小孩跳到一头奔拉着大耳朵的黑猪背上,两手抓着猪鬃不放,光着两只脚丫使劲地踹它,使劲吆喝那摇晃着身子嚎叫的牲畜:

啰—蒙啰,起步走!啰啰啰,别调皮!"

那只猪背着小孩在院里跑开了,它想甩掉背上的孩子,可那个小家伙却死不放手。

老太婆放下祷告,把头伸出窗子,叫道:

"该死的东西,还不快下来,等我告诉你爸爸,他打死你! 快下来,它会摔死你的!"

终于,小孩子被摔到了地上。老太婆很神气地回到圣像面前,继续她那诚挚的祷告:

"愿天主降福人间——"

这时,门口站着那哭叫的小孩,他使袖头擦着受伤的鼻子,哭叫着:"妈——妈,我要吃甜饺子。"

老太婆怒气冲冲地扭过身来骂道:"你这斜眼鬼,就不能让我安安稳稳地祷告。来,让你这兔崽子吃个够——"边说边操起凳子上的一根皮鞭,那孩子马上跑掉了。炕炉上那两个小女孩扑哧一下乐了起来。

老太婆又去接着做她的第三次祷告。

保尔没有等到哥哥回来就离开了。当他关篱笆门时,看见那老太婆把头从木屋的小窗中伸出来,窥视着他。

"真是见鬼了,哥哥为什么偏偏选中这样的家庭! 如今他怕是一辈子也翻不了身了。斯捷莎一年为他养一个,哥哥就得像牛粪坑中的甲虫,不住地操劳下去! 搞不好,还会把机务段的工作也丢掉呢。我还打算引他到政治路上来呢!"闷闷不乐的保尔在小城那空荡荡的街上走着时,心里是这样想的。

保尔想到明天将要返回那个大城市了,那儿有他的朋友和那些亲爱的人,禁不住又快乐起来。大城市以它那巨大的力量、富有活力的生活、川流不息的人流、电车和火车的声音深深地吸引着他;而最吸收他的,还是那石垒的高大厂房、黑洞洞的车间、机器的轰鸣声和皮带轮轻柔的沙沙声。他的心早就飞到了工厂,飞到那儿……。可是这儿却是一个偏僻的小城,走在街上,感觉憋得慌……这也是常情,小城已让他觉得很不适应,感到厌烦。就连白天出去都觉得烦闷。当保尔路过坐在台阶上的两个嚼舌根的妇女时,听到下面这些话:

"瞧,大娘,从哪冒出个丑八怪?"

"看样子,准是个肺痨。"

"他身上的短皮大衣倒很阔气,一定是偷来的……"

还有很多诸如此类的令人恼怒的人和事。

保尔事随境迁,他从来就没打算要呆在这里。那座大城市才倍感亲切,那儿有真挚的友谊、勇敢的伙伴,还有轰轰烈烈的劳动。

保尔没感觉到已到了松树下边,他站在三岔路口。右边,用带尖的长木头栅栏跟树林断开的是阴森恐怖的旧监狱，它的后面是白色的医院大楼。

就是这个空荡荡的广场上，敌人绞死了瓦莉娅和她的同志们。保尔在过去立绞架的地方静默了一会后，就向陡坡走去，沿着坡下来，他到了烈士墓前。

不知是哪些好心人在那一排坟墓前摆放了用枞树枝编制的花圈，又在周围种上了绿色。

高大的松树耸立在陡坡上。嫩绿的青草长满了斜坡。

这是小城的近郊区，清静、冷落。松树林发出轻轻的哗哗声。苏醒过来的大地，散发着春天的气息。保尔少年时代的伙伴长眠在这里。为了人民的幸福和光明而牺牲了。

保尔缓慢地脱下帽子，满怀悲痛，静静地哀悼烈士们。

人生最宝贵的是生命。生命对我们只有一次。一个人的人生应当这样度过：当他回首往事时，不因虚度年华而悔恨，也不因碌碌无为而羞愧。这样，在他临死的时候，就可以说："我的整个生命和全部精力都已奉献给了世界上最壮丽的事业——为人类的解放而斗争。我应该立即去从事我未完成的事业，不然，想不到的疾病或是残酷的事故将会突然结束自己的生命。

他怀着这种想法离开了烈士墓。

母亲在家里伤心地为儿子打点行装。保尔偷偷地盯着母亲，发现母亲在暗自流泪。

"保夫鲁沙，你就不能呆在家里吗？我年纪大了，一个人孤苦伶仃的，多难熬啊。孩子不少，可是长大成人后就都走了。城里怎么有那么大的吸引力？家里不是挺好吗？该不会也看上了那里的秃尾巴鹌鹑吧？你们都是这样，什么事都不愿对老妈说。阿尔焦姆的婚事没和我说一声。你就更不用提了，只有在病重、受伤的时候，才能见到你。"她一边低声地埋怨，一边把儿子那几件衣服放进一个洗干净的布袋里。

保尔两手抱住母亲的肩头。把她搂到自己的胸前，说道：

"我的好妈妈，哪有什么秃尾巴鹌鹑？您懂得鸟儿才找它的同类，您是把我也看成雄鹌鹑了？"

保尔把母亲逗乐了。

"妈妈，我保证过，不把全球的资产阶级消灭掉，是不会谈女朋友的。你说什么，还要多长时间？不，妈妈，快了……不久将会成立一个替人民办事的共和国。

以后你们这些老年人,都将到意大利去养老。那三面靠海,是个气候温暖的国家。那儿没有冬季。把你们安排在资产阶级住过的宫殿里,每天高高兴兴地晒太阳。到那时,我们再到美洲去,铲除那里的资产阶级。"

"我的儿子啊,妈可活不到那个好时候——你爷爷就这脾气,他是个水兵,一条好汉,愿上帝祝福他!他们攻到了塞瓦斯托波尔,战争结束后,他带着一只胳膊一条腿回来了,胸前确是戴有两个'十字架'和两个带丝带的五十戈比银币,最后,还不是穷困地死去了。他的脾气很犟,有一次,他用拐杖打一个官老爷的脑袋,被关了有一年左右。'十字架'也不顶用,照样被押。我看你跟他差不多……"

"哎呀,我的好妈妈,我们就要分别了,怎么不高兴点啊!来,听我拉手风琴,我好久没碰它了。"

他低头按着那排珠母色的琴键,拉出了新的曲调,母亲为这陌生的乐曲所惊奇。

如今他奏出的曲调同过去截然不同;再也听不到那粗犷豪放令人痴迷的音乐了。听到的是充满力量而又和谐悦耳的曲调。

保尔自己到了车站。

是他叫母亲不要送的,因为他不愿看到她流泪。

车厢里的人越挤越多。保尔占了上铺的一个空位。他看到了通道上那些喧嚣,急躁的人们。

他们都带着许多口袋,急急忙忙地往座位底下塞。

火车慢慢地启动了,大家才安静下来,开始狼吞虎咽地大吃起来。

保尔不久就入睡了。

保尔到访的第一站位于基辅市中心的重要街道——克列夏吉克。他一步一步地缓缓地走上天桥。周围那熟悉的一切,都没多少变化。他摸着溜滑的栏杆,从天桥上下来。这时候桥上空无一人。保尔停住了脚步,他被那美丽的夜景迷住了:地平线披上了黑色的天鹅绒,夜空中散布着不计其数的亮光闪闪的星星。放眼远望,已分不清天与地的连接处在哪里,看到的只是那夜空中的万家灯火……

对面有几个人走过来。他们激烈的争辩划破了夜的宁静。保尔这才收回目光,来到桥下。

当他找到克列夏吉克大街州特勤处时,值班人员告诉他,朱赫来早就高升了。

　　值班的警卫盘问保尔很多问题。一直等到验证了他确实是朱赫来的老朋友时,才告诉他朱赫来已于两个月前调往塔什干,在土耳其斯坦前线工作。保尔非常失望,他没有继续问下去,悄悄地走开了。他突然觉得特别累,就在门口的台阶上坐下了。

　　一辆有轨电车驶过去了,街上听到的只是车轮的叮当声和发动机的轰鸣声。人行道上的行人络绎不绝。城市里非常热闹:妇女们欢快的笑声,男人们低沉的声音,青年人高亢的歌声和老年人嘶哑的声音融合在一起。人来人往,源源不断,都是脚步匆忙。电车灯、汽车前灯和隔壁电影院广告牌四周的电灯都是那么明亮耀眼。哪儿都有人,哪儿都有不断的说话声。这就是大都市的夜晚啊。

　　街上的吵闹声与匆忙的脚步或多或少减少了保尔由于朱赫来的不在而引发的极大不快。他去哪儿呢?回索洛缅卡?那里有很多朋友,可是太远了。他的脑子是很自然地浮现出离这儿不太远的大学环路的那座房子。当然了,他现在应该去那儿。除朱赫来以外,他最希望看到的不就是丽达吗?在那里,他还能到阿基姆的房里睡觉。

　　从远处他就望见楼角落里的窗户亮着灯。保尔尽力让自己冷静下来,拉开了那扇橡木大门。他在楼梯上停了一会。丽达的房间里传出了说话声,还有人在弹吉他。

　　"噢!如今她连吉他也允许弹了,要求可有些放宽了。"保尔轻声地敲了敲门。

他很兴奋紧紧地咬着嘴唇。

来开门的是一个不认识的女人，很年轻，鬓角垂着鬈曲的头发。她疑惑地望着保尔。

"您找谁呀？"

她没有急着关门。保尔瞥了一眼那陌生的家具和摆设，就完全明白了。可他还是回答：

"乌斯季诺维奇在吗？"

"她不在这儿住了。一月份就调到哈尔科夫去了，后来有人说她又去了莫斯科。"

"那么，阿基姆还在这儿住吗？他也走了吗？"

"他也走了，如今已是敖德萨共青团省委书记。"

保尔无奈只得走开了。那种回城市来的热情顿时一扫而光。

如今他应该想想在哪儿过夜了。

"继续这样逐个地去找老朋友，看来也是枉然。"他压制住自己的苦恼，不高兴地自语着。可是他还是打算再去试一试，去找潘克拉托夫。这个码头工人就住在码头旁边，去他那儿总比去索洛缅卡近些。

疲惫不堪的保尔总算到了潘克拉托夫的家门口，他敲了敲那暗红色的门，心里想："如果他也不在这儿，我就不再找了，随便找条船睡一夜算了。"

开门的是一个老太婆。她系着一条下巴底下打着结的头巾，一副农家妇女的打扮。这人是潘克拉托夫的母亲。

"大娘，伊格纳特在吗？"

"他刚刚回来。您找他？"

她没认出保尔来，回头喊道：

"根卡，有人找你！"

保尔随她进了屋，把包搁在地板上。潘克拉托夫赶忙吞下一块面包，转过头来，朝来人说：

"有事，就请坐下来说吧！不过得等我把这碗甜菜汤喝完。这一天来我喝的全是白开水。"他说着便拾起了一个大木勺儿。

保尔坐在他身旁的一个破椅子上。他摘下帽子，习惯性地用它擦了擦额头。

"难道我的变化真的那么大吗，连根卡都认不出我了？"

潘克拉托夫喝了两勺甜菜汤，见来人没说话，便扭过头来，说道："喂，你说呀，有什么事?"

他正捏着一块面包打算塞到嘴里,猛然停住了,惊讶地眨眨眼睛:"喂,……怎么回事。呃,这是……"

看到潘克拉托夫急得满脸通红,保尔禁不住笑了起来。

"保尔,我们都以为你死了! ——等一下,你叫什么?"

听到潘克拉托夫的喊声,他姐姐和母亲也从隔壁奔进来。他们三人一块终于认出了是保尔·柯察金。

家里人都睡着了,潘克拉托夫还在不停地给保尔说着这四个月以来的每件事:

"扎尔基和杜巴瓦去年冬天就去哈尔科夫了。是进共产主义大学了!他们进的都是预备班。我们一共有十五个名额,我也报了名,写了申请。我也想丰富自己的'脑袋瓜',可是,在考试委员会就被淘汰了。"

潘克拉托夫气呼呼地继续他的故事:

"刚开始都很顺利。每个条件都符合:党证有,团龄也够了,身份和家庭出身也挑不出毛病。而轮到政治测验,我就糟了。

"我跟考试委员会的一个同志顶撞起来了。他问我一个小问题。他说:'你能谈谈对哲学的理解吗?'我对哲学一点不懂,你是知道的。但是我当时却记起我们的一个码头工人,他到处流浪,念过中学,他只是要装装样子才来当码头工人。有一天,他给我们讲,从前在希腊有一些好吹牛的学者,大家都叫他们为哲学家。他们中间有个怪人,我记不清他叫什么了,好像叫什么第杰阿根,他一辈子都睡在木桶里,诸如此类的等等。……如果谁能用四十种方法来证明白就是黑,黑就是白,那他就是他们中间最有能耐的学者。一句话,他们都是些胡说八道的家伙。我想起这些话,心中便想道:'考试委员会的人从右翼来包抄我。'但他还在那诡秘地看我,于是我便脱口而出:'哲学,就是空口说白话,尽搞些虚无缥缈的东西。同志们,对这些东西我毫无兴趣。而党史,我却愿意竭尽全力地研究!'他们问我从哪得来这新奇的见解,我就把那个中学生的话,添枝加叶地说给他们听,他们却哄堂大笑起来,气得我说道:'怎么,这不是逗我玩吗?'便拿起帽子离开了。

"后来,在省党委会碰到那个考试委员,我们聊了三个小时左右,这才知道那个中学生纯粹是在胡说八道。原来哲学很深奥哩。

"可杜巴瓦和扎尔基却被录取了。杜巴瓦过去确实学得挺好,可扎尔基却跟我差不多。很显然,是他的勋章起作用了。总之,我是白高兴一场。我被安排到码头负责管理工作,代理码头货运主任的工作。过去,我经常因为种种青年工作和码头各个部门的主任闹矛盾。如今自己也坐到主任的位置上了。有时会遇到这样的事：一个懒蛋或马虎虫被我抓住，就只好以团委书记和码头主任的身份来教导他。他们的事都逃不脱我的眼睛，好了，我的事以后再聊吧。该给你讲讲别的消息了。阿基姆的事你已清楚了。只有屠弗塔一人一直工作在省团委。托卡列夫任索洛缅卡的党委书记。你们公社的社员奥库涅夫在共青团区委会工作。塔莉亚任政治教育部部长，一个叫茨维塔耶夫的接替了原来你在铁路工厂的职务。这人我不太认识，只是在团省委碰到过几次，看起来还挺精干，只是不谦虚。另外，你或许还记得安娜·鲍哈特吧，她也在索洛缅卡，任区党委妇女部主任。别的人我已经跟你讲过了。保夫鲁沙，如今，党把很多人都送去读书，老干部们都到省苏维埃党校学习去了。他们许诺明年也送我去上学。"

俩人一直聊到下半夜才上床睡觉。第二天早上，当保尔睡醒时，潘克拉托夫早已到码头去了。他的姐姐杜霞很结实，样子很像弟弟，她招待保尔吃早饭，高兴地跟保尔聊天。潘克拉托夫的父亲是轮船司机，已出航了。

保尔想去走走，临出门时杜霞嘱咐说：

"别忘了，回来吃午饭，我们等着你呢。"

省团委还像过去那样热闹。门被不停地开关，走廊和屋里人来人往，办公室里不停地传来嗒嗒的声音。

保尔在走廊里停住了，想找个认识人，可没看见，于是就朝办公室走去。省团委书记身着一件蓝色的斜领衬衣，坐在一张大写字台旁边。他只是朝保尔瞥了一眼，便头也不抬地接着写他的字。

保尔坐在写字台对面，小心地打量着这个阿基姆的接班人。

"你有事吗？"当这位穿俄式便服的书记在他写完的文件上画上最后一个句号时，问保尔。

保尔讲述了自己的经历，最后说道：

"同志，请恢复我的团员身份，还希望我能回到铁路工厂工作。请你无论如何帮我安排一下。"

书记靠到椅子背上，犹豫地回答说：

"恢复你的组织关系，这毫无问题。可你要到铁路工厂工作，却不太容易，那儿，前不久才安排了茨维塔耶夫去负责。我们安排另外的工作给你吧。"

保尔锁紧了眉头。

"我到铁路工厂是不会影响茨维塔耶夫工作的。我只想去车间里干我的本行,不是当工厂的共青团书记,况且我现在的身体还不大好,我希望不要让我干别的工作。"

那位书记点头了。他在一张纸上草草地写了几个字。"把这个交给屠弗塔,他会安排好的。"

到了人事处,屠弗塔正在使劲地骂他的助手——统计员。保尔听他俩争吵了一会儿,觉得他们会不停地吵个没完,便在他们争持不下时,拦住屠弗塔说:

"屠弗塔同志,你先休息一会。这有个便条,先给我办好我的证件吧。"

屠弗塔拿起条子,认真地看了好大一会,又瞅了保尔几眼,才算搞明白眼前的事。他说:

"唉,原来你还活着?那可怎么办呢?我们早就在团员名单上把你除名了,还是我亲手把你的卡片寄到中央委员会的呢。而且,你也没赶上整个俄罗斯团员登记的机会。根据团中央的指示,凡是没有登记的人都给予除名。所以你现在只有一个办法——按照规定重新办理入团手续。"他说话的口气很硬。

保尔皱起了眉头对他说道:

"你怎么还是老样子,你是个年轻人,可比档案库里的老耗子还愚蠢,屠弗塔,你什么时候才能进步呢?"

屠弗塔蹦了起来,好像被跳蚤咬了一口。

"你用不着来教训我,我这是对工作负责。上级的指示是叫人来遵守的,不是让人违反的。你骂我'耗子',我要控告你。"

屠弗塔用恐吓的语气说完最后一句话,便伸手取了一摞没打开过的信件摆在面前,表明这事已没有回旋的余地了。

保尔不紧不慢地走到门口,可是想一想,又扭身回去,拿回那张便条。屠弗塔注视着他。这个长有一双肥大扇风耳的青年"老头儿"凶巴巴地在那儿,显出了对工作认真,毫不偷懒的样子,令人啼笑皆非。

"好了,"保尔用一副嘲讽而又坚定的口气说,"你完全可以给我加上一个'违反共青团干部规定'的'罪名',可我还想问问你,你拿什么绝招来处罚那些事前未经你批准就忽然'死'了的人呢?你要明白这一点,谁都可能发生这种事;没准儿生了病,也没准儿就死了,这种事,或许你没有上级的指示批文吧。"

屠弗塔的助手听到这里,再也无法站在中间立场了,开怀大笑起来。

屠弗塔握着的铅笔尖折了。他把它掼到地上,可还没顾得上答复保尔,就听到一大帮人有说有笑,吵吵闹闹地来到房里。奥库涅夫就在当中。他们一看到保尔,惊喜万分,问个没完没了。过了几分钟,又进来一批团员,中间有奥莉嘉·尤列涅娃,她也是喜出望外地抓住保尔的手久久不放。

大家又强迫他把经历重复了一遍。同志们那无限的喜悦,诚挚的友情和同情心,亲切的问候,有力的握手和拍打肩背,让保尔暂时忘却了刚才的不快。

最后,他还是把刚刚发生过的事给大家讲了。大家听了马上愤愤不平起来。奥莉嘉恶狠狠地白了屠弗塔一眼,便朝书记室奔去。

"咱们去找涅日达诺夫!他会教训他的。"奥库涅夫说着,抱着保尔的肩膀跟大家一道随奥莉嘉去了书记室。

"应该撤屠弗塔的职,把他送到码头上,让他在潘克拉托夫同志的监管下,干上一年码头工人的活。这简直是官僚主义!"奥莉嘉气呼呼地说。

省委书记亲切地微笑着,耐心地听着同志们提出的撤掉屠弗塔的请求。他安慰大家说:

"柯察金恢复团籍的事没问题,立即可以拿到团证。我也同意你们对屠弗塔的批评,有点形式主义。这是主要缺点,可我们还得承认,他确实把卷宗整理得整整齐齐。我工作过的地方,共青团档案和数字一直都是一本叫人无法相信的糊涂账。可他的统计工作却搞得特别好。你们也都很清楚,屠弗塔有时在办公室工作到深夜。我觉得,撤他不难,可也得找个合适的人来接替他。如果来人统计工作做不好,不但官僚主义没有了,连统计工作也没有了。还是屠弗塔继续干吧。我去跟他好好聊聊。目前就这样吧,以后再看吧。"

"好了,就这样吧,"奥库涅夫答应了。"保尔,我们现在去索洛缅卡吧。今天,我们在俱乐部开共青团先进分子大会。那还没人知道你的事,如果我们说:'请柯察金同志讲话!'同志们准会惊诧不已。好小子,亲爱的保尔,你没死是对的。如果你真的死了,对国家有什么益处呢。"奥库涅夫开着玩笑,然后就抓起保尔,把他推到了走廊里。

"奥莉嘉,你来吗?"

"来。"

潘克拉托夫一家人在等保尔回去吃午饭,可他一直到夜里也没回去。奥库涅夫把保尔带回家了。他在"苏维埃之家"有间房。他尽其所有来招待保尔,随后又取出一大捆报纸和两大本共青团区委会议的笔记交给他说:

"你还是看一遍吧。从你得了伤寒躺下后，已过去很长时间了。你瞧瞧我们都做了哪些事情，如今又是什么情况。快天黑时我才能回来，到时候我们一起到俱乐部去——如果你累了，就睡一会儿。"

团区委书记奥库涅夫把很多文件、记录和信装进他的几个衣袋里——他不喜欢公文包，一直把它扔到床底下——他在房里转了一圈，算是告别，就出门了。

当他晚上归来时，房间里到处是铺开的报纸，一大堆书被保尔从床下面掏了出来，还放一些在桌上。保尔正坐在床上看中央委员会最近发来的信。这是从奥库涅夫枕头底下发现的。

"看你这个家伙，把我的房间搞成什么样子了！"奥库涅夫假装生气的样子叫道，"喂，慢一点，同志！你怎能偷看国家机密！唉，我怎能留这样的人在家呢？"

保尔微笑着把手里的信放在一边，说：

"恰好这个不是秘密，可你做灯罩的那份才是真正的秘密。你看它的边都被烧煳了。"

奥库涅夫取下了那张已烧煳了边儿的纸，瞅了瞅上面的标题，拍了拍自己的额头，喊道：

"哎呀，让我足足找了三天，哪都没有，我想起来了，前天，沃林采夫用它当灯罩了，过后他自己还找呢，急出了汗也没找到。"奥库涅夫把那张纸小心翼翼地叠好，放到褥子底下。"以后我们要安排好一切。"他自我安慰着，"咱们该吃点东西吧，然后到俱乐部去。来，保尔，到桌子边来！"

奥库涅夫顺衣袋取出一根包着报纸的很长的干鳟鱼，又从另一个衣袋里掏出两块面包。他把桌上的文件推到一边，腾出空地铺了张报纸，然后拿住干鱼脑袋，用力地在桌上摔。性格开朗、活泼的奥库涅夫坐在桌旁，嘴里使劲地嚼着，还在半真半假地向保尔报告最新新闻。

奥库涅夫带着保尔通过工作人员入口处，来到俱乐部的后台。塔莉亚和安娜夹在一群铁路工厂共青团员当中，坐在讲台右边、钢琴旁边的一个角落。晃着身子坐在安娜对面的是铁路工厂共青团支部书记沃林采夫。他的脸庞像八月的苹果——透着红润，头发和眉毛都是麦秸色，身穿一件破旧的黑皮夹克。

他的身边，很随便地把胳膊支在钢琴上的是茨维塔耶夫——一个长着褐色头发，嘴唇轮廓分明的英俊青年。他的衬衣领子没系扣。

奥库涅夫靠近他们时，听到了安娜的最后几句话：

"某些同志总是尽力阻拦新同志的加入。茨维塔耶夫就是这种人。"

"共青团可不是谁愿来就来的呵!"茨维塔耶夫固执而又轻蔑地回答。

正在这时塔莉亚瞧见了奥库涅夫,便喊道:

"快看,快看,尼古拉今天神气得像个擦干净的铜茶壶!"

他们把奥库涅夫拉到圈里,不断地向他发问:

"你到哪儿去了?"

"该开会了,快点!"

奥库涅夫朝大家摆摆手,示意大家安静。

"兄弟们,别吵了。"他说,"托卡列夫同志立刻就到,他一来咱们就开会。"

"看,他来了。"安娜叫道。

真的,区委书记托卡列夫朝他们走来,奥库涅夫赶紧跑去迎接他。

"大叔,到后台来一下,我让你见一个老熟人,见了他,你一定惊诧不已!"

"什么事呀?"托卡列夫自语道,深深地吸了一口烟,奥库涅夫拉起他的手,把他拽到了后台去。

奥库涅夫没命地晃着铃,就连最爱唠叨的人也赶忙住了嘴。

托卡列夫的身后,一个绿色松枝围成的框子里,嵌着《共产党宣言》的作者头像。当奥库涅夫宣布开会时,托卡列夫的眼睛一直盯着站在后台通道上的保尔·柯察金。

"同志们,"奥库涅夫开口说,"在我们正式进入议事日程研究团目前的任务之前,有一个同志请求让他讲几句话,我和托卡列夫批准了,觉得应该让他讲一讲。"

会场里一片赞同的喊声,奥库涅夫就提高嗓门喊道:

"请保尔·柯察金讲话!"

会场中十有八九的人都认识保尔。当大家所熟悉的高高的个子,脸色苍白的青年站在讲台上时,全场爆发出雷鸣般的掌声和兴奋的呼叫声。

"亲爱的同志们,"

他那平和的声音里也夹带着抑制不住的激动。

"朋友们,我回来了,又回到过去的岗位上同大家一起工作了。在这儿,我觉得十分幸福。这儿有许多老朋友。在奥库涅夫那儿,我读了从前的会议记录,了解到索洛缅卡的共青团增添了三分之一的新生力量,铁路工厂和机车库的工人也不再浪费时间去造打火机了,而是把一些破机车从废车堆里拽出来,进行彻底修理。这一切都说明我们的国家有了新生,正在走向繁荣富强。留在这世上是大有可为的! 我怎会忍心在这个时候死去呢?"说到这儿,他的双眼闪烁着光芒,脸上露出了欢乐的微笑。

保尔在一片欢呼声中走下讲台,向安娜和塔莉亚的方向走去。他迅速地跟几个人握了手。朋友们挤了挤,腾出地方叫保尔坐下。塔莉亚的手压在保尔手上,用力地握紧它。

安娜瞪大了眼睛,她的睫毛在颤抖,她的眼神里充满了惊奇。

时间飞快地过去了。这简直不是普通的工作日。每天都是新的开始。保尔每天早晨安排当天的工作计划时,总是很头疼,因为时间短,不够用,他要做的事情老是有一些干不完。

保尔跟奥库涅夫住在一块儿,他在给电工当助手。

奥库涅夫跟保尔争持了许久,才答应保尔目前先不做领导工作。

"我们目前正缺人,可你却藏在车间里。别老是拿你的病作挡箭牌,我得了伤寒病以后,有一个月都是每天拄拐去区委会工作的。保尔,我了解你,你不是因为这个。你告诉我真正的原因是什么?"奥库涅夫非要刨根问底。

"到底为什么,尼古拉,我想看些书。"

奥库涅夫高兴地叫着:

"哈哈,原来是这样! 你想看书,我就不想吗? 老兄,这可是利己主义。也就是,我们大家忙得不可开交,你却躲到一边看书去? 这可不行,亲爱的,明天你就到组织部报到。"

最后,经过长时间的争论,还是奥库涅夫让步了。他说:

"好了,让你休整两个月,你可得感激我。可是,以后你跟茨维塔耶夫准处不好,他是个傲气十足的家伙。"

保尔的回来,确实叫茨维塔耶夫很忧虑。他想保尔一回来,就会开始同他争夺领导权了,这个自私自利的家伙准备还击。保尔听说支部委员会想让他当支部委员,就马上找到茨维塔耶夫,劝他取消这个决定。在车间共青团支部里,保尔只管政治学习小组,从未想过加入支部委员会。即使保尔也提出不参与领导工作,可他在整个支部的影响还是很明显的。有许多次,他都是在暗地里,以一个同志的身份,帮助茨维塔耶夫解决了难题。

一天,茨维塔耶夫刚一迈进车间,大吃一惊:工人们正在擦窗户和清洗机器,洗掉了多年沉积下来的污垢,清除废品和垃圾。保尔正挥着大拖布用力地擦洗满是油污的水泥地面。

"怎么搞起大扫除了?"茨维塔耶夫纳闷地问保尔。

"我们不喜欢这肮脏的工作环境。这儿已经有二十年没人清扫过了。我们要在一周内让它的面貌焕然一新。"保尔爽快地回答他。

茨维塔耶夫耸了耸肩离开了。

那些电气工人不愿意光打扫屋子,又开始打扫院子了。厂里的大院早就成了垃圾堆。什么都有:上百个轮轴,成堆的废铁、铁轨、连接板、轴箱等等,堆积如山——这几千吨的铁放在外面都生锈了。可是清扫垃圾堆的工作却被领导阻拦了,原因是——"还有更重要的工作,拾掇院子先不用着急。"

于是,电气工人用砖头在车间门口铺了一小块平台,又用粗铁丝编了一个刮鞋底用的垫子铺在上面,到这,院子的清理工作就暂时停下了。打扫屋子的工作,晚上下班后还要接着干。一周之后,当总工程师斯特里日迈进车间的大门时,映入他眼帘的是焕然一新的景象。那些带铁框的大玻璃窗,已经除去了陈年的污垢,太阳已经照射进来了。机器房里的被擦拭干净的柴油机铜铸件,在阳光的照射下闪闪发亮。机器的大部件都被刷上了绿色的油漆,还有人在轮辐上标上黄色的箭头。斯特里日点了点头:

"嗯……很好……"他惊奇地说。

车间很远处的角落里,有一伙人正忙着做油漆的收尾工作。斯特里日靠过去,柯察金正拎着一桶兑好的油漆从对面过来。他截住保尔,问道:

"停一下,老朋友。你们的做法,我很赞同,可你们的油漆是哪儿来的?你知道,我也当众讲过,没有我的特别恩准,绝对不准动油漆,因为这是紧缺物资。漆火车头,可比你们现在做的重要啊。"

"我们的油漆都是从废弃的空罐子里掏出来的。"保尔回答,"我们用了两天时间,从垃圾堆里捡空罐子,从里面掏出了二十五磅左右的油漆。我们做的一切都没有违反规定,总工程师同志。"

斯特里日不好意思地应了一声。

"你们继续干吧。嗯……这件事真有意思……该怎么说呢?……怎么解释这种自发的主动精神呢?你们所做的一切都是在下班后做的吗?"

保尔从他的语气里听得出他的确不能明白,就说:

"当然是这样了,您怎么认为呢?"

"我也这么认为,可是——"

"斯特里日同志,'可是'就说明您还没明白。有谁告诉你,说布尔什维克会把垃圾堆在这不理呢?等再过些时间,我们将更深入地进行这项工作。到时候,您会更惊讶的。"

保尔怕油漆弄到他身上,谨慎地绕过去,向门口走去。保尔天天晚上去公共图书馆,呆到很晚才回来。他跟图书馆的三位女职工都已经很熟了,还使用了多种宣传方法,让他最终获得能够随便看各种书的许可证。为了找些趣味浓、用处大的书,他攀上扶梯,在那大书柜前,逐个逐个地翻,一翻就是几个小时。图书馆的书大都是旧书。只有一个小书橱里存了很少的新书。当中有偶然收集到的内战时的小册子,还有马克思的《资本论》《铁蹄》和其他一些旧书。从旧书丛中,他翻到一本小说《斯巴达克》。他用了两晚看完了它,把它送回书柜上,和高尔基的书排在一起。他喜欢把一些有意思的、类别相同的书放在一块。

他的做法,图书馆的女管理员从来不管——她们不大注意这些。

一件看起来并不严重的事发生了,而且打破了厂里共青团组织那单调的平静:中修车间团支部委员科斯季卡·菲金,是一个麻子脸,翘鼻头,动作迟缓的青年。他在铁板上打孔的时候钻坏了一只价格昂贵的美国钻头。钻坏钻头的原因是因为他那可恶的马虎大意,不是,甚至比这还糟,差不多可以说是有意这样做的。事情发生在一个早晨。中修车间的工长霍多罗夫让菲金在铁板上打几个眼。菲金开始说他不想做,可霍多罗夫非得让他干,他就拿起铁板开始打孔。在车间里,大伙都讨厌霍多罗夫,爱故意挑毛病。他从前是孟什维克,如今厂里的所有社会活动他都不参加。他总是对共青团员们另眼相看,但是他的业务娴熟,热心本职工作。他发现菲金打钻时没往钻头上灌油,在那儿"干钻",就急忙冲到钻机前面,把机器关了。

"怎么,你是瞎子还是昨天刚来的新手?"他责骂菲金,因为他懂得,如果这样干钻下去,肯定要弄坏钻头的。

菲金不但不听,反而还口骂他,并且再次打开了机器。当霍多罗夫跑到车间主任那里告状时,菲金边打钻边去找灌油器,目的是,等一会儿车间领导来查问时,可以蒙混过去。可是等他拿回灌油器时,钻头已经断了。车间主任要求开除菲金。共青团小组却公然地偏袒他。他们的理由是:霍多罗夫总是压制共青团先进分子。但车间领导要开除他,于是就把这事交到团委员研究。

五个支委中有三个人同意处分菲金,并调换他的工作。茨维塔耶夫就是其中之一。剩下的两个人一口咬定菲金没错。

支委会是在茨维塔耶夫的房里进行的。房里放着一张蒙着红布的大桌子,几个木工车间工人自做的长凳子和小方凳,墙上悬挂着领袖头像,桌子后边的墙上挂着一面大团旗。

茨维塔耶夫是"脱产干部"。他是个锻工出身,因为在他过去四个月的行为中,显示出了一点才能,就提拔他从事全厂共青团的领导工作,还当选为团区委常委和省委委员。他原来在机械工厂,刚调来铁路工厂不久。一开头他就把所有的权力都紧抓不放。他主观臆断,专横霸道,一进厂就扼杀了工人的创造性。他想包办所有的事,可又干不了,就朝手下人大动肝火,说他们无能。

就连布置这间房子都少不了他的监督。

现在,正在开会,他神气地仰在那只从共青团俱乐部抬来的唯一的软椅上主持会议。这会议是秘密进行的。正当党小组长霍穆托夫要讲话时,外面有人敲门。茨维塔耶夫很不高兴,皱起了眉头。外面的人又敲了一下门。喀秋莎·泽列诺娃起身开了门。外面的人是保尔,喀秋莎就把他让进来了。

正当保尔朝一只没有人坐的凳子走去时,茨维塔耶夫叫住了他:

"柯察金,我们是在开支委内部会议。"

保尔的脸红了,他慢慢地转向桌子,说:

"我知道,可是我非常想听听你们对菲金事件的看法。我想提一个与此有关的新问题。怎么,你不同意我参加吗?"

"我没意见,可是,你知道,只有支部委员才能参加内部会议。如果一帮人来出席,就不利于研究问题了。不过你已经来了,就坐下来吧!"

保尔哪儿受过这么大的侮辱,气得额头上皱起一道深深的皱纹。

"为什么这么形式主义呢?"霍穆托夫不满地说道,但是保尔摆摆手,示意他不要说下去就坐下了。"我想谈谈我的看法,"霍穆托夫说,"霍多罗夫,是个特殊的成分,可是,我们的纪律也确实太坏,假如共青团员都带头弄坏钻头,我们立刻就会停工。这给非团员青年带了个很不好的头,我想应该给菲金个警告。"

茨维塔耶夫打断了他。保尔坐了十分钟后,已经清楚了支部委员会所持的态度,在他们要表决的时候,保尔提出要讲几句。茨维塔耶夫尽量控制自己,答应了让他发言。

"同志们,我想就菲金事件发表一下自己的见解。"

保尔没想到自己的声音是那么严肃而有力。

"菲金事件还只是个信号,最主要的还不是菲金。我昨天搜集了一点资料。"他顺衣袋里掏出一个笔记本,"这些数字是我从考勤表上统计的。希望大家认真听一下! 每天团员有百分之二十三迟到五到十五分钟。已经成了规律性的。每月有百分之十七的团员旷工一两天。而非团员旷工人数只占百分之十四。这些数字可挺厉害呀。我还顺便记下了别的数字:每月旷工一天的党员占百分之四,迟到的也占百分之四。党外的成年工人每月旷工一天的占百分之十一,迟到的占百分之十三。再说说毁坏工具的:百分之九十是年轻的工人,其中还有百分之七是新手。根据这些数据我们可以得出一个定论:团员的工作比党员或党外的成年工人要差得远。可也并不是哪儿都这样。锻工车间的工作令人佩服,电工车间也不错,其他的车间就彼此彼此了。依我看,霍穆托夫同志有关纪律方面的讲话只是说出了四分之一。如今,我们的工作重点就是来纠正这些反常的苗头。我不想发动各位,也不想为这个开个群众大会,但是,我们应不留余地地对这种不负责任和违反纪律的现象进行攻击。老工人们坦率地讲:'从前替老板干活时,还做得可以,给资本家干活时,可以说都比较细心,如今我们给自己干活了,倒发生了这种事,真是不能不管了。'这个差错主要还不在菲金和其他工人身上,而在我们自己,我们所有的人,因为我们不但不同这种行为斗争,还反过来袒护像菲金这样的人。

"萨莫欣和布蒂利亚克刚才讲菲金是'自己人',是'完全靠得住的',是一个先进分子,担任社会工作。损坏了钻头——就算了吧,那算什么? 谁都有可能把东西弄坏。他是'自己人',而霍多罗夫却是'外人'……即使从来没有人对霍多罗夫进行过教育……对,他爱挑别人的错,可是他已经是三十年的老工人了! 我们暂且不谈他的政治立场。就说这件事,他做的是对的! 他不是党员,可他懂得爱护国家财产,而我们自己人却毁坏了进口的贵重工具。应该如何去看待这种黑白颠倒的现象呢? 我想,我们应该从这件事开始,发起我们的进攻。

我建议把菲金当作不守纪律,玩忽职守的工人和生产破坏者开除团籍。把他的事情登在壁报上,而且要把这些数字公布出去。并且公开议论、公平地公布这些数据。我们有足够的力量,有强有力的保障。共青团的主力都是出色的工人。他们中有六十个人加入了博雅尔卡的筑路大军,这是一次最好的考验,在他们的帮助和配合下,我们一定能够改正缺点。但是我们必须完全抛开对这件事所采取的让步态度。"

保尔向来是个沉着冷静,少言寡语的人,可这一番话讲得很有针对性,很有力量。茨维塔耶夫今天才第一次看清楚保尔的本色。他也明白保尔的话很有道理,但那处处提防保尔的心态使他不愿赞成保尔的意见。他把保尔的讲话看成是对整个团组织的攻击，有损于他的威信。所以他决定要对保尔进行反驳。反驳时，他先是驳斥保尔偏袒霍多罗夫。

激烈的辩论持续了三个小时，天已经很晚了。最后，大家的意见倒向保尔一边，茨维塔耶夫最后被保尔的无法驳倒的逻辑打败了，失去了众多人的支持，这时他竟然用了卑鄙的手法——违反了民主，坚决要求保尔在最后决议前走出会场。

"可以，我马上就离开，但是，茨维塔耶夫同志，这样也不能让你增色多少。我可告诉你，如果你还不计后果的顽固下去的话，明天我将在全体大会上开诚布公地讲讲这件事，到了那个时候，我相信绝对不会有很多人拥护你。茨维塔耶夫，很明显，你的立场是站不住脚的。霍穆托夫同志，我认为你应该在召开全体大会之前，把这个问题带到党的会议上去。

茨维塔耶夫穷凶极恶地吼道：

"什么，你想威胁我吗？不用你说，我也会亲自向党组织汇报的，而且也不能忘记汇报你的问题。如果你本人不愿意工作，最好别来打扰别人。"

保尔出来把门关上了。用手擦了擦发烫的前额，从无人的办公室穿过去，朝门口走去。一到外面，他便长长地吸了口气，接着，他点着一支烟，向巴蒂耶夫山岗上托卡列夫居住的小屋走去。

托卡列夫正在吃晚饭。他边招呼保尔坐下吃饭，边说道：

"给我说说吧。你们那儿有什么新闻。达丽亚，给他端碗粥来。"

托卡列夫的妻子达丽亚·福米尼什娜的体型正好跟他相反，又高又胖。她把一碗小米粥放到保尔跟前，然后撩起白围裙擦了擦湿嘴唇，亲切地说道：

"亲爱的，吃吧。"

过去，托卡列夫在铁路工厂工作时，保尔经常去他家里，呆到很晚才离开。可自从返城以来，还是第一次来他家。

老钳工托卡列夫仔细地听着保尔述说这一切。他什么都没讲，只是边听边用汤匙喝粥，间或轻哼一声。等到吃完饭，他用手帕擦干了胡子，清了清嗓子，对保尔说：

"显然，你是正确的。我们早该把这个问题正式提出来了。铁路工厂在本区是重点单位，应该从那儿下手了。你刚刚讲的，你跟茨维塔耶夫闹翻了？这样做不好。他一向是个妄自尊大的青年，不过，你不是挺善于做青年工作的吗？我正想问你呢,如今,你在铁路工厂都干些什么工作?"

"我在车间里干活,什么活都干。在团支部里,我组织一个政治学习小组。"

"在团委会里,你做什么?"

保尔觉得有些为难,不知该怎样回答。他说:

"刚开始时,我的身体还没完全康复,也需要看一点书,所以就没有正式参加团委的工作。"

"啊,你看,毛病就出在这儿!"托卡列夫带着一种责备的口气大声说道,"你知道,孩子,在你的身体没有康复时,不能责怪你。可是如今你的身体状况如何,好些了吧?"

"好些了。"

"那么,你就应该正式参加领导工作了。别当局外人。哪一个看见过靠在一边,不插手就能把事情做好的!谁都会说你是在躲避你应该承担的责任,这叫你有口难辩。明天你就要端正态度,至于奥库涅夫,我也得跟他好好谈谈了。"托卡列夫讲完时满脸的不高兴。

"大叔,这不怪奥库涅夫,是我自己要求不参加团委活动的。"保尔说。

托夫列夫嬉笑着吹了声口哨,说:

"你请求他,他就听你的?唉,我真不明白该怎样来对付你们这群小伙子——来,来,孩子,老规矩——你给我读报听,我的眼睛越来越不好使唤了。"

党委会同意了共青团委多数人的意见。因此党和团如今都要起一个艰巨的任务——人人都要勤勤恳恳地工作,成为遵守劳动纪律的楷模。茨维塔耶夫在团委会上受到了很严厉的批评。开始他还硬着脖子不认错,当那个患肺病的脸色苍白的党委书记洛帕欣问得他哑口无言时,也就勉强承认了一半错。

第二天,铁路工厂的壁报上刊登了几篇引人注目的文章。大伙高声朗读,激烈地讨论着。当晚,在参加人数最多,空前未有过的团员大会上,这些文章成了人们讨论的唯一话题。

开除了菲金,团委会里又吸收了一个新成员,任政治教育部长,这人就是保尔·柯察金。

大会寂静地,细心地听着涅日达诺夫的讲话。他说铁路工厂已步入了一个新时期,讲到了目前的工作。

开完会后,保尔在外边等着茨维塔耶夫。

"我们一块儿走吧，有件事我们应该好好谈谈了。"保尔对茨维塔耶夫说。

"什么事呀？"茨维塔耶夫没好气地问。

保尔搭住茨维塔耶夫的胳膊，俩人走到几步远的一条长凳子前面站住了。

"我们坐一会儿，"保尔率先坐了下去，

茨维塔耶夫的烟头忽明忽暗。

"我问你，茨维塔耶夫，为什么你这样嫉恨我？"

沉默了几分钟。

接着，茨维塔耶夫故作惊讶道：

"呵，原来你就是想和我谈这个呀。我还认为是工作上的事呢！"

保尔把一只手有力地放在对方的膝盖上。

"算了，别跟我装腔作势了。只有外交家才是那样子。你爽快地告诉我——为什么你总是看我不顺眼？"

茨维塔耶夫烦躁地动了动身子。

"怎么总是不停地问这个呢？我怎么嫉恨你了？我亲自请你参加团委工作，你不干，反过来说我排挤你。"

保尔听出他没有诚意，仍然把手按在他的膝盖上，很激动地说：

"好，既然你不说，就让我来说吧，你觉得我挡你的路，你以为——我在跟你抢书记的位置，对不对？如果你没这想法，就不会因为菲金的事吵嘴！这样下去会使整个工作遭受损失。如果这件事只涉及你我，那还不算啥，你爱怎么想就怎么想。可是明天我们就要共同工作了。你想想，会导致什么样的后果？咱俩是一家人，都是工人出身。如果你真的关心我们的事业，就请把手伸给我，从明天开始，我们是好朋友。如果你还放不开那些无聊的想法，还想继续僵持下去，那么，我就实话跟你讲，工作中造成的每一个损失，都将引发你我无情的争斗。现在，我的手就放在这儿——这仍然是你的同志的手，如果你现在握住它的话。"

保尔满意了——茨维塔耶夫那只粗壮的大手压了他的手掌里。

一个星期过去了。区党委办公室里的人都下班离开了。屋里很安静。可是托卡列夫还没回家。他正坐在一个靠椅上，全神贯注地阅读新文件。这时门外有人敲门。

"请进！"托卡列夫应道。

保尔走了进来，把两张填好的履历表递到他的前面。

"这是什么？"

"大叔，我要消灭自身不负责的想法。我想，到时候了。如果您同意的话，请给予支持。"

托卡列夫瞅了瞅那表格的标题，又看了看站在自己面前的年轻人，然后便轻轻地拿起笔来。在介绍保尔·安德列耶维奇·柯察金同志为俄国共产党(布尔什维克)候补党员的介绍人的党龄一栏里，用刚劲有力的字体写上"1903 年"和他的工工整整的签名。

"填好了，孩子，我相信你永远不会让我这老头子丢脸的。"

房间里闷热闷热的，大伙都一心想着立刻离开这儿，到车站旁边的索洛缅卡去，那儿的栗子树荫可是个纳凉的好地方。

"保尔，快点结束吧，我都快憋闷死了。"茨维塔耶夫说着，大串大串的汗珠从他的脸上流下来。喀秋莎和其他人也都在随声附和。保尔便合上了书，当天的学习就告一段落了。

正在大家要起身离开之即，那台老式的埃里克松式电话机突然响了起来。茨维塔耶夫尽力地在喧闹的人声中跟对方讲话。然后他扣上电话，转过来跟保尔说：

"有两节波兰领事馆乘坐的外交专车正停在车站里。车上的电灯不亮了，而列车一点钟以后就将离开，需要修好电线。保尔，你拿上工具箱辛苦一趟吧。这是紧急任务。"

那两节漆得锃亮的国际客车停靠在第一站台。一节带大窗户的卧车灯光明亮,另一节却是漆黑一片。

保尔来到豪华的卧车跟前,正准备拉住扶手上去。突然从车站的墙根处蹿过来一个人,并按住了保尔的肩膀。

"公民,你要去哪儿?"

这个声音很熟悉。保尔扭头一看,来人身着皮夹克,头戴宽檐制帽,高高的鼻子,眼睛中透出疑惑的神情。

这时,阿尔丘欣才看出是保尔。他的手收了回去,声音就平和了许多,但仍有些疑惑不解地盯着工具箱。

"你要到哪儿去呀?"

保尔简单地说出了来这儿的目的。这时又一个人从车厢后面走过来,对保尔说:

"我立刻去叫他们的乘务员过来。"

保尔随着列车员来到了豪华的卧车上,上面坐着几个穿着时髦的人。一个妇女坐在一张蒙着玫瑰图案的绸子桌布的桌旁,背对着门,正和一个站在她前面的大个子军官讲话。保尔刚一走进去,他们的谈话就戛然而止了。

保尔麻利地检查了通往走廊的接头,没找出毛病。他便出了车厢接着检查、脖子胖得像拳师似的乘务员紧随其后,制服上有许多大粒的铜纽扣,纽扣上都雕着一只猫头鹰。

"这儿没故障,电池也是好的,我们到另一节车厢检查一下吧,毛病肯定出在那儿。"保尔说。

乘务员打开门锁,俩人便进了黑洞洞的走廊。保尔拿着手电筒,马上就查出了短路的地方。几分钟后,走廊里的第一个灯泡亮了,走廊上便有了一片暗淡的灯光。

"你打开这个房间,我得换灯泡,灯泡全烧坏了。"保尔转过身来告诉那个始终寸步不离的家伙。

"那我还得去找我太太,钥匙在她那儿。"这家伙不想把保尔一人留下,就带他一块去了。

那女人先走进那个房间,保尔随后也进来了。那个列车员守着门口,用身子把门堵住了。保尔一进门,首先映入眼帘的是壁网里的两个精美的手提式皮箱、一件随意扔在沙发上的丝绒大衣，以及小桌上的一瓶香水和一只翡翠色的小粉盒，那女人坐在沙发的一角上，碰了碰她那淡黄色的头发，盯着保尔干活。

乘务员做出讨好的样子，好不容易才把那水牛般的脖子弯下来，鞠着躬说：

"太太，请允许我出去一会儿，少校要喝冰镇啤酒。"

那女人嗲声嗲气地慢悠悠回答：

"您就去吧。"

他们是用波兰语说的。

由走廊里射进来的一束灯光，照在了那女人的肩上，她穿的是由一件巴黎最好的裁缝用最薄的里昂绸料缝制的衣服，裸露着胳膊和肩膀。耳垂上一颗摇摆不定的水滴形钻石熠熠发光，她的脸在背光处，保尔先能看到她那好像象牙做成的肩膀和胳膊，保尔灵敏地用螺丝刀换好了天花板上的灯泡，车厢里马上亮堂起来。接下来，他还要修理另一盏正好在那女人头顶上的电灯。于是他站在她面前，对她说：

"我还需修理这一盏。"

"呵，我挡着你了，"她讲着一口流利的俄语，便轻盈地站起来，几乎和保尔肩并肩站着。

现在，保尔能够清清楚楚地看到她了。那熟悉的尖眉毛，那孤傲的紧闭的双唇，一点都不差；站在他跟前的就是妮莉·列辛斯基。这律师的女儿，看见了保尔惊讶的目光，但是保尔还能认出她来，而她却没有发现这个电工就是她那个不安分的邻居，已经过了四年了，他都长大了。

她朝保尔耸了耸眉毛，表示她不屑于对他的惊讶表情做出回答。便走到了门边，站在那儿不安地用漆皮拖鞋的鞋尖磕着地板。保尔动手修理第二盏灯。他把灯泡拿下来，对着亮光看了看，突然，他不由自主地，更是出乎妮莉·列辛斯基意料地用波兰话问道：

"维克多也在这儿吗？"

他问话的时候背对着她，所以他看不到她的脸，但是她迟迟未作声表明她有些慌乱了，接着，她问：

"您认识我兄弟吗？"

"不光认识，还很熟悉。我们过去是邻居。"保尔转过身来说。

"那您是保尔，是那个——"她结巴了。

"对，"保尔提示她说，"那个仆人的儿子。"

"您长得可真快呵！我记得当时您还是个小毛孩子呢。"

她很无礼地上下打量着保尔。

"您为什么问起维克多,我的印象当中你们并没有什么交情。"她用那种唱歌般的音调这样说着,希望这一邂逅能给她增添些乐趣。

保尔一边用螺丝刀麻利把螺丝钉拧进墙壁一边回答:

"他有一笔债还没还完。您看见他时,告诉他,我还没忘要和他算那笔账呢。"

她很清楚这是一笔什么"债"。那起彼得留拉兵事件她很清楚。但是,她想逗逗这个"下人",便逗弄他说:

"告诉我,他欠您多少钱,我替他还清。"

保尔有意不理睬他。

"你告诉我,我们的房子是否真的被抢个精光,而且全都拆掉了?那凉亭和全部的花园也都毁掉了吧?"她用一种很伤感的口气问他。

"那房子已归我们所有,不再是你们的了,我们怎么会拆毁呢。"

妮莉冷笑一声,尖刻地嘲讽道:

"哎哟,没想到你也换脑子了!不过,这是波兰代表团的专车,我是这个包厢的主妇,而您呢,还和过去一样,是仆人。您到这儿来修灯,还不是为了让我舒舒服服地坐在沙发上看书,读报。从前你母亲给我们洗衣裳,你也经常给我们担水。如今我们又重逢了,可你我的地位仍然没变。"

她是在报复保尔,才得意地说出这些话。保尔用刀削着电线头,轻蔑地低头看着那个波兰妇人。他说:

"女公民,我是无论如何也不可能替您敲一颗锈钉子的,不过,资产阶级的所谓的外交,我们也能对付。实际上,我们比他们更有礼貌。我们既不会砍他们的头,也不会说出像您所说的些肮脏恶心的话。"

妮莉的脸立刻就红了。她说:

"如果你们真的占领了华沙,你们会对我怎么样呢?剁成肉片,还是去做你们的老婆?"

她站在门口,妖艳的身体向前挺着;她那敏锐的鼻孔——吸惯古柯因麻醉剂的鼻孔——正在颤抖。这时,沙发上方的电灯都亮了。保尔挺直了腰身,说:

"你们这种人有什么用?用不着动用我们的军刀,古柯因就会要你们的命,你这种女人,就是白送我做老婆,我都不要!"

他拎起工具箱,大步跨了出去,她闪到一边,让着路来。当保尔走到走廊尽头时,听见她用波兰语小声骂道:

"这个该死的布尔什维克!"

第二天晚上,保尔朝图书馆走去,在路上恰好碰到了喀秋莎·泽列诺娃。她使劲拽住保尔的袖口,开玩笑似的拦住他的去路说:

"你急匆匆地往哪儿去,我的政治家,教育家?"

"去图书馆,老大娘,放开我吧。"他也在用开玩笑似的口气说,与此同时又小心地抓住她的肩膀,把她拥到人行道的对面去,喀秋莎脱离保尔的手,一边并肩跟他往前走,一边说:

"保尔呵,你也不能一天到晚光看书——喂,你知不知道?今晚齐娜·格拉迪什家中举办晚会,我们也去玩玩吧!那群女孩子很早之前就让我把你带去呢。而你呢,除了政治,其余的全然不顾。你真的不想去轻松轻松,快乐一会吗?如果你今晚不看书,头脑一定会清醒些。"她在尽其所能地劝保尔。

"什么类型的晚会?都干些什么?"

"都干些什么?"喀秋莎模仿他的语气逗他,"一定不是做祷告,是轻松地打发时间,就这样。你不是会拉手风琴吗?而我还从未听过。今天你就来试一下,给我听听吧。齐娜的叔叔有一架手风琴,可是他拉得很难听。女孩子们对你都很感兴趣,而你却把时间都用在了书本上。我问你,是谁规定了团员不该有些娱乐活动?走吧,跟我去吧。求求你了,别让我说得口干舌燥了;要是你不答应,我就一个月不理你。"

长了一双大眼睛的女漆工喀秋莎是个热心肠的人,也是个不错的团员。保尔不想让她失望,可是又觉得对这事不太喜欢,犹豫了一会儿,最后还是答应了。

火车司机格拉迪什的寓所特别热闹,大人们为了不影响年轻人,都躲到另外的房里去了。在通往小花园的过道上和前面的那个大屋子里,聚集了差不多十五个青年男女。当喀秋莎带着保尔顺着花园来到走廊的时候,那儿正兴高采烈地玩着一种"喂鸽子"的游戏。在走廊中间背靠背摆了两把椅子,一个女孩当司仪。依照她的呼叫,一男一女就背靠背坐在那两把椅子上。司仪一喊:"喂你的鸽子!"那俩人便转过头来,当场给大家表演接吻。接下来,他们又玩起了"小戒指"和"邮差敲门"的游戏。这两种游戏也都需要接吻,尤其是"邮差敲门",为了避开大家的眼睛,接吻放到了熄了灯的房间里进行。如果玩了这些游戏还觉得不过瘾的话,还有另外一种游戏:在墙角里放着一张圆桌,上面摆着一副纸牌,这纸牌叫"花弄情"。坐在保尔身边的是一个叫穆拉的女孩,大约有十六岁,蓝色的眼睛色眯眯地盯着保

尔,顺手递过一张纸牌给她,轻轻地说:

"紫罗兰。"

保尔在几年之前曾见过这种晚会,当时他没有加入,不过,他觉得这都是正常的。如今他已经跟小城镇的小市民的生活完全隔绝了,所以他觉得这晚会很无聊可笑。

但不管怎样,现在已有一张"弄情"牌放到自己手里了。

他瞧那图片后面写着:"我好喜欢您。"

保尔看了看那女孩。她正毫不羞涩地看着他的眼睛。他问:

"为什么?"

这问题好像难以回答,但穆拉却早有准备,她回答:

"玫瑰。"又递过来第二张牌。

在玫瑰牌的背面,他看到这样几个字:"您是我的意中人。"保尔转过脸来,语气尽量平和地说:

"你为什么要在这些无聊的游戏上浪费青春呢?"

弄得穆拉很没面子,不知道该如何回答才是。

"你真的不喜欢我的直率吗?"她撒娇地努着嘴巴。

保尔没回答她。可是他确实想弄清楚她是谁,于是他就接二连三地问下去,穆拉倒也很高兴地回答了。几分钟以后,他弄清楚了她还是个中学生,她父亲是车辆检查员。他还得知她早就认识他,并且早就想跟他交朋友。

"你叫什么名字?"他问。

"穆拉·沃林采娃。"

"你哥哥在调车场担任团支部书记,对不对?"

"对。"

现在保尔已经很清楚跟他说话的人是谁了。沃林采夫是区里最出色的共青团员,很明显,他没有关心他妹妹的进步,至使她变成了一个没有水准的小市民。最近这一年中,她开始像着了魔似的参加这种接吻晚会。在她哥哥那儿,她见过保尔好多回。

如今,她已明白了保尔不欣赏她的这种行为,便拒绝了玩"喂鸽子"的游戏。他们又坐了一会儿,穆拉把自己的心事都告诉了保尔。这时,喀秋莎跑过来,对保尔说:

"如果我们把手风琴拿来,你保证拉吗?"接着她又很调皮地眯着眼睛看着穆拉问:"怎么,你们早就认识了吗?"

保尔拉喀秋莎坐下,趁着别人都在说笑时对她说:

"我不想拉琴了,我和穆拉马上就要离开这里。"

"哎呀,玩烦了? 对不对?"喀秋莎意味深长地问道。

"对,玩烦了。你告诉我实话,这里除了你我以外,还有团员吗? 是不是就你我两个参加了这个鸽子迷的勾当?"

喀秋莎赶紧讨好说:

"我们已经不玩那无聊的游戏了,立刻就开始跳舞了。"

保尔站起身来,说:

"好了,你去跳你的舞去吧,亲爱的;我和沃林采娃可是要走了。"

有一天,晚上,安娜来找奥库涅夫。当时屋里只有保尔一人。她说:

"保尔,你是不是很忙? 能否跟我一道去参加市苏维埃全体会议? 两人搭伴走还有点乐趣,并且要很晚才能回来。"

保尔很快就收拾好了。床头挂着的毛瑟枪太沉,不方便带,就从抽屉里拿出了奥库涅夫的勃朗宁手枪,装进了口袋里。他给奥库涅夫写了个纸条留下,把钥匙放在了事先约定的地方。

会场上碰到了潘克拉托夫和奥莉嘉。大会休息时,他们还一道去广场散了会儿步。没有出安娜的预料——大会一直开到深夜才散。

"到我那儿住一夜吧? 这么晚了,你又住得那么远。"奥莉嘉对安娜说。

"不用了,我已约好了和保尔一块回去。"安娜推辞着说。

潘克拉托夫和奥莉嘉顺着马路朝下面走去了,保尔他两人向山岗这边的索洛缅卡走来。

夜里又闷又热,漆黑漆黑的。城里的人们都已进入了梦乡。开完会的人都沿着寂静的街道四处散开。他们的脚步声逐渐地远去了,保尔和安娜快步地穿过了市中心的街道。在空荡荡的市场上,被一名巡查拦住了,检查过证件,就放行了,他们穿过林荫大道,走出了通往广场的黑洞洞的小街。再向左一拐,就来到了和铁路局总仓库并排的公路上了。这个高大的仓库在夜色中显得阴森森的,恐怖极了。安娜有些胆怯了。她小心地盯着暗处,心神不安地支吾着保尔的问话,一直到看清楚那阴森可怕的黑影是一根电线杆的时候,安娜才露出笑脸,把刚才的忧虑告诉了保尔。她紧紧拽住保尔的手,肩膀紧贴着保尔,这样她才算稳定下来。

"我刚刚二十三岁,神经就这么衰弱,像个老太婆似的。你是不是认为我胆小如鼠。那你就错了。可是今天我确实挺紧张的。现在能感觉到身边有你在,就一点也不担心了,我这样担惊受怕的,真有些不好意思。"

这漆黑的夜晚,荒凉空旷的广场,以及在会场上听到的昨天发生在波多尔地方的暗杀,都曾使她恐惧。但是保尔的镇静,他烟头的亮光,以及被那瞬间火光照亮的脸和刚劲的眉毛——所有这些,赶跑了她的恐惧。

仓库已经被甩在身后了,他们走过河上的小桥,顺着通往车站的公路朝拱道走去,这拱道修在铁路下边,是市区和铁路区的交界处。

车站也被远远地甩到后面了,一列火车正往调车场后边的支线尽头开去。走到这儿,几乎就算到家了。在上面,在铁路上,正闪烁着各色的信号灯,可是调车场上那个专门用来调动列车的机车也睡着了,发出了疲惫的呼吸。

拱道入口的上面,有一盏路灯挂在一个生锈的铁钩子上,被风刮得摇摆不定。昏黄暗淡的灯光时而照到拱道这边,时而照到拱道的另一边。

离拱道入口约十几步远的地方,有一间孤单的小房子在马路边。两年前,房子被一个炮弹击中了,里边已面目全非,正面已被炸毁,正像一个乞丐张着嘴坐在那儿一副可怜兮兮的样子。这时候,一列火车从拱道上面开过。

"我们总算是到家了。"安娜长长地出了口气。

保尔想偷偷地把手抽出来,他一边走着,一边在找时机把被她拉住的手抽出来。

可是安娜丝毫没有放开的意思。

他们从那小破房旁边走过去了。

这时,突然感觉到身后有什么在跑,还传出一阵急促而杂乱的脚步声。

保尔想赶紧把手空出来,可是安娜因为害怕,仍旧死死地拽住他的手不放。等到保尔费力地把手抽出来时,已经来不及了:一双铁钳子一样的手指头已经掐住了他的脖子。接着那人又用力一转,保尔的脸就被转过来了,面对着那人。那匪徒一只手掐住保尔的领口处,正中咽喉,另一只手拔出了手枪,缓缓地划了一个弧线抬起来,把枪口指向他的脸。

保尔那双高度紧张的蓝眼睛,像着了魔似的死死地盯着这枪口。现在,死神正从枪口注视着他。他没有力气,也没胆量把眼睛从枪口挪开哪怕是百分之一秒的时间。他等待着枪响。然而枪并没有响,于是保尔那瞪大的眼睛就看清了那匪徒的长相:一个大脑袋,宽下巴,满脸黑胡子,眼睛藏在便帽的宽帽檐底下,看不清楚。

保尔用余光一瞥，发现了安娜那煞白的脸。就在这一瞬间的功夫，她被另一名匪徒拖到了那个毁倒的房子里。那个匪徒绞着她的两手，将她摔倒在地上。这时候保尔根据拱道墙上的黑影判断，又有一个匪徒跑过去了。在身后那破房子里，正进行着一场殊死的拼搏。安娜在没命地反抗，匪徒们拿帽子塞住了她的嘴，并掐住她的喉咙，喊叫声中断了。掐着保尔的那个大脑袋，当然也不情愿作强暴行为的看客，也巴望着立刻能得到猎物。显然，他是个头目，对于眼前的"分工"很不满，他想这个年轻人，看起来也顶多是个调车场的学徒工，不会有什么危险。"只需用枪敲敲他的脑壳，指指通往广场的路——他就会连头也不敢回地，没命地逃命去了。"大脑袋想到这，就松开手说：

"快给我滚——从哪儿来的，滚到哪儿去，不准出声。如果不听话，就朝你的脖子放一枪。"大脑袋用枪筒敲敲保尔的脑袋，声音沙哑地说："快滚吧！"同时收回枪，表明他不会在后面放冷枪。

保尔赶紧往后退，开始两步是侧身走的，眼睛还死死地盯着大脑袋。

大脑袋心里清楚了"这小子还在担心吃冷枪呢。"于是便扭身朝小房子走去。

保尔立即把手伸到口袋里，他心里想："千万可不能慢了，千万不能慢了！"他来个急转身，飞快地抬起左胳膊，对准大脑袋，就是一枪。

大脑袋后悔已经晚了，他还来不及举起手来，已被击中了腰部。

他被击中一枪，发出鬼似的嚎叫，身体摇晃了一下，歪向了墙壁，用手扶着墙，慢慢地倒了下去。这个时候，一个黑影从小破房子里朝下边的沟里蹿去，保尔对着他开了一枪。接下来，又有一个黑影猫着腰连滚带爬地朝拱道的暗处逃窜。保尔又开了一枪，可是都没能击中，只是打得拱道墙上的墙皮四处乱飞，而黑暗却往边上一闪，便消失在夜色中了。保尔的勃朗宁手枪又连续朝黑影的背后开了三枪，给深夜熟睡的人们带来了恐惧。而倒在拱道边的大脑袋，却还在那儿做着垂死挣扎。

安娜在惶恐不安中被保尔救起，以至于看到扭曲在地的匪徒，都还不肯相信自己得救了。

保尔使劲地拉着安娜，把她拽到暗处，然后转身朝城里的车站跑去。这时拱道旁、路基上都有了亮光，铁路线上已响起了报警的枪声。

当他们最终奔到安娜的住处时，巴蒂耶瓦山岗子上的鸡已打过鸣了。安娜在床上躺着。保尔坐在桌边。他嘴里抽着烟，全神贯注地注视着那上升着的灰色烟圈——刚才那个匪徒，是他有生以来杀死的第四个人。

他又想,是不是勇敢一定要用美好的方式表示呢？他回想起刚才的经历,只好承认在匪徒把枪口对准他的脸的那一瞬间,他的心真的凉透了,并且,那两个匪徒未伤皮毛地溜掉了,难道这只能怪自己瞎了一只眼而只能用左手打枪吗？不是的,就那么几步远的范围之内是完全可以打得更准些的,可是由于极度的恐慌,才没能击中。

台灯照亮了保尔的头部,安娜正凝视着他,不愿意放过每一个细微的面部肌肉的活动,不过他的眼睛看起来还是格外祥和的,只有他额头上的皱纹说明了他在思考。

"你在想什么？保尔？"安娜问道。

她这一问,完全打断了保尔的沉思,他醒过神来,把刚才脑子里的想法说出来了：

"我得马上到城防司令部走一趟。这件事必须立即上报。"

他不顾身体的疲惫不堪,硬撑着站起来。

安娜拉住保尔的手,没有立即松开——因为她不想一个人呆在家里。她送他到门口,眼下她是多么需要有个亲密的人陪伴啊,她望着他,直到他在夜色中消失后,她才关上门。

保尔来到城防司令部说明情况后,大家才顿然醒悟,原来刚刚发生的是这么一桩枪杀事件。死尸立即就被辨认出来：此人就是刑事调查局很早就盯上的一个罪恶多端的强盗和杀人犯,外号大脑袋菲姆卡。

第二天,大伙就全都知晓了这件事,因为这个,还引发了保尔和茨维塔耶夫之间的意外冲突。

正当保尔在车间里忙着的时候,茨维塔耶夫来到他身旁。他把保尔叫到走廊上一个没人的角落里。茨维塔耶夫很激动,不知该从哪儿问起,憋了半天,才冒出一句：

"你给我讲讲昨天夜里发生的事吧。"

"你不是已经知道了吗？"

茨维塔耶夫神色不定地耸了耸肩膀。保尔不明白茨维塔耶夫比任何人都关心昨天的事情。保尔更不知道这个看上去面无表情的锻工正暗恋着安娜。对安娜有意思的人还不仅仅他一人,不过他的感情隐藏得很深,让人难以捉摸。他是刚刚从拉古京娜那儿得到的这个消息。他很是苦恼和焦虑不安。他明白不能直截了当地去问保尔这个问题,但是又很想弄明白。他也多少明白些：他这种忧虑完全是一种

自私的心理在作怪,但是经过激烈的思想斗争,在那种卑鄙自私思想的推动下,他还是开了口:

"你听好,保尔,咱们谈点事情,可不许你对别人讲。我知道,你是不会对外透露的,因为你怕安娜伤心。但是你完全可以信任我。告诉我,当你被匪徒掐住脖子的时候,另外两个混蛋有没有强暴安娜?"说后半句话的时候有些难为情,赶紧避开了保尔的目光。

此时保尔才多少了解了茨维塔耶夫的用意。保尔心想:"如果他对安娜不在意,也就不至于这么激动了;可是,假如他真的喜欢安娜,那么……"保尔有些为安娜痛心了。

"你为什么要问这个呢?"

茨维塔耶夫不知如何回答,而后又发觉保尔已经明白了他的用意,便恼怒地说:

"你别耍滑?我等你回答呢,你反倒问起我来了!"

"你喜欢安娜吗?"

接下来是一阵沉默。过了半天,茨维塔耶夫才好不容易挤出两个字来:

"是的。"

保尔强压住心中的怒火,甩头而去。

一天晚上,奥库涅夫在保尔的床前来回踱了老半天,也难以启齿,索性就一屁股坐在床头,用一只手遮住了保尔正在看的书。

"保尔,我要告诉你一件事。可以说这是件大事,也是件小事,我和塔莉亚·拉古京娜弄得挺尴尬的。刚开始是我对她有意。"他挠了挠额头,看见保尔并未取笑他,又有了继续说下去的勇气,说:"到了最后塔莉亚——也开始对我有点那个了。总之一句话,我不用跟你说太多你也应该明白了。昨天,我俩已经决定生活在一起了。我都满二十二岁了,我们都是成年人了。我想在公平的条件上和塔莉亚组建共同的家园。对这事,请谈谈你的看法。"

保尔略微思考了一下,说:

"尼古拉,我能有什么想法呢?你俩都是我的好朋友,有着同样的家庭背景。其他方面也差不多,塔莉亚也是个出色的姑娘——我想事情已再明了不过了。"

第二天,保尔把自己的东西搬到了厂里的男宿舍,又过了几天,在安娜那儿举办了一个热情的没有酒宴的晚会——以祝贺塔莉亚和奥库涅夫的结合。晚会上,大家追忆往事，朗诵自己看过的最感人的文章，还合唱了很多动听的歌。战斗的歌声传到了四面八方。后来喀秋莎和穆拉还搬来了手风琴，因此，那低沉的男低音和着手风琴那动听的旋律，回荡在整个房间。那天晚上，保尔拉得很好。那瘦高个潘克拉托夫出乎意料地跳起舞来，这时的保尔更加地放开了。他不再演奏那流行的音乐，而是拉起了那火一样的老歌。

> 哎，街坊们，街坊们！
> 大坏蛋邓尼金痛苦死了。
> 因为西伯利亚的肃反工作人员，
> 把高尔察克给枪决啦——

手风琴的歌声在追忆着过去，把大家带回那战火纷飞的年代，使他们更加珍惜今天的友情和欢乐。当沃林采夫接过手风琴，拉起那狂热的"小苹果"曲调时，开始疯狂地舞蹈的却是保尔，这是他有生以来第三次也是最后一次这么陶醉地跳舞。

4

国境线上竖着两根柱子，相互对立，沉默敌视，象征着两个世界。其中一根柱子表面刨得很平滑，上面油漆成黑白线条，好比警察岗亭那样。木柱的顶端牢牢地用钉子钉着一只猫头鹰。它张着双翅，用那锋利的爪子抓着那根油漆着黑白线条的界标。与此同时，这只鹰伸着那专挑腐肉的钩嘴，眼睛恶狠狠地盯着对面的铁牌。另外一根圆乎乎的大橡木柱立在对面六步开外的地方，被深埋在地里。木柱顶端是一块铁牌，上面铸有锤子和镰刀。尽管这两根界标都立在那里，可是这两个州之间却有一条不可逾越的鸿沟。除非你不要命，否则，要想轻而易举走过这六步，简直是异想天开。

这就是国境。

我们这些苏维埃社会主义共和国沉默威严的边防战士，顶着铸有伟大的劳动标志的铁牌，像一条钢铁长链，从黑海向北，绵延数千公里，直至遥远的北冰洋。苏维埃乌克兰和资产阶级波兰的国界线就是从这根钉着老鹰的柱子开始的。别列兹多夫小镇在森林深处，距国境约十公里。对面就是波兰的科列茨小镇。在斯拉武塔镇和阿纳波利镇之间就是边防军某营的防区。

国境界标的铁链穿过雪原,越过森林空地,跃入深谷,爬上山岗,来到河边。从那高高的河岸上注目远望这异国的冰天雪地。

天异常寒冷。雪在毡靴下面咯吱咯吱直响。一名身材魁梧的红军战士,头戴着尖顶军帽,从那铸有锤子和镰刀的界标旁走过,双脚有力地在他的防地里巡逻。这名战士穿着带有绿色领章的灰色军大衣,脚上穿着长筒毡靴。大衣外面还披着一件宽敞的高领羊皮外套。他头上戴着暖和舒适的呢子军帽,手上戴着羊皮手套。那件羊皮外衣很长,连脚跟都能盖住。因此,尽管外面暴风雪肆虐,可他感觉还是挺暖洋洋的。他肩背着步枪,正在有滋有味地抽着自制的马合烟,在边防巡逻线上来回地走着,皮外衣的下摆拖着地上的积雪。在这辽阔的平原上,苏维埃国境上的哨兵每俩人间隔一公里,以便相互可以看得见。但是,在波兰那边哨兵相互距离是两公里。

在国境那边,一个波兰哨兵正沿着自己的巡逻线迎面向红军哨兵走来。这个波兰兵穿着灰绿色军服,脚着粗制的军靴,外面是一件缀有两排亮闪闪的纽扣的黑色外衣,头戴一顶四角军帽,上面有白鹰标记,肩章和领章上也都有这个标记。可是这种穿戴并没有让这个哨兵感到些许暖和,寒冷的气候刺得他的骨头阵阵发痛。他一边走着,一边用两腿敲着脚后跟,同时还用手不停地搓着冻麻的耳朵。由于他戴的手套太薄了,因此他的双手已经冻僵了。这个波兰兵哪怕连一分钟也不敢站着不动,只要他稍一停下,他的关节立刻就会被寒气冻僵,所以只得一刻不停地来回走动,有的时候还要小跑一下。这时,那两个哨兵照面了。那个波兰哨兵转过身来,在他那一边的国境线上,同红军哨兵并排地走着。

国境上严禁交谈。可是,在这荒原一公里以内连个人影都不见。所以,鬼才知道这两个哨兵是各走各的路,一路无语,抑或是违背国际法相互交谈呢?

那个波兰哨兵特别想抽烟,偏偏不巧的是他没带火柴。红军哨兵的马合烟的香味随风飘了过去。那个波兰哨兵不再搓揉冻坏的耳朵。他回过头来瞧了瞧,心中猜想准会有班长或者是中尉带着骑兵巡逻队突然从小山谷冒出来,前来查岗问哨。可是,四周空荡荡的,一个人影也没有。积雪在阳光的照射下闪耀着刺眼的光,天空连一片雪花都没有。

最初还是那个波兰哨兵先破坏了神圣的国际法。他把那支配有扁刺刀的法国式连射步枪往肩上一背,用冻僵了的手指头从外衣的口袋内吃力地摸出一包很便宜的烟卷来,用波兰语说道:

"同志,能给根火柴吗?"

这时红军哨兵已听到了他的恳求,但是,边防军条令严格禁止哨兵同境外的任何人随意交谈,更何况他也没有听懂刚才那个波兰哨兵在说什么。于是他继续走他的路,脚上的毡靴踩得地上的积雪咯吱作响。

"布尔什维克同志,请扔给我一盒火柴,我想点根烟卷抽一下。"那个波兰哨兵这回用俄语向他请求道。

红军哨兵仔细瞅了瞅那个波兰哨兵,心里寻思道:"看来那个波兰哨兵冻得太厉害了,虽说他是个资产阶级的哨兵,可是,像他那样的人过得也够惨的了。这么严寒的天,他只穿着那么一件很薄的布外衣,浑身冻得跟兔子似的在地上乱蹦着,不让他点根烟实在是于心不忍呵。"想到这里,红军哨兵毫不犹豫地扔过去一盒火柴。那个波兰哨兵正好接住了,接连划了好几根,总算点着烟卷了。后来,波兰哨兵又把这盒火柴扔了过来。红军哨兵无意间自己也破坏了公法,说道:

"你留着吧,我还有。"

可是,从波兰国境那边又传来了回语:

"我不要这盒火柴,多谢你了,假如有人知道我有这盒火柴,我就会坐两年牢的。"

红军哨兵看了一下手上的火柴盒,上面印有一架飞机,机头上不是螺旋桨,而是一只有力量的拳头,盒上还写着:"最后通牒。"

"是这样,他说得很对。给他的话还真不合适。"他心里这么思量着。

那个波兰士兵继续与红军哨兵并排地走着。在这莽莽雪原上巡逻,他实在是感到一个人很孤单寂寞。

马鞍咯吱咯吱地有节奏地作响,马步轻快而平稳。那匹黑公马的鼻孔周围的毛上已经蒙上了一层白霜。从马鼻里呼出来的白色水汽消散在空气中。营长骑的那匹花骒马神气活现地向前跑着,时不时地弯着弧形的纤细脖子,还摆弄着它的缰绳。两个骑马的人都穿着灰色军大衣,腰束着武装带,袖口上都有三个红方块标志。但是俩人不同的是营长加弗里洛夫戴着绿色的领章,而同伴是红色的领章。加弗里洛夫是一名边防军人。他指挥着一个营的哨兵,分布在这方圆七十多公里长的防线上。他是这里的负责人。他的同伴是来自别列兹多夫镇的民兵大队政委柯察金。

夜里曾经下过一场大雪。地上的积雪松软得很,既不见有人走过的脚印,也不见有什么蹄印。这时,营长和保尔已经走出了林间小道,来到了旷野上。旁边四十步开外的地方竖着一对界标。

"吁,吁,站住!"

加弗里洛夫突然使劲地勒住马。保尔此时也把马转过来,想问问加弗里洛夫为什么要停下来。只见营长从马鞍上弯下腰来,正细看着雪地上的一排奇怪的脚印,好似是谁用齿轮在雪上滚过。原来一只狡猾的野兽打这里走过,而且走路时有意让后脚踩到前脚的脚印上,甚至还绕了好多奇怪的圈子,以便让人无法找到它。假如想知道脚印是从哪儿来的,不是件很容易的事。可是,营长勒住马察看的并不是这些野兽的脚印,而是旁边两步开外的另外一些已经被雪盖上了的脚印。这里准有人走过。那个行人并没有故意弄乱自己的脚印,而是一直走向树林那边去了。从雪地上的脚印清清楚楚地看出那个人是波兰人。于是,加弗里洛夫沿着那人的脚印骑着马一路向前走去,一直走到巡逻线上。在波兰那一侧,在十几步以外还可以清楚地看到那脚印。

"夜里可能有人偷越边境了,"营长自言自语道。"这一次穿过的又是第三排的防区。然而,早晨的报告中并没有说有这回事。"加弗里洛夫的小胡子原本就有些灰白,他的呼吸凝成的白霜把他的胡子弄成了银白色。那两撇小胡子冷冰冰地挂在他的嘴唇上。

两个人看着保尔他们向这边走来。一个身材魁梧,身披黄色羊皮外衣;另一个个子不高,身着黑色衣服。花骝马觉得它的主人两腿在夹着它,便向前跑了起来。不一会儿,他们就来到了那俩人跟前。红军哨兵把他肩上的步枪皮带整理了一下,随即把烟头扔到了地上。

"同志,你好!你这里有什么情况没有?"由于这个哨兵的个子很高,因此营长向他伸手时不需弯腰。那个高个子战士立刻脱掉手套,跟营长握手。

那个波兰哨兵远远地看着这里。两位红军军官向普通战士问好,简直就像很亲密的朋友一样!他好像觉得自己正跟扎克尔热夫斯基少校握手。可是,由于他这想象的荒唐,因此他下意识地往四周看了看。

"营长同志,我刚来接班。"红军哨兵向营长报告。

"你有没有看见那边的脚印?"

"没有。"

"夜里两点至六点是谁在这里值班?"

"营长同志,西罗坚科。"

"呵,好的,您要多注意些,眼睛要瞪得大大的。"

"您尽量不要跟那些波兰哨兵并排走!"

两匹马由边界向别列兹多夫小镇一路小跑。途中,营长对保尔说:

"边境上时刻都得睁大眼睛,稍不留神就会出乱子。这是一种连眼皮都不敢眨的工作。要想在白天偷越边界,那是很困难的。可是天一黑下来,你不仅要睁大眼睛,而且还要把耳朵竖起来。我想你会明白这一点。这个地段由我来负责,总共有四个乡村跨越边界。因此在这里守卫边界很不容易。不管你想什么办法配置边界线,一旦遇上什么婚礼或者节日,亲戚朋友们就要越过边界线,聚到一起来。像这样怎么能不发生越界的事情呢? 国界两侧的农家之间的距离很近,只不过二十来步,就连这条小河连鸡也能飞过去。走私更是防不胜防。譬如说吧,一个老太太从波兰那边带了两瓶四十度的香槟酒偷越边境,这也就是鸡毛蒜皮的事情。但是,有许多大走私贩子资金雄厚。你晓得那些波兰人在干什么吗? 他们在边界那边的各个乡村里开设了好多商店,商店里什么都有,一应俱全。但是,这些商店并不是为那些穷人开的。"

保尔饶有兴趣地听着营长讲话。他感到保卫国界的工作就好比从前所从事的不能间断的侦察工作一样。于是他向营长问道:

"加弗里洛夫同志,请你告诉我,我们在这里仅仅是打击走私贩子吗?"

营长有些不高兴地回答:"这就是问题的关键呵!"

别列兹多夫不算是大镇。从前这个偏远的村镇只允许犹太人居住。镇上共有二三百户人家,他们横七竖八地乱挤在一块。镇里还有一个大市场,市场中间有二十多家小店。这个市场臭气熏天,马粪到处可见。好多农民的房屋都挤在小镇的四周围。有一座摇摇欲坠的老犹太教堂位于犹太人住区到屠宰场的路上。这座建筑物显得十分凄惨。每到周六有许多人到教堂做礼拜,尽管如此,教堂已大不如从前那样风光,祭司们也大失所望。看样子1917年发生的革命确实不好,就连在这个人们做礼拜的教堂里,年轻人也看不起祭司了。的确,那些大人们还没来得及"开斋",可是孩子们已经吃起玷污神灵的猪肉香肠了! 呸,想到这里就让人觉得难受! 祭司看见有一只猪在使劲用嘴拱着粪堆,不由得生起气来,他上前去踢了猪一脚。然而,令祭司更为恼火的是别列兹多夫小镇现在成了区中心。鬼才知道从哪儿一下子跑来这么多布尔什维克,整天闹腾,而且一天比一天嚣张,这也让祭司越来越不舒服。昨日,鲍鲁赫发现,神父庄园的大门口挂着一块新牌子,上面写着:

挂这块牌子一定不是什么好事。他边走路,边胡想,不一会儿就来到了教堂门口,这时,他才看到门上还有一张布告:

今天晚上在俱乐部召开劳动青年群众大会。执委会主席利锡增同志和共青团区委代书记柯察金将在会上发言。大会结束后将由九年制学校的学生表演歌舞。

鲍鲁赫气愤地撕下了那张布告。
"你看看,他们说干还就干了!"
别列兹多夫镇教堂的两面紧挨着以前神父庄园的大花园,那花园的中心是一座宽大的旧式房屋。从前,这所房子里住着神父和他的妻子,他们的生活寂寞空虚,好似这腐烂的房屋一样,夫妇俩早就嫌弃对方了。然而,自打新主人搬进来以后,那种寂寞难耐的气氛立刻就烟消云散了。从前只有在重大节假日期间神父才用来待客的大客厅,现在每天都挤满了一屋子人,别列兹多夫党委会的办公处就设在神父的庄园内。从前门往里进,向右拐,就可见一个小房间,房门上用粉笔写着:共青团区委会。保尔除了担任民兵第二大队政委的职务外,同时兼任刚成立不久的共青团区委会的书记,因此,他的大部分时间都是在这里度过的。

那次在安娜家中举行晚会,现在掐指算来,已过了八个月。每每想起这场晚会,仿佛刚刚发生似的。保尔将一堆公文搁在一边,靠在椅背上陷入了沉思……

屋子里很安静。夜已深了,开党委会的人都陆续离开屋子了。最后一个离去的是区委书记特罗菲莫夫,他也就是刚刚离开这里。现在屋里就只有保尔一个人了。窗户上的寒气凝成了奇特的霜花。保尔的办公桌上放着一盏油灯。火炉烧得很旺。保尔回想起前不久发生的事。八月份,保尔奉铁路工厂共青团的命令,组织一批青年,跟着修理车去叶卡特林诺斯拉夫。他带着一百五十名青年,从这个站辗转到那个站,修理被毁坏的车辆,整顿战后混乱不堪的秩序,他这样一直坚持到深秋。他们的行程是从锡涅尔尼可沃到波洛吉。这里由于马赫诺匪帮的残酷统治,被毁坏的痕迹随处可见。他们在古利亚伊——波列那个地方修理用石头做的水塔,修补被炸坏了的水箱,为此,整整花费了一个星期。保尔是一名电工,尽管他不懂钳工的活儿,也从来没有干过钳工,但是他用扳子在这里亲手拧紧了好几千个生了锈的螺丝帽。

深秋时节,列车回到了工厂。他们这一百五十人受到了各车间的工人的热烈欢迎。

在安娜那边现在又可以经常看到保尔了。他额上的皱纹已经没有了。也常常可以听到保尔那极富感染力的笑声。

现在,保尔又可以在学习小组上为那一群满身散发着机油味的伙计们讲以前各种各样斗争的故事了。他讲的故事很多,有衣不蔽体、苦不堪言的农民想推翻沙皇统治的故事,还有斯捷潘·拉辛和普加乔夫起义的故事。

有一次晚上,一群年轻人聚集在安娜那边。出乎人们的意料,保尔戒掉了小时就养成的抽烟坏毛病。那次他坚决而有力地对大家说道:

"我发誓,从现在起决心戒掉抽烟的坏毛病。"

这事来得太突然了。原来那时人们总在议论纷纷。有道是:江山易改,本性难移,习惯成自然。其中戒烟就是一个明显的例证。对此众说纷纭。保尔自始至终没有跟别人去争论,然而塔莉亚偏偏要他谈谈自己的看法,并责怪他老在那边一言不发。于是保尔便说道:

"人应该学会支配习惯,而不应受制于习惯。除此之外,难道我们还能有别的结论吗?"

这时,坐在墙角那边的茨维塔耶夫忍不住站起来,大声叫喊道:

"话是这么讲。柯察金这人就是喜欢说大话。假如揭一下他的老底呢?问问他自己是不是在抽烟?当然,他是抽烟的。他是否晓得抽烟有没有什么好处?他是知道的。但是能否把烟戒掉呢?最终他还是戒不掉。前不久他还在小组会上大谈什么'传播文明'呢。"茨维塔耶夫讲到这儿时,突然他装腔弄调,用一种嘲讽的口气问道:"请给我们答复一下,现在还有骂人的习惯吗?只要是对保尔有所了解的人都有这么一个印象:现在保尔是不怎么骂人了,可是一旦发作起来就不可收拾了。江山易改,本性难移呵!"

屋里静悄悄的。由于茨维塔耶夫嗓门很大,弄得大家心里很不舒服。保尔也没有当即回答他。只见他缓慢地从嘴边把烟卷拿下来,然后把它揉碎。他对大家说道:

"从今往后,我决心把烟戒掉。"

停顿了一会儿,接着他又说道:

"我这样做除了为我自己外,当然也为了茨维塔耶夫。假如说一个人不能改掉自己的坏毛病,那他活着还有什么意思呢。另外,我还有一个不好的习惯,就是老骂人。直到现在我还没有改掉这个坏习惯。话又说回来,刚才茨维塔耶夫也承认我现在不怎么骂人了。骂人这事儿张口就能来,它跟抽烟可不一样,因此我现在还不敢保证今后能不能一下子就改掉这个骂人的坏毛病。但是,我准备彻底改掉这个坏习惯。"

冬天快要到了,有许多木筏顺水漂来,把河都堵塞住了。秋天,河水泛滥,木筏很容易被冲走,这样很多有用的木材就顺水而漂。索洛缅卡区不得不让自己的团员去打捞木材。

保尔不甘心落伍,他尽量不让人们知道他正患着重感冒。过了一个星期,打捞上来的木材已经堆积如山,保尔抵挡不住寒风冷水的侵袭,又一次病倒了,发着高烧。这次,他患的是急性风湿病。在医院仅住了两个星期,就忙着赶回工厂。由于身体虚弱,他不得不趴在工作台上干活。车间主任看到这个情形,急得团团转。几天过后,一个丝毫没有偏见的委员会确认保尔再也不能胜任工作,就让他领取补助金,退休回家。保尔恼怒地回绝了委员会的决定。

保尔离开工厂时心情特别沮丧。他拄着拐杖一瘸一拐地走着,只要稍微动一下就痛得要命。以前,他的母亲常常写信让他回去看看她。现在他才回想起临别之际他母亲曾说过:"除非你们生了病或者是受了伤,否则,我没有机会见到你们。"

他去省委会领了一张共青团证和一张党证。他没有向任何人告别,因为生怕他们伤感起来,因此直奔他母亲那边去了。她的母亲精心侍候他,用按摩和药熏的方法治疗他那肿着的大腿。过了一个月,他不用手杖就可以行走自如了。于是他喜上眉梢,天刚蒙蒙亮就出发了,他乘火车到了省城。三天以后,组织部就委派他去省军事委员部所属去做地方武装的政治工作。

一个星期后,他以民兵第二大队政委的身份来到了别列兹多夫小镇。小镇上白雪皑皑。共青团地方委员会又让他负责把新区各地的团员组织起来,成立新的团组织。从此他又获得了新生。

外面天气炎热。樱桃树上的一支树枝正顽皮地伸向执委会主席办公室的窗口。办公室的对面,街道的另一侧,坐落着波兰式天主教堂。教堂的尖顶钟楼上的金黄色十字架在烈日照耀下闪闪发光。有一小群淡绿色的、毛茸茸的小鹅正在小花坐冷板凳园里敏捷地寻找食物,与周围的小草相映成趣。这些小鹅是执委会守门人的妻子饲养的。

执委会主席看了看刚刚收到的紧急电报。一道阴影从他脸上一闪而过。他用他那大而长的手挠着自己的鬈发。

别列兹多夫执委会主席尼古拉·尼古拉耶维奇·利锡增今年刚满二十四岁，然而他的同事和其他党内的同志一点儿都不知道他的真实年龄。他身材魁梧，脸上常常显得非常严峻，有时甚至让人觉得害怕。乍一看他的年龄像是三十五岁左右。他的身体非常硬朗，粗壮的脖子上面长着一个大大的脑袋，目光炯炯有神，下颚的线条清晰而有力。他身穿蓝色马裤和让人啧啧称羡的弗伦奇式灰色军上衣，左胸口袋上还挂着一枚红旗勋章。

利锡增在十月革命之前曾在图拉兵工厂当过车工。他家祖孙三代几乎打小时候起就已经在这个工厂里干活了。

那年秋天的一个晚上，他第一次拿起武器加入轰轰烈烈的革命队伍中，而这之前他还只会制造兵器。在革命和党培养、熏陶下，他辗转沙场，出生入死。从此这个来自图拉兵工厂的工人走过了一段从普通士兵成长为团长和团政委的不平凡的道路。

那炮火纷飞的年代早已过去。而目前尼古拉·利锡增正在边境地区工作。生活秩序井然，太太平平。他经常把注意力集中在有关收获农作物的报告上，常常工作到深夜，可是刚刚收到的加急电报不由得让他联想起前不久发生的事儿。电报中这样写着：

> 绝密。别列兹多夫执委会主席利锡增。
> 波兰将派遣匪徒潜入我边境地区。应该及早采取措施。先将财务科的款项和贵重物品转移至州中心，勿滞留税款。

利锡增透过窗户就能看到，来执行委员会的人进进出出。他一眼就发现了站在台阶上的保尔·柯察金。过不大一会儿，就有人在咚咚敲门。

"请坐，我们来聊一聊。"他跟保尔握着手说道。

在他们会谈的一个小时期间，利锡增没有会见别的人。

中午到了，保尔离开主席的办公室。这时，妞拉从花园中跑出来。她是利锡增主席的小妹妹。保尔从来都称她为安妞特卡。妞拉非常腼腆，温文尔雅，看上去与她的年龄一点都不相称。平时保尔遇见她时，她总是面露微笑。这一次，她像往常一样向保尔问候了一下，表情略显羞涩。她往后甩了甩自己额上的鬈发，接着问保尔：

"我哥哥在屋里吗？我嫂子正着急等他回去吃饭呢。"

"安妞特卡，你进去吧，里面就他一个人在。"保尔说道。

次日拂晓前，执委会门前就已经停着三辆马车。驾车的人都在窃窃私语。马车上放着刚从财务科搬出来的几条封了口的麻袋。稍停片刻，马车就消失在黑暗中。保尔带领着武装卫队押车。他们穿过二十五公里长的森林地带，一路安全地到达距小镇仅四十公里的区中心，把公文和钞票交给了州财务处。

过不几日，又见一个骑马的人从边境处向别列兹多夫方向奔来。他和他的那匹马都累得气喘吁吁，小镇上的人见此情景，心里很纳闷。

那人骑着马风尘仆仆地来到执委会门口，他动作麻利地跳下马，腰挎亮闪闪的军刀，大踏步地迈上台阶。利锡增紧皱双眉，在那人送来的信封下署了名。那个边防军人跃身上马，马不停蹄地沿原路返回。

只有利锡增主席本人知道那封信上写的是什么。可是，别列兹多夫小镇的人们耳聪目明。小镇上有三分之二的小贩搞走私，因此，他们预感到了将有不测之祸降临。

有两个人在人行道上急匆匆地跑向民兵大队部。保尔就是其中的一个。镇上的人都对他挺熟，平时他总爱挎着枪。可是今天与往常不同，就连党委书记特罗菲莫夫也全副武装，腰挎着左轮手枪，看来还真有些不妙。

过不多久，十五个人手拿着上好刺刀的步枪，从大队部里跑出来，冲向十字路口的磨坊。其他的党团员也都在党委会里时刻待命。利锡增主席头戴哥萨克皮帽，腰挂毛瑟枪，骑着马走了。看样子准发生什么事儿了。

广场和小巷里万籁俱静，连个人影都见不着。不一会儿，大街上所有的店铺关门，就连窗户也都关了起来。只有那些家禽牲口旁若无人地在粪堆上乱找着什么。

镇边园子的围墙上都有瞭望哨。围墙的外面是一条笔直地通向远方的公路。

利锡增刚才收到的电报内容是：

> 昨夜一伙约百余名骑匪，配备两挺轻机枪，在波杜勃齐区经过战斗窜入我境。请即采取有效措施。匪徒窜入斯拉武塔森林后即不知去向。兹预先通知您：是日，将有百名红军哥萨克骑兵途经别列兹多夫追击骑匪。切勿误会。
>
> 边防军独立营营长加弗里洛夫

　　一小时后,一个骑兵策马沿着大道向小镇方向走来,他后面约一公里左右有一队骑兵跟着。保尔密切观察着。前面那个骑兵小心翼翼地行进着,他万万没有想到园子里会有埋伏着的岗哨。这个骑马的人原来是红军哥萨克第七团的年轻士兵。由于他没有什么侦察经验,因此当那些园子里的人跳出来将他团团围住时,他不知所措。可是,当他发现这些胸前都挂着青年共产国际的徽章时,他不好意思地笑了起来。他们双方交谈了一会儿,于是这名骑兵掉转马头,向正在行进中的大部队奔去。岗哨放过红军哥萨克骑兵,立即又在花园里埋伏起来。

　　几天过去了,利锡增得知匪徒妄图扰乱我边民的阴谋泡汤了。匪军在我红军骑兵的穷追猛打下,损失惨重地退回去了。

　　十九名共产党员担负起苏维埃建设的重任。在这样一个新成立的区里,什么都得从头开始。由于离国境线很近,他们还要始终保持高度警惕。

　　利锡增、特罗菲莫夫、柯察金,还有他们身边的为数不多积极分子的工作千头万绪,像改选苏维埃、清巢匪徒、打击走私、文化工作、党务工作和共青团工作等都需要他们去做,常常是夜以继日,通宵达旦。

　　保尔经常从早忙到晚。要么一下马鞍,就坐在办公室批阅文件;要么离开办公室,到广场上去指导新兵训练;要么参加俱乐部、学校组织的会议。夜幕降临时,保尔还得带枪上马,捉拿走私犯。

　　保尔、莉达·波列维赫和任卡·拉兹瓦利欣是别列兹多夫共青团区委会的成员。小眼睛的莉达担任妇女部主任职务,她出生在伏尔加河附近。拉兹瓦利欣个子很高,一表人才,前不久刚刚中学毕业,他爱读歇洛克·福尔摩斯和路易·布斯纳的故事,梦想成为冒险家。

　　拉兹瓦利欣四个月前刚加入共青团组织,他曾在区党委会里干过总务工作,虽然他是一名年轻的共青团员,可是在别人面前依然一副"老布尔什维克"的架势。区党委会经过长时间的考察后,才委派他来别列兹多夫搞政工,因为派不出别的同志来这里。

　　中午快到了。天气很闷热。所有生物都躲进阴凉处,就连狗也热得懒洋洋地趴在屋檐下想睡觉。看样子,村庄里除了一只猪在井边的泥坑里悠闲自得外,好像别的动物都消失了。

　　保尔强忍住膝上的疼痛,解开马的缰绳,双唇紧闭,一咬牙骑了上去。正站在学校台阶上的女教员,边用手挡住刺眼的阳光,边跟保尔打招呼:

"再见,政委同志。"

马伸了伸脖子,绷紧了缰绳,很不情愿地在地上刨了一下。保尔对女教员说:"拉基金娜同志,再见。明天由您上第一课,就这么定了。"

缰绳刚松下来,马立即向前跑去。就在此时,保尔听到一阵凄惨的叫喊声。除非是妇女们遇到了火灾,否则她们不会这么大喊大叫。保尔使劲地一拉缰绳,快速调转马头,只见一位年轻的农妇上气不接下气地跑出村外。拉基金娜连忙上前拦住了她。人们纷纷从各自的家中跑出来,由于身强力壮的年轻人都下地去干活了,所以跑出来的人大多都是老年人。

"呵,乡亲们呵,那边出大事了呵!得赶快想办法呀!"

当保尔策马赶到时,那青年农妇正被一群人围着,人们拉着她的袖子,惊慌失措地问这问那,可是由于她说话断断续续,语无伦次,因此大家根本就听不清她要说啥。只见她一个劲地喊道:"打起来啦!他们还要拿刀杀人呵!"这时,一个胡子拉碴的老头,他的粗布裤子还没来得及穿好,就跑出来了。老头摇摇晃晃地向年轻农妇跳过来,责怪道:

"不要大喊大叫!像疯了似的!他们在哪儿打架呢?为什么要打?不要只顾瞎叫嚷呀!呸,真是活见鬼!"

那女人这时才回过神来,说道:

"我们村和波杜勃齐的人为了田界打起来了。波杜勃齐的人现正在杀人哪!"

人们这才知道不幸的事发生了。女人们捶胸顿足,放声大哭;老人们气得大喊大叫。这消息很快就传遍整个村子,每个人都明白:"波杜勃齐的人正在拿刀杀我们的人哪!"大家义愤填膺,有的拿着叉子,有的拿着斧头,有的干脆从篱笆上拔出了根木棍,冲出家门,跑向村外那个正在打架的地方。为了各自一点点田地,两个村的村民每年都要打架闹事。

保尔快马加鞭,向出事地点奔去。马好像善解主人的意思,飞快地向前跑去。它双耳倒竖,四蹄飞扬。小山上的风车张开着翅膀,似乎要拦住去路。风车的右边是一片低平的草地。它的左边则是一望无际的麦地,麦浪滚滚。风从上面掠过,仿佛在用手抚摸。道路两旁的罂粟盛开着鲜艳的红花。这里寂静无声,可是却相当炎热。从远处,从下面那条沐浴着阳光的银蛇似的河流那边,传来了人们打架的叫喊声。

马狠命地向下面的草地疾驰而去。"要是它的蹄子被什么东西绊住,那可就完了。"保尔闪过这样一丝念头。可是现在他不可能勒住马,他不得不紧贴马脖,任凭风在他耳边呼呼而过。

马疯了似的载着保尔奔到了草场。只见那儿一群人正在拿刀拼命,个个像猛兽似的失去了理智。地上已经躺着几个浑身是血的人。

一个大胡子被保尔的马胸脯撞倒在地上。他手里拿着长把儿的镰刀,正向一个满脸是血的青年猛追。另外一个长得黑乎乎的农民正在用那沉重的靴子狠命朝一个倒在地上的敌手踹去,真想一脚踹死他。

保尔策马冲散了厮杀的人群。尔后,当那些人还没来得及回过神来,他又猛地调转马头,又一次冲进发疯的人群中。因为他明白,用其人之道还治其人之身,否则,别无选择。保尔凶猛地喊道:

"该死的东西,快点散开!要不然我要全部毙了你们,一群强盗!"

他把毛瑟枪从皮套里抽出来,对着一个满脸杀气的汉子脸上挥舞了一下,纵马向前,开了一枪。一部分人放下镰刀,仓皇逃去了。保尔骑着马在草场四周奔驰,同时,不断地朝天鸣枪,人群终于被驱散了。为了躲避日后法律的严惩,也为了回避这个气势汹汹、手里拿着一个连响得要命的小机器的人,人们犹如惊弓之鸟,四散而逃了。

过不多久,地方法院的人民法官来到了波杜勃齐。法官审问了证人,虽然费了好大的劲,但还是没有查出罪魁祸首。幸运的是在那一次械斗中没有人被打死,即使受伤了也都很快痊愈了。法官耐心细致地向站在他面前的农民解释,他们的这种行为是违法的,也是不可取的。农民们说:

"法官同志,那完全是由于田界而惹出麻烦的,我们的田界被弄得乱七八糟的,每年为了这些田界都要干上一仗。"

尽管如此,还是有些人受到了惩罚。

一个星期后,丈量队走遍了整个干草场,在双方有争议的田界上钉上了一些木桩。一个因天气太热而汗流浃背的老丈量员,一边卷着软尺,一边对保尔说:

"这事我已干了三十年了。到处都是因地界而纠纷不断。你来看一下划分草场的界线,真是可笑得很!就算是喝醉了酒走出来的线,也一定比它直。再说那些耕地呢?每一片只有三步宽,一片绕着一片,要想把它们分得清清楚楚,那简直要气死你。这还远远不够,这些地是一年不如一年,越来越小。父子分家,一小片就得分成两片。我敢保证,再过二十年就没有可耕种的土地了,这些田地都已变成地界了。你想想,现在已有百分之十的耕地用作地界了。"

"丈量员同志,"保尔微笑着对他说,"再过二十年的话,我们就没有地界了!"

老丈量员也笑着说：

"您指的是共产主义社会吧？不过，您要知道，这还早着呢！"

"您听人讲过布达诺夫卡集体农庄吗？"

"呵，原来您说的是它呀！"

"是的。"

"以前我曾去过那里……那毕竟是特殊情况，柯察金同志。"

丈量队继续在丈量土地。有两个丈量员正在往地下钉木桩。木桩两边围着许多农民，他们都在盯着钉在原来地界上的新木桩，原来地界上的标志早已成了几根刚刚看得见的烂木棍了。

马车夫是个爱说话的人，他用鞭杆抽打了一下瘦削的辕马，然后转过身来，对乘客们说道：

"也不知是怎么回事，我们这儿搞起了共产主义青年团。以前可从来没有这东西。全都是那个叫拉基金娜搞的名堂。你们准对她了解吧？她小小年纪，可算是个害人精。她煽动全村的妇女，又是开会，又是组织，搞得家家都不得安心。要是有人生气了并捆了老婆一记耳光——老婆本来就是欠揍，要在从前的话，她只能哑巴吃黄连，有苦说不出。现在就不一样啦，你还没有动她一下，她就大吵大闹起来。她们还说要到法庭去告你，更有甚者，那些年龄不大的年轻妇女还说要离婚，各种法律条文还能从她们那里脱口而出。譬如说我老伴甘卡，她一向话很少，而现在竟也当起什么代表来了。她算是妇女的小领导，村里的娘儿们都来找她。起初，我很想用马缰绳教训一下她，后来我想还是随她去吧。她们爱怎么闹就怎么闹！但是，要说操持家务和干别的活儿，她倒挺不错。"

他解开衬衫，露出毛茸茸的胸脯，在上面搔了一下，随手在马肚上抽了一鞭。马车上坐的是莉达和拉兹瓦利欣。他们俩都是去波杜勃齐办事，莉达去参加苏维埃妇女大会，拉兹瓦利欣到那边去安排团支部的工作。莉达逗着那车夫道：

"怎么，难道您不喜欢共青团员吗？"

他抚摸着胡子，慢条斯理地回答道：

"这说哪里去了，怎么能不喜欢……年轻人玩一玩可以。像演戏或者搞搞别的东西，都无所谓，我本人就喜欢看笑话戏，当然，要演得精彩才成。开始的时候我们还以为孩子们是在瞎胡闹，可结果却是另一码事。有人告诉我，他们对喝酒、撒野之类的事情管得很严。他们主要是学习。但是，他们老是跟上帝过不去，还说要把教堂改成俱乐部。这哪成呢？为了这事，上了年纪的人心里都很不高兴，对共青团员嗤之以鼻。至于别的嘛？我告诉你，他们有一件事做得不对，那就是他们只接受村里穷光蛋或是雇工之类的。至于有钱人家的儿子，他们坚决不收。"

马车赶下了山坡，便到了乡村小学的门口。

女工把两个旅客安顿好后，就到干草棚里睡觉去了。拉兹瓦利欣和莉达开了老半天的会才回到这里。屋里很暗。莉达脱下皮靴，爬上床，很快就进入了梦乡。可是她却被拉兹瓦利欣粗鲁的动作所惊醒，他的动机显而易见，莉达没好脸色地问道：

"你想干什么？"

"小声一点，莉达，瞎嚷什么呀？我一个人躺着，挺无聊的，真的！难道你就想不出比打呼噜更好玩的东西吗？"

"你快给我撒手，滚下去！"她使劲地将他推下床去。拉兹瓦利欣的淫笑早已让莉达觉得恶心。她本想痛骂他一顿，无奈于过度的疲劳，她又睡过去了。

"你撒什么娇？瞧你这个别扭劲儿。难道你是从贵族女子学校出来的吗？你以为我真信你？不要装模作样了，莉达。要是你识相的话，那就先满足我的要求，然后你想睡到什么时候都行。"

他认为没有必要再啰嗦，就又坐到她的床边，想伸手去搂她的肩膀。

"滚开！"她本能地坐了起来，并威吓他，"明天我一定要把这件事告诉柯察金。"

拉兹瓦利欣抓住她的肩膀，气鼓鼓地低声说道：

"我才不怕他呢。你最好给我老实点，不管怎么样，我是搞定了。"

他们争斗了起来。寂静的屋子里传出了清脆的耳光声。一下，二下……拉兹瓦利欣捂着脑袋躲闪到一边。莉达摸黑跑到门口，夺门而出。她站在月光下，肺都快要气炸了。

"进来吧，傻瓜！"拉兹瓦利欣凶神恶煞般对她喊道。

拉兹瓦利欣卷起铺盖，灰溜溜地在屋檐下面熬了一夜。莉达关上门，上了闩，蜷缩着躺到了床上。

次日早晨，拉兹瓦利欣在返回的路上与车夫并排地坐着，一支烟接一支烟地使劲抽着。他心中盘算：

"这个惹不起的女人十有八九真要去告诉柯察金。看来，真是个不开窍的小娃娃！虽然模样倒挺好看，可是不明白事儿。我应该主动跟她和好，否则的话，后果将不堪设想。柯察金本来就看不起我。"

他换了一下座位，坐到了莉达的旁边。他假装自己心里很难过，眼里充满忧郁和悔恨。他自编自导，自圆其说，想方设法为自己开脱，他终于赢得了莉达对他的谅解，莉达答应不把夜里的事告诉任何人。

在边境的各个乡村里，共青团支部如雨后春笋般建立起来。团区委会对共产主义运动的这些幼芽给予了极大的关注。保尔和莉达整天都呆在农村里。

拉兹瓦利欣不愿意下农村。他与那些农村的年轻人谈不拢，他们往往也不信任拉兹瓦利欣，常常是成事不足，败事有余。相反，莉达、保尔很容易和农村的青年们相处。莉达把乡下的少女们团结在自己的周围，跟她们交朋友，并保持着密切的往来，细致入微地引导她们，使她们在不知不觉中对共青团的工作和生活产生兴趣。全区的所有青年都认识保尔。有一千六百名青年快要到入伍的年龄，民兵第二大队就吸收了他们，并让他们去参加军事训练。在农村的各种晚会和露天活动中，保尔的手风琴对宣传工作的帮助简直是无与伦比。手风琴使保尔成了青年们的知己。他那令人着迷的琴声，使许多有志青年走上了革命的道路；手风琴奏起的军歌热情奔放，雄壮有力，撩倒了多少年轻人的心；手风琴奏起的富有感情的乌克兰民歌许多青年们倍感亲切和温柔。他们以极大的热忱倾听这美妙的琴音，也倾听着它的演奏者，思考着演奏者——这位从前曾当过铁路工厂的工人，而现在已经是民兵第二大队政委兼共青团的书记的演讲。保尔的琴声和话语已经深深地扎根在他们的心中。农村里已有了新歌，而在农村的木屋里除了祷告用的诗篇和圆梦秘诀之类的书籍外，还出现了一些新书。

走私贩子的日子已一天比一天难过。他们面对的已不仅仅是边防战士，因为现在苏维埃政权有了许多年轻的朋友和真诚的助手。有时这些热情的年轻人们求功心切，竟亲自去捉敌人，这样难免会出现过火的行为，为此，保尔不得不出面去救助他们。波杜勃齐共青团支部书记格里沙·霍罗沃季科是一个蓝眼睛、急性子、生性好斗的青年，也是一个坚定的反宗教分子。有一次，他通过特殊的渠道得知，有一批走私物品将在夜里运交给当地的磨坊老板。于是，他把支部的全体同志召集起来。尔后，他们随身带着操练用的枪和两把刺刀，由格里沙带头，于当日晚上悄悄地包围了磨坊，侍机猎取他们要等的对象。而与此同时，国家政治保安部的边防哨所也探知了这个走私的消息，并派出一支分队埋伏在那边。于是夜里双方发生了误会。幸好保安人员沉着冷静，冲突中共青团员才没有伤亡发生。保安人员解除了他们的武装，把他们押送到四公里开外的邻村关了起来。

这时保尔正在营长加弗里洛夫那儿。第二天早上，营长把这件事告诉了保尔。保尔便策马前去营救自己的同志们。

保安机关的负责人笑着把夜里双方发生误会的事告诉了保尔，接着说：

"咱们这么办好了，柯察金同志。这些青年都是好样的，我们不能让他们受委屈。可是为了他们能吃一堑，长一智，倒不妨给他们一个下马威。"

一个战士打开了仓库的大门，十一个小伙子狼狈不堪地站了起来，并感到局促不安，双脚不停地交换着站在那边。保安机关的负责人生气地把两手一摊，说道：

"您瞧他们。他们捅了这么大的漏子，我只好把他们押送到州里去。"

格里沙一听就火冒三丈，说道：

"萨哈罗夫同志，我们捅什么漏子呢？我们是真心实意帮助苏维埃政权。我们早就盯上那个走私犯了，可是你们却把我们当坏人关了起来。"他说着，伤心地把身子转过去了。

保尔和萨哈罗夫忍住笑，好容易才板着脸，装腔作势地进行了一番交涉后，这才停止了这场"吓唬"。

"如果你能担保他们往后不再到边境上来惹是生非，但在其他方面给予我们协助，那我就放了他们。"萨哈罗夫对保尔说道。

"一言为定。"保尔说，"我向您保证。我想他们从今往后再也不会让我为难了。"

团支部的全体人员一路唱着歌回到了波杜勃齐。这事并没有张扬出去。那个磨坊老板很快就被逮捕了。这一次是依法逮捕他的。

德国移民在麦丹别墅附近的森林庄园里过着富裕的生活。那里有一些富农庄园，它们彼此相距仅半公里，建筑得相当牢固。庄园旁边还有些附属建筑物，好像一座小小的堡垒。安托纽克匪徒就窝藏在麦丹别墅中。这个沙皇时代的司务长把他的亲属召集在一起，组成了一个"七人帮"，在附近的大路上杀人越货。他们心狠手辣，不论是小商、小贩，还是苏维埃政权的工作人员，他们统统都不放过。安托纽克匪帮神出鬼没，行动迅捷。今天有两个农村合作社的工作人员遭抢劫，明天又在二十公里以外的地方解除一个邮递员的武装，并抢个精光。他和他的同伙戈尔季相互比赛，这两个匪首一个比一个坏。州里的民警和保安机关为此大伤脑筋，也耗了不少时间。安托纽克出没在别列兹多夫附近,因此,进城的要道就成了危险的地带。之所以很难抓到这个匪徒,是因为每次当他觉得风声不妙时,就溜之大吉,躲到境外去了,一待情况好转,他又潜入境内。每当听说他们这些杀人不眨眼的刽子手又卷土重来时,利锡增就神经质地紧咬双唇,心里不由得咯噔一下。

"这条毒蛇还要疯狂到什么时候呢?畜生,咱们走着瞧,我非要亲手抓住你不可!"利锡增咬牙切齿地说道。曾经有两次,利锡增掌握了匪徒们的线索,亲自带着保尔和另外的三名共产党员跟踪追去,可是,狡猾的安托纽克还是逃脱了。

州里派了一个小分队到别列兹多夫来协助清剿匪徒。一个名叫菲拉托夫的人负责指挥这个小分队,此人派头十足,态度傲慢,简直就像一只小公鸡似的。他违背边防军的规定,也没有向执委会报告,就擅作主张,把这个小分队带到了附近的谢马基小村庄。夜里小分队开进了村庄,安营扎寨,驻扎在村边的一个小木房里。这一大帮军人来历不明,行动又鬼鬼祟祟,邻家的共青团员引起了高度警惕,他便拔腿就跑,向村苏维埃主席报告了自己的疑虑。村苏维埃主席事先一点儿也不知道这支队伍的消息,就把他们当成了匪徒,急急忙忙派遣这个共青团员骑马飞奔区里,向区里汇报这里有紧急情况。菲拉托夫的胡作非为,差一点断送了许多无辜的生命。利锡增得知有关情报后,立刻紧急集合了民警和十多个人,骑着马向谢马基村飞驰。他们很快就到了那家的门前,跳下马鞍,穿过篱笆墙,以迅雷不及掩耳之势冲向房门口。门口的哨兵被突如其来的枪托击昏了,像口袋一样晕倒在地上。利锡增有力地用肩膀把房门哗啦一声撞开了,刹那间,他们冲进一间灯光昏暗的小屋里。利锡增一只手拿着手榴弹,装作要投掷,另一只手紧握毛瑟枪,他大吼一声,几乎要把窗户上的玻璃震裂。

"缴枪不杀!否则的话,我要炸烂你们!"

屋里的人被利锡增的吼声惊醒了,就在这时,冲进屋的人也准备开枪射击。利锡增手拿手榴弹,双眼怒睁,杀气腾腾,屋里的人吓得哆哆嗦嗦,赶忙举手投降,这才避免了一场惨剧的发生。片刻之后,这支小分队的人身上只穿衬衣被赶到了院子里,这个时候,菲拉托夫看见了利锡增胸前挂着的勋章,如梦初醒,向利锡增解释了事情的经过。

利锡增气得暴跳如雷,愤然地啐了他一口,用非常轻视的口气骂道:

"蠢猪!"

德国革命的枪炮声传到了别兹列多夫地区。汉堡街垒战相互炮击的声音好像也传到了这里。大家情绪激动,满含着热切的希望,关切地阅读着报纸,十月革命的风从西方吹来了。向共青团区委递交要求参军的申请书像雪片似的飞来。保尔给各共青团支部派来的代表深入细致地做思想政治工作,竭力说服他们,并向他们解释苏联奉行的是和平外交政策,苏联不准备跟任何邻国交战。可是徒劳无功。每逢星期天,共青团各支部的团员都聚集到镇上的神父大花园里,举行全区团员大会。有一天中午,波杜勃齐共青团支部的全体成员像军队一样排成队伍开进了区委会的大院里。保尔透过窗户看到了他们,马上就走出来,站到了台阶上。在格里沙的带领下,十一名青年脚穿长靴,身背大行囊,站在门口。

保尔很惊讶,问道:

"格里沙,发生什么事了?"

这时,格里沙给保尔使了个眼色,俩人就进屋去了。莉达、拉兹瓦利欣和其他两个团员将格里沙团团围住了,格里沙转身把门关严,皱了皱眉头,表情严肃地说道:

"同志们,我是在进行一次战斗考验。今天,我向我们支部的全体团员宣布,从区里发来一份非常机密的电报,电报上称我国要向德国资产阶级宣战,而且很快还要和波兰资产阶级开战。莫斯科已经向全国发出了命令:所有的共青团员一律要求到前线去,谁要是害怕流血牺牲,那就写个申请留在家里。我命令他们有关打仗的事一定要守口如瓶,千万别泄露出去,但是我要求每个人都必须自备一个大面包和一块腌肉,要是没有腌肉,那就带大蒜或洋葱之类的东西,一个小时以后到村外秘密集合。我把队伍先拉到区里,然后从区里再去州中心领取武器。我刚宣布完,大伙儿就热闹开了。他们就向我问这问那,我便责怪他们道:不该问的不要问,你们赶快去准备一下吧!如果有谁不想去打仗,那也没有关系,只要写张申请就得了,因为这次行动是自愿的,不强求大家。我先到村外,在那里等着他们。他们很快就接踵而至。看得出来,他们中有些人的脸上还有泪痕,但尽量不让别人看得出。他们全都来了,总共十个人,没有一个贪生怕死的。瞧一瞧,我们波杜勃齐的支部多么有凝聚力和感召力!"他得意扬扬地用拳头捶了捶胸脯,意犹未尽地讲完了话。

格里沙讲完后,莉达早就按捺不住胸中的积愤,愤愤地责备他这鲁莽的行为。格里沙惊得发呆了,睁大了眼睛。

"你干吗要这样教训我?这可是一次最好的考验呀!借这个机会我们可以把每一个人都看得清清楚楚。为了装得更像回事,我还准备带他们去州里,可是,小伙子们也确实有些累了。现在先让他们回去吧。但是,柯察金同志,你得给他们说几句,否则,我也不好下台啊。你要是不讲话不大好。你就这样跟他们讲,动员令已经撤销,可是他们所表现出的那种勇敢无畏精神是值得尊敬和推崇的。"

保尔平时不怎么去州中心。之所以如此,是因为只要离开一次,一下子就要耽误好几天的时间,况且区里的工作确实也离不开他,这里每天要处理的事情实在是太多、太多了。拉兹瓦利欣这个人就不一样,一有机会就往城里跑。每次进城前,他总要把自己打扮成库柏小说里的主人公那样,从头到脑全副武装。他特别爱出门做这样的旅行。刚走进森林里,他就瞄准乌鸦或是松鼠开枪射击,要么就假装地道的检查人员横路拦住那些单身行人,并厉声盘问他们:是干什么的,从哪儿来,到哪儿去。快到跟前时,他才收敛起来,把步枪藏在干草堆里,手枪放在衣袋内,若无其事、规规矩矩地去州团委会。

"说说,别列兹多夫镇上有什么新鲜事没有?"费多托夫询问道。

州团委书记费多托夫的办公室里经常挤满了一屋子的人。大家都抢着跟书记说话。在这种环境里工作,需要同时能听四个人说话,还要回答第五个人的问题,手里还要时不时地做笔记。只有这样,他才能应付得过来。费多托夫年轻有为,1919年他就已经是党员了。只有经历过那战火纷飞的年代,一个仅仅十五岁的年轻小伙子才能被准许入党。

拉兹瓦利欣对费多托夫的提问并没有太在意,漫不经心地回答道:

"要说新闻,那可就多得讲不完了。一天下来从早忙到晚,什么漏洞都要去堵。因为那个地方基础薄弱,一切都得从头做起。现在我们那边又成立了两个新支部。你们叫我来有什么事情?"说着,他就大摇大摆地一屁股坐到了靠椅上。

经济部主任克雷姆斯基暂时将视线从一大堆公文上挪开,回过头来看了一眼拉兹瓦利欣,没好气地说道:

"我们请的是柯察金,并没有让你来。"

拉兹瓦利欣吐了吐一股烟雾,异腔怪调地说道:

"柯察金不愿意来,所以受苦受累的事情都让我干了……有些书记们倒舒服了:什么事都不干,只有像我这样的笨驴,才肯让人家骑着到处跑。柯察金一去边境就是两三个星期,全部工作只能由我一人承担了。"

拉兹瓦利欣装腔作势,有意给人留下这样一个印象:只有他才是区团委书记最合适的人选。

世界经典文库

世界二十大名著

钢铁是怎样炼成的

图文珍藏版

"这家伙令人厌恶。"拉兹瓦利欣走后,费多托夫向州团委的其他同志直言不讳地说道。

拉兹瓦利欣的鬼把戏无意中被揭穿了。有一次,利锡增去费多托夫那边取信(每个到州里的人,回去时都顺便捎上别人的信件),费多托夫和利锡增进行了长时间的交谈。于是,拉兹瓦利欣的真相大白了。

"但是,无论如何你要派柯察金到州里来让大家认识认识。"利锡增临走时,费多托夫再三叮嘱。

"成,但是你要答应我,你们可不要调走他。我们说什么也不会执行的。"利锡增说道。

这一年,边境线上的十月革命节的庆祝活动热闹非凡。保尔被推举为边境上各村十月革命节庆祝委员会的主席。三个邻村的五千男女农民聚集到波杜勃齐参加庆祝大会。开完露天大会后,他们排成长达半公里的游行队伍,在民兵大队和乐队的带领下,举着鲜艳的红旗,一路由波杜勃齐向边界浩浩荡荡行进。游行队伍秩序井然,组织严密,沿着边境线,朝着被苏联和波兰一分为二的乡村进发。边境线另一侧的波兰战士从来没见过这么声势浩大的场面。队伍的最前面是骑着马的保尔和加弗里洛夫营长,随后是敲锣打鼓的乐队,接着是旗手和唱着歌的游行队伍。青年男女都穿着节日的盛装。他们个个都欢天喜地,喜笑颜开。队伍如洪流般从远处流来,而这水流的堤坝恰恰是国界。但是,没有一只脚踩过边界线,也没有一只脚越出苏联的国土。保尔让这股洪流从身边流过。这时,从游行的队伍里传来了《共青团之歌》的歌声:

> 从西伯利亚大森林
> 到不列颠的海滨
> 最强大的力量
> 是我们的红军

接着女同胞们高声合唱:

> 嗨——在那山岗上,
> 妇女们收割忙……

苏维埃边防战士们喜气洋洋地迎接这支游行队伍，而那一侧的波兰士兵流露出惊慌和羞愧的表情。

尽管波兰的指挥部事先早已得知，有一支苏联队伍沿着苏联一侧边境线游行，可是仍然引起了波兰方面的惊慌不安。他们如临大敌，宪兵巡逻队骑着马来回穿梭，边界增岗加哨，哨兵一下子比平常多了四倍。除此之外，他们还在洼地里埋伏了一支后备队，以应付突发事件。但是游行队伍一直在苏方一侧的国土上行进，人声欢快，歌声响彻云霄。

一个波兰哨兵正站在一个小丘上。游行队伍正向他这边走来。当进行曲刚一响起，他放下肩上的步枪，枪柄靠着脚，向游行队伍行了个军礼。保尔清清楚楚明白他在用波兰语窃窃私语道：

"公社万岁！"

一看那个波兰士兵的眼睛，保尔就知道是他说这句话的。于是，保尔便目不转睛地看着他。

这是一个朋友！他虽然身穿波兰军服，可他却跳动着一颗同情游行群众的心。于是，保尔用波兰语轻声回敬道：

"同志，向你致敬！"

游行队伍继续向前行进。队伍从他身旁经过时，波兰士兵一直行着军礼。保尔好几次回过头去看那个黑色的小小的身影。

前边保尔又看到了另外一个波兰士兵。他留着灰色的小胡子，四角帽边镀着镍，帽檐下面是一对呆滞的、无精打采的眼睛。保尔依然被刚才的那个哨兵感动不已，便轻声对这个波兰士兵说道：

"你好，朋友！"

但是，这个波兰兵并没有回答他。

加弗里洛夫笑了笑。看来，他全都看在眼里，听在耳中。

"你抱的希望太高了。"他对保尔说道，"在这边界线上，他们不仅有普通的步兵外，还有巡逻的宪兵。难道你没有注意到他的袖章吗？他是个宪兵。"

这时，游行队伍的排头已下了小丘，向那个被波、苏两界分成两半的乡村行进。苏联这边的村子正准备隆重欢迎游行队伍。村里男女老少全聚集在界河上的小桥附近，夹道欢迎。而在波兰这边的房顶和木棚顶上挤满了人，他们都被河对岸发生的事搞懵了。有些农民站在门口或是篱笆旁边注目远眺。当游行队伍走进夹道欢迎的青年人中间,乐队开始奏《国际歌》。接着,许多年轻人和白发苍苍的老人在刚刚搭起的,挂着青枝绿叶的讲台上发表着热情洋溢的讲话。保尔也用乌克兰语讲了话。他讲的每句话都随风飘到河对岸去了,因此对面那些波兰人也都听到了。但是,波兰当局生怕这些演讲动摇其民心,只见一队宪兵手拿着皮鞭,吆喝着把他们赶回屋里,有的宪兵甚至还朝屋顶打了几枪。

街上空无一人。屋顶上的青年也被宪兵的子弹吓跑了。所有这些从苏方河岸这边都可以看得一清二楚,大家紧锁眉头,义愤填膺。有一个放羊的老头儿被青年们簇拥到讲台上,他按捺不住心中的气愤,大声地喊道:

"孩子们,你们瞧瞧!他们过去就是这样虐待我们的,可是,现在跟从前大不一样了,在我们这个乡村里,挥舞皮鞭、抽打农民的时代已经一去不复返了。地主被消灭了,也就没有了抽打农民脊梁的皮鞭。孩子们,你们一定要坚决拥护苏维埃政权。我是一个上了岁数的人,也不会讲话。但是我想对你们说的实在是太多、太多了。在沙皇统治时代,我们一辈子过着牛马不如的生活,看到河对岸那边的人如今还是那样,可真是于心不忍啊!……"老头朝小河那面挥动着那枯瘦的拳头,呜呜地哭了起来,也只有小孩和老人才会像他那样哭着。

紧接着,格里沙走上了讲台。加弗里洛夫一面听着他那激动人心的演讲,一面勒转马头看看河对岸是否有人记录下这慷慨激昂的演说。可是,河对岸连个人影也没有,就连桥头站岗的哨兵也不见了。

"这次他们总不至于向外交人民委员会提抗议吧。"加弗里洛夫开玩笑地说道。

十一月底,一个阴雨连绵的秋夜,匪首安托纽克和他的七个党徒终于被逮捕了。这伙暴徒到麦丹别墅参加一个移民暴发户的婚礼。赫罗林的党员和团员们出其不意地抓获了他们。

妇女们在闲聊时无意中把来参加婚礼的客人的消息泄露出去了。赫罗林支部的全部成员,总共十二个人,立即紧急集合,全副武装。他们乘车迅速赶到麦丹别墅的庄园,另外,还派了一名特别通讯员飞奔别兹多夫去汇报。这个通讯员在谢马基村附近遇到了菲拉托夫带领的队伍,于是菲拉托夫毫不犹豫,果断地带着这支分队前去援助。这时,赫罗林支部的成员们已经将那个庄园围了个水泄不通,并开始与安托纽克匪帮交火。匪徒们躲在一个厢房里,负隅顽抗,看见人就疯狂地开枪射击。他们试图冲出庄园,但是,赫罗林的青年们愈战愈勇,强大的火力把他们赶了回去,还击中了其中一个匪徒。以前安托纽克遇到过许多像现在这样的险境,可是凭着手榴弹和黑夜，每次他都能化险为夷，逃之夭夭。这次，安托纽克又做着同样的梦想，况且赫罗林支部现在有两个成员已牺牲了。在这危难时刻，菲拉托夫率队及时赶到。安托纽克一看这情形，大失所望，知道自己在劫难逃了，但还不甘心灭亡。他们从厢房的窗户向外疯狂扫射，战斗一直持续到天亮，安托纽克最终束手就擒。其余七个匪徒一直在负隅顽抗，拒不投降。在这次消灭匪徒的战斗中一共牺牲了四名同志，其中有三人是刚建立不久的赫罗林共青团支部的团员。

保尔的民兵第二大队奉命进行地方部队的秋季大演习。大队从清早就出发，头顶着倾盆大雨，马不停蹄地开往目的地。深夜，他们才到达四十公里开外一个师的宿营地。大队长古谢夫和政委柯察金以马代步，率领着八百名准备入伍的青年赶到营房时，个个都累得精疲力尽，躺下就睡了。新兵师司令部把召集他们大队的命令下发晚了，第二天一大早部队就要开始演习。他们这个大队刚到就要接受检阅。全队在操场上集合待命。不一会儿，就见从参谋部跑来几个骑马的人。他们这支大队已被全副武装起来，面貌焕然一新。保尔的民兵第二大队平时在训练上狠下功夫，倾注了不少精力和时间，因此大队长古谢夫和保尔对自己队员的表现充满信心。检阅仪式结束后，大队表演了操练和变换队形。就在这个时候，一个面孔很漂亮但皮肉松弛的指挥员严厉地朝保尔质问道：

"您干吗骑马？演习时，新兵大队的队长和政委是不准骑马的。我现在命令您立即把马送到马厩，徒步参加演习。"

保尔心里明白，如果骑不了马，那他就参加不了演习，因为他的腿疼得很厉害，就连走上一公里也没法办到。可是，他不知该怎么向这个腰扎皮带、气势汹汹的指挥员解释？保尔只回答说：

"我不骑马就无法参加演习。"

"为什么？"

保尔明白他不便于用别的理由来解释他为什么要骑着马演习，他低声说道：

"我的双腿都浮肿了，要是连跑带走一个星期，我实在受不了。再者，同志，我还不知道您到底是谁？"

"第一，我是你们团的参谋长。第二，我再次命令您下马。假如你是个残疾，这也不能怪我，要知道您是一名军人。"

保尔像是被皮鞭抽了一下似的。他猛然把马缰一揪，但是大队长古谢夫用强有力的大手阻止了保尔。保尔从没受这么大的污辱，忍不住要发作起来，但是他又努力克制自己,就这样,内心斗争了好一会儿。他明白,现在的保尔跟从前那个普通战士不一样了。他现在是大队的政委,而且大队的全体队员正站在他的后面,他的一举一动都影响着队员们。要知道,毕竟不是为这个浅薄无礼的人而训练他的部队的。想到这里,他从马鞍上下来,强忍住关节上的疼痛,一瘸一拐地朝右边走去。

后来几天,天气都挺不错。演习快要完毕了。第五天,他们到最后目的地谢佩托夫卡附近进行演习。上级命令别列兹多夫大队到克里缅托维奇村去攻占车站。

保尔非常熟悉这一带的地形,他把通往车站的所有近路都告诉了古谢夫。大队随即分成两个支队,并出其不意地向车站迂回过去,将"敌军"团团围住。全体大队队员齐声呐喊"乌拉",一举攻取了车站。演习讲评表明,保尔的大队表现非常出色。当别列兹多夫大队占领车站时,防守车站的大队损兵折将,溃不成军,被迫退守到森林里。

保尔负责指挥其中一个支队。现在他和第三中队的队长和政治指导员正站在街中心,指挥部署兵力,就在这时,一个红军战士气喘吁吁地跑到他的面前,问道:

"政委同志,大队长问你,机枪手们占领了铁路交叉点没有。演习评判委员马上就要到了。"

保尔和中队长急忙向路口走去。这时,团司令部的人员早就在那里等候了。他们为古谢夫演习成功而由衷高兴,并向他表示祝贺。而那些被打败的大队的代表们惴惴不安地站在一旁,并不想争辩什么。这时,古谢夫谦虚地说道:

"那可不能归功于我一个人,柯察金是本地人,全是他带着我们去攻占车站的。"

这时,团参谋长骑着马耀武扬威地走到保尔跟前,挖苦地对保尔说道:

"同志,您的腿不是蛮好的嘛。我想,您要骑马只不过是想出出风头吧?"他还想讥讽几句,但是,保尔严肃的表情、犀利的目光使他胆怯了,没敢继续说下去。

团参谋长离开后,保尔问古谢夫:

"他叫什么名字?"

古谢夫拍了拍他的肩膀,风趣地说道:

"算了,甭理他。听说他的名字叫丘扎宁,噢,对了,好像革命前是一个准尉。"

那一天,保尔努力回想了好几次,但就是想不起这个他曾在哪儿听说过的名字。

演习结束后，别列兹多夫大队获得了好评，凯旋而归。但这一次折腾，保尔实在是太累了，便留在家中陪母亲呆了两天。保尔把马放在阿尔焦姆那里。两天来，他每天都要睡十二个小时。到了第三天，他才去机务段看望阿尔焦姆。厂房被煤烟熏得黑乎乎的，厂里散发出一股熟悉而亲切的气味，他立刻觉得好像是回到家的感觉。保尔贪婪地吸着含有煤烟的气味。他打小就习惯了这种煤烟的空气，并伴随着这种气味长大成人的，保尔对这里已有了深深的情感。而此时，这种气味强烈地吸引着他，让他有一种失而复得，如获至宝的喜悦。保尔已经好长时间没有听到火车头的尖叫声。就好像阔别了浩瀚的碧蓝大海的水手重新回到了大海怀抱一样，忍不住激动万分。这伙夫和电工呆惯了的环境也似乎在真诚地呼唤着保尔。保尔心中久久不能平静。保尔和哥哥没有更多地谈什么。阿尔焦姆额上又增添了一道皱纹。这时，他正在一个移动式锻工炉旁干着活儿。阿尔焦姆已有两个孩子。看得出来，他生活很窘迫。尽管阿尔焦姆什么也没跟保尔说，但是这是一个不争的事实。

哥俩干了一两个小时的活儿，然后就分手了。在村子的路口，保尔勒住马的缰绳，回过头来向车站深情地看了好长时间，然后挥动马鞭，黑马飞驰在森林里的大道上。

现在在林子里走路已平安无事了。苏维埃政权消灭了所有的大小匪徒，烧毁了他们的窝点，因此周围各村的生活相当安宁。

中午，保尔骑着马回到了别列兹多夫小镇。莉达在区委会的台阶上高兴地迎接保尔。

"可把你盼回来了！你不在时我们寂寞死了。"莉达说着，就伸手抱住保尔的肩膀，跟他一块走进屋里。

"拉兹瓦利欣到哪里去了？"保尔边脱大衣，边问莉达。

莉达不乐意地回答道：

"不知道。噢，我想起来了！早上听他讲，他要去学校代你上政治课。他还说这是他的本职工作，柯察金管不了这事。"

保尔听了后深感不快。他早就讨厌拉兹瓦利欣了。

"这小子又想到学校去玩什么花样呢？"保尔不满地想着。

"得了，让他去好了。讲一讲，最近有什么新鲜事没有？格鲁舍夫卡那边你去过吗？那里的同志们情况怎么样？"

保尔坐到沙发上,用手揉搓着他的困乏的双腿。莉达把她所知道的一切全都告诉了他。

"前天",她说,"拉基金娜被吸收为预备党员,这样一来我们波杜勃齐支部的力量就大大增强了。更何况拉基金娜人也不错,我们俩挺谈得来。你瞧,教师们已经起了很大变化,有好多教师已经站到我们的队伍来了。"

晚上,在利锡增的房里常常有三个人围着大桌子一直坐到深夜。他们是:利锡增、保尔和新任区党委书记雷奇科夫。

卧室那边的门已关上了。里面安妞特卡和利锡增的妻子早已进入了甜蜜的梦乡,而他们三个人还在埋头读书。只有到了晚上利锡增才有时间坐下来看书。每当保尔晚上巡视完各村回到利锡增家读书、学习时,他心里常常觉得不是滋味儿,因为那两个人早已学到他前面去了。

有一天,从波杜勃齐传来坏消息:夜里格里沙被人杀死了。保尔一听到这个消息,忘掉了腿上的疼痛,片刻功夫后就走到了执委会的马厩。他用极快的速度装好马鞍,尔后跃身上马,挥动马鞭,猛抽马肚子,黑马疯狂地向边境飞驰。

在村苏维埃那宽敞的屋子里,格里沙躺在里面的一张桌子上,绿叶环绕着桌子四周,他身上覆盖着一面鲜艳的红旗。在上级领导未来之前,任何人都不准进去。一名边防战士和一名共青团员守卫在大门口。

保尔走进屋里,掀开了那面红旗。格里沙躺在那里,头倒向一边,面如黄蜡,眼

世界经典文库

世界二十大名著

钢铁是怎样炼成的

图文珍藏版

睁怒睁,可以看出他临死前那痛苦的表情。锋利的凶器击碎了他的后脑勺,现在他正头枕着枞树的绿叶。

是谁下的毒手呢?格里沙的母亲一直守着寡,他的父亲已经为革命捐躯了,他从前曾给磨坊主当长工,后来当了村里的贫农委员会委员。而他们只有格里沙一个孩子。

老太太听说儿子被人暗杀了,当场就晕倒在地上,不省人事。好心肠的邻居们正在照料着她。她心爱的儿子默默地躺在那边,也没来得及说出凶手的名字。

格里沙的死使全村人深感悲恸。村子里他的朋友比敌人要多得多。

拉基金娜也因格里沙的牺牲而伤心不已,眼泪止不住直掉。当保尔去看望她时,她连头都没有抬起来。保尔心情沉重地坐在一张椅子上,低声地问道:

"拉基金娜同志,你猜谁是凶手?"

"除了那磨坊主,还能有谁!"她哽咽道,"因为格里沙对这帮走私犯一点都不手软呀。"

格里沙的葬礼很隆重,那天两村的男女老少都来参加了。保尔带着他的大队和全体共青团员来向格里沙做最后告别。加弗里洛夫把二百五十名边防战士排列在村苏维埃前面的广场上。在悲壮的哀歌声中,他们抬出那个覆盖着红旗的棺材,把它轻轻放在广场上。在内战时期埋葬布尔什维克游击队员的坟墓附近,人们早已挖好了一个安葬格里沙的坟墓。

格里沙的死使他的朋友们更牢固地团结在一起。贫雇农青年纷纷表示一定全力支持共青团的工作。每个演讲的人都慷慨陈词,要求处死杀手,要求将凶手捉拿归案,把凶手带到广场上来,带到这坟墓旁接受公审,使每个人都能看清敌人的丑恶嘴脸。

他们放了三排枪,在那刚挖好的墓穴里摆放了一层新砍下来的常青藤。当晚,拉基金娜被推举为共青团支部新任书记。这时,保尔从国家政治保安部的边防哨所了解到,他们已发现了凶手的蛛丝马迹。

一个星期后,第二届苏维埃代表大会在别列兹多夫剧院隆重召开。会上,利锡增严肃而庄重地做了报告:

"同志们,我很高兴地向本届大会报告:在过去的一年里,我们大家齐心协力,努力工作,取得了很大的成绩。我们在本区牢牢地巩固了苏维埃政权,彻底地肃清了所有匪帮,沉重地打击了边境走私活动。农村贫农组织得到空前的发展和壮大,共青团也较前壮大了十倍。同时,党的组织也得到了完善和发展。前不久,富农在波杜勃齐杀害了我们的格里沙同志,目前已经破获了这件案子,磨坊主和他的女婿是凶手,他们现已被逮捕归案,不久将受到审判。许多村的代表团建议主席团,请求大会通过一项议案:判处这些杀人不眨眼的匪徒以死刑……"

会场上欢呼声响彻云霄:

"同意!处死这些苏维埃政权的敌人!"

这时,莉达走到侧门的门口,她向保尔招了招手。

在走廊上,莉达把一封上面盖着"急件"字样的公函交给了保尔。公函上写着:

别列兹多夫共青团区委会,抄送区党委会。省委决定调回柯察金同志,另委派他担任重要的共青团工作。

保尔只好收拾行囊,不得不告别了别列兹多夫。在最近的一次会议上区党委着重讨论了两个议题:第一,吸收柯察金为正式党员;第二,在解除他的共青团区委书记职务时,对他的品德和工作能力做出鉴定。

利锡增和莉达紧握着保尔的手,亲切地和他拥抱。当保尔骑着马走到街上时,十几支手枪齐放示礼,为保尔送行。

5

电车轰隆隆地响个不停,沿着丰杜克列耶夫大街像蜗牛般向前爬行。

电车停在歌剧院门前。

一群年轻人从车里走下来。

电车又继续向前开去。

潘克拉托夫急促地催着掉在后面的同伴说道:

"你快点走,好不好!否则,我们就要赶不上了。"

到了歌剧院门口的时候,奥库涅夫才追上了潘克拉托夫。奥库涅夫对他说道:

"伊格纳特,记不记得,三年前我们到这儿的情形和今天一样,就是在这里,杜巴瓦带着一批'工人反对派'回到了我们的队伍里。那天晚上会议开得真好。今天我们又要跟杜巴瓦较量一下了。"

在剧院入口处,他们俩出示了证件,然后走进了大厅里。

潘克拉托夫说道：

"是的，杜巴瓦又想在这里故伎重演了。"

会场上有人对他们"嘘"了一下发出警告，让他们小声。

他们只好随便找了个座位坐了下来。

会议已经开始了。

有个女同志正在主席台上发表演讲。

"我们来得正是时候，就坐在这里吧，听听你老婆说些什么。"

潘克拉托夫用胳膊肘碰了一下奥库涅夫，声音很小地说。

"……是这样的，讨论会上我们耗了很多精力和时间，可是所有参加了讨论的青年，都受益匪浅。我们特别高兴宣布的是，在我们的组织里，托洛茨基分子终究逃不脱失败的命运。他们找不到借口，说我们没有给他们发言的机会，没有给他们充分表达自己看法的机会。不，正好相反：他们毫不珍惜我们给他们的活动自由，做出了一系列违反党纪的事情。"

塔莉亚情绪激动地讲着，一撮头发掉到了她的脸上，她暂停了一下，使劲地向后一甩头，接着说：

"在这里我们，听到各区的代表同志的讲话，他们都说到托洛茨基分子所惯用的伎俩。就在这次大会上托洛茨基分子的代表也不少。各区特意给他们发了出席证，也好让大家在全市党代会上听听他们发表高论。如果他们自己不想站出来讲话，那就不要怪我们了。托洛茨基之流已在各区遭到了彻底失败，他们应该进行自我反省。我看他们再也没有这个胆量走上讲台，再重复昨天讲过的话了。"

就在这时，有一个刺耳的声音从会场右角传了出来，塔莉亚的话被打断了。

"我们还要发言！"

塔莉亚循声转过身来。

"杜巴瓦，那你就上台来讲讲吧，我们大家都领教领教。"她这么说道。

杜巴瓦恶狠狠地盯着塔莉亚，不屑一顾地说道：

"到时候我们会说的！"他高喊了一声，同时记起了他昨天在自己负责的那个区所经历的悲惨结果。

这时会场上骚动起来。

潘克拉托夫忍无可忍，他一下子从座位上蹦起来，反唇相讥道：

"怎么？你还想再一次动摇我们的党吗？你做梦去吧。"

杜巴瓦听出了是谁在跟他作对。但他只是紧紧咬着嘴唇，低头不语。

塔莉亚继续说道:

"杜巴瓦这人就是典型的托洛茨基分子破坏党纪的例子。许多人都了解他,特别是兵工厂的人知道得更多,他是共青团中的一个工作时间较长的人员。他也是哈尔科夫共产主义大学的学生,但是我们大家都清楚,杜巴瓦和什科连科在这里一起鬼混了三个星期。在学校里的学习正是最紧张的时候,他们赶到这儿有什么目的? 所有的城区他们都去演讲过。是的,什科连科近来已经开始清醒。是谁指使他们来的呢? 他们就是想在党内煽风点火! 唯恐天下不乱。除了他们之外,这里还有不少从不同组织来的托洛茨基分子。这些人过去都在本地干过活儿。他们所属的党组织清不清楚他们身在何处呢? 肯定不清楚。"

人们等待着托洛茨基分子站出来承认错误。塔莉亚循循善诱,启迪他们悔过自新,她好像不是在主席台上发言,而是在和同志促膝谈心,她说:

"大家没有忘记三年之前,也就是在这里,杜巴瓦和过去的一伙所谓'工人反对派'返回到我们队伍中。大伙还记得他那时所讲的话:'无论什么时候党的旗帜都不会在我们手中掉下去。'可三年还不到,它已经从杜巴瓦的手中倒下去了。确实,我就是要宣告——杜瓦巴手中的党旗确实倒下了。因为他说'到了恰当的时候,我们就要发言'的含义,就是他和他的那帮人——托洛茨基分子,还要接着坚持他们不正确的路线。"

这时,后排那边有人说话了。

"还是让屠弗塔谈一下有关晴雨表的事吧,他可是气象学专家呵。"

会场上响起一阵阵愤怒的声音。

"不要讲笑话?"

"一定要让他们交代清楚,他们今后还会不会继续从事反党的活动?"

"反党的宣言究竟是什么人写的?"

会场上人们的情绪越来越激动,大会主席一个劲地摇铃。

塔莉亚的声音被乱哄哄的杂音淹没了,可是这阵吵闹很快就过去了,她的话音又传了出来:

"我们收到各地同志们的来信——他们都站在我们这边,这一点让我们特别高兴。现在我来给大伙儿念封信,信是奥莉嘉·尤列涅娃写的,在场的很多同志都对她有所了解,现在她担任共青团州委会的组织部长。"

塔莉亚随即从一大堆信件中抽出了尤列涅娃的信,读道:

"日常工作已经无法正常进行了,四天以来,常委会的人都到各区去了,因为托洛茨基分子发起了前所未有的猛烈的斗争。昨天发生了一件让整个组织都特别气愤的事情。反对派在城里所有支部里都没有取得大多数的支持，就打定主意集中力量，在州军委会支部里大闹一番。这个支部包括州计划局和工人教育处的党员在内，总共有四十二个人，可是当地全部的托洛茨基分子都集中到这里来。我们还从未听说过像在此次会上所听到的这么强烈的反党言论。州军委会的一个托洛茨基分子公开扬言，'如果党的机关不交枪，我们就准备用武力手段去摧毁它'。可是那些反对派听到这些话，竟鼓掌欢迎。这时，保尔奋起发言道：'你们大家都是党员，怎能做出这样的事，居然为法西斯主义者鼓掌？'但是他们不让柯察金接着讲下去，有意把椅子弄得吱吱作响，高声喊叫。这个支部的几个党员对这种无赖行为特别生气，坚决要求让柯察金讲下去。可是，当保尔刚刚要讲话，又是一阵吵闹。于是保尔朝他们高声叫道：'看看你们的好民主！不管你们如何捣乱，我还是要接着说！'当时就有几个人抓住他的手，想把他推下主席台。这简直是不讲理的举动。保尔一边推开他们，一边接着说下去。但是，那伙人不让保尔继续说下去，故意在会场上捣乱，大喊大叫，最后他们干脆操起家伙，动起手来了。他们把保尔狠揍了一下，打得保尔满脸是血，真是猖狂到了极点。那个支部的人差不多都离开了会场——这件事让许多人看清楚了……"

塔莉亚读完就下了主席台。

谢加尔到省党委会任宣传鼓动部部长已经两个月了。现在他正和托卡列夫一起坐在主席团的座位上，全神贯注地听着市党代表大会代表们的发言。当时上台讲话的还仅限于那些在共青团里工作的年轻党员。

"这些年来，他们进步真是太大了！"谢加尔心里想。

"这些反对派已经没有还手之力了，"他向托卡列夫说，"重炮还没出手，年轻人就打败了托洛茨基分子。"

屠弗塔这时跳上了主席台。

全场顿时一片哗然。

屠弗塔把脸转向主席团，打算反抗这种欢迎，但是会场这时已经没有声音了。

"这里有人称我为气象学专家，可是，多数派同志们，你们怎么能对一个人的政治观点来加以嘲讽呢？"他生气地说道。全场的哄笑声超过他的讲话声，他气愤地让主席团看会场的情况。"不管你们怎么想，我还是要讲这句话：青年就是晴雨表。列宁在好多场合都讲过。"

会场上马上平静下来。

有人问道：

"列宁是怎么说的？"

屠弗塔更加来劲了。

"当准备十月起义的时候，列宁就曾下过命令，把那些坚定的青年工人号召起来，武装他们，让他们和水兵们一起到最关键的岗位上去。你们用不用听我详细讲一下？我正好还带着好多引文卡片。"

屠弗塔讲到这里，停顿了一下，然后伸手去开他的手提包。

"这我们知道。"

"关于团结的问题，列宁是怎么讲的？"

"列宁关于党的纪律又是怎么阐述的？"

"列宁什么时候要让青年跟党对着干？"

屠弗塔被一连串的提问弄昏了头，他无言以对。他只好转到另一个话题：

"刚才塔莉亚念了尤列涅娃的信。我们无法为某一些讨论会上的一些不正常现象负责。"

跟什科连科一起坐着的茨维塔耶夫非常生气地小声和什科连科说：

"这个家伙也未免太热心了！"

什科连科点点头，愤愤地回答说：

"这个笨蛋要让我们丢人现眼。"

屠弗塔的声音很尖利，会场上不断地骚动起来。这时，气急败坏的屠弗塔竟然说漏了嘴：

"既然你们组织了多数派，那我们也就有权利组织少数派！"

会场里发出了一阵猛烈的叫声。

屠弗塔的话被气愤的哄闹声淹没了。

"你讲什么？还打算再分裂党吗？"

"全俄共产党并不是国会。"

"他们是为那些人——从米亚斯尼科夫到马尔托夫——说话的！"

屠弗塔就像游泳似的舞动着两只手，连忙说：

"我还是想讲，应该有小组织的自由。否则的话，我们这些持不同看法的人，如何才能替自己的看法去跟有组织、有纪律的多数派进行斗争呢？"

会场里的嘈杂声越来越大。于是潘克拉托夫站起来大声叫道：

"叫他把话讲完，听听这些话倒也没有什么坏处！他把一部人要讲却没有讲的话，都给讲了出来。"

会场上又静了下来。屠弗塔也感到他说错了，看情形现在还不是讲这样的话的时候。他的脑子一转，赶紧转了话题，匆匆地终止了他的发言：

"自然，你们能开除我们，叫我们站到一边。这种情况眼下已经发生了。我已经从团省委被挤了出来。但这没什么，马上就能分出谁对谁错了。"讲完他就下了主席台，走到下边的会场里。

杜巴瓦收到茨维塔耶夫一个纸条。

"德米特里，你立刻接着上台发言。当然，这也起不到什么作用了。我们在这儿肯定已经胜不了了。可是屠弗塔的话必须改正。他简直是个胡言乱语的无赖。"

杜巴瓦要求说几句，并马上得到了主席团的同意。

他走上主席台的时候，全会场都鸦雀无声地等着。这种发言前的平静原来是正常的现象，眼下却让杜巴瓦觉得这是大家对他淡漠和敌对的反映。他已经没有几天前在各支部里演讲的精神了。他的气焰日渐低落，目前就像凉水淋过的火堆似的，只剩下呛人的黑烟了，——这种烟就是被难以隐藏的失败和老朋友们居然反对所伤害的不正常的自尊心，也是一种到死也不愿承认错误的顽固抵抗。他已经打定主意顽抗到底，虽然他很清楚自己这么做，只能和大多数同志距离拉得更大。他讲话的声音很低，可是大家听得清清楚楚。会场又安静下来了。

"我希望大家不要打断我的发言，或者提出任何问题来斥责我。我打算把我们的原则明明白白地阐述一下，虽然我早就清楚这是徒劳的，因为你们人多。"

他刚刚讲完，会场里就炸了窝。人们愤怒的呼喊声朝杜巴瓦袭来，如同鞭子在打着他的脸。

"无耻！"

"打倒分裂者！"

"行了！少说些无中生有的话吧！"

他走下主席台的时候，又是一阵讥讽的哄笑声陪送着他。这哄笑声更让他难堪。如果是怒气冲冲地大吵大嚷也许会让他舒服一些。因为这是讽刺他，就像讽刺一个找不着调门的三流演员一样。

这时，大会主席说道：

"现在请什科连科上台发言。"

什科连科站起来说道：

"我没什么好说的。"

坐在后排的潘克拉托夫低沉地说：

"我想讲几句。"

根据潘克拉托夫的音调，杜巴瓦已经知道了他的情绪。这个码头工人，只有在他认为被谁严重地欺负了的时刻，讲话的音调才是这样的。于是杜巴瓦一边用苦闷的目光看着这个有些驼背的、身材魁梧的人匆匆地上了主席台，一边觉得忐忑不安。他清楚潘克拉托夫想讲些什么。他记起了昨天他在索洛缅卡区和一些老朋友们碰头的时候他们如何诚心诚意地劝他离开反对派。当时和他在一起的还有茨维塔耶夫和什科连科。大家是在托卡列夫那里见面的。潘克拉托夫、奥库涅夫、塔莉亚、沃林采夫、泽列诺夫、斯塔罗维洛夫、阿尔丘欣都去了。杜巴瓦对他们讲的想恢复团结的话，只是假装听不懂。当话谈得热火朝天的时候，他却跟茨维塔耶夫一块离开了，以此来表明他不想承认自己的错误。但是什科连科留下了。眼下他又不发表讲话。"这个软弱无能的家伙！很清楚，他被他们拉了过去。"杜巴瓦气呼呼地这么想。在这场激烈的斗争中，他全部的朋友都离开了他。在共产主义大学里，他跟扎尔基的多年的交情决裂了，因为扎尔基曾在党委会上强烈地反对"四十六人声明"以后，他们的意见分歧逐渐严重起来，他和扎尔基连话也不讲了。在这以后，他好几回在自己的房子里碰到扎尔基——他是来拜访安娜的。一年前安娜嫁给了杜巴瓦。他们两个人都有自己的房间。杜巴瓦想，安娜不支持他的见解，他和安娜的关系不大和谐，而且逐步恶化，还有一个原因就是扎尔基常来做客。这倒不是因为嫉妒，而是安娜和扎尔基的友谊让杜巴瓦十分不满意，因为他已经不跟扎尔基讲话了，安娜却跟他交往。后来他终于把这话和安娜讲了，这就发生了一场十分严重的争吵，他们之间的关系越发紧张了。他这回到这儿来，事前就没跟她说。

潘克拉托夫的讲话打断了他的思绪。"同志们！"他把这个词讲得十分清晰而洪亮。他上了主席台，站到台前沿。"同志们！我们听了九天反对派的讲话。我说句心里话，他们已经不是战友，不是革命的战士，不是和我们一起战斗的阶级兄弟了。他们的讲话带着很深的敌意，是无法调解的，是狠毒的，是无中生有的。同志们，这是无中生有的言论！他们诬蔑我们布尔什维克是党内专制的支持者，是不顾本阶级和革命利益的人。他们故意诋毁我们党内那些真正杰出的、久经考验的人和光荣的老布尔什维克战士,那些培养了全俄共产党、教导了全俄共产党的人们,那些曾在沙皇时期蹲过监狱受过折磨的人们,那些跟随列宁同志和国际上的孟什维主义以及托洛茨基做坚决斗争的人们。他们说这些人全是党的官僚主义的例子。如果不是死对头,谁能讲出这种话呢? 莫非说党和它的机关不是一个有机的整体吗? 大家考虑一下,这是什么话? 在我们的队伍正陷入敌人重围的时刻,却有人叫青年红军战士去反抗他的首长、政委,以及司令部,我们该怎么叫这种人呢? 举个例子说,我今天是个车工,按照托洛茨基分子的看法,还能算是一个'正派'人,但是明天我做了党委会的书记,就成了一个'官僚'和'老爷'了! 真是一派胡言! 同志们,这怎么不能让人吃惊呢? 在那些自认为反对官僚主义和拥护民主的反对派中间,正好就有一些官僚:比如说,刚刚因为犯了官僚主义而被解除工作的屠弗塔,因为'民主'而在索洛缅卡十分有名的茨维塔耶夫,或者那个曾经因为在波多尔区用强制命令方式和惨不忍睹手段而三次被省委解除工作的阿法纳西耶夫,全是这样的人。所有遭到党的惩罚的人,现在都勾结在一块进行反党的斗争,这是无可争议的事实。至于托洛茨基的'布尔什维主义'是什么东西,让那些老党员说说吧,他们了解得更明白。现在一定要叫青年们都清楚托洛茨基反对布尔什维克的斗争的历史,清楚他经常从这个阵营投入另一个阵营的情况。与反对派进行的反抗斗争已经使我们的队伍团结起来了。青年们在这种斗争中渐渐成熟了。在反对小资产阶级倾向的斗争中,使布尔什维克党和共青团得到了锻炼。反对派里那些丧心病狂的恐慌病患者们,正胡说什么我们在政治上和经济上要垮台。我们的明天会证实这些胡说八道是十分错误的。他们让我们把老布尔什维克,像托卡列夫这样的同志,都送到工厂里去,却叫杜巴瓦这种把反党的行为视为英雄行为的破晴雨表来顶替老同志的职务。不,同志们,我们才不这么笨呢。老年人是需要人来顶替的,但是不是把职位让给那些一碰到困难就拼命攻击党的路线的人。我们肯定不能让任何人来分裂我们伟大的党,老战士和青年近卫军始终是紧密团结的。在列宁的旗帜下我们和小资产阶级倾向所进行的斗争,绝对不会失败!"

潘克拉托夫结束讲话时,会场上响起了雷鸣般的掌声。

第二天,十多个人聚集到了屠弗塔家里。杜巴瓦说:

"今天我就要和什科连科返回哈尔科夫去。我们在这里也没有什么可做的了。但你们要团结一致,静观局势变化。当然,全俄共产党代表大会将要责备我们,但是，如果说立刻就对咱们采取行动，我认为时间还不到。多数派已经决定要在工作中考验我们一回。现在，尤其是在这次大会之后，不要再进行公开斗争，这样一来，没准儿人家会把你们开除出党，因此绝对不能蛮干。将来到底怎么样，现在还不好下结论。好像再没什么好说的了。"杜巴瓦站起身想离开。

薄嘴唇的瘦子斯塔罗维洛夫也站起来，卷着舌头断断续续地说：

"德米特里，我听不懂你的话。怎么？我们是不是能够不遵从大会的决议呢？"

茨维塔耶夫蛮横地打断他的话：

"表面上——还得遵从，否则，他们就会没收你的党证。以后怎么办，我们要一边走一边看。现在可以走了。"

屠弗塔坐在椅子里心神不宁地动了一下。什科连科一筹莫展，脸色难看，眼圈由于失眠而发黑。他正坐在窗边咬指甲。在茨维塔耶夫说到最后几句话的时候，他中断了他那烦人的动作，转过身来，忽然生气地朝大家高声说：

"我不赞成这一套。我本人想，大会的决议我们一定要遵从。我们已经阐明了自己的观点，大会已经做出了决议，我们就必须遵从。"

斯塔罗维洛夫用支持的目光看了看他，轻声说：

"我同意你的观点。"

杜巴瓦用眼睛注视着什科连科，有意用嘲弄的语气说：

"你想怎么干就怎么干好了，并没有人说你。你还有可能去省代表大会上去'发言'。"

什科连科一下子蹦起来了。

"你这是怎么说话呢，杜巴瓦同志！我说句心里话，你说的这些只能让我更快地离开你，让我不得不再重新想一想昨天的立场。"

杜巴瓦朝他摆了摆手，说：

"你只剩下这一条路了。去检讨吧，现在还来得及。"

于是杜巴瓦和屠弗塔等人握手离开了。

杜巴瓦走了之后，什科连科和斯塔罗维洛夫立刻就走了。

1924 年这历史上非常寒冷的一年冬天到了。正月里大地笼罩着一层雪。从下半个月起，暴风肆虐，大雪纷飞。

西南铁路线被大雪覆盖了。人们只好与这自然灾害进行斗争。

铲雪机的铁犁头钻进厚厚的雪堆里,为列车开出一条路来。

表面结了冰的电报线被严寒和暴风雪无情地毁坏了,在十二条线路中,仅有印度——欧洲和其他两条直通线畅通无阻。

在谢佩托夫卡车站电报房里,三架摩尔斯电报机嘀嗒嘀嗒地响个不停,这种特殊的、无休止的语言也只有内行才听得明白。

两名女报务员年龄都不大。从她们参加工作至今,最多才收过两万米长的电报纸条,可她们的同事里有一个老头子却已收到了二十万米的电报纸条了。他不像她们似的认真地看着那纸条,写出那些难解的字母和句子。他只全神贯注地听着机器的声音,就把字直接一个一个地写在电报纸上。他正听着声音,收着一份电报:

"发往所有各站,发往所有各站,发往所有各站!"

老报务员一边写着,一边想:"这大概又是一份有关清除积雪的通知吧。"

这时,窗外暴风雪还在呼啸着,一团又一团的雪花拍打着玻璃。

老报务员好像感到有人在敲窗子,他不由得抬头看去,情不自禁地玩赏起玻璃上的漂亮的霜花。世上无人可以雕出这么完美的东西,这样一种巧夺天工的枝叶花纹。

这景物引起了他的注意,他不听那机器的声音了。在他转过来的时候,已经攒了不少的纸条,于是他赶紧拿起来看:

"一月二十一日下午六时五十分……"

他急忙写了下来,扔了纸条,随后又用手支着脑袋,开始仔细听:

"在高尔克逝世……"

他慢慢地写了下来。他一辈子听到了数不清的喜讯和讣告。他一直最先听到别人的高兴和伤心的消息。他对那些精炼而不完整的短句的意思,早就一点也不考虑了;他只是记下来,把它写在纸上,根本不关心它的意思。

现在又有一个人死了,有人正在把这个消息通知其他人。他一点都记不住这电报的开始的话:"发往所有各站,发往所有各站!"收报机接着滴答地叫着,老报务员把这些声音译成了文字:"弗……拉……基……米……尔……伊……里……奇……"这几个字并没有什么特别的地方,他平静地坐在那里,也有些累了。他认为,在有个地方,有一个名为弗拉基米尔·伊里奇的过世了,而他正把这个不幸的消息写下来,打算告诉某人。有人将由于悲痛而大哭;可是这全跟他没联系,他仅仅是一个毫不相关的旁观者。收报机还在叫着，几点之后是一划，又是几点，又是一划，这老报务员从那些十分熟悉的滴答声中，已经清楚了这个字的头一个字母，于是他在报纸上写下了字母 л。在这个字母之后，他又写下了第二个字母 E。在 E 的后边，他谨慎地写了一个 И，接着又加上了一个 H，最后一个字母 H 已是下意识写出来的了。

收报机打出了间隔，老报务员的眼睛极快地瞧了一个纸上他所记下来的字母——ЛЕНИН（列宁）。

收报机还在不停地叫着，但是这老报务员刚看见的那个熟悉的名字又一次他的大脑中。他又仔细看了看最后几个字母——列宁。什么？……列宁？……他的目光盯着那电报的全文。他呆呆地看着这份电报。于是，在他三十二年的工作经历中，他头一回怀疑自己写下的电文了。

他校对了三回，看来看去还是那句话：弗拉基米尔·伊里奇·列宁在高尔克逝世。那老报务员从位子上蹦了起来，手里攥着那打着卷儿的纸条，使劲地盯着它。两米长的小纸条证明了他不敢确信的消息！他把没有了血色的脸转过来朝着他那两个女同事，她们听到了他异样的叫声：

"列宁死了！"

这难以相信的坏消息从敞开的大门不胫而走，又以最快的速度冲进了车站，冲入了暴风雪中，在铁路线和铁轨岔口上旋转着，然后似一股寒冰入骨的冷风，吹进了机务段那扇半开着的大铁门。

在调车场里，有一辆火车头正放在一号修理坑里，修理队正在上面干着活儿。

波利托夫斯基老头子亲自下到车坑里，向钳工们指点着车头坏了的地方。

勃鲁扎克和阿尔焦姆两个人正忙着锤直那弯了的炉条，他们中一个把炉条钳住并放在砧子上，另一个就用铁锤使劲地砸。

这几年以来，勃鲁扎克已经老了不少，他所遇到的一切已经在他头上形成了一个条极深的皱纹，鬓角的头发也白了，他的后背也有些弯了，那双深陷的眼睛一直露出伤感的眼神。

忽然，有一个人从门缝里钻了进来，在傍晚的黑暗中看不清是谁。那个人的头一声大叫让打铁的声音盖住了，可是在他走到火车头附近的人群不远的时候，阿尔焦姆的铁锤一下子停在了空中。

"同志们！列宁逝世了！"

那铁锤慢慢地从他肩膀上滑下来，阿尔焦姆的一只手悄悄地把它放到水泥地上。

"你说什么?"阿尔焦姆的手用力地抓住了送来这难以置信的消息的人的皮外套。

这个满身是雪的人呼哧呼哧地喘着粗气，用低沉而悲痛的声音说:

"是真的，同志们，列宁逝世了……"

由于那个人很庄重，没大声喊叫，这下阿尔焦姆才相信这个惊人的消息不是假的，他立刻认真瞧了瞧那人的脸:原来是党支部的书记。

人们从地坑里走了上来，一声不响地听着那个闻名于世的伟人逝世的消息。

在大门那边，一个车头拉响了汽笛，让他们抖了一下。车站边上又有一个车头马上拉响了汽笛，接着是第三个车头……发电厂的汽笛也紧跟着尖厉地怒吼起来，伴随着机车的不安的有力的汽笛声。一列马上要发往基辅的客车，它那飞快又美丽的 C 型机车的紧跟着也吼了起来，清脆的钟声又盖住了其他的声音。

谢佩托夫卡——华沙直达列车的波兰机车上的司机明白了这些吼声的含义，他又全神贯注地听了一会儿，就缓缓地抬起手拽下那放开汽笛活塞的小铁链。这却把国家政治部保安部一个工作人员吓得够呛。那个波兰司机明白，这是他最后一回鸣响汽笛了，以后他再也不能在这个车上工作了，可是他的手依旧没有松开那小铁链，他的机车的吼叫声把那些坐在包厢软座上的波兰外交信使和外交人员吓得手足无措。

调车场里站满了人。他们从所有能进的门挤了过来，当那宽阔的修理厂站满了人的时候，在异常压抑的寂静中有人开始发言了。

发言的是谢佩托夫卡州党委书记、老党员沙拉勃林。

"同志们! 整个世界的无产阶级的伟大的领导者列宁离开了我们。这是我们党难以弥补的损失——那个创建了布尔什维克党和引导它和敌人进行坚决斗争的人逝世了……党的和我们阶级领袖的逝世，应该是鼓舞我们无产阶级出类拔萃的子弟们充实我们队伍的冲锋号……"

哀乐声奏起来了，所有的人都脱帽默哀，就连十五年来没有哭过的阿尔焦姆，也觉得他的嗓子呜咽起来，他那结实的肩膀正在抖着。

人多得都快把铁路俱乐部的墙挤塌了。外边寒风凛冽，门口两棵云杉全挂着厚重的雪，结了冰柱，可在大厅里，因为荷兰式炉子的暖气和参加党召开的追悼大会的六百个人的呼吸,空气十分闷热。

大厅里没了平时的吵闹声和说话声。沉痛的心情使大家都静了下来,他们仅仅是小声地说话,而且从几百双眼睛里全流露出痛苦和慌乱,就像这是一帮失去了经验丰富的导航者的船员一般,那导航者已经让狂风刮到海里去了。

党委会的委员们一言不发地走上主席台,在桌子边上坐下。短粗胖的西罗坚科慢慢地举起一个铃铛,只稍稍一晃就放下了。这已经起作用了,会场慢慢被令人尴尬的寂静包围起来。

报告结束之后,党委书记西罗坚科马上站了起来。他公布了一件事,在追悼会上公布这种事是不多见的,可是谁也没有觉得意外。他说:

"有一些工人要求大会批准他们的入党请求,在申请书上写上自己名字的有三十七人。"他随后就读那个申请书:

西南铁路谢佩托夫卡站布尔什维克共产党组织:我们领导者的离去鼓舞着我们加入布尔什维克的队伍。我们要求在今天的会议上考察我们,并批准我们参加列宁领导的党派。

以下两行是申请者的名字。

西罗坚科读着,每读完一个名字,他总要停一会儿,使大家有时间记住那并不陌生的名字。

"波利托夫斯基,斯塔尼斯拉夫·齐格蒙多维奇,火车驾驶员,参加工作三十六年。"

会场传出一阵同意声。

"柯察金,阿尔焦姆·安德列耶维奇,钳工,参加工作十七年。"

"勃鲁扎克,扎哈尔·瓦西里耶维奇,火车驾驶员,参加工作二十一年。"

大厅里的嘈杂声渐渐大了起来,台上那个人还在读着名单,大家全清楚这些人全是长期从事和钢铁及石油产业相关的工人。

当头一个念到名字的人走上台的时候,全场鸦雀无声。

波利托夫斯基老爷子在讲着自己的经历的时候,无论如何都无法让自己的情绪平静下来。

"……同志们，我没什么好说的了。过去一个工人是如何生活的，大家全清楚。过的是牛马不如的生活，老了就像一个乞丐似的死去。唉，我必须坦白一件事，革命刚开始的时候，我认为自己已经上了年纪了，又拉家带口的，因此我那时候没考虑过参加共产党。虽然我什么时候都没有给敌人当走狗，可也没参加过几次战斗。1905 年我在华沙的工厂干活，那时我当过罢工委员会的委员，与共产党们一块工作过。那时我岁数还不大，而且做什么也麻利。这些陈年的旧事就不再说了！列宁的逝世实在让人难以接受，我们永远失去了这位真挚的朋友和为我们日夜操劳的人，我不能再提自己年岁大了！……一言难尽啊，我只想说一句：我坚定地跟着党走！至死不渝！"

白发苍苍的老司机倔强地点了一下头，他那灰色眉毛下面的一双眼睛射出坚定的目光，目不转睛地看着会场上的人们，好像在倾听他们的表决。

全体人员一致通过。当党委让非党员们同党员一样举手表决时，还是全体一致同意。

波利托夫斯基走下台时，已经是一个布尔什维克了。

会场里的全体人员都清楚，现在正进行着一件极为神圣的事情。现在身材魁梧的阿尔焦姆站在波利托夫斯基刚才的位置。这个钳工显得有些手足无措，所以他总是碰他那顶戴大耳罩的帽子。他那件边上已经磨掉了毛的羊皮上衣没有系扣子，里边灰军衣领子上的两个扣子却系得很严，这让他看来就如同过节那样郑重其事。他脸朝着大厅，忽然发现一个熟悉的女人的脸——石匠的姑娘嘉莉娜在缝纫工厂的工人里坐着。她朝他笑了笑，那笑容中带着支持的表情，而在她的嘴边上，还有另一种含蓄的不可言明的神情。

"阿尔焦姆，你谈谈自己走过的路吧！"西罗坚科说。

阿尔焦姆·柯察金感到无从说起，他不善于在众多人面前发言。也只在这时候他才发现他还不清楚应当如何向别人讲述自己在生活中体会到的一切。他找不到合适的字眼，并且他又特别紧张，这就更让他难于启齿了。他一直没有见过这么大的场面。他内心特别清楚，他的生活再也不是从前那样了，他眼下正要迈出最后的一步，转到另一个方向，一个足以让他那毫无生气的日子得到关怀和伟大的新方向。

"我妈妈养育了我们四个子女。"他终于开口说了。

会场里没有一丝噪音。六百个人都聚精会神地听着这个魁梧的、长着弯勾鼻子和浓眉大眼的钳工发言。

"我妈妈在有钱人家里当老妈子。我已记不清我爸爸的样子了,他跟我妈妈感情不好。他总是酗酒。我们和妈妈一块过日子。她无力抚养我们这么多孩子。她一个月仅能挣到四个卢布,吃有钱人的饭,就是想挣这几个钱,她没日没夜地忙碌着,腰都直不起来了。我十分走运地在初级小学读了两个冬天的书,学到了一些文化知识,可是当我已经九岁时,我妈妈已经无力养家了,只好让我去一个小铁厂作学徒——我学了三年,不给钱,只管饭……厂主是一个德国人,名字是费斯特。他原不打算让我留下,因为我岁数不够,可是我的身体十分结实,妈妈只好替我多说了两岁。我在那德国人厂里干了三年,一无所获,每天只是为厂主干点零活和买酒。他经常喝得晕头转向的……一会让我去撮煤,一会让我去拿铁……他媳妇拿我当她的小佣人:让我倒夜壶,削土豆。她时常打我,很多时候都是无缘无故的,只是因为习惯。只要我没叫她顺眼,她就朝我的脸上打上几巴掌,她由于她丈夫酗酒就经常找别人出气。有几回我从她手里逃掉,跑到马路上,但又有什么地方可躲呢?我能够和谁说说自己的遭遇呢?我妈妈离那儿有四十俄里,况且,她那儿也无法让我躲避……在厂里也是一样。厂里的领班是厂主的弟弟,那王八蛋,老是拿我来取乐。有一次,他说:'去,给我把那个铁垫圈拿过来,'他指着放着炉子的那个旮旯说。我就伸手拿那个铁垫圈——这才明白那铁垫圈热得厉害。它放在那里不是红的,但是用手一捡,就把你手上的皮烙坏了。我疼得直掉眼泪,但是他却得意地大笑起来。我真是忍无可忍了,就偷偷回到家里去。但是妈妈也没有办法,她又忍痛把我送回那个德国人手中。在第三年,他们才让我学了一点东西,但还总是打我。因此我又偷偷跑了,来到了老康士坦丁诺夫。我在那边一个腊肠手工场里打工。在几乎两年的日子里,都是在洗肠子,那日子连狗都不如。后来老板赌钱输了这个手工场,欠了我们四个月的薪水溜了。这样我又从这个不见阳光的地方跑了出去。我扒上一列火车去日美林卡找活干。我十分感谢那里铁路工厂里的一个工人,他特别关心我。他得知我曾在铁路工厂干过活,就冒充是我的叔叔,尽量介绍我到厂里工作。我长得魁梧,他们就说我已经十七岁了,于是我就跟钳工学手艺。不久我回到了这里,已经有了九年的工龄。这就是我以前所经历的,关于眼下的情况,我就用不着多说了。"

阿尔焦姆用帽子抹了一下头上的汗水,长长地出了一口气。眼下他一定要讲到更重要的一些事儿,这也是最难提及的事儿,他无法等到其他人提到这些事儿之后再讲。他紧锁着眉头，接着讲了下去：

"任何人都可以这么跟我说，我怎么没有在革命刚刚开始暴发的时候入党呢？我有什么好说的呢？那不是因为岁数的关系，我还十分年轻，但是我到眼下才找到自己人生的方向。我在这里没什么好躲避的。我们都失去了自己生活的方向。说真话，我们全应当在1918年，也就是在进行停工抗议德国人的时候，就参加共产党的。有一个叫朱赫来的水兵，他跟我们说过不少回。可等到1920年，我才拿起武器。不久这件事情就结束了，白军让我们赶进了黑海，我们又返回了老家。然后就是成家，生儿育女……家里的琐事缠住了我。可是目前，我们的领袖列宁同志逝世了，党发出了号召，我观察自己的生活，发现了它缺乏的是什么。我们只是捍卫苏维埃政府还不行，还应该像一家人似的参加它，来接列宁的班，让苏维埃政府永远长存。我们全应该成为一名共产党员——它是我们自己的党嘛！"

阿尔焦姆就简明扼要而又非常由衷地完成了他的讲话，他对他不久前那种动情的发言虽然觉得不好意思，可是他感到好像一块石头放了下来似的，所以站直了身体等着其他人提问。

"可能有人想问问他吧？"西罗坚科朝台下说。

下边坐着的人动了起来，但是谁也没有马上提问。接着，一个直接从车头上赶来开会的、全身脏乎乎的司炉，果断地叫道：

"我们大家还有什么好问的呢？难道还有谁不清楚他的为人吗？批准他入党算了！"

短粗胖的锻工基利亚卡又热情又冲动，红光满面，他用感冒的低沉的声音叫道：

"他这么好的人是不会有问题的，他一定会成为一个不屈不挠的同志的，我们表决吧，西罗坚科！"

就在此时，后排共青团员的位子上有一个人——他在黑影中，看不出来他是谁——站起来说：

"让阿尔焦姆·柯察金同志跟我们说说，他怎么想去种地？做一农民能不能让他的无产阶级觉悟低下去呢？"

会场上响起一阵不大的、不满意的声音，有人指责说：

"不要说得那么复杂！不要故意……"

可是阿尔焦姆已经开始答复他了，他说：

"这没什么,同志,那个小伙子说得没错,我在乡下种过地。这是真的,但是它并没有叫我的工人阶级觉悟减弱。从现在开始,所有的一切都了结了。我肯定会把我的家迁到工厂边上来,这里安全得多。否则,这块地一定会把我拖累死的。"

当阿尔焦姆发现密密麻麻的手举起来的时候,他的心又抖了一下;但是他随后感到没有任何负担,他昂首下了台,回到了自己的位子。他听到了后边传来了西罗坚科的声音:

"全体赞成。"

扎哈尔·勃鲁扎克第三个上了讲台。他不太会讲话。波利托夫斯基的这个老搭档已经当司机很长时间了。他叙述了自己辛勤的一辈子,就要讲完时,他说到他眼下的日子,他的声音非常小,可是大家都听得清楚。他说:

"我应当为我的儿女们了结他们的遗愿。他们为国捐躯了,那并不是叫我在家里抹眼泪。我总是完不成他们留下的遗愿。眼下,我们伟大的列宁不在了,才开阔了我的眼界。大家不要再和我说从前的事了,叫我们的生活从现在重新开始吧!"

扎哈尔回忆起了从前的事,心情不好,十分悲伤,但是任何人也没有提出难题,大家一致同意他入党。这时候他的眼睛又有了神,他的斑白的头又扬了起来。

对这一帮要求入党的人们的审查直到半夜才结束。只有大伙儿全熟悉的那些经过了生活磨炼的最杰出的人,才被批准入党。

列宁的离去让几十万个工人都入了党。伟大的领导人逝世了,可是党的队伍更加壮大。一棵参天的大树,要是只损伤了它的末梢,是不会枯萎的。

6

两个人站在宾馆音乐厅的门口,其中一个个子稍高的人,戴着夹鼻眼镜,佩戴着红色臂章。臂章印有"纠察队长"的字样。丽达走上前去问他:

"乌克兰代表团在这儿开会吗?"

"是的。你到这里干吗?"那高个子打着官腔答道。

"请让我进去。"丽达说着就要往里走。

高个子堵住了丽达的去路,从头到脚把丽达审视了一番,厉声说道:

"把你的出席证拿出来看一看,里面只允许正式代表和列席人员进去。"

丽达随即从皮包里掏出一张出席证。那高个子伸手接过来,只见上面印着金

灿灿的字样:"中央委员会委员"。他一下子改变了态度,不再装腔作势,客气地对丽达说道:

"请进,请往左边走,那边有空位。"

丽达穿过一排排椅子,找到了一个空位就坐了下来。这时,会议快接近尾声了。会议主席的讲话,她听起来是这么耳熟。

"同志们,出席全俄代表大会各代表团的代表以及出席苏维埃大会的代表已经全部选出来了。现在离开会还剩两个钟头,我们把已经报到的代表名单重新核对一次"。

这时丽达认出了正在迅速念代表名单的人,他就是阿基姆。

阿基姆每念到一个人的名字时,就有一个拿着红色或白色出席证的人把手举起来。

丽达专注地坐在那儿听着。

突然,一个熟悉的名字传入她的耳中:

"潘克拉托夫。"

丽达朝着那只高举着的手看了一眼,由于密密麻麻一大群人,她没法看清潘克托拉夫——那个港口工人熟识的脸。阿基姆还在继续念着名字,又有一个熟悉的名字:奥库涅夫;他后面又是另一个熟悉的名字:扎尔基。

丽达看到了扎尔基。扎尔基正斜身坐在离她不远的地方,身子半对着她。他的侧影使丽达回忆起往事……她现在想起来了,他名叫伊凡,丽达已有好多年没跟他联系了。

名单继续念下去,就在这时,丽达听到了一个更为熟悉的名字,以致使她又惊又喜。

"柯察金。"

有一只手在前面离她很远的地方举了起来,后又放下去了。真是不可思议!丽达多么想见到那个和她死去的朋友同姓的人。她目不转睛地盯着刚才那个人举手的地方。但是,她只能看到人们的后脑勺。丽达不甘心,就站起来,顺着墙边的过道朝前排走去。这时,阿基姆已经念完了名单。大厅里挪动椅子的嘈杂声、代表们响亮的谈话声和年轻人的欢笑声交织在一起,会场开始热闹起来。阿基姆提高嗓门喊道:

"同志们,别迟到! ……记住,大剧院……七点钟! ……"

大厅出口处人如潮涌。

丽达想,要想在这茫茫人海中找到刚才她听到的熟人,好比大海捞针。现在最好的办法就是先盯住阿基姆,再由他去找别人。想到这里,丽达等最后一批代表从身边走过后,她就急急忙忙朝阿基姆走去。就在这时,她听到身后有人说:

"喂,柯察金,老朋友,我们也走吧!"

接着,丽达听到一个熟悉的声音回答说:

"好吧,我们走吧。"

丽达连忙转过身来。只见一个身材高大、脸色黝黑的青年人站在她的面前。他穿着草绿色军便服和蓝色马裤,腰里扎着一条高加索窄皮带。

丽达瞪大眼睛看着他。那人两手亲热地搂着她,用颤抖的声音叫了一声"丽达",到此时,丽达才恍然明白,他真是保尔!

"你还活着?"

这简单的几个字一下子让保尔知道了一切。丽达一直以为他早已不在人世。

音乐厅里空无一人。

市内主要街道——特维尔大街上的喧闹声从敞开的窗户中传入耳中。不知不觉已是六点了,他们俩相见恨晚,好像有许多话要说。可是,时间不早了,该去大剧院了。当他们沿着宽大的台阶朝街上走去时,丽达又仔细地打量了保尔一番。如今,保尔高出她半个头,还是老样子,只不过人变得更加英俊和成熟了。她对他说道:

"你瞧,我倒忘了问你,目前在什么地方工作?"

"我是团的州委书记。正像杜巴瓦说过的那样做'机关老爷'了。"保尔笑着答道。

"你见过杜巴瓦吗?"

"见倒是见过,只是那次见了他以后,我心里一直不痛快。"

他们走到了外面。大街上人来人往,车水马龙,到处是汽车的喇叭声和人们的叫喊声。他们俩默默无语地走在去大剧院的路上,但是心里都在想着同一件事情。剧院门前人山人海,人群如海潮般冲击着那巨大的石头建筑物,每个人都竭力想冲进由红军战士守卫着的大门入口,但是铁面无私的卫兵却只许代表们通过。代表们手持会议出席证,走过那警卫线。

剧院周围挤满了共青团员们。他们虽然没有搞到旁听证,可是他们并不甘心,正想方设法混进去参加大会的开幕式。有些聪明的小伙子夹在真正的代表中间，大摇大摆地晃着一张红纸片冒充代表证，居然还真的有人跟着代表混到了会场的门口。但是，当他们一碰到正在引导代表们和贵宾进会场的中央委员或是"纠察队长"时，就又被赶到外面。这时，别的"无证代表"就捧腹大笑。

剧院显得太小了，就连那些想进去的人的二十分之一也容纳不下。

丽达和保尔好容易才挤到会场的门口。代表们不断地乘电车或者汽车往这边赶来，剧院门口已围了个水泄不通。守卫在门口的红军战士也是共青团员，他们感到力不从心，被拥挤的人群挤到了墙边。这时，从大门口传来了一片叫喊声：

"挤呀，小伙子们，挤进去呀！"

"冲呵！……"

一个机灵的、戴着青年共产国际徽章的青年小伙子，像一条泥鳅似的，跟保尔和丽达一同挤进了大门，纠察队长也没有发现。他赶忙向休息室走去，转眼间，就在代表的人群中不见了。

保尔和丽达走进正厅后，丽达指着后座位说道：

"我们就坐在这里吧。"

于是，两人便坐在一个角落里。

"你现在回答我一下，"丽达说，"虽然这已是过去的事了，但我想你仍会回答我：为什么当初你要中断咱们的学习和友谊？"

保尔从看到丽达第一眼起，就感觉到她准会提这个问题，不过，他还是感到措手不及。他们相互注视着对方，保尔看出她是知道原因的。他说：

"丽达，我不说你也知道。这已是三年前的事了，现在，我只能怪当时的保尔。保尔一生中犯了许多错误，这其中之一的就是你刚才问的那个问题。"

丽达微笑了。

"多好的开场白呀，"丽达说，"我现在要求你正面回答我！"

保尔低声说：

"这也不能光怪我，'牛虻'和他的革命浪漫主义也应该负部分责任。那些生动地描写革命者坚强勇敢、彻底献身于革命事业的书给我的印象实在是太深了，我也梦想做那种人。因此我用'牛虻'的方式来处理我对你的感情。现在，我感到荒唐可笑，追悔莫及了。"

"那么说，你对'牛虻'改变看法了？"

"不,丽达,基本没有改变！我只是觉得,应该抛弃掉那种用苦行僧的生活来考验一个人意志品质的悲剧行为。但'牛虻'的基本方面我还都是赞成的。我赞成他的坚强性格;赞成他的接受考验的无穷无尽的力量;赞成他的经受磨难而从不去诉苦的品质;赞成他那种个人的私事不能与整体事业相提并论的革命者的品行。"

"保尔,我只能说太遗憾了。你早在三年前就应该跟我讲清楚。"丽达说道。她好像有什么心事似的笑了笑。

"丽达,你刚才说的遗憾,是不是因为我不能成为比同志更亲近的人呢?"

"是的,保尔,你本来能成为我的比同志更亲近的人。"

"现在也不晚呵。"

"的确,已经晚了,牛虻同志。"

丽达风趣地笑了笑,接着她向保尔解释道:

"我现在已经有了一个小女孩。她有父亲,也是我的好朋友。我们一家三人和睦相处。照现在的说法,是不可分割的三位一体。"

丽达用手指碰了一下保尔的手。以此表示对保尔的关切,但丽达马上就意识到这根本用不着。这三年来,保尔已经长大了,而且不只是体格方面。此时此刻,丽达知道保尔心中一定很难受,从他的眼神就能看出来。保尔真诚地对丽达说:

"不论怎样,我得到的还是比失去的要多。"

保尔和丽达站了起来,朝乌克兰代表的座席走过去。大厅里响起了奏乐声,红得似火焰般的巨大横幅跃入人们的眼帘,上面闪闪发亮几个大字好像在喊着:"未来是我们的!"正厅里、楼座上、包厢中坐满了好几千代表,他们凝聚成一个永不枯竭的、能量巨大的变压器。这个巨型剧场容纳了伟大而光荣的工人阶级的青年近卫军英雄们。那厚重帷幕上的金光闪闪的几个大字深深吸引着无数双眼睛,每位代表都激动万分,眼里泪光闪闪。

代表们还在陆陆续续拥进来。再过一会儿,大会就要隆重开幕,无比激动的全俄共产主义青年团中央委员会书记,在这庄严神圣的时刻也会久久不能平静,他将激动地宣布:

"全俄共产主义青年团第六届代表大会现在开幕。"

保尔被这革命的伟大和力量深深地震撼了,他感到无比自豪和骄傲,一股难以名状的暖流涌遍他的全身。这种喜悦和骄傲应归功于火热的生活,是生活把他这个战士和建设者引导到这里,引导到布尔什维克主义青年近卫军的隆重的庆祝大会上。

大会期间,代表们非常忙碌。大会每天都从早晨一直开到深夜。因此仅在大会闭幕前的一次会议上,保尔才有机会见到丽达。其时,丽达正和一群乌克兰代表坐在一起。丽达深情地望着保尔说道:

"明天大会就要结束,我们也要分手了。在这临别之际,不知道我们俩还有没有机会再谈一次。我把我过去写的两本日记和一封短笺带在身边,今天我把它们准备好了。回去以后你读一读,然后再给我寄过来。我在我的日记和信里记下来许多想告诉你的东西,而这些东西我已没有机会亲口告诉你了。

保尔紧紧地握着丽达的手,从头到脚仔细看着丽达,好像要把她刻在心里。

第二天他们如约而至。在剧院大门口,丽达把一个小包和一封信交给保尔。因为他们身旁有好多人,他们强忍住离别的痛苦。但是保尔已看出了丽达那双泪水朦胧、脉脉含情、略显忧伤的眼睛。

又过了一天,他们各自乘火车走了。

乌克兰代表占了几节客车,保尔在基辅组。车上的人都睡了,奥库涅夫也在他的身旁发出轻微的鼾声。保尔凑近灯光看着丽达写给他的信:

保夫鲁沙,亲爱的!

我本来可以当面告知你一切,但是,还是写给你为好。我只希望:不要让那次大会开幕前我们俩的那番谈话给你的生活带来阴影。我知道你性格刚毅,因此我相信你。我对于生活的看法并不是墨守成规,在个人感情上可以有例外,(当然这种情况并不多见),如果确实是由真诚的、深沉的情感所致,那么你就是这种得到例外的人。我本来想补偿一下我们青春的旧债,但最终我还是把这个愿望打消了。因为要是那样的话,我们俩都不会快乐。保尔,你不应该对自己太苛刻。生活中除了斗争,还要有美好的感情和欢乐。

至于你生活的其他部分,就是说有关它的基本内容,我一点儿也不会担心你的。

紧握你的手。

丽达

保尔看完了信想了好多好多。他把信撕碎，打开车窗，手拿着碎纸片伸到窗外，让风吹走手里的碎片。

到了次日早晨，保尔才看完丽达的两本日记，并把它们小心翼翼地包好、捆了起来。火车到了哈尔科夫车站，有一些乌克兰代表，包括奥库涅夫、潘克拉托夫以及保尔等人都下了车。奥库涅夫要把住在安娜那边的塔莉亚接走。潘克拉托夫已当选为乌克兰共青团中央委员，有事要处理一下。保尔决定跟奥库涅夫一块儿去基辅，顺便在这儿看看扎尔基和安娜。由于保尔在车站邮局给丽达寄日记时花的时间太长了，因此，保尔从邮局出来时，那些人早就走了。于是保尔独自一人乘电车去找杜巴瓦和安娜。保尔上了二楼，敲了敲左边的房门，那里是安娜的房间。房里毫无动静。保尔心想，她不会一大早就去上班吧。"也许她现在睡得正香哩。"保尔这样想着的时候，隔壁的房门开了，还未睡醒的杜巴瓦两手搓揉着眼睛走了出来。杜巴瓦面色灰暗，眼圈发黑。他身上散发出刺鼻的大葱味和那熏人的烈酒味。保尔从半开着的房门看到杜巴瓦的床上睡着一个赤身裸体的胖乎乎的女人。

杜巴瓦发现保尔的脸色不对劲，急忙用脚把门一勾带上了。

"你到这里来干什么？来看安娜吧？"他的眼睛盯着墙角，声音沙哑，"她早就离开了，你难道还不知道吗？"

保尔面带愠色打量了他几眼。

"不知道。她搬到哪儿去了？"保尔问。

杜巴瓦忽然来了脾气，发起火来。

"这我就管不着了。"他打了个嗝，恶狠狠地说道，"你是不是来安慰她？你来得倒正是时候。安娜现在是一个人了，你正好上啊。你赶快动手吧！她一定不会拒绝你。她好几次跟我说过她好喜欢你呵……这当然是娘儿们的甜言蜜语了。抓住时机，这回你们可得到了精神和肉体的享受。"

保尔觉得脸上火辣辣的。但他尽力控制住了自己，轻轻地说道：

"德米特里，你怎么这么没有出息！我真想象不出你这么无耻下贱。从前大家都认为你很棒。可你为什么一下子这么堕落？"

杜巴瓦无力地把身子靠到墙上。他光着脚站在水泥地上，身子冻得发颤。这时房门打开了，从里面伸出一个还没睡醒的女人的胖脸：

"亲爱的猫咪，快进来吧，干吗老站在那儿？"

没等这个女人说完，杜巴瓦就上前砰的一声关上门。

"真是一个好的开始……"保尔说，"你从哪儿搞来这么个骚女人？这样下去你还有救吗？"

杜巴瓦早已不耐烦了，大声喊道：

"我该和谁睡觉也得向你请示吗？我已经听烦了那些陈词滥调。你给我滚出去！你尽管去跟别人讲：我杜巴瓦吃喝嫖赌样样俱全！"

保尔向前跨了一步，激动地拉着他的手说：

"德米特里，把这个女人赶走，我们好好谈一谈，就最后一次，好不好？"

杜巴瓦阴沉着脸，转身进屋去了，根本不把保尔放在眼里。

"呸，这个坏蛋！"保尔暗自骂了一句，转身下楼去了。

时光如流水，恍惚间两年过去了。生活在这看似平常的岁月里不断地发展变化着。表面上看似一成不变的日子里，随时都有着新奇、今天与昨天不一样的事物。一个拥有着一亿六千万人民的伟大国家幅员辽阔、物产丰富，人民破天荒地在世界上第一次当家做主，并正在为恢复被战争破坏的国民经济而夜以继日地忘我地劳动着。国家越来越繁荣昌盛，力量也随之增大。到处呈现出一派欣欣向荣的景象。那些曾是毫无生机，死气沉沉的破旧工厂，如今已变成一片生机勃勃，烟囱也开始冒烟了。

保尔·柯察金感觉光阴似箭，日月如梭，这两年过得实在是太快了。在这些日子里，保尔总是忙忙碌碌，从不打着呵欠迎接清晨，从不在晚上十点前上床睡过觉。他不光一个人拼命工作着，同时还总是催促别人。

保尔用来休息的时间微乎其微。他的房间里灯火通明，常常亮到深更半夜。他读完了《资本论》的第三卷，对资本主义的剥削结构有了更深刻的了解。

省里委派拉兹瓦利欣到保尔工作的这个州来工作，并建议让他担任共青团区委书记。拉兹瓦里欣来到这里时恰逢保尔在外出差，州团委把他派到下面一个区里去了。保尔回来得知此事后，什么也没有说。

过了一个月，保尔突然到拉兹瓦利欣工作的那个区去视察。结果发现，拉兹瓦利欣不务正业，经常酗酒，拉帮结派，打击优秀分子。保尔如实地在州团委会上提了出来。州委的其他委员都建议给予拉兹瓦利欣一次严重警告，保尔却力排众议，坚决地说道：

"我建议把他永远开除出团。"

这时在场的人都觉得这样处理不妥,但保尔坚持说道:

"应当把这个流氓开除掉。我们已经给了他改过自新的机会,可是他屡教不改,他纯粹是混进革命队伍里来的。"接着保尔就把拉兹瓦利欣在别列兹多夫的所作所为给在座的委员们讲了一遍。

拉兹瓦利欣大喊大叫道:

"我抗议柯察金对我的指控。他在公报私仇。欲加之罪,何患无辞,他是在捏造。那就让他拿出真凭实据来!我也可以控告他非法走私,那他也要被开除吗?得拿出证据来!"

"咱们走着瞧,我们掌握着有关你的情况。"保尔对他说道。

拉兹瓦利欣灰溜溜地走开了。半个钟头后,州团委决定,把异己分子拉兹瓦利欣开除出团。

每年夏天,大家一个个都到外地去度假。那些身体不太好的人都希望去海边。每到这个季节,人们都渴望外出疗养,保尔总是想办法多搞几张疗养证,好让更多的同志去休养。因此大家都很高兴,尽管他们身体不太好。同志们走后工作全部是保尔一个人干。他就像革命的老黄牛,任劳任怨,埋头苦干。疗养归来的朋友们一个个都精神焕发,精力旺盛,脸上晒得黑黑的。接着又有一批人去疗养。就这样,一批回来了,又有一批走了,去疗养的人一批接着一批,可是保尔却从没有一天停下工作,要让他离开岗位谈何容易啊!

每到夏天都是如此。

保尔不喜欢秋、冬两季,每逢此时他的身体都不堪重负。

保尔万分焦急地等待着今年夏天的到来。他的身体正在走向衰弱,连保尔本人都痛苦地接受这一点。他确实感到很累很累。保尔明白只有两条路可走,一条是承认自己胜任不了工作,也就是承认自己是个残疾,无力负担沉重的工作;另一条就是坚持到底。保尔毫不犹豫地走了后一条路。

在一次州党委常委会上,州卫生保健处主任巴尔捷利克,这位早在秘密工作时期就入了党的老党员,坐到保尔的身旁,亲切地说道:

"柯察金,看上去你的脸色不太好。你到医疗委员会查过身体吗?我已想不起来了。可是,我建议你最好还是去查一下。星期四下午你来一趟吧。"

保尔没有去医疗委员会。他实在是抽不出时间来。可是巴尔捷利克还惦记着这事,死拽硬拉,把保尔拉去检查了。经过一番仔细检查,(巴尔捷利克以神经病学专家的身份亲自参加了检查)医生确诊意见如下:

> 医疗委员会认为保尔·柯察金应当立即休假,去克里木长期疗养,并做进一步的治疗,否则,后果将不堪设想。

在这诊断意见上面还有一长串拉丁文的病名单。从所列举的病名中保尔知道:他主要的病不在两条腿上,而是中枢神经受到了严重的损伤。

巴尔捷利克亲自将保尔的病历卡送到州党委会,大家都主张立即解除保尔的工作。但是保尔提出建议,等团州委组织部长斯比特涅夫休假回来后再去疗养。他担心大家都走了,工作没人干。尽管巴尔捷利克坚持保尔立即放下工作,但大家还是同意了保尔的建议。

三个星期后,保尔就要去度他有生以来的第一次休假。现在保尔办公桌的抽屉里已放着一张去耶夫帕托利亚的疗养证。

保尔加倍努力地工作着。他专门开了一次州团委的全体扩大会议。为了能在离开前把该办的事都办完,保尔费尽了心机。

可是,就在他即将去疗养、观看从没见过的大海前,发生了一件令人意想不到的丑闻,一件让他费尽脑筋也想象不到的事。

那是在下班后,保尔走进党委宣传部的办公室。他在书架后边开着窗户的窗台上坐着,等着开有关宣传方面的会议。他是第一个走进去的,后来陆续到了几位。因为保尔正坐在书架后面,因此他无法看清楚从外面进来的人,可是保尔还是听清了其中一个人的说话声。那人原来是州经济计划处处长法伊洛。法伊洛人长得不错,高高的个子,显得趾高气扬的样子。保尔好多次听说过这人是个好色之徒,看到模样长得好的女人就死缠着不放。

法伊洛以前打过仗,只要一有合适的场合,他就趾高气扬地告诉人家,他以前怎样只用一天就打掉了十个马赫诺匪徒的脑袋。保尔非常厌恶这个人。有一次,一名女团员跑过来向保尔哭着讲法伊洛同意跟她结婚,可是俩人在一起只同居了一个星期,后来法伊洛居然断绝了关系,甚至俩人偶然碰着时也装作没看见。监察委员会处理这事时,苦于那个女团员没有真凭实据,也就不能处分法伊洛了。但是保尔始终认为女孩子讲的是实话。保尔清晰地听着进来人的那些话，可是他们不晓得保尔此时正在书架后面。只听有一个人在问：

"喂，法伊洛，你的事情怎么样？近来有新的进展吗？"

那个说话的是法伊洛的朋友，名叫格里鲍夫，他们俩是一路货。天知道，竟有人认为格里鲍夫宣传工作干得不错，而他事实上是个俗人，肤浅至极却又什么都不懂，纯粹是个大笨蛋。可他老是装得跟真的宣传家似的，不论在何种场合，也不管是否合适，只要有机会他总要夸耀一下。

"你应当向我祝贺！昨日我耍了个小手腕，一下就把科罗塔耶娃弄到手了。你还说我怎么也不会如愿以偿哩！哥们儿，这你就小看我了，假如我看上了那女人，那你就甭操心，我一定能……"随后他又瞎说了几句。

保尔禁不住颤了一下，这表明他气愤到了极点。科罗塔耶娃目前担任州妇女部主任，她和保尔是一块儿被派到州里来的。由于他们是一起共事，保尔成了她的好朋友。科罗塔耶娃深谙党务工作，她乐于助人，关心同志，州委会的同志们对她都怀着深深的敬意。她至今还是孤身一人，法伊洛刚才提到的一定就是她。

"你别吹牛了，法伊洛？"格里鲍夫问道："科罗塔耶娃可不是那种人。"

"我吹牛？你就这么看我啊？甭说科罗塔耶娃，就是比她更难搞的女人我总有本事弄到手，这可要用脑子了。有的女人只需一天就搞定了，当然啰，这都是一些下贱货。而有的女人你要花上一个月的时间。最重要的一点就是了解女人们的心理活动。要用特殊的方法对付女人。哥们儿，这里面的窍门儿可大着哩，搞女人这方面，我是内行。哈——哈——哈——……"

法伊洛高兴得云里雾里，笑得前仰后翻。另外几个人还他接着说下去，这些人很想知道事情的来龙去脉。

保尔捏着拳头站起来，他的心怦怦直跳。

"当然，搞科罗塔耶娃这样的女人，要想一点儿都不费劲那是妄想，但是我又不甘心失败，更何况我跟格里鲍夫用一箱葡萄酒作赌注了。所以我就开始讲策略了……我去过她那里一二回，当时我发觉她斜着眼看我。我心里盘算着，外面有好多有关我的桃色新闻，没准儿她已有所闻了……一言以蔽之，这次旁敲没有成功。……于是我就改用绕远的策略，绕一下，哈，哈……你猜怎么着，我就给她胡编，我曾经搞过游击，杀了好多人；我说我以前的漂泊无定的那段日子，受苦受难，也没有找个合适的伴侣，至今还孑然一身……没有人关心我，没有人照顾我……我就这样一直跟她讲着,装出一副可怜的样子。总而言之,要进攻她的弱处。甭说,为了她我还真下了不少功夫。有一段时间,我想干脆弃之算了,去她娘的,这戏甭再唱下去。可是,我认为这关系到我这人坚不坚持原则的问题,因此,我要继续搞下去。……最终我搞到手了,真是好事多磨啊。不曾想她还是个处女,哈,哈!……可舒服了!"

法伊洛把他那令人恶心的故事继续讲下去。

保尔已想不起当时是怎么跑到法伊洛面前的,保尔怒吼道:

"你这畜生!"

法伊洛反唇相讥道:

"谁是畜生?是我还是你这偷听的畜生!"

保尔当时还讲了别的什么,因此法伊洛在他的胸口抓了起来,还喊叫道:

"你以为你可以这样欺负我?!"

法伊洛因酒喝多了,给了保尔一拳。

保尔随手操起一张橡木凳,把法伊洛打倒在地上。幸运的是保尔身上没有枪,否则的话,法伊洛的狗命就完了。

但是保尔打伤了人,因此就在他准备去克里木疗养的那一天,保尔无奈只得接受党的法庭的审讯。

所有党员都到市立剧院里集合。大家对宣传部办公室出的事都非常气愤。因此审问演变成一次有关生活作风问题的大辩论,而人和人间的相互关系、日常生活准则以及党员的伦理道德等等成了辩论的焦点,法庭审讯的案子则退到了从属地位。这个案子表明了一个征兆。法伊洛挑衅性地站在法庭上,他大言不惭,称应该让人民法院审判这个案件,柯察金把他的头打伤了,应该让他劳动教养去。审讯时法伊洛对法官提出的问题一概置之不理,他说道:

"什么?你们想借这个案件来搬弄是非呀?没门儿。你们可以任意给我定罪,有关女人们诽谤我,那没有什么了不起,那只是我没看上她们。这没有什么大惊小怪的。这事要是在 1918 年,我早就用我的方法跟柯察金这笨蛋解决了。现在我要出去,你们想怎么处理就怎么处理吧。"说完就走了。

这时,庭长让保尔讲一下事情的经过,保尔便静下心来讲着,可是大家都明白,保尔在尽力控制住自己的情绪。他讲述道:

"全是由于我的一时冲动导致这件让大家在这儿谈论的事件的发生。过去,我经常动拳脚,而不用脑子,但毕竟还是以前的事。此次发生了打人的事儿,当我醒悟过来时,我已经把法伊洛的头打破了。最近几年中我这是头一次做错事,我恨我的错误行为,尽管如此,讲句公道话,法伊洛被打,活该。法伊洛这个人,给我们这些共产党员抹黑。我想不通,作为一名革命者,作为一名共产党员,怎么另一面又是一个淫棍,一个无耻之徒?我将决不原谅这样的无赖家伙。我们全体党员应该从中吸取教训了,应该关注一下生活准则问题了,这是这次事件的好的方面。"

绝大部分党员对组织开除法伊洛的党籍表示拥护。格里鲍夫因作伪证受到严重警告处分。当时与法伊洛一起谈话的那些同志也都知错了,并接受了批评。

巴尔捷利克向大会介绍了有关保尔的病情,当纪检委的同志建议给保尔记警告处分一次,大家都不赞成,于是那位同志不再坚持,保尔不负法律责任。

几天后,保尔乘火车去哈尔科夫。由于保尔态度很坚决,州党委同意了他的请求,也就是让保尔到乌克兰共青团中央委员会去听候处理。他得到了一封公正的鉴定书后就出发了。由于阿基姆正好是乌克兰共青团中央委员会书记之一,保尔便去找阿基姆,告诉了他事情的经过。

阿基姆看着他的鉴定书,在"对党无限忠诚"的后面有一段这样的文字:

> 具备党员的修养,只是在极少的场合表现暴躁,以至不能自持。这是因为他的神经系统曾被严重损伤。

"呵,保尔,"阿基姆说。"他们最终还是把这事记在这个很好的鉴定书上了。甭担心,我们身体再好的人有的时候也会干出这种事来的。到南方好好养身体吧。到时我们再给你分配工作。"

说完,阿基姆紧紧地握着保尔的手。

这里是中央委员会"公社社员"疗养院。花园里有玫瑰花坛、闪耀的喷泉、爬满楼房墙壁的葡萄藤。疗养员们穿着白色的服装和浴衣。一位年龄不大的女医生把保尔的姓名登记了下来。保尔被安置在一所楼房拐角上的一个宽大的房间里,床上铺着耀眼的白床单,房里干干净净,十分安静。保尔像平时一样洗了个澡后,感觉浑身轻松,换好了衣服,就赶忙到海边去了。

保尔的面前是一片一眼望不到边际的大海。碧蓝色的大海美丽而宁静,那海面好似光滑的大理石。极目远眺,海天一色;旭日映照,似片片火焰。远处连绵不断的群山在晨雾中忽隐忽现。保尔沐浴着令人神清气爽的海风,深情地凝视着这伟大而宁静的碧海。

那懒洋洋的波浪温柔地朝保尔的脚边款款爬来,轻吻着海岸金色的沙滩。

7

紧靠着中央委员会疗养院的是一座归中央医院管的大花园。在返回疗养院的路上,患者都要穿过这座花园。花园里长着一棵枝茂叶盛的法国梧桐树,它紧挨着一堵灰色石灰墙边。那里是保尔常呆的地方。那里没有什么人去,保尔常常可以坐在树荫下看到花园小路上来来往往的人们;到了晚上,那里又是一个躲开海滨疗养地令人闹心的嘈杂的喧闹声和欣赏美妙音乐的好去处。

这天,保尔又溜到这清静的地方,惬意地在一只藤编的睡椅上躺着睡觉养神。他方才洗了一下海水浴,保尔因此显得劳累不堪。在旁边的另一只椅子上放着保尔的厚毛巾,上面还有一本富曼诺夫的小说《叛乱》,这书他还没来得及看完。在刚到疗养院的前几天,保尔觉得头老是在疼,他的神经还是没放松下来。教授们对他那种怪病一直在分析、探讨。他们不止一次地在保尔身上这儿敲一下,那儿听一下,这一切让保尔感到很不舒服。

病房的女医生是一位年轻的党员,大家对她的印象都很不错。她名叫耶路撒冷奇克,听起来让人觉得不顺耳。这位女医生每次都要费好大的功夫才能找到保尔,而且还要耐心地作保尔的思想工作,拉着他和她一块儿去教授们那里。

"说句心里话,我对这一切感到很烦了,"他说,"一天之内一样的提问,可我得五次回答他们。他们要么问'您的祖母疯过没有',要么问'您的曾祖父是否得过风湿病?'……真是活见鬼我哪里晓得他们得过什么病,我根本就没有看到过他们!医生们都想让我说我以前曾得过淋病或者是其他的顽症,说实话,有时我真想打扁他们的头。我求求你让我安静一会儿吧!要不然,假如再这样折磨我一个半月的话,说不定就要变坏了而去危害社会。

耶路撒冷奇克戏谑地回答保尔。可是不一会儿,这位女医生就挽着他的手臂,一边跟他讲着风趣幽默的故事,一边就把他带到外科大夫那边。

今天没有通知去查身体。这时离中午饭还剩一个小时。保尔朦胧中隐约听到有人在走动。他仍闭着双眼,心想:"他们看到我还在睡觉,准会不叫我。"可是如意算盘打错了。这时,只听那转椅咯吱响了一下,显然有人坐到上面了。一阵淡淡的香味扑鼻而来,他知道那个坐着的人一定是女的。他把双眼睁开。保尔首先看见了这人耀眼的白连衣裙,晒黑了的双腿和穿着羊皮鞋的双脚。他眼睛往上一瞧,那人留着男孩子那样的发型,眼睛大大的,牙齿白白的。那人害羞地对保尔笑着,说道:

"请原谅,我是不是打搅您了?"

保尔没有吭声。这样虽然不合适,可是他还是盼她早点儿走。

"这书是您的吗?"她随手拿起那本《叛乱》,问保尔。

"是我的。"

双方僵持片刻,那女人又问道:

"同志,请问您是住在中央委员会疗养院里吗?"

保尔不耐烦地把身子挪了挪。心想:"这人从哪儿来的?这还让人休息得了吗?接下去她准会问我得的是什么病。我还是离开这里吧。"于是他没好气地答道:

"不是"

保尔说着站起来了,就在此时,保尔的身后有一个女人大声地问道:

"朵拉,你怎么会到这里来?"

只见一个皮肤晒黑了的胖女人一屁股坐到了转椅上,她长着一头淡黄色的毛发,身穿着一件疗养院的浴衣。她斜着眼看了一下保尔,问道:

"同志,我好像在哪儿见过您。您是不是在哈尔科夫工作?"

"对,我在哈尔科夫工作。"

"那您干什么工作?"

保尔打算不再跟她们啰嗦了,随口说了一句:

"扫垃圾的!"那两个女人放声大笑,让保尔浑身一震。

"同志,像您这样的态度,怕是不太礼貌吧?"

他们就这样成了好朋友。哈尔科夫市委常委朵拉·罗德金娜后来对这段往事常记忆犹新。

有一次,保尔到泰拉萨疗养院的花园去参加一次午后舞会,在那里与扎尔基不期而遇。这得感谢那场舞会。

一个胖演员唱完那支《销魂之夜》后,舞台上出现了一男一女。那个男的头戴着红圆筒高帽,穿着一件白色的胸衣,系着领带。他的下半个身子差不多一丝不挂,只在臀部围了一串金属片。总之,这男人看起来让人觉得人不人鬼不鬼的。那个女的模样儿不错,身上挂着许多布条。这一男一女就开始在台上扭动屁股,跳的是狐步舞。那一群长着如牛一般的粗脖子的"耐普曼"开心得嗷嗷直叫,此时正站在疗养员们的安乐椅和睡床的后面。那个戴着可笑的圆筒高帽的胖男人跟那个女的紧贴到一块儿,扭摆着屁股,跳着狐步舞。保尔身后一个像肥猪一样的大胖子看得呼哧呼哧地直喘气。保尔正要扭头离开,这时,靠近舞台的第一排有个人站了起来,勃然大怒,喊道:

"别在台上卖淫了,滚下去吧!"

保尔认出了那人,原来是扎尔基。

钢琴师停止伴奏,小提琴响了一下也不再拉了,台上的那一对狗男女也不再跳了。这时那些站在椅子后面的人气急败坏地对刚才骂人的那个人喊道:

"真可恨,搅了一出好戏!"

"全欧洲都在跳这种舞呀!"

"真他妈的气人!"

可是,就在此时,乌克兰切烈波韦茨县共青团县委书记谢廖沙·日巴诺夫疗养员把四个手指放到嘴里,做了一个动作,吹起了口哨。其他的人也跟着吹起口哨来,像风一样把那对男女吹下了台。过了片刻,报幕的小丑像个机灵的仆人跑到前台,向大家宣布说歌舞班马上就走。

"大路朝天开,快点儿滚吧,爷爷问你,就说到莫斯科去玩玩!"一个身穿着疗养服的小伙子在大家的笑闹声中把那个报幕的赶下了舞台。

保尔在舞台的前面找到了扎尔基,然后他们回到保尔的屋里,长时间地进行了深谈。目前扎尔基在一个州委会搞宣传工作。

"你知道我结婚了吗?我们很快就要有孩子了,是男孩还是女孩,还说不准儿。"扎尔基对保尔说。

"呵,嫂夫人是谁?"保尔惊讶地问他。

扎尔基从口袋里掏出一张照片,递给保尔。

"你认得出来吗?"

保尔看了看照片,是扎尔基和安娜·鲍哈特的合影。

"杜巴瓦目前呆在哪里?"这让保尔更加感到奇怪。保尔这样问道。

"目前他在莫斯科。清除出党后他就不再在共产主义大学,而是跑到莫斯科工学院念书去了。听别人讲,他后来重新入了党,那也没有用。杜巴瓦这人没救了……你知不知道潘克拉托夫的消息?他目前是一个造船厂的副厂长。别的人我就不太了解了。现在大家是各奔东西,要是能聚一聚,聊一聊过去的事情,该有多么好呵!"扎尔基兴致勃勃地说道。

这时保尔的房里走进来朵拉和别的一些人。其中一个大个子随手关上了门。朵拉看到了扎尔基胸前挂着的勋章,就朝保尔问道:

"这位也是党员吗?他是从哪儿来的?"

保尔弄傻了,就向大家简要介绍了扎尔基的情况。

"既然如此,那他就留下来。他们是从莫斯科到这里的。他们要给我们讲一讲近来党内的一些情况。我们准备在你这里召开一次特别秘密会议。"朵拉做了一番解释。

除保尔和扎尔基外,屋里其他的人几乎都是老党员。莫斯科党监察委委员巴尔塔绍夫给大家讲了有关托洛茨基、季诺维也夫和加米涅夫领导的新反对派的情况。快讲完时,巴尔塔绍夫说道:

"我们每个人在这个紧要关头都必须坚守自己的岗位。明天我就离开。"

三天后,疗养院空无一人。保尔像其他人一样早早地离开了疗养院。

保尔在共青团中央委员会呆的时间不太长。后来组织委派保尔到一个工业区去担任团州委书记。过了一个星期,保尔给城里的团员们做了一次演讲。

深秋季节,州党委会的汽车拉着保尔和别的两位,去距城较远的一个区里。不巧汽车翻进路边的一个沟里。

车上的人都被摔伤了。保尔的右膝也受了伤。几天后,保尔被送到哈尔科夫外科医学院。医生们检查了他那条肿腿,看了看 X 照片。医生准备给保尔施手术。保尔答应了。

那个主持会诊的胖教授对保尔说:

"明早动手术。"说完教授就走了,其他的大夫也跟着离开病房。

一间单人病房,光线很好,地面干净得一丝尘埃都没有,还散发着一股医院特有的,保尔久未闻到的气味。保尔环顾四周,房里摆放着一张盖着白布的桌子和一张白凳子。

一个女护士给保尔送晚饭来了。

保尔没有吃。他斜着身子在床上躺着写信。这时腿隐隐作痛,让他没有心思吃饭,也没有心思想问题。

他刚写完第四封信,这时,有人轻轻地打开了保尔的房门。那个白衣女医生正在向他的床头走来。

借着天黑前的微光,保尔看见了她细长的眉毛和一双黑眼睛。她一手拿着病历卡,一手拿着纸和笔。她对着保尔说道:

"我是这里的医生,今天轮到我值班。我现在要填写这张表格,不论是否同意,您都要如实回答我。"

她温和地对保尔微笑了一下。这一下使"讯问"变得轻松了许多。保尔滔滔不绝,向她讲讲述了有关他本人以及他祖孙三辈的情况,足足有一个小时。

有好几个医生在手术室里,他们一律戴着口罩。

有一个大盆放在一张长长的手术台的下面,那镀了镍的手术器械在闪闪发光。保尔被抬到了手术台上,这时,医生也已洗完了手。大夫们正在保尔的身后迅速地做着手术前的准备工作。保尔环顾四周。一个女护士正在摆放小镊子、手术刀等器械。主刀医师巴扎诺娃把保尔腿上缠着的绷带解了下来,并悄悄地在保尔耳边说道:

"柯察金同志,不要看腿,要不神经会敏感的……"

"医生,是谁的神经?"保尔戏谑道。

不一会儿,医生用面罩把保尔的脸盖住了,主刀医生对保尔说:

"不要担心,我们准备给你打麻醉药。你现在通过鼻子进行深呼吸,一、二、三、……。"

保尔心情很轻松,回答说:

"好。我先跟你们打好招呼,我难免会有意无意间讲出一些脏话。"

医生禁不住笑了起来。

随后,医生开始给他施行那令人窒息、气味难闻的麻醉。

保尔很深地大吸了一口气,并一、二、三地往下数。他尽力想数得更清晰一些。就这样,保尔便开始了他的人生悲剧。

阿尔焦姆心慌意乱地拆开信封。当他刚看到开头几行字的时候,就急急忙忙一口气念下去:

　　亲爱的阿尔焦姆!

　　咱们不怎么写信联系。一年中最多也就一两次吧。但是问题不在于写信的次数多少。你在信中讲,为了跟老根断绝关系,你把你的全家从谢佩托夫卡挪到卡扎亭的工厂去了。我知道你的心思。你所指的老根就是斯捷莎和她的亲属那种落后的小资产阶级意识,还有其他的落后的东西。要想把斯捷莎这种人改造过来确实很难。我担心你可能做不到。你还讲,"人上了岁数,学习挺费劲。"但是你的学习成绩不错。你那样坚持己见,不愿脱产去当镇苏维埃主席,你这样做是不对的。为了创建苏维埃政权,你不也出生入死过吗? 这样的话,你就要对这个政权负起责任来。明天你就把镇苏维埃的工作挑起来吧!

　　现谈一下我本人的情况。我的情况不太好。我老是往医院跑。我已经做了两次手术,淌了很多血,耗掉了好多精力。但是至今还无人来告诉我:这何时才能结束。

　　我已经不再工作了。我谋了一个新行当——"生病"。我吃尽了苦头,但是事与愿违,我的右腿已残废了,身上弄了好多刀口的缝合线。可是后来医生还告诉我:由于七年前我的脊背受过内伤,事情更加严重了。我已准备好了承受任何磨难,不过要能让我归队才行。

　　生活中,再没有什么比离队更让我难受了。我甚至都不愿去想它。因此我才不担心承受一切苦难。但是至今,我的伤情不但没有好转,反而越来越糟了。第一次手术后,只要能动一下,我就全身心地投入到工作中,可是没有过多长时间,我又被送回医院。现在我刚刚收到了一张疗养证,是到耶夫帕托利亚去的。明天我就出发。阿尔焦姆,不要悲伤,我不会那么快就完的。我感觉到我一人能顶三个人的生命。大哥,还有许多事情等着我们去做呢! 要保重身体,不要再一下子就扛三百多斤了。否则的话,将来党得花很大的代价来修理它。时间给我们经验,读书给我们力量,但是所有这些并不是让人到头来都泡到医院里。握手。

保尔·柯察金

阿尔焦姆一边读着保尔写来的信,一边紧锁着眉头。而这个时候,保尔在医院里正跟巴扎诺娃道别。她握着保尔的手,问道:

"明天您就去克里木吗?您今天准备如何打发?"

"等一会儿朵拉要来,今天我去她家呆一天,明天一大早她就把我送上车。"

由于朵拉常来看望保尔,因此巴扎诺娃认识朵拉。

"柯察金同志,"巴扎诺娃说,"我们早就讲好,您走前跟我父亲见一次面,您还记得吗?我已经跟他讲了有关您的情况,我希望您去他那儿查一下。今晚就去。"

保尔答应了。

当晚,巴扎诺娃把保尔带进了她父亲的诊所。

这位著名的外科大夫认真地检查了保尔的身体。巴扎诺娃还随身带来了医院拍的 X 光片和化验单。这位老医生对巴扎诺娃用拉丁语讲了很长一段话,巴扎诺娃的脸色顿时变得煞白。所有这些情景保尔都发现了。他眼盯着老教授那大而光秃的脑袋,尽力想从他那双敏锐的眼睛里发现点什么来,然而徒劳无获。

保尔穿好衣服后,老大夫和蔼地跟保尔道别,还有会议等着他去开。他让巴扎诺娃把诊断结果告诉保尔。

保尔躺在巴扎诺娃布置得很高雅的房间的沙发上,等着她开口讲话。可是她不知道该如何开始,不知该如何说。这确实很为难她。她父亲跟她讲,目前保尔体内的病毒正在蔓延,现在无法医治。他不主张再做手术。他说:"全部的悲剧正在等着这个年轻人,我们束手无策。"

作为保尔的医生和朋友,巴扎诺娃认为不该给保尔讲这些情况。她只透露了一点儿有关他的病情。她谨慎地说道:

"柯察金同志,我想耶夫帕托利亚的泥疗法一定会治好您的病。秋天的时候,您会重返工作岗位的。"

可是就在她讲这些的时候,有一双敏锐的眼睛正在盯着她。

"从您刚才所讲的,更确切地说,从您所回避的话中,我已明白我的病情相当严重。您总该记得,我希望您永远对我讲实话。您甭瞒我,我知道实情后我不会晕过去的,更不会自杀。但是我得知道我的未来怎样。"保尔说道。

巴扎诺娃开了个玩笑,有意转移话题了。

那晚保尔并未打听到有关实情。临别之际,巴扎诺娃说:

"柯察金同志,记住我们是朋友。现在也不好预料您将来会怎么样。有用得着我的地方,请尽管给我来信,我愿随时效力。"

巴扎诺娃从窗口目送着保尔,他穿着皮外套,吃力地用手扶着拐棍,正艰难地从门口走向一辆出租的轻便四轮马车。

保尔又一次来到了耶夫帕托利亚。还是那个南方的炎热的气候,戴着绣金遮阳帽、皮肤晒得黑黝黝的人们在吵吵闹闹,到处是一片嘈杂、喧嚷声。汽车只用了十分钟就把旅客送到了麦纳克疗养院。疗养院是一幢用石灰石砌成的两层楼房。

值日大夫把他们领到各自的房里。

他把保尔带到第十一号房间,问保尔:

"请问你的入院证是哪一类的?"

"乌克兰共产党中央委员会。"保尔答道。

"那我们安排你跟埃勃涅住一块儿吧。他来自德国,想找个俄国伙伴。"那医生说完就开始敲门。里面传出了一句不太地道的俄语:

"请进来。"

入房后,保尔把手提箱放到一边,然后将身子转向那个正躺在床上的德国人。那人长着一头金黄色的毛发和一双漂亮的蓝眼睛。他对保尔笑了笑。

"顾特莫根,盖诺森,我很想说'您好',"他和蔼地改用俄语说道,与此同时,向保尔伸出了那只长指头、很白的手。

不一会儿,保尔就坐到了那个德国人的床上,他们俩用一种奇特的"国际"语言开始攀谈起来。在用这种"国际"语言交谈时,语言倒显得并不重要,所有晦涩的词语都用手势、表情和猜想来表达。总而言之,用人所有可以用的手段来进行沟通和交流。保尔此时知道埃勃涅是个德国工人。

埃勃涅参加了 1923 年的汉堡起义,不幸的是他的大腿受了伤。目前他那伤腿又不行了,他又一次病倒了。他强忍着剧痛,仍然保持乐观向上、精力充沛的精神,保尔油然而生敬意。

现在保尔有了一个很好的伙伴。这人不是那种整天诉苦和长吁短叹的那种人。保尔觉得和他在一块儿时,忘掉了自己的疾病。

"遗憾的是我一点儿也不懂德语。"保尔心里想到。

在花园的一个角落处放着几张转椅、一张竹桌和两辆供病人坐的轮椅。有五名患者每逢看完病后就到这里来打发一天的时间,其他的病人把他们称为"共产国际执委会。"

埃勃涅斜着身子坐在一辆病人坐的轮椅上,保尔坐在另一辆轮椅上,此时,保尔已不能用脚行走了。其他的三人分别是:一个是爱沙尼亚人瓦伊曼,他身宽体胖,是某共和国留苏人民委员会的工作人员;另一个是拉脱维亚人玛尔塔·劳琳,她长着一双褐色的眼睛,看年龄好像是十八岁的少女。第三个是西伯利亚人列杰尼奥夫,这人身材高大,身体结实,但两鬓已花白。不错,他们代表了五个民族:德国人、爱沙尼亚人、拉脱维亚人、俄罗斯人和乌克兰人。瓦伊曼和玛尔塔都会讲德语,因此埃勃涅就让他们当翻译。保尔跟埃勃涅同住一间房,他们是很好的朋友;玛尔塔、瓦伊曼和埃勃涅都会说德语,所以他们间的关系也很亲密;保尔和列杰尼奥夫因常在一起对弈,因而俩人成了朋友。

列杰尼奥夫住院前,疗养院里的象棋冠军非保尔莫属。经过一番激烈的厮杀后,保尔从瓦伊曼的手里夺走了冠军称号。瓦伊曼输给保尔后,没有了往日的沉稳,好长时间都不理保尔。后来,一个高个子老头儿住到了疗养院。尽管他已年过半百,长相却特别年轻。他要跟保尔对弈。保尔万万没料到对方水平比他高过一筹。保尔沉稳地下棋,他想丢卒求得优势。而列杰尼奥夫针锋相对,把中卒向前推,没有吃掉那个弃子。作为冠军的保尔按惯例得和每一位刚来的棋手下一盘。每次下棋时旁边总围了好多人。下到第九步时,列杰尼奥夫就开始向前推卒,对保尔那一边围追堵截。保尔心里很明白,今天他遇上高手了。他懊悔开局时不应该那样粗心大意。经过三个小时的厮杀,保尔使尽了浑身招数,最终还是输了。其实保尔早就比旁观的人更明白自己是要输的。保尔抬头看了看列杰尼奥夫。列杰尼奥夫朝保尔亲切地笑了笑。此时他也明白这一盘他赢了。可是性子冲动,幸灾乐祸地指望保尔下输的瓦伊曼却压根儿不知道。

"我永不服输。"保尔说。只有列杰尼奥夫才明白这句话,他朝保尔含笑地点了一下头。

五天里保尔和列杰尼奥夫总共开了十局,其中保尔七次下输,只赢了两局,有一盘双方战和。

瓦伊曼幸灾乐祸地说:

"好!谢谢你,列杰尼奥夫!你把他杀了个屁滚尿流!活该!他赢了我们,但是最终还是栽在你手上了!哈哈哈!……"

接着他转过身来朝保尔说道：

"哎，吃败仗的滋味不好受吧！"

保尔夫丢了"冠军"的称号。保尔这次输棋绝非偶然。他仅对象棋知道一点儿皮毛，一个非常一般的棋手当然要被一个深谙棋道的高手打败。尽管如此，保尔丢掉了"冠军"称号，可是从此认识了一个好朋友，列杰尼奥夫深受保尔的尊敬和爱戴。

保尔和列杰尼奥夫都有一个相同的值得纪念的年份：保尔出生的那年，列杰尼奥夫正好入党。他们是两代典型人物的代表：一个是布尔什维克老战士，而保尔是布尔什维克青年近卫军。列杰尼奥夫拥有丰富的生活和政治经验，曾干过许多年的地下工作，进过沙皇监狱，后来担任重要的国家行政职务；而保尔拥有烈火一样的青春，尽管仅有八年的革命生涯，可是顶上了几个人一生所耗费的精力。这一老一少满怀激情，热血沸腾，但是都重病在身。

晚上，保尔和埃勃涅的房间就变成了俱乐部。所有的政治消息都来自这个俱乐部。第十一号病房晚上特别热闹。瓦伊曼常想讲个色情笑话，他这个人最爱讲那种无聊的笑话，每逢这时，玛尔塔和保尔就一起围攻瓦伊曼。玛尔塔常常用巧妙和辛辣的讥笑来嘲讽他；如果没有效果，保尔接着进行。打个比方说，假如有一次玛尔塔这样说：

"瓦伊曼，你应该先征求我们的意见，或许我们对你那种"俏皮话"一点都不感兴趣……"

保尔马上插话道：

"我压根儿想不通，像你这种人怎么会……"

此时瓦伊曼就翘起他的厚嘴唇，那两只小眼嘲笑地朝大家扫了一下，说道：

"应该在中央政治教育委员会成立一个道德监督处，让保尔当处长。对玛尔塔我是不计较的，因为她是女同志，天生是跟人对着干。可是保尔却装作一个不谙世事的小孩，活像个共青团的小宝宝……更何况，我压根就讨厌鸡蛋教训母鸡……"

在这场有关共产主义伦理道德激烈的唇枪舌剑后，色情笑话被作为严肃的话题提出来进行讨论。玛尔塔把大家的观点给埃勃涅做了一番解释，接着埃勃涅用生硬的俄语和德语讲道：

"我赞成保尔的观点，不要讲那些淫秽的笑话。"

瓦伊曼只得让步。他强装笑脸给自己打圆场，但是后来他再也没有开过类似的玩笑。

保尔起初认为玛尔塔入了团。他感觉她好像仅仅十九岁的少女。有一次，保尔跟她聊天时，他才晓得她已三十一岁了。玛尔塔于 1917 年加入布尔什维克，是优秀的拉脱维亚布尔什维克。保尔听说后深感惊诧。1918 年那年，白匪准备杀死她，可是苏维埃政权用白匪的俘虏作交换，把玛尔塔救了出来。目前她在《真理报》担任职务，还在念大学。保尔已记不起他们是如何成为好朋友的，她也时常来看望埃勃涅。这位个子不高的拉脱维亚女人现在已脱离不开他们这"五人小组"了。

老布尔什维克埃格利特也是来自拉脱维亚，他常常对玛尔塔开玩笑，风趣地说道：

"玛尔塔，不知道奥左尔现在在莫斯科怎么打发时间呢？你这么干就不行啦！"

每天清晨，起床号快响时，疗养院的一只大公鸡就使劲高歌了。原来是埃勃涅装着公鸡叫。疗养院里的员工想尽办法，想把这只不知从哪里跑到这里的大公鸡找出来，可是徒劳无获。这可使埃勃涅乐开了花。

到了月末，保尔的身体越来越差。医生们禁止他下床。埃勃涅为此伤心不已。保尔从不向别人埋怨自己的病症，尽管年龄不大就得了这么严重的病，但他还是精力旺盛。埃勃涅打心眼儿里喜欢上了这个青年党员。玛尔塔对埃勃涅讲，大夫们都认为保尔将来会残废，埃勃涅很着急。

保尔出院前，医生们一直禁止他下床活动。

保尔总是尽力不让别的人发现他的痛苦，可玛尔塔一看到他那苍白的脸，心里就明白了。在他准备离开疗养院的前一个星期，乌克兰共青团中央委员会给保尔来了一封信，让他再休两个月的假。信中讲，鉴于疗养院的报告和保尔目前的身体状况，他是不能重新回来工作的。同时，中央委员会还给保尔寄一笔钱来。

保尔经受住了这第一次打击，就好像当初练拳击时被朱赫来第一次打过的那样，那时保尔尽管被击倒了，但是他马上又重新站了起来。

保尔意外地收到母亲的来信。母亲在信中讲，她的老朋友阿莉比娜·丘查姆住在距耶夫帕托利亚不太远的一个码头上。她们已有十五年不见面了，因此她希望保尔去看望一下阿莉比娜。这封意外来信在保尔的一生中起了很大的作用。

一个星期过后，疗养院里的人们恋恋不舍地把保尔送到了码头。埃勃涅像兄弟那样亲吻他，亲切地拥抱他。由于玛尔塔当时不在，保尔未能同她辞别就离开了。

次日上午，一辆四轮马车把保尔从码头送到了一座带小花园的房子前。保尔让那个随身陪他的人进去问一下，这里是不是住着一个叫丘查姆的人家。

丘查姆一家共有五口人：她的母亲阿莉比娜·丘查姆，一个胖乎乎的、上了岁数的女人，她长着一双大大的、深沉的黑眼睛，从她那张衰老的脸上可看出当初她是个美女。老太太有两个女儿，大女儿廖莉亚，小女儿达雅，廖莉亚有一个小儿子，还有那个胖得像肥猪的老伴丘查姆。

老伴在合作社上班；小女儿达雅在外头干些粗活；大女儿廖莉亚曾干过打字员的工作，前不久她刚刚离婚，她老公是个地痞子、酒鬼，目前她没有工作，整天呆在家里照看她的儿子，并帮老太太干些家务活儿。

除了两个女儿外，阿莉比娜还有一个在列宁格勒的儿子，名叫乔治。

除了那老头子，其他的人都对保尔很亲热，那老头子用一种不信任的，甚至带有恶意的眼光看着这位不速之客。

保尔向阿莉比娜讲述了有关他所知道的他家的情况，讲完后便问起老太太和她家的近况。

廖莉亚今年二十二岁，心地善良，宽宽的脸庞，性格开朗，还留着一头褐色的短发。她跟保尔马上就成了好朋友。廖莉亚高兴地把有关她家的情况都跟保尔讲了。从廖莉亚那儿得知老头儿专横霸道，粗暴地虐待全家人，不给家里人自由。他心胸狭窄，没有度量，喜欢鸡蛋里挑骨头。他把全家搞得很恐怖，因此孩子们都非常讨厌他，就连他的老婆也很厌烦，结婚二十五年来，她一直在抗议他这种毫无人道的行径。女儿们总是偏向自己的母亲。由于家里经常发生争吵，家庭生活很不快乐，每天都要为那些大大小小的事情大伤脑筋。

乔治是她家第二个令人厌恶的人。廖莉亚告诉保尔，乔治是个标准的好吃懒做的家伙，骄傲自大，刚愎自用，爱穿时髦衣裳。他中学毕业后，自以为她母亲就这么一个宝贝儿子，就向母亲伸手要钱去莫斯科。他说：

"我想去念大学，让廖莉亚把她的戒指卖掉，你把你的值钱的东西也卖掉，我需要钞票。至于你们怎么想法替我搞到钱，我就管不着了。"

乔治知道老太太一定会满足他的要求，因此变本加厉，一味向母亲要钱。乔治对廖莉亚和达雅都很无礼，看不起她们，认为她们要比他矮一截。至今母亲还把达雅辛辛苦苦挣的钱和从老头儿那里抠来的每个铜子都给乔治寄去。然而，他没有考上大学,很惬意地呆在舅舅家,同时打电报向母亲要钱。

晚上,保尔见到达雅了。老太太在过道里悄悄告诉她,保尔来了。达雅看到保尔时,害羞地跟保尔握手。在这陌生男人面前达雅羞得脸红到耳朵根。保尔一时没有放开他那粗壮有力、长着茧的手。

达雅今年整十八岁,谈不上有多漂亮。她那一双淡黑黄色的大眼睛、有些似蒙古画上那样的细长眉毛、好看的鼻梁以及那张红润的嘴唇,使她楚楚动人。达雅穿着一件带条纹的工作服,紧绷着那富有弹性的胸脯。

姐妹俩各自住在两间狭小的房间里。达雅的房里有一张小铁床和一个镶着镜子的衣柜,衣柜上面有好多玩具,三十多张照片和风景画挂在墙上。窗台上放着两盆花,盆里种着深红的天竺葵和粉红色的马兰花。薄纱窗帘被一根淡蓝的带子捆着。廖莉亚开玩笑地说道:

"达雅从不把男人领进房里,但是,您瞧,这次她破例了。"

第二天晚上,一家人都坐在两位老人住的那间房里喝着茶。只有达雅呆在她自己的房里,坐在床上听着那边的人谈话。老头子一边用匙子拌着杯里的糖块,一边用恶意的眼光盯着坐在他面前的客人,说道:

"我抗议这些时兴的家庭规矩:想结婚就结婚,想离婚就离婚,实在是太自由了。"

这时,他被呛得咳嗽起来,等他喘过气来,就指着廖莉亚说道:

"就拿她来说吧,她事先没有跟任何人商量,就跟那个地痞结婚了,后来,也是自作主张,又离婚了。这倒好,还得养活她和她那个野孩子。真气煞我也!"

廖莉亚难过地涨红了脸,泪水汪汪地躲开了保尔的视线。

"这么说,她应该跟那个寄生虫继续过日子吗?"保尔两眼闪着愤怒的火花,盯着老头子,气愤地问道。

"早该想想嫁个什么样的人。"老头子反驳道。

这时,老太太插话了。她强忍怒火,断断续续地说:

"老头子,干吗在陌生人前谈这事呢?打住,找找别的话题行不行?"

老头子把身子朝她转了过来,说:

"我晓得该说什么,不该说什么!你们胆儿可真大,现在教训我来了?"

那晚,有关丘查姆家的情况让保尔想了好长时间。一个很偶然的机会使他到了这儿,可是现在他身不由己地卷进了这个家庭悲剧中。他心里盘算着,如何才能帮助那老太太和两个女儿跳出牢笼。他自己正陷入困境,还有好多难以解决的问题,因此他现在要比过去任何时候都不容易采取果断行动。

只有一条出路,就是把这个家庭拆散,让老太太和两个女儿跟那个老头子永远分开。可是这也很不容易办到。他无法彻底解决这个家庭的难题,因为过不了几天他就要走了,也许从此跟他们再也无缘相见。那么就顺其自然,以免使这屋里的灰尘扬起吗?但是那老头子也太讨人嫌,保尔一想起他心里就来气。他想了好多办法,但是好像实施起来都不行。

这天是星期天,保尔从街上回来时,只看到达雅一人在家,其他的人都串门去了。

保尔走入达雅的房里,由于他感到很劳累,于是便坐到椅子上。

“你干吗不去外面转一转,放松放松呢?”保尔问达雅。

“我没有心思去,”她轻声对保尔说。

保尔想起了昨晚拟定的几个计划,打算摸摸底,看看达雅会怎么想。

为了节省时间,保尔急忙直截了当地对达雅说道:

“你听,达雅,我们相互交谈时称‘你’好吗?我们干吗要那么多讲究?我很快就要离开你们。这次来你们家时,我碰巧也遇到了麻烦,否则,情况不会这样了。假如这事出在一年以前,我们大家就一拍屁股走人了。像你和廖莉亚这样的人,到哪儿都能有碗饭吃!你们应该跟老头子一刀两断。像他这种人是个老顽固。但是现在就不能这么干了。我连我自己的命运都不好说,因此就眼下来说,我是无能为力。那么,现在该怎么办?首先,我要想办法重新回到工作岗位。有关我的病情,不知道那些医生讲了些什么鬼话,同志们硬让我继续在疗养院呆着。这哪行呢?我们得首先把这事解决一下……我给我妈写封信,跟她商量一下,我们一定会想到好办法把这块心病去掉。无论如何,对你们我决不会撒手不管。但是我要强调一点,达雅,你们大家,尤其是你的生活必须来个大变样。你有没有勇气和信心?”

达雅把头抬起来,望着保尔轻声说道:

“只怕心有余而力不足。”

保尔明白了她的迟疑,就接着说:

“达雅,亲爱的,你别担心!有志者,事竟成。现在你如实告诉我,你对你的家庭还有感情吗?”

达雅压根没有料到保尔会这么问。她犹豫了一会儿,说道:

"我很疼我妈。她这一辈子尽受父亲的欺负,现在乔治又在折磨她,我心里很不是滋味……尽管她没有像爱乔治那样爱过我……"

这天他们讲了好多心里话。在达雅家人回来前,保尔逗着她道:

"我真不明白,老头子至今也未把你嫁出去!"

达雅惊讶地甩了一下手,说:

"我才不会结婚,从姐姐的那件事中我就吸取教训了。我宁死也不结婚!"

"那么说,你一辈子都不准备结婚吗?如果有个小伙子追你,死盯着你,当然是一个很不错的小伙子,那你将怎么办?"

"即使这样,我也不会心动!那些男人在追你时往往表现都很好。"

保尔将一只手放在达雅的肩上,安慰她说:

"好吧。独身生活也不错嘛。但是,你如此看年轻小伙子未免刻薄了。幸亏你还没有怀疑我在追你,否则,我可就下不了台了。"说着,保尔用他那冰凉的手温柔地抚摸了一下达雅的胳膊。

"你们这种人哪里会看得上我们,何况找我们这样的人又有什么用呢?"达雅轻柔地对保尔说道。

几天后,保尔回哈尔科夫去了。达雅、廖莉亚、阿莉比娜和她们的姨妈萝扎都去车站为保尔送行。分手时,阿莉比娜叮嘱保尔,要想着她的两个女儿,还要想办法帮她们跳出火坑。他们把保尔当作亲人一样,达雅眼泪汪汪地看着保尔。在老远的地方保尔还能从车窗外看见廖莉亚挥着的白手帕和达雅穿的那件条纹短衫。

保尔回到哈尔科夫后不想给朵拉添麻烦,就到他的朋友彼佳·诺维科夫那里住了下来。休息片刻后,保尔就乘车去中央委员会找阿基姆。待那里只剩他们两人时,保尔请求阿基姆马上派给他工作干,但是阿基姆拒绝了,说道:

"保尔,这不行!医疗委员会和党中央委员会已经做出决定:鉴于病情严重,立即送神经病理学院治疗,恢复工作一事暂不予考虑。"

"阿基姆,拉倒吧,爱怎么写就怎么写!"保尔说,"我再次郑重地向你请求,请让我干点事儿吧!光在医院呆着,憋死人了。"

阿基姆仍坚持自己的意见。他对保尔说:

"我们不能违反组织的决定。亲爱的保尔,这都是为了你好。"

在保尔的一再请求下,阿基姆无奈只得答应给他找点儿事干干。

第二天,保尔就去中央委员会书记处机要科报到了。他认为,只要重新恢复工作,他已丧失的精力就会重新恢复的。可是,从第一天上班起他就发现并不是这么回事。他在办公室常常一呆就是八个小时,其间也不去吃饭,那是因为要让他从三楼下来,再到隔壁食堂去就餐,实在是为难他,他确实没有力气走路。要么是手不听使唤,要么是脚失去知觉。有时甚至连整个身体都不能动,还发烧。有一次,他正要去上班,一下子下不了床。等病发作过后,他一看钟,已迟到一个小时了。后来由于他老是上班迟到,受到了批评。这时保尔心里明白:他一生中最担心的事情发生了,他要离队了。

阿基姆曾两次帮助他调到其他的单位工作,但是不幸的事还是发生了。一个多月后,保尔又一次病倒了。那时他记起了巴扎诺娃的临别赠言,就给她去了封信。巴扎诺夫当天就乘车来看望保尔。她给保尔透露了一条很重要的信息,那就是现在保尔没有必要去住院了。

"那么,我身体好到不值得治疗了。"保尔原本打算开个玩笑,可是还是没能装出来。

当他感觉稍好些时,就又立刻去中央委员会请求工作,但是这一次阿基姆说什么也不答应,硬要保尔去住院治疗。保尔声音低沉道:

"现在我什么地方也不想去。毫无用处。我已从权威人士那儿知道了有关我的病情。我只有一条路可走,那就是退休,领取残废抚恤金,但是我不愿这么做。你们阻止不了我上班。我才刚刚二十四岁。我不想拿着一张残废证度日,也不能明知道不管用,还要去住院治疗。你们应该派给我一份力所能及的差事,要么在家干着,要么到机关里……只是有一点小小的要求,不要让我干那种收收发发的差事。我想干那种使我感觉没有离队的工作。"

保尔越讲越激动,嗓门也越来越高。

阿基姆很了解这个一向保持旺盛斗志的青年人的感情。他非常了解保尔的悲剧,也深深知道,对把自己短暂的一生都献给了党的保尔来讲,离开革命的最前沿,回到后方,那简直是不可想象的。所以阿基姆决心竭力帮助保尔。他安慰保尔,说道:

"保尔,你别上火。明天书记处开会。到时我一定把你的问题提出来,让大家研究一下。请你相信我,我一定尽量满足你的要求。"

保尔缓缓站了起来,把手伸给阿基姆。

"阿基姆,"保尔说,"你真的相信生活会把我赶到角落去吗?会把我压成一张肉饼吗?只要我还有一口气,"此时保尔使劲地把阿基姆的手抓到他的胸前,紧贴在自己的胸脯上,阿基姆感到保尔的心在迅速而又微弱地跳动着,"只要我的心脏还在跳动,你们就不能让我离开党。只有死才能让我离开工作岗位。老兄,千万记住这一点。"

阿基姆沉默无言。他深深知道保尔绝不是在讲大话,而是一个身患绝症的病人的呐喊。他也深深明白,也只有像保尔这样的人才会讲这些肺腑之言。

两天以后,阿基姆在某个中央刊物的编辑部给保尔找了一个工作,可是必须考察一下他是否能胜任工作。编委会的同志们客气地同保尔面谈了一次。副总编是位女同志,她是老地下党员,目前是乌克兰共产党中央监察委员会主席团的成员。她向保尔提了几个问题:

"同志,您的学历?"

"初小三年级。"

"有没有上过党校?"

"没有!"

"呵,这无关紧要,没念过党校的人照样能培养成为好的新闻工作者。阿基姆已经把您的情况给我们讲过了。我们可以给您一个不需上班,在家里就可以干的工作,而且尽量给您创造更方便的条件。可是这项工作需要渊博的知识,尤其是文学和语言方面的知识。"

这意味着他要失败了。半个小时的交谈证实了他知识贫乏。在他写的一篇文章中那个副总编用红铅笔在三十多处的地方划了划,这些地方都有修辞毛病,同时还有很多拼写错误。

"柯察金同志,您很有才华。假如您再努力一把,您会成为一名文学工作者。可是现在您写的文章语句不太通顺。由此可看出您的俄语基本功还不太好。这也不足为奇,因为您总是没有时间学习。很遗憾,我们不能录用您。但是我还想强调的是您很有才华。您的文章不需要太大的改动,只需在文字上稍稍修改一下,就是一篇很不错的文章。可是我们要的是能修改别人文章的人。"

保尔拄着拐杖,站了起来,他的右腿在跳动着。保尔说:

"对,我完全同意您的看法。不过我怎么能成为一名文学工作者呢!？从前我曾烧锅炉,后来当过电工。我擅长骑马打仗,能够宣传发动团员青年。可是干你们这一行就不成。"

保尔跟她握手告别。

保尔在过道的拐弯处差点儿摔倒在地上。这时,一个夹着公文包的女人扶住了他。

"同志,您怎么啦？您脸色看上去很差!"

不一会儿,保尔清醒过来了。他客气地推了推那个女同志,拄着手杖慢慢地离开了。

从那以后,保尔的境遇越来越不好。要想再找份工作那根本就谈不上了。他基本上是成天在床上躺着。中央委员会把他的工作给免掉了,并责成中央社会保险局发给他抚恤金。保尔收到了抚恤金和一张残废证。中央委员会又额外地给他发了一笔钱,同时还给了他一张特别证件,只要拿着它可以随心所欲地到任何一个地方去。后来保尔收到了一封玛尔塔写给他的信,玛尔塔邀请保尔去她家养病。即使玛尔塔不请保尔去,他也打算去莫斯科一趟。保尔希望能在苏联共产党中央委员会遇上好运,在那里找份不用走动的工作。可是在莫斯科也一样,人们还是叫他先治病,而且答应送他去条件好的医院。保尔谢绝了。

保尔在玛尔塔和她的朋友娜佳·佩捷尔松一块住的楼房里一呆就是十几天。

他常常是成天一个人呆在屋里,娜佳和玛尔塔是早出晚归。玛尔塔有很多书,因此保尔整天看书学习。但是一到晚上就有许多女朋友,偶尔也有男朋友到这里做客。

保尔常常收到自黑海港口那边发来的信件。丘查姆全家邀请保尔去她们那儿。生活的绳结越拉越紧,她们盼望着保尔的援助。

一天上午,保尔悄悄地走出了鹅舍胡同他住的那幢楼房。列车飞快地载着保尔奔向南方,奔向大海。保尔离开了潮湿、秋雨绵绵的首都,奔向南克里木那温暖的海边。车窗外的电线杆一闪而过。保尔紧锁双眉,他的黑色的眼睛里放射出顽强不屈的光芒。

8

大海的浪涛在保尔的脚下冲击着零乱的石子。从遥远的土耳其那边过来的干燥的海风迎面扑来。海港沿岸是一个弯弯曲曲的弓形,它是用钢筋水泥筑成的防潮坝,阻挡着海浪的侵袭。连绵的山脉到大海边就不见了。放眼望去,城郊那些白色的小房子一直排到很远的山顶。

城外那座年代久远的公园里一片寂静。长满杂草的小路上满眼是被秋风扫下来的枯黄的枫树叶子。

一个波斯老马车夫把保尔从城里拉到这里。当这个车夫搀着这个奇怪的乘客下车时,他禁不住问保尔:

"你来这里干什么?这里除了豺狼外,没有女人,也没有剧院。你孤家寡人的……想在这里干什么呢?真令人费解!我还是把你拉回去吧,同志!"

保尔给了车钱,老车夫离开了。

公园里空无一人。他在岸边找了条凳子坐了下来,沐浴着那不太热的阳光。

保尔这次是专门到这里来的,为的是深刻反省过去的生活经历,思考一下未来的打算,对人生进行总结和做出决定。

保尔第二次去丘查姆家,这使丘查姆家的紧张关系更加白热化。老头儿得知保尔又想来,非常气愤,在家中争吵不休。这次是保尔帮着她们与老头子斗争的。老婆和两个女儿据理力争,不甘示弱,这使老头子大感意外。从保尔第二次来的当天起,全家就分成了两个阵营,一方是母女三人,另一方是老头子,他们双方划清了

世界经典文库

世界二十大名著

钢铁是怎样炼成的

图文珍藏版

313

界限。通向老头子那边的门给钉死了,把旁边的一间小房租给了保尔。房租早给了那老头子。他们之间很快就没有冲突了,因为两个女儿既然跟他不来往,老头子就不必再负担生活费。

考虑到面子问题,老太太仍跟老头子住一块儿。老头子一向不去年轻人那边,因为他一见那个可恶的人就来气。但是在院子里,他像火车头那样喘着粗气,以此显示他是这里的当家人。

在没到合作社工作前,老头子有两个行当:一个是钉鞋,另一个是木工活儿。现在他把板棚弄成作坊。只要有时间,他还操那两门手艺,挣点儿零钱。后来,为了不让他的房客安安稳稳地住着,老头子干脆把他的工作台移到保尔房子的窗户下面,故意使劲地敲钉子,弄得东西哗哗直响。老头子暗自得意,他知道这样可以不让保尔看书学习。老头子常常恶狠狠地自言自语道:

"有你好看的,早晚我要把你轰出去……"

在遥远的地平线上,航行的轮船冒出一片片黑烟,像黑云似的散布在大海的上空。一群群海鸥尖叫着在大海上飞翔。

保尔双手搂着头,沉浸在回忆中。他这一生,从小时候一直到现在,一幕幕往事掠过他的思绪。这二十四年来他过得好呢,还是不好呢?他逐年仔细回忆着,好像一名正直无私的法官一样认真地反省自己,结果令他很高兴,他这一生过得还算凑合。以前要么是因为愚昧,要么是因为缺乏经验,保尔也曾犯过很多错误。但是究其主要原因,还是由于自己的无知。然而,保尔觉得更重要的是,在如火如荼的革命斗争中他没有迷失方向,在夺取政权的残酷斗争中他找到了自己的位置,在那革命的鲜艳旗帜上也有他的几滴鲜血。

他在自己的全部力量丧失之前并未离开队伍。现在他病魔缠身,不能固守阵地了,面前只有一条路,那就是住到后方的医院去。他忘不了华沙城旁的激烈战斗,一名骑着马的战士被一颗子弹打中,摔倒在地上。同志们赶忙包扎好他的伤口,把他交给了救护人员,立刻又去追打敌人。骑兵队伍并没有因缺了一名战士而停止不前。在为了伟大的事业而进行的不懈斗争中就是这样的,而且也应该这样。当然,也有过特殊情况。他曾亲眼目睹过一些失去双腿的机枪手们,坐在拉着机枪的车上。他们是敌人最畏惧的。他们的机枪给敌人送去死亡和毁灭。他们那钢铁般的意志和准确无误的神射,使他们成为各团队的光荣。但是像他们那样的战士为数不多。

现在,他受到了沉重的打击,永远没有归队的希望了,他该怎么办?他已经强迫巴扎诺娃吐露了实情,以后的日子他该怎么办?这个棘手的难题像一条无底的深渊使他一筹莫展。

他已失去了最珍贵的东西——战斗的能力,干吗还要活在世上?在现在和悲惨的未来,他如何才能生活得更有意义?用什么来充实生活呢?难道光是吃喝和呼吸吗?眼看着同志们在斗争中前仆后继,勇往直前,而自己只作一个无用的旁观者吗?能这样心安理得成为队伍的多余的一个吗?他应不应该毁掉这个背叛了他的肉体呢?往胸中打一枪——什么都妥了!以前过得不坏,现在就应当及早结束这个生命。谁会去责怪一个不想在死亡线上做垂死挣扎的战士呢?

保尔把手放进口袋,摸着那光溜溜的勃朗宁手枪。他的手指不由自主地握住了枪柄。他缓缓地把手枪抽了出来,大声地说道:

"谁会想到有今天呢?"

枪口不屑一顾地对着保尔的眼睛。他把手枪搁到了膝上,狠狠地骂道:

"哥们儿,你是纸老虎!只有笨蛋才会自杀!这是最懦弱、最容易的解决问题的方法。活着太难受——就自杀!你有没有试着去战胜困难?你是否已尽了最大的努力冲出这个铁环?难道你已忘了在夺取诺沃格勒——沃伦斯基的战斗中一天作了十七次冲锋,最后终于拿下了那个城市吗?把手枪藏起来吧,永远别让他人知道你有过轻生的想法!即使生活到了绝境,也要想方设法活下去,要使你的生命有益于人民!"

于是保尔站起来走到大路上。这时一个山里人正赶着四辆马车进城,保尔搭着他的车回到了城里。他在一个十字路口买了一份当地报纸。报纸上有一条有关党组织在杰米扬·别德内依俱乐部开会的消息。这一天,保尔也去了,直到深夜才返回。他本人没料到他在那次劳模会上的发言竟是他最后一次大会演讲。

达雅仍未睡觉。由于保尔出去这么长时间,她坐立不安。他发生什么事了吗?他会到什么地方去呢?达雅发觉今天保尔失去了往常的欢快的眼神,代替的是冷酷的表情。保尔不怎么谈自己的情况,可是达雅觉得保尔的心里遭到了什么厄运。

当她母亲屋里的钟响了两下的时候,达雅听到栅栏门咯吱地响了一下。她马上披了一件短上衣,跑过去开门。廖莉亚在她自己的房里早已进入了梦乡。

这时,达雅看到了保尔,心里总算踏实了。保尔刚进门廊,达雅就悄悄对保尔说道:

"我正担心你呢!"

保尔也小声地回答道:

"达雅,亲爱的,我是不会有什么事的。噢,廖莉亚已经睡了吗?你不明白,我现在一点也不困。我来给你讲讲今天发生的事。咱们去你的房间,不要弄醒廖莉亚。"

达雅迟疑了片刻。这哪行?都这么晚了?假如母亲知道了怎么办?但是达雅不能对保尔明说,否则,他会很伤心的。保尔究竟要对她讲什么呢?就在她这么想着的时候,但是他们不知不觉已经到了达雅的房里。

他们俩坐在黑暗的房里。两个人离得那么近,以至于达雅都能感觉到他的呼吸。保尔声音很低地对达雅说道:

"达雅,是这么着,生活瞬息万变,有时甚至让我很迷茫。近来我的心情不佳。我纳闷往后我应该怎样活在这个世上。有生以来我还从来没有像最近一段时间这样消沉过。今天我召开了一次我个人的'政治局会议',会上通过了一项非常重要的决议案。我把这事告诉给你,你千万不要大惊小怪的。"

于是,保尔把近几个月来和在城外公园里自己的所思、所想一股脑儿地讲给达雅听。

"有关我的情况就是这样。下面我要讲一下最重要的了。你们家的纠葛还刚刚开始。你应该想办法一走了之,到一个新地方去开始自己的新生活。我现在既然已经掺和进去了,我就要一直干下去。你我俩人对生活都觉得索然无味,我已经决定给它烧把火。你明白我的心思吗?你愿意嫁给我吗?"

达雅听得入迷了,这时被保尔突然的问话惊吓了一跳,因为这实在是出乎她的意料之外。保尔接着说:

"达雅,我并不是要让你今天就答应我。你认真地考虑一下吧。你或许会这么想,像我这样没说一句好听的话,没有献一点殷勤,就唐突地把这个要求提出来,你肯定会觉得太突然了,以至不知道该怎么办才好。可是我想光讲那些甜言蜜语又有什么用呢?小姑娘,我的手在这儿,你瞧,在这儿。……如果你信任我的话,你是不会上当的。我有很多东西是你所需要的,同样,你也有好多东西是我所需的。我已经横下一条心了：我俩的结合一定要让你成为一个大写的人，成为我们中的一个。我一定要帮助你做到这一点，要不然我就猪狗不如了。在这之前，我俩应当携手保护这个结合，一旦你真正地成长起来，你就可以不受束缚，自由自在了。谁知道，或许终有一天我会变成一个完全的废人。但是请你记住，我那时候决不连累你。"

保尔停顿片刻，接着温柔、亲切地对达雅说道：

"此时此刻，我向你献上我的友谊和爱情。"

保尔始终握着达雅的手，沉着而热忱，就好像达雅已经答应了。

"你永远不会背叛我吗？"

"达雅，光说没用，你就看我的行动吧！你要相信我，像我这样的人是不会干出那种对不起朋友的事的……但愿别人也不会那样。"他痛苦地讲完了。

"我今天没法对你说些什么，"达雅说，"这事来得太突然了。"

保尔站起来。

"先休息吧，达雅，天都快亮了。"

保尔回到自己的房里，和衣而睡。头碰着枕头，就进入了梦乡。

在保尔房间挨着窗台的桌子上，放着一堆从党委图书馆借来的书、一叠报纸和几本记得密密麻麻文字的笔记本。他的房里还支着一张床和两把椅子。在通向达雅房间的那扇门上有一张很大的中国地图，上面插着许多小黑旗和小红旗。当地的党委会答应，保尔可以到党委会资料室借书阅读。此外，他们还同意请城里最大的港口图书馆馆长给保尔当学习辅导员。不久保尔便从资料室借了好多书。廖莉亚看见保尔一天到晚不是在读书，就是在做笔记，只是到吃饭的时候才停那么一袋烟的功夫，她总觉得非常奇怪。每天傍晚，保尔总是和那姐妹俩都聚集在廖莉亚的房里，在那里保尔常常把他读过的东西告诉她们。

每每午夜过了很久，那老头子在院里还常常看到他的这位讨厌的房客的挡窗板缝里有一线灯光。他蹑手蹑脚地走近窗前，从窗缝里向里一看，原来保尔正在挑灯夜读。

"别人都休息了，可是这间房里的灯总是整夜亮着。他在房里大摇大摆的，就像是这里的主人似的。两个黄毛丫头也开始跟我顶撞了。"老头子很不高兴地思忖着，又走开了。

保尔有这么多闲暇，而且还不担任工作，这八年来还是第一次。他像一个刚迷

上书的学生一样拼命地读书,甚至一天一夜读十八个钟头。如果不是达雅说了这么几句话,他的健康会受到什么影响就不好说了:

"我已移走了我的衣柜,通到我屋里的那扇门可以随时打开。如果你有事想找我,就可直接进我的房里,不再需要经过廖莉亚那间房了。"

保尔一听,满脸生辉。达雅的脸上也洋溢着迷人的微笑。他们终于结合了。

从此,老头子半夜里再也没有看到那房里的灯光了,老太太却开始注意到达雅眼中那掩藏不住的快乐的神态。达雅的双眼被爱情之火烧得亮堂堂的,可是眼的四周有明显的黑晕——这是睡眠不足的表现。达雅的歌声和保尔的吉他声常常在小屋里回荡着。

这位结合了的女人时常感到苦闷,达雅总觉得他们的爱情像是见不得人似的。只要一有风吹草动她就被吓得半死,总以为是她母亲来了。还有一点让她坐立不安:假如有人问他,干吗现在一到晚上就把房门关上,那该怎么回答?保尔看出了她的疑虑,便亲切地安慰道:

"有什么好怕的?按说,你我就是这儿的主人。放心睡大觉吧,别人无权干涉我们的事。"

达雅把脸紧靠着保尔的胸口,双臂搂抱着心爱的人,甜蜜地睡觉了。他静静地躺在那里,倾听着她那有节奏的呼吸声,唯恐打破达雅的美梦。这个把自己的一生都给了保尔的姑娘使他心中充满着无限的柔情蜜意。

第一个知道达雅的眼睛为什么总那样亮的是她的姐姐廖莉亚,从此姐妹俩就开始疏远了。她母亲很快也知道了,更确切地讲,是猜着了。她开始防范了。她万没想到保尔会干出这种事来。有一天,老太太对廖莉亚说道:

"达雅和保尔俩人不合适。这事会有什么结果呢?"

老太太焦急万分,但是她也不敢明着跟保尔提这事儿。

城里的青年们开始来找保尔了。小房间里有时挤满了人。这时老头子就听到一阵像一群蜜蜂那样的嗡嗡声。大家一起高歌:

我们的大海凄凉空阔
日日夜夜波浪呼号……
有时大家同唱保尔喜欢的歌:

原来,聚集在那里的是一个工人党员积极分子学习小组。当保尔写信要求参加宣传工作的时候,党委就把这个学习小组交给了保尔负责。他就是这样打发着时日的。

现在他的双手又握住了舵轮,而生活在几经波折后又向新的目标扬帆挺进。保尔梦想着通过刻苦读书和通过文学重新归队。

然而生活总给他带来一个又一个的新的困难。这些困难的出现令他惴惴不安。他心里盘算着,这些困难对他要实现的目标会有多大的影响呢?

有一次,那个没考上大学的乔治·丘查姆带着老婆从莫斯科回来了。虽然他住在那个在沙皇时期做过律师的老丈人家里,可是时常硬逼着他母亲给他寄钱。

乔治回来后,他家里的矛盾更加激化。他毫不犹豫地支持老头子,而且还跟那想反对苏维埃政权的老丈人一家联合起来耍花招,搞名堂,想尽办法把保尔从家里赶出去,让达雅跟保尔一刀两断。

在乔治回来两个星期后,廖莉亚在附近的一个区里谋了份职业,于是她带着老太太和小儿子到那边去了。保尔和达雅也离家出走了,迁到了一个离家很远的海边小城。

阿尔焦姆不怎么能收到他弟弟的来信,可是,每当他在镇苏维埃里看到办公桌上有一个灰色信封和上面工整的字迹的时候,心里不免激动万分。这一次,当他拆开信封时他深有感触地思量着:

"唉,保夫鲁沙,我的好兄弟。假如我们住得近些该有多好啊!你给我的各种意见和看法对我都大有裨益。"

保尔在信中说道:亲爱的阿尔焦姆:

我把我眼下的情况跟你说一说。我想,这些话除了跟你,我绝不会向任何人在信中提起的。只有你能理解弟弟,能明白我在信上写的肺腑之言。在和病魔做斗争的过程中,生活给我带来了接连不断的困难。

我连续不断地遭到打击。一次打击完后,我刚要爬起来;可是紧接着比上一次更无情的打击又降临在我的身上。更可怕的是我已近乎没有力气反抗了。刚开始,我的左胳膊不中用了。这本来够难受的了,可是,后来双腿也不好使了。本来我就只能勉为其难活动(仅限在屋里),但是现在想下床走到桌边都很费劲。这恐怕还没有到尽头。明天又会发生什么呢?我甚至不敢去想!

我再也不能走出房子了,只能从窗户看到大海的一角。一个人有不能用的、背叛了自己的肉体,又具有布尔什维克的壮志雄心,他很想劳动,向往你们那支冲锋陷阵的大军,向往那气吞山河、勇往直前的钢铁巨流。世上还有比我这更残忍的悲剧吗?

但是,我仍确信我能归队,确信在勇往直前的队伍里也有我这把尖刀。我不能不确信,也没有权利不这样确信。十年来,党和团教会了我战胜所有困难的本领,我们的领袖曾说过,布尔什维克能攻克所有的堡垒。

眼下我的所有生活就是读书学习。读书,读书,还是读书。阿尔焦姆,我已读了很多书。我读完了主要的古典文学作品,念完了共产主义函授大学的一年级的课程,并且通过了考试。每天晚上,我和党小组的同志在一块儿读书学习。通过这些同志,我保持了与党组织的实际工作联系。除此之外,我还有亲爱的达雅,是的,还有她的爱和她对我的亲切照顾。我为她的成长和进步而感到特别的高兴。我们和睦地相处着。我们的经济收入很明了:我有三十三卢布的抚恤补助金和达雅的工资。达雅正沿着我所经历的道路逐步迈向党的门槛。以前她曾经干过家庭女工,现在在一家饭店里打杂(这个小镇上没有工厂)。

前一阵子,达雅高兴地拿她首次当选为妇女部代表的证件来给我看。这张证件对于她说不单单是一张十分普通的硬纸片。为此我见到了一个新人诞生了,我要拼尽全力去辅助她成长进步。总有一天,一个大的工厂、一个工人的集体会使这个新人日显成熟起来。我们住在这里,达雅只有这唯一可行的路。

达雅的母亲原来到过这里两回。老太太似有似无间就拖达雅的后腿,她想把达雅拉到一种狭隘、琐碎、与世隔绝的个人小圈子里。我原来试图说服她母亲,告诉她不要把她过去的生活阴影遮到她女儿的身上。但是最终也没有说服她。我想,她母亲迟早会成为她新生道路上的绊脚石,不可避免地与她母亲发生斗争。握手。

弟弟:保尔

老玛切斯塔第五疗养院是座三层的石头楼房,它坐落在悬崖上开辟出来的一块平地上。四周被森林所覆盖,下山的道路弯弯曲曲。房间的窗户都打开着,山下的硫磺矿泉的味道随风而至。保尔暂时一人住着一个房间。明天会有别的同志来，那会儿他就有伙伴了。此刻从窗外传来脚步声和一个耳熟的说话声，有几个人正在聊着。貌似在哪里听过这个粗犷的男低音？他想了很长时间，最后想起了那个藏在记忆深处，但还没有忘了的名字："列杰尼奥夫，就是他，没有错。"保尔坚信不会弄错，接着大声地向窗外喊了一下。过了没多久，列杰尼奥夫就进屋来了，他兴奋地拉着保尔的手说道：

"啊，你还活着？说一说，有什么新鲜事让我兴奋兴奋？唉，怎么，你真是在泡病号呀？我可不同意。你必须向我看齐。医生们都说我得病退，可我却不理睬这一套，看，这不是活得很好嘛！"说到这里，列杰尼奥夫善意地笑一笑。

保尔感觉到在这笑声里暗藏着同情和忧虑。

他们兴奋地聊了两个钟头。列杰尼奥夫给保尔讲了有关莫斯科那边的消息。从他口里保尔首次清楚了党的一些重要的决定——农业集体化、农村改革等。保尔一心一意地听着列杰尼奥夫讲着。

"我原来认为你在你的家乡乌克兰的什么地方干着呢，可不会知道你会这样不幸！可是不要当回事，我过去的情况比你还糟，我原来久病卧床，但是你看我现在活得十分好。要清楚，我们决不能失去对生活的信心。这样万万不行！有时我也错误地认为：该休息了，哪怕喘口气也好。时光飞逝呀！现在每天工作十到十二个钟头，就觉得力不从心。可是，只要这么想一下，再检查一下工作，看看能否推掉一部分责任，最终每次总是一样——光为了推卸这部分责任，你就得死呆在那儿弄移交，光处理这事就不要奢望在十二点之前下班回家。机器马力增大，轮子也跟着转得快。现在我们前进的速度愈来愈快，因此，如同我们这些上了岁数的人也不得不似年轻时一般加倍努力了。"

列杰尼奥夫用手摸了摸那高大的额头，如同慈父一样亲切地对保尔说道：

"现在该你讲一讲你本人的情况了。"

列杰尼奥夫一边入神地听着保尔叙述自己的生活，一边称赞不已。

凉台的一角，在一片茂密的树荫下，有几个疗养的病友。切尔诺科佐夫紧锁眉头，正坐在一张小桌旁读着《真理报》。他身着一件黑斜领衬衫，头顶一只旧鸭舌帽，瘦削、黝黑的脸，胡子已好长时间没有修理了，两只眼睛深陷着，一眼就可看出他原来是干过多年的矿工。十二年之前，上级派他到一个边区做领导工作。从那会儿起他就不干矿工了,但是现在从他的一举一动来看,反而如同刚从矿井里出来一样。

切尔诺科佐夫是边区党委会常委和政府委员。一种很痛苦的病——腿上的坏疽病——渐渐消耗他的体力。他非常憎恨这条病腿,让他在病床上躺了六个多月了。

坐在切尔诺科佐夫的对面是日基廖娃,她正在那里一面沉思着,一面抽着烟。今年她三十七岁,可早在十九年前她就入了党。开始在彼得堡做地下工作时,大家都把她称为"金工小舒拉。"她差不多还是女孩子的那会儿,她曾被流放到西伯利亚。

坐在桌边的第三个人是潘科夫。他低着头在看德文杂志,偶尔扶一扶鼻梁上架着的那副玳瑁眼镜。他的侧影就如同古希腊的雕塑一样好看。当你看到这位年仅三十多岁的棒小伙子很吃力地抬起他那条不受控制的腿的时候,就会止不住替他难过。潘科夫做编辑工作,同时身兼作家头衔,在人民教育委员会上班。他相当了解欧洲的情况,会好几门外语。他有渊博的知识,阅历也很丰富,甚至一向很稳重的切尔诺科佐夫对他也很敬佩。

"这就是你的室友吗?"日基廖娃向坐在轮椅上的保尔点了一下头,悄悄地对切尔诺科佐夫说道。

切尔诺科佐夫马上放下手中的报纸,红光满面地说道:

"呵,这是保尔·柯察金。舒拉,应该介绍给你们认识一下。是病魔胁迫他坐在这个轮椅上,不然的话,这个年轻小伙子肯定是我们那些棘手的地方最合适的有用之才。他是第一代共青团员。总之,假如我们帮一把这个年轻人,他将继续工作。我已下定决心助他一臂之力。"

潘科夫详细地听着切尔诺科佐夫的叙述。

"他患了什么病?"日基廖娃轻轻地问道。

"那是 1920 年内战时得的。他的脊椎骨受了伤。我跟这里的医生谈起过,你明白吗,很可能那样的暗伤会使他残废终生。你瞧,事情大发了!"

"我马上就去把他推过来。"日基廖娃说道。

就这样他们的友谊开始了。保尔根本就没有想到,日后日基廖娃和切尔诺科佐夫都成了他的良师益友,在保尔此后重病卧床的时间里,他们一直都是保尔最强大的生活支柱。

生活还是一成不变。达雅干她的活,保尔读他的书。但是当他刚着手一个学习小组的工作时,一个新的不幸再次落到了保尔的身上——他的双腿都瘫痪了。现在他只有右手能活动自如。经过长期的努力但最终失败后,保尔认识到,自此以后他再也不能如同普通人一般用腿行走了。保尔用力地咬着自己的双唇,直到咬出血来。达雅因对保尔的病无能为力而深感失望和痛苦,可是她勇敢地面对着这一切,强忍着悲痛。保尔心里很过意不去,致歉似的微笑着对达雅说:

"达雅,亲爱的,我想我们还是分开算了。我们反正从来不曾约定过:就是如同现在这种情形我们必须过下去不可。亲爱的,今天我要好好地把这个问题考虑考虑。"

达雅阻止他再继续说。她难以克制地痛哭起来。她搂着保尔的头,放在自己的怀里,抽咽地哭着。

过了不久,阿尔焦姆得知了弟弟的病情,就把这事写信给母亲讲了。老人家马上放下手中的所有的活儿,到保尔这儿来。现在母亲、保尔和达雅住在一起,婆媳关系十分融洽。

保尔仍是继续读书。

阴雨连绵的冬天。一天晚上,达雅心怀喜悦地回到家中——她已当选为镇苏维埃委员,还随身带回了一张委员证件。从那天以后,保尔就很少见到达雅了。达雅常常是下班后直接去镇苏维埃或者妇女工作部,直到忙到深夜才回到家中。这时她觉得累极了,可是她脑子里装满了新鲜事儿。组织很快就要吸收她为预备党员,为此她心情很是激动,期望着这一天早点到来。可是,就在这个光景,新的打击再次来了。保尔的病情日益恶化。他的右眼火烧火燎地疼痛起来,不久后连左眼也疼起来了。他生平第一次知道了失明是什么感觉——四周的一切如同给蒙上了一层黑纱。

现在,一个新的可怕的障碍——之所以这样可怕,原因是不能战胜的——已挡住了他前进的步伐。他的母亲和妻子都十分悲观、绝望。但保尔本人却十分沉着冷静,他暗自下定决心:

"我再等一等。要是真的不能再继续前进;要是所有的努力都因失明而前功尽弃;要是实在无法归队,那就自尽吧。"

他给朋友们写了很多信。朋友们都给他回信了,安抚他要树立信心,顽强地与疾病做斗争。

就在这痛苦难熬的日子里,有一天,达雅兴冲冲地跑回家,兴奋地告诉保尔:

"保夫鲁沙,我现在是预备党员了!"

接着,达雅把党支部接受她这位新党员的经过讲给保尔听。保尔由此联想起了当初自己入党的那一幕,他紧紧地握着达雅的双手,饱含深情地说道:

"啊,柯察金娜同志,现在我们俩可以组成一个党小组了!"

第二天,保尔写信让区委书记来一趟。当晚,一辆满是泥浆的汽车开到了保尔家门口,一个留着大胡子的中年拉脱维亚人沃利麦尔握着保尔的手,说道:

"怎么样,过得好吗?你怎么能那样对自己?那好,你现在就起来吧,我马上派你下地干活去。"说着,沃利麦尔大笑了起来。

区委书记跟保尔俩人谈了两个钟头,他们谈得很尽兴,甚至沃利麦尔都忘了晚上还要开会。沃利麦尔在房里来回踱着步,倾听着保尔那铿锵有力的话语。最后区委书记说道:

"以后不要再提什么学习小组。现在你的任务就是休息,还得搞清楚眼睛到底是怎么回事。我想,也许还可以救治。你到莫斯科走一次,好不好?你再想一想……"

保尔打断了他的话,激动地说道:

"沃利麦尔同志,我现在需要的是人,是那些活生生的人。我不能独自这样过下去。我现在比以往任何时候都更需要跟人接触。请给我找一些年轻人来,最好是一些稚气未脱的小伙子。在你们的乡村里,他们这些人的思想都很'左',都想马上就组织公社,还埋怨集体农庄不行了。你假如不对共青团员们引起足够的重视,那就别埋怨他们还不会走路倒想跑了。我以前也是这样干的,我了解这一点。"

沃利麦尔这时站了起来,问保尔:

"你是从哪里得知的这些情况?真奇怪,这事今天才从区里传出来!"

"怎么,你还记得我的妻子吗?"保尔笑着说。"你们昨天刚刚批准她入党。是她跟我讲的。"

"什么,达雅,那个洗东西的女工?原来她是你的妻子呀!哈哈,我还被蒙在鼓里哩!"沃利麦尔用手轻轻地拍着自己的脑门,想了片刻,说道:

"啊,我们可以派一个人到你这边来,那就是列夫·别尔谢涅夫!对于你来说,他是再合适不过了。你们两个脾气相投,性格相似,简直像两个高频变压器。你知道吗？我原来是一名电工，因此我就拿这个东西来打比方。列夫还可以给你装个无线电收音机，他是无线电专家。我常在他那里戴上耳机听收音机，一直听到凌晨一二点，连我老伴也怀疑起来，她说，老不死的，每天晚上你到哪儿去逛了？"

保尔笑着问道：

"别尔谢涅夫是个什么样的人？"

沃利麦尔在屋里来回走累了，就坐在一张椅子上，说道：

"别尔谢涅夫是我们这里的公证人，但是这方面他可不是个行家里手，就跟我当芭蕾舞演员那样。不久之前，他是一个担任重要职务的干部。自1912年起，他就参加了革命，十月革命那会儿就已经是党员了。在内战期间，他在部队工作——在骑兵第二军负责革命军事法庭，在高加索曾打过'白虱子'。他到过察里津，去过南部前线，在远东地区负责某共和国的最高军事法庭工作。过去他吃过很多苦。后来他患了肺结核，一下子把他这个小伙子击倒了。所以，才从远东那边调到这边来。在高加索，他做过省法院院长，后来又调至边区法院任副院长。后来他的肺病更加严重，甚至危及生命，他们才把他送到这里来。这就是我们得到的这个非同寻常的公证人的经过。公证人的工作相当清闲，所以，他还活着。后来大家悄悄地让他领导一个支部，又让他参加区委会，再后来叫他担任一所政治学校的领导工作，还让他参加监察委员会。不论成立什么解决麻烦或是棘手难题的委员会，他一概参加。此外，他喜好打猎，对无线电非常感兴趣。虽然现在他只有半片肺，可是他一点儿也不像个病人。他始终保持着旺盛的精力。我想，总有一天他要在由区委会到法院的路上死去的。"

保尔这时插嘴提出一个尖锐的问题：

"你们干吗要派给他这么多工作？他在这儿干的要比他原先干的多得多。"

沃利麦尔眯缝着眼睛瞟了一下保尔，说：

"假使我们派给你一个小组，再分担些工作给你，别尔谢涅夫准会讲：'你们为什么要给他那么多工作？'而他自己却说：'在紧张而繁忙的工作中干上一年，总比呆在医院里苟延残喘地混五年强得多。'这么看来，只有建成了社会主义后，我们才能谈得上珍惜生命。"

"很中肯，"保尔说，"我也主张痛痛快快干一年胜似浑浑噩噩混五年。只是，我们却在任意浪费我们的力量，这是有罪的。现在我才明白，这与其说是英勇，倒不如说是不负责任和任性。现在我也意识到，我无权像以前那样糟蹋自己的健康。

原来这是一点也不英勇的。假如以往不是用那种斯巴达克式的干法,我还可以多活几年。一句话,'"左倾"'幼稚病是造成我目前个人悲剧的主要危险之一。"

"这么说,假使明天你能下床,你便把什么都忘了。"沃利麦尔嘴里没说,心里这么想着。

第二天晚上,列夫·别尔谢涅夫来到保尔身边。他一直呆到午夜才离开。列夫走时,感慨万千,仿佛终于找到了失散多年的兄弟的那种感觉。

早上,几个人爬到屋上去架天线。列夫在屋里边装收音机,边给保尔讲一些他亲身经历过的有趣的故事。保尔虽然看不着他,但达雅告诉他,列夫是一个长着淡黄色头发、眼睛淡蓝、身材魁梧、动作利索的人,也就是说,这跟保尔在他们最初会面时所想象的是一样的。

夜幕快要降临时,收音机上的三只小灯亮起来了,列夫高兴地递给保尔耳机。先是传来一片嘈杂声,接着是像鸟的啁啾声似的港口发报的电码声,从某一地方——显然是在附近的海上又传来了轮船无线电台发报的声音。后来,可变电感器的线圈从杂乱的吵闹声中找到了一个越来越清楚的、沉着而自信的说话声:

"注意,注意,莫斯科电台开始广播。……"

这小小的收音机通过天线可收听到世界上六十多个电台广播。长期被隔绝的生活现在从耳机的膜片上猛地冲出来,保尔被深深地震撼了。非常疲倦的列夫看到保尔眼里流露出喜悦的神情时,会意地笑了。

大屋里的人都睡了,达雅不安地说着梦话。常常到深夜,达雅才拖着非常劳累的身子回到家中,还经常挨冻。保尔不怎么见到她的身影。达雅全身心地投入到工作中,因此晚上她的空余时间就少得可怜。保尔想起别尔谢涅夫曾讲过:

"假如一个布尔什维克的妻子也是党员,他们彼此见面的机会就不多了。这倒两个好处,一个是彼此不会嫌弃,再者就是没有拌嘴的功夫。"

他能够表示反对吗?他早就该想到这个。以前,达雅曾把她的每个晚上都给了他。那时候她给了那么多温暖和体贴,可是那时她毕竟是他的朋友和妻子,现在就不同了,她是他的学生、党内的同志。

他知道,达雅政治上越成熟,工作更积极,那么她用来照顾自己的时间也就越来越少。可是保尔很爽快地接受了这必然的现实。

党把一个学习小组交给保尔辅导。

每天晚上,保尔的屋里又沸腾起来了。与年轻人呆在一起,这使保尔焕发出勃勃生机。

其他的时间保尔总是用来收听广播。为了给他喂饭,他母亲总要费好半天功夫才能使他放下耳机。

无线电广播把失明所夺走的东西又还给了他,他又有了可以学习的机会。他克服了前进道路上的各种艰难险阻,不顾一切地拼命学习。他忘掉了因身体经常发烧所带来的剧烈疼痛,忘掉了眼睛火烧火燎的灼痛,忘掉了生活给他带来的所有不幸和痛苦。

当他从无线收音机里收听到由马格尼托哥尔斯克钢铁联合企业发出的消息,得知第二代共青团员们高举共产主义青年国际的伟大旗帜取得辉煌的成就时,保尔感到由衷的高兴和快乐。

保尔能够想象到那似大群野狼的暴风雪和乌拉尔山区可怕的严冬。狂风咆哮,大雪纷飞。由第二代共青团员们组成的突击队成夜顶着暴风雪,借着那弧光灯的亮光,安装那大型厂房屋顶上的玻璃,保护了闻名遐迩的联合企业刚建成的第一批炼铁炉。当年保尔他们那些基辅第一代共青团员们顶风冒雪建筑运输木材的铁路线,相形之下就显得很渺小了。国家在日益繁荣昌盛,人民也日渐成长起来了。

在第聂伯河上,无情的大水肆虐地冲垮了钢闸,波浪汹涌,淹没了厂房和百姓,此时此刻又是共青团员挺身而出,顽强地与自然灾害做斗争。经过两天两夜的苦战,他们终于降住了洪魔,把冲出来的洪水赶回钢闸里去了。在这场艰难的抗洪抢险斗争中,冲在最前面的就是新一代共青团员,而在那些许许多多英雄间,保尔欣慰地听到了一个熟悉的名字——潘克拉托夫。

9

保尔和达雅来到莫斯科,在某机关的档案室里呆了几天。后来经过这个机关首长的介绍,他们住进了一座专科医院。

只是直到到现在保尔才深切地体会到:当一个人拥有强健的体魄,并充满着青春的活力时,坚强是一桩如此简单而容易的事;当一个人的生命被铁链紧箍起来时,坚强又是多么伟大而光荣的事啊!

自保尔住进档案室那几天起到眼下为止,已经过去了一年半时光。对于保尔来说,简直是难以名状的痛苦的一年半。

　　医院的阿维尔巴赫教授直截了当地对保尔讲,他的双眼无法重见光明。如果日后眼睛炎症没了,那倒可以在瞳孔上试试开刀。就眼下情形来说,医生建议他先施行外科手术,让炎症消退。

　　教授征求保尔的意见,保尔说,只要医生们认为该怎么办,他就怎么办。

　　保尔躺在手术台上,医生割开他的颈部,切除了一侧甲状腺。此刻,死神曾先后三次降临到他身上。可是,保尔的生命顽强不息。每次经过可怕的、令人焦急的几个小时之后,达雅总是看到保尔的脸色如同死人一般苍白,可是他仍然还顽强地活着,就好似往常那样沉着冷静,亲切温柔。保尔深情地看着达雅说道:

　　“亲爱的,别上火,我不想如此之快就去死的。我要争取活下去,故意想和那些知识渊博的医生们的断言比上一比。医生们对我的健康状况的看法都是准确的,但他们想写份证明材料,说我完全丧失了劳动能力,那可就毫无正确可言了。咱们走着瞧好了。”

　　保尔坚定地选择了一条道路,他决定沿着这条道路回到创造新生活的队伍中去。

　　冬去春来。明媚的春光照在保尔房间的窗户上。保尔做了最后一次手术,尽管过多的失血,却依然安全。保尔觉得没必要呆在医院里了。十八个月来,每一天生活在痛苦的病人中间和那些垂死病人们的呻吟和哀号中,所有这些比他本人所受的痛苦还要痛苦。

　　当医生提议再做一次手术时,保尔坚定地回答说:

　　“不要作了,已经足够了。我已把我自己的一部分血献给了科学,剩下的部分我要留给我自己去干点别的事。”

　　当天,保尔就给中央委员会去了封信,请求组织在莫斯科安排个住处,因为他的妻子正在莫斯科工作,并且他本人也不想再到处奔波了。这是他首次向党组织请求帮助。莫斯科市苏维埃给了他一间房子,他希望永远再也不要呆在医院里了。

　　那间简易的房子在克鲁泡特金街附近的一个幽静的胡同里。他认为这已经是最高奖赏了。他经常在夜里醒过来时还不确信早已出院了,并且现在远远地离开了。

　　达雅现在已是正式党员。她工作努力,哪怕她个人生活遇到了不幸和苦难,但是她不甘落后,并没有落后于别的女突击手。工人们十分信任这个沉默无语的女工,选她当工厂委员会的委员。现在保尔为妻子成为布尔什维克而感到无比自豪和光荣,为此,保尔的痛苦减轻了不少。

巴扎诺娃到莫斯科出差。有一天,她来看望保尔。他们俩交谈了很久。保尔高兴地把他选择好一条道路给巴扎诺娃讲了,还说用不了多长时间,他就会再次回到战士的队伍里。

巴扎诺娃看到保尔鬓角的银白色发丝,悄声说道:

"我能看出来您吃尽了苦头。但是您的热情并没有熄灭。实在是难能可贵!您确信开始这五年来一直在准备着的工作,这很好,可是您怎么做呢?"

保尔成竹在胸地说道:

"明天他们准备给我拿一个硬纸格子板。没有这个格子板我是无法写字的。上一行跟下一行的字经常连到一块儿去了。因此我绞尽脑汁,终于想到了这个方法,也就是说,在硬纸板中间刻出一条条横格,这样我的铅笔就能一行一行往下写。在你的眼睛看不见时,写起字来可能十分困难,可是并不一定写不好。我对此是充满信心的。刚开始我尝试了很长时间,可总也写不好,现在我慢慢地写,很仔细、认真地写每个字母,结果写出来的字还是很好的。"

保尔开始写作了。

他的计划是写一部关于科托夫斯基的英勇骑兵师的中篇小说。小说的题目是他自然而然就想出来的:

《暴风雨所诞生的》。

从那以后,保尔全身心地投入到小说的创作中去。缓慢地,认真地,一行一行地,写成了好多页。他一丝不苟地去描写他书中人物的形象。有时候,那些栩栩如生的、令人难以忘怀的形象清楚地浮现在脑海中,可是他却不能把这些形成文字加以表现,写出来的句子显得苍白无力和缺乏感情,到这时他才初尝到了创作的艰辛和痛苦。

保尔每写一件事,每一句哪怕每一字,他都必须牢记于心。线索一断,工作就要受挫。保尔的母亲忧心忡忡地看着儿子工作。

在写作过程中,保尔常常得把整页、整章背诵下来,他母亲不时还以为保尔疯了。当保尔正在写的时候,她不敢走近儿子,唯有在进去收拾滑到地板上的稿纸时,她才忐忑不安地对儿子说:

"保夫鲁沙，你难道不能做点什么？有谁像你，没完没了地写……"

保尔看到母亲为他这样担心，就笑了起来，并安慰说，他还没有到完全"发疯"的时候。

现在保尔已写完了三章。他把这三章寄到敖德萨的科托夫斯基骑兵师，让一些老战士看看，并征求他们的意见。不久他就得到了肯定的回音，不巧的是，原件竟在寄回的途中被邮局弄丢了！这六个月来的时间白搭了。这对他的打击实在是太大了。当时保尔并没有留底稿，这叫他更感到懊恼。他把这件事给列杰尼奥夫讲了。

"你为什么如此大意？现在说什么也没有用了。你先消消气，静下心来，重头来吧。"

"可是，列杰尼奥夫同志，要明白，丢的可是我这六个月的心血啊！这些日子里，我埋头苦写，每天都要工作八个小时。这些个该死的寄生虫，我甚至想一刀把他们都砍了。"

列杰尼奥夫竭力鼓励保尔重新拿起笔杆子。

保尔只得再次写作。列杰尼奥夫给他搞来一些稿纸，又把他写好的原稿拿去，用打印机打出来。过了一个半月，写完了第一章。

阿列克谢耶夫一家是柯察金的邻居。这家的大儿子亚历山大是本市一个区的团委书记。他有一个刚从工厂培训学校毕业的妹妹，今年十八岁，名叫加莉亚。加莉亚是个青春年少，朝气蓬勃的姑娘。保尔让母亲去征求加莉亚的意见，问她能否帮他抄抄写写。加莉亚一口答应了。她笑容满面、亲切温柔地跑过来看望保尔。当她听保尔讲正在创作一部小说时，加莉亚兴奋地说道：

"柯察金同志，我十分愿意过来帮你。这远比替我父亲写一些各家住户保持清洁卫生之类的无聊通知有意义得多了。"

自此，文学写作的进度就以双倍的速度向前推进。保尔连自己都不敢相信，一个月里竟完成了那么多工作。加莉亚怀着敬慕和同情的心情全心全意帮助保尔工作。加莉亚的铅笔在纸上沙沙地写个不停。要是遇到她认为精彩的段落，加莉亚就停下手中的活儿，翻来覆去地读好几遍，由衷地为保尔高兴。这幢楼里就加莉亚一人确信保尔的工作有意义，其他的人都觉得保尔在白忙乎，不过是没事找点事儿做，打发无聊时间罢了。

再后来,列杰尼奥夫到莫斯科出差来了。他看了看保尔写的前几章,鼓舞他说:

"写下去,好样的。胜利就在眼前!保尔同志,你肯定会成功的。我确信,你会归队的。孩子,一定不要灰心。"

列杰尼奥夫十分满意地走了,原因是他看到保尔充斥着旺盛的斗志。

加莉亚总是按时过来。她在纸上写个没完,那些叙述难忘往事的字句一行又一行,一段又一段,一章又一章。当保尔凝神沉思,为那些往事所感动时,加莉亚会看到他的睫毛在不停地抖动,他的眼睛表情丰富,这表明保尔正在进行着紧张的思考。如果说他双目失明,那根本令人难以置信。看,他那对明亮清澈的眼珠儿依旧那么的饱含生气。

每天写完以后,加莉亚就把一天记下来的念给保尔听。保尔总是全神贯注地听着,不时皱着眉头。

"柯察金同志,您为什么皱眉?瞧,您写得多好啊!"

"不,加莉亚,写得很糟。"

当保尔觉得有些地方写得不尽人意的时候,他就亲自动手重写。有时,他实在受不了那格子板窄框的难受劲儿,气得竟然把它甩手扔掉了。每逢这会,保尔对那夺去了他的视力的生活更加愤怒,把铅笔一支连着一支折断,把嘴唇咬得鲜血直流。

写作愈接近尾声,他那被压抑的情感也就愈容易摆脱那一向没有丝毫松懈的意志。那些被压抑的情感就是苦闷和痛苦,还有那些人类通常的温柔亲切或热烈奔放的感情。而这些恰恰是除了保尔外,其他任何男女都有权利自由表现的。假如他在那些感情中的任何一种面前俯首称臣,那么,事情的结局就会截然相反。

达雅每天下班后都很晚了。回到家中,她跟保尔的母亲小声说几句话,就上床睡觉了。

小说即将收稿,加莉亚花了好几天的功夫,把全篇小说念给保尔听。

明天书稿就要寄给列宁格勒州委会文化宣传部。如果审稿获得通过,这部小说就会送到出版社,如此一来……新的生活就开始了,要知道,这是由多年紧张而顽强的劳动换来的啊!

这本书的命运与保尔的命运密切相关。一旦书稿被退回,那么保尔也就完了。

如果只是部分写得不够好,还能由他进一步修改加工,这样的话,他就会马上踏上新的征程。

保尔的母亲把那沉甸甸的包裹送到邮局去。开始了焦急而紧张的等待。他一生从没有如此一般焦急地盼着回信。他从早等到晚,但是依然音信皆无,如同石沉大海。

出版社的沉默愈加叫人着急。失败的预感一天比一天增加。保尔清楚,如果这部小说被退回,那么他可能完全崩溃。往后他是再也不想活下去了。再活着就毫无意义了。

此刻,郊外海滨公园里那一幕场景再次浮现在保尔的脑海中,他不住地问自己:

"为了冲破铁环的束缚,为了早日回归队伍,为了让你活得更有价值,你是否尽力了?"

他每次都自信地回答:

"是的,我已尽了最大的努力!"

很多天又过去了,就在失去耐性的时候,和儿子一般激动的母亲兴冲冲到奔进屋子,放开嗓子喊道:

"列宁格勒来信了!!!"

其实那不是信,而是州委会发来的电报。电报上仅有以下几字:

小说口碑甚佳。即将出版。祝贺成功。

保尔的心怦怦地剧烈跳动。他梦寐以求的愿望终于实现了!铁环已被砸碎,保尔拿起了新的武器,再次回归了战斗的队伍。从此,生活揭开了新的篇章。